불의 기억

* 이 도서의 국립중앙도서관 출판시도서목록(CIP)은 e-CIP홈페이지(http://www.nl.go.kr/ecip)와
  국가자료공동목록시스템(http://www.nl.go.kr/kolisnet)에서 이용하실 수 있습니다.
  (CIP제어번호: CIP2013000952)

전민식 장편소설

은행나무

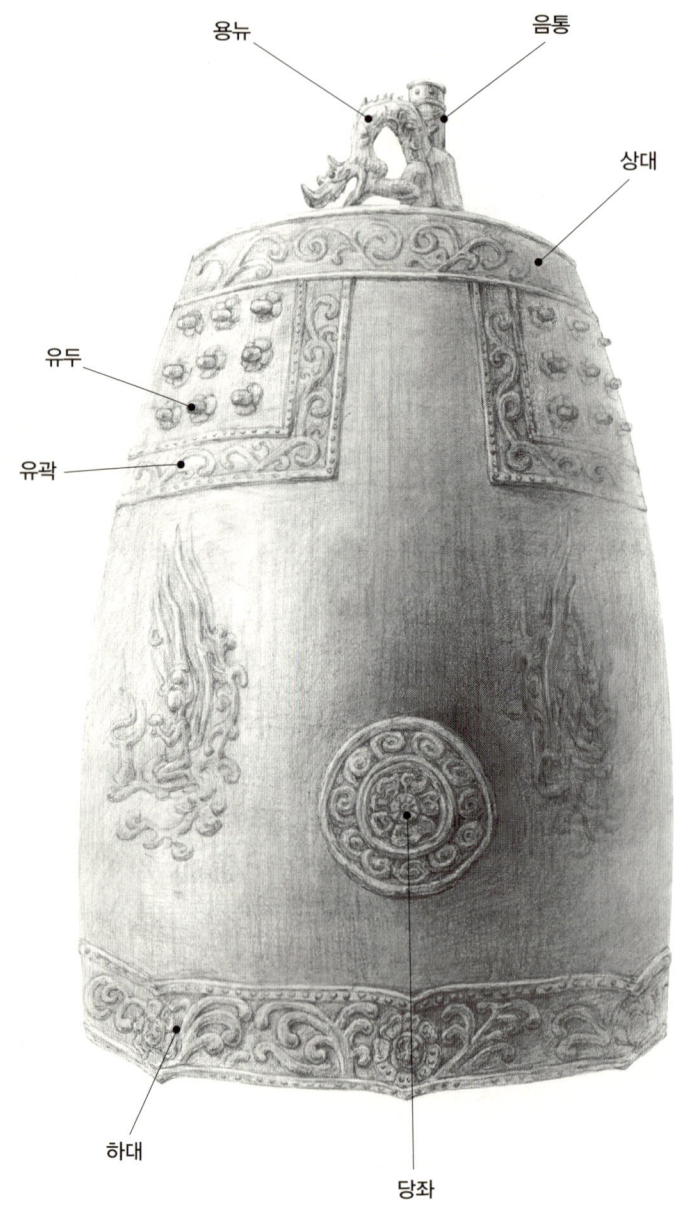

차례

제1장 그로부터 … 7
제2장 여름의 잔해 … 45
제3장 흐르지 않은 시간 … 111
제4장 금형리 … 167
제5장 순례 … 205
제6장 달의 뒤편 … 249
제7장 늪 … 301
제8장 돌이킬 수 없는 … 399

에필로그 … 428
작가 후기 … 437

삶은 비극도 희극도 아니지만 비극에서 시작된다.

제1장
그로부터

1

그라인더에서 불꽃이 튀었다. 사방으로 불씨를 먹은 검은 쇳가루가 날렸다. 쇳가루들은 멀리 날아가지 못한 채 근육으로 곡선을 이룬 동주의 팔뚝으로 튀어 오르거나 구조물 아래에 깔렸다. 쇳가루 덮인 바닥은 까맸다. 군데군데 발자국이 화석처럼 선명하게 찍혔다.

철은 겉보기에 딱딱하고 날카롭게 느껴지지만 잘 펴지고 늘어지는 성질을 가지고 있다. 때론 섬뜩할 정도로 차갑지만 뜨거운 성질을 품으면 단숨에 달아오르는 무모한 열정도 간직하고 있는 물질이다. 동주는 그라인더 스위치를 끄고 관자놀이를 타고 흘러내리는 땀을 닦았다. 숨에서 쇳내가 났다. 어디선가 나지막하게 드뷔시의 〈달빛〉이 들렸다. 그는 벽을 따라 늘어서 있는 공작기계들과 제멋대로 널브러진 쇠붙이들을 둘러보았다. 동주는 대학을 졸업하면 변산 월롱으로 내려가 종 작업장에서 머물 생각이었다. 하지만 그 미래는 해원이 변산에 있을 때의 약속이었다. 결국 동주는 전시회를 같이 열자는 황철주 교수의 부름을 받고 서울로 올라오고 말았다.

뱀의 형상으로 구부러진 받침대 위에 타원형의 철 구조물을 올려놓았다. 흡사 지구에 잘못 착륙한 UFO 같았다. 상처 입은 인간들의 모습을 형상화해 내는 게 동주의 목표였다. 거리에 버려진 쇠붙이들을 모아 조각 조각을 용접으로 붙이고 다듬었다. 하지만 이음새는 그대로 드러내 상처를 표현했다. 그라인더가 지나간 자리가 햇살을 받아 유독 반짝거렸다. 그라인더로 갈고 문대지만 상처는 지워지지 않는다는 걸 보여 주고 싶었다. 그라인더가 멈춘 사이 동주의 눈에 해원의 얼굴이 떠올랐다. 그렇게 하루에도 몇 번씩 해원의 얼굴이 불쑥불쑥 솟아올랐다. 대학을 졸업하면 월롱에서 살겠다는 약속을 누구보다 반긴 사람은 해원이었다. 그런 그녀가 메모 한 장, 인사말 한마디 남기지 않고 사라졌다.

햇살은 능청스럽게 동주의 얼굴을 더듬었다. 그는 눈을 감고 버릇처럼 손바닥으로 얼굴을 문질렀다. 해가 드러눕기 시작하면서 서늘한 바람이 얼굴을 스쳤다. 이 기분 좋은 바람 앞에서도 지난 일을 잊을 수는 없었다. 해원이 사라지던 그날, 작업장에서 해원의 기척을 느낄 수 없어 그녀의 방문을 열었을 때 모든 게 깔끔하게 정돈되어 있었다. 그녀가 늘 들고 다니던 브라운 색의 백팩도 보이지 않았고, 아껴 신을 거라며 방 한구석에 고이 모셔 놓았던 코발트 빛의 샌들도 사라지고 없었다.

동주가 그녀의 부재를 알리자 한위는 그보다 더 놀라는 눈치였다. 불과 몇 달 전의 일이었다. 해원이 사라졌을 때 한위는 정신 나간 사람처럼 그녀를 찾아다녔다. 제작 주문 들어온 일도 돌보지 않았다. 대신 수시로 경찰서에 드나들고 전단지를 만들어 발길이 닿는 대로 돌아다니며 전단지를 뿌렸다. 동주는 그런 한위 때문에 서러우면서도 행복했다.

"너 이 자식, 해원이한테 무슨 짓을 한 거야!"

한위는 해원의 실종을 동주의 탓으로 돌렸다. 얼굴만 마주치면 비난하고 주먹을 휘둘렀다. 더 이상 참을 수가 없었다. 동주는 주먹을 잡고 한위를 밀쳤다. 장사 같은 몸집의 한위였지만 그날만큼은 동주에게 밀렸다. 한위는 그날 아버지들은 늙어 가고 있지만 소년은 자란다는 걸 처음으로 깨달은 듯했다. 그리고 나서 얼마 후 이번에는 한위가 사라졌다. 집 잘 보라는 당부의 말 한마디 없이.

동주는 두 사람의 실종으로 한 가지를 분명하게 깨달았다. 그 두 사람에 대해서 거의 모른다는 사실이었다. 두 사람은 동주에게 수수께끼 같은 존재였고, 그의 남은 인생은 어쩌면 그 수수께끼를 푸는 데 모두 소진해 버릴지도 모른다는 두려운 예감이 들었다.

10년 전, 금형리 마을을 도망치다시피 떠나 변산의 월롱으로 내려왔을 때 방구석에 앉아 떨고 있던 해원을 보면서 동주는 기이한 기분에 사로잡혔다. 바위처럼 단단했던 한위에 대한 증오나 미움이 형체도 없이 허물어졌고, 일찍 죽은 어머니에 대한 그리움도 더 이상 가슴에 쌓이지 않았다. 그날 동주는 방으로 들어가 해원을 안고 등을 토닥였다. 그녀는 잠이 들 때까지 울었다. 그 순간 동주는 처음으로 지켜야 할 단 하나의 순수를 갖게 되었다. 아버지라는 게 믿어지지 않을 정도인 한위의 냉대도 견딜 수 있었고, 반드시 한위로부터 도망가라고 유언을 남긴 어머니가 없어도 외롭지 않았다. 아니 해원이 곁에 있기에 한위로부터 도망갈 수 없었다.

해원은 동주에게 그랬듯이 한위에게도 구원이었다. 어느 순간부터 해원은 동주와 한위의 구심점이었으며 생존해야 할 이유 같은 존재가 되었다. 도시 변두리에서 벗어나 월롱으로 내려와 함께 지낸 10년의 세월만이 동주가 말할 수 있는 행복한 인생의 전부였다.

누군가 복도를 지나갔다. 발걸음 소리가 선명하게 들렸다. 건물을 채운 고요와 달리 막연하게 밀려드는 불안함을 해소할 길이 없어 동주는 창가를 서성였다. 그의 머릿속에는 버릇처럼 자연스럽게 해원이 떠올랐다. 무엇 때문에……? 아무리 생각해 봐도 해원의 실종을 해석할 수 있는 실마리를 찾을 수 없었다. 두 사람과 함께 살았던 10년의 세월 속에 동주로서는 알아차리지 못한 징조 같은 게 있었을지도 몰랐다. 아니면 월롱에 정착한 후 지금까지의 그 시간 속에 해석하지 못한 기호들이 있는 게 분명했다. 만약 그것도 아니라면 금형리에서 살았던 세월 속에 묻어 두어야 할 약속이라도 있었던 것일까?

동주는 그라인더를 내려놓고 난간 없는 창틀에 걸터앉았다. 학생들이 나비처럼 혹은 꽃처럼 캠퍼스를 흘러 다녔다. 갈색의 백팩을 매고 지나가는 여학생이 그의 눈에 들어왔다. 해원을 닮았지만 그녀일 리가 없다. 저렇게 천연스럽게 캠퍼스를 돌아다닐 수 없으니까. 잠깐 설레던 동주의 마음이 싸늘하게 식었다. 자동차 한 대가 지나가며 거울에 반사된 빛이 그의 눈을 찔렀다. 동주는 의심과 후회들로 시간을 흘려보낼 수는 없다고 생각했다. 창틀에서 내려와 다시 보안경을 끼고 그라인더를 들었다. 그라인더의 전원을 켰다. 그라인더가 지나가면서 뜨거운 상처 같은 불꽃이 튀었다. 문득 상처와 상처를 맞대어 붙이고 사는 게 인생인지도 모른다는 생각이 들었다.

"선배님, 선배님!"

누군가 동주의 어깨를 짚었다. 번득이는 구조물 위로 느닷없이 등장한 그림자 때문에 동주는 깜짝 놀라 뒤를 돌아다보았다. 낯익은 얼굴의 여자 후배가 동주의 눈앞에 서 있었다. 그녀 뒤에 늙수그레한 몰골의 남자가 동주를 빤히 쳐다보았다. 사내는 덥지도 않은지 긴 소매의 파란색 모직셔츠에 회색 코르덴바지 차림이었다. 등에는 카키색 가방을 메고 있었다.

"저분이 선배님을 찾길래……."

중키에 짧고 희끗한 머리카락, 풀어진 눈, 튀어나온 광대뼈, 햇빛보다 투명해 보이는 피부. 하지만 사내는 근육질의 다부진 어깨를 가지고 있었다. 분명 어디선가 봤던 얼굴이었다. 동주가 한 발 앞으로 나서기도 전에 사내가 먼저 동주 앞으로 바짝 다가와 섰다. 동주는 사내에게서 기이한 냄새를 맡았다. 생전 어머니에게서 맡았던 냄새. 차갑고 생기 없는 빵의 효모 냄새. 냄새 때문에 고개를 돌리는데 그가 다짜고짜 손을 뻗어 동주의 멱살을 잡았다. 사내의 머리통이 동주의 턱 밑으로 들어왔다. 사내의 손등에는 군데군데 불에 덴 자국이 화인처럼 찍혀 있었다. 물러나거나 방어할 틈도 없었다.

"박동주!"

동주의 등골을 타고 소름이 벼락처럼 전신으로 퍼졌다. 그의 눈을 들여다보는 순간 동주는 그가 누구라는 걸 알아차렸다.

"아, 아저씨!"

그는 해원의 아버지였다.

어떤 기억들은 망각의 늪으로 밀어 넣으려 해도 절대로 스며들지 않는다. 금형리에서 보냈던 마지막 기억이 동주에겐 그랬다. 그는 동주의 눈 속에서 동주는 그의 눈 속에서 시간의 더께를 뒤집어쓰고 숨어 있던 그날의 기억을 다시 건져 내고 있었다.

거리를 메운 빨간 물결. 대한민국과 스페인의 8강전이 열린 날이었다. 연장전에서도 승부를 내지 못해 결국 승부차기까지 갔고, 5 대 3으로 이겨 우리나라가 4강에 진출해 온 동네가 들썩인 날이었다. 금형리는 월드컵 특수로 마을 전체가 분주했다. 2002년 월드컵 로고가 박힌 티스푼, 포크, 기념 메달, 가위, 칼, 기념 동판에서 성덕대왕신종의 미니어처까지 만들어 내느라 마을은 온통 쇳내로 진동했다. 금속을 실은 트럭들과 완성된 물건을 실어 나르는 트럭들이 분주하게 오갔다. 누군가는 그 한철 장사로 서울의 중형 아파트 몇 채를 살 수 있을 만큼 벌었다는 소문이 돌았다.

다만 금형리 마을 사람 중에 바쁘지 않은 두 사람이 있었다. 동주의 아버지인 박한위와 해원의 아버지인 강규철. 두 사람은 마을 사람들을 비난하지는 않았지만 그렇다고 기회를 즐기지도 않았다. 그나마 한위는 범종 미니어처의 거푸집을 만들어 주는 일에는 참가했다. 하지만 규철은 그마저 거부했다.

"해원이, 해원이 어디 있냔 말이야!"

규철은 동주의 멱살을 잡은 채 흔들며 물었다. 동주는 그를 빤히 내려다보며 손을 뿌리쳤다. 그는 다시 달려들어 멱살을 잡고 동주의 눈을 노려보았다.

"몰라요! 내가 어떻게 알아요!"

동주는 버럭 소리를 질렀다.

"아, 그래. 너는…… 동주지. 너를 한위라고 착각했어, 너무 닮아서 내가 착각을 했던 거야. 내가 잘못했다. 동주야, 너는 내 딸 아니 우리 해원이 어디에 있는 줄 알지?"

그는 금방 풀이 죽어 애원조의 말투로 바뀌었다.

"모른다고 했잖아요, 나도 모른다고."

그의 손에 몰려 있던 힘이 서서히 풀어졌다. 분노로 빨갛게 핏발이 섰던 그의 눈이 빠르게 빛을 잃어 갔다. 동주는 그의 눈 속에서 텅 빈 10년의 세월과 10년 전의 시간을 생생하게 보았다.

집집마다 켜놓은 텔레비전에서 함성 소리가 들렸다. 물건을 실은 트럭들이 빠르게 마을을 빠져나갔고, 트럭이 일으킨 먼지 꽁무니에 사이렌을 울리며 달려오는 경찰차와 구급차가 보였다. 사이렌 소리는 '대한민국'이라는 구호와 박수 소리에 박자를 맞추며 울려 퍼졌다. 처음으로 살인사건이 일어난 마을에 보내는 고요한 힐난이며 함성이었다.

마을 사람들은 해원의 아버지이자 무형문화재이며 마을 유일의 주철장인 강규철의 집 앞에 모여 서성거렸다. 그들 속에 동주와 한위가 있었다. 규철은 넋을 잃은 채 마당에 앉아 있었다. 그의 단단한 어깨 너머로 두껍게 먼지가 앉은 작업장이 보였다. 쇳물이 끓고 있어야 할 용해로는 검게 입을 다물고, 용해로를 들어 올릴 크레인이나 쇠사슬도 축 늘어진 채 빛을 잃어 가고 있었다.

사람들의 무리 속에 있던 한위가 한 발 앞으로 나아갔다. 동주도 얼결에 그의 뒤를 따랐다. 잠깐 규철이 동주와 한위를 올려다보았다. 규철은 가슴팍을 풀어헤친 채 앉아 초점 잃은 눈으로 방 쪽을 돌아다보왔다. 한위의 시선이 그의 눈길을 따라갔다. 방문이 양쪽으로 활짝 열려 있고, 아침 햇살이 방 안 깊이 스며들고 있었다. 햇살은 해원의 어머니인 정화의 몸 절반을 덮은 채 은밀하게 빛났다. 치마는 허리께로 말려 올라갔고 곱슬곱슬한 거웃이 검은빛으로 반들거렸다. 가슴의 붉고 검은 유두가 종 외형의 유두처럼 서 있었다.

"해원이……."

규철의 입에서 신음 소리처럼 해원의 이름이 흘러나왔다. 한위는 그제야 생각이 미친 듯 방 안으로 뛰어 들어갔다. 동주도 얼결에 방문 앞까지 다가갔다.

한위는 정신없이 방을 뒤졌다. 해원은 다락 안 눅눅한 습기로 가득한 어둠 속에 숨어 있었다. 한위가 어둠 속에서 심하게 떨고 있는 그녀를 끌어냈다. 그녀는 한위의 품에 안긴 후에야 정신을 잃었다. 한위는 해원을 안아들고 방을 나왔다. 마을 사람들이 조용히 외마디 비명을 질렀다. 그사이 경찰과 구급요원들이 마당으로 들어섰다. 어느 집에선가 틀어 놓은 텔레비전이 환호성을 내질렀다. 우리나라와 스페인과의 승부차기 재방송 프로그램이었는데 결승골을 넣은 후 관중들이 환호하는 소리였다.

동주는 그날의 광경과 기억의 소리를 한순간도 잊은 적이 없었다. 마루에 쌓인 먼지도 방문가 대야에 담긴 바짝 마른 걸레도 해원의 어머니 몸에 달라붙던 극성스러운 파리 떼들도, 그것들의 날갯짓 소리도 잊은 적이 없었다. 경찰에게 끌려가던 규철의 풀어헤쳐진 옷자락과 검게 때가 탄 흰 고무신도 기억에 생생했다.

"10년의 세월이 흘렀어. 10년. 네 아버진 도대체 어디로 숨은 거야?"
'아버지는 숨은 걸까?'

동주는 이해할 수 없었다. 그는 작업도구들을 정리하고 가방을 쌌다. 규철을 데려온 후배는 진즉 사라졌지만 그는 작업실 바닥에 털퍼덕 주저앉은 채 일어날 줄 몰랐다. 그가 동주를 어떻게 찾아왔는지 알 수 없지만 충분히 추측은 가능했다. 동주는 가방을 모두 싼 후 그 앞에 섰다.

"전 해원이가 어디로 갔는지 몰라요. 그리고 아버지도. 그러니 더 이상 찾아오지 마세요."

동주는 반백인 그의 머리카락에 눈길을 주었다가 돌아섰다. 그가 재빠르게 동주의 어깨를 잡았다.

"해원인 내 딸이야. 너나 네 아버지가 보살펴 주었다고 해도 그 사실은 변하지 않아."

동주는 그의 손을 거칠게 뿌리쳤다. 설령 해원을 찾는다고 해도 그에게 소식을 전하고 싶지 않았다.

"나는……."

그는 뒷말을 잇지 않았다. 그의 입에서 나올 무수한 말들은 변명에 지나지 않았다.

"난 하루도 해원일 잊은 적이 없어. 10년의 세월이야, 10년. 한 번도 나를 찾아온 적이 없었어. 편지 한 장도……."

"당연한 거 아닙니까? 나라도 그랬을 겁니다."

"아냐. 아무리 생각해 봐도 뭔가 잘못됐던 거야. 난 누구보다 해원이 엄마를 사랑했어. 마을 사람들이 모두 질투할 정도였다고. 그런 내가 왜 그 사람을 죽이겠어. 이건 말이 안 돼. 말이 안 된다고."
"전 그런 거 몰라요!"
그에게 매몰차게 내뱉은 동주는 작업실에서 복도로 나왔다. 여름 방학이 머지않아 그런지 복도는 고즈넉했다. 어디로 가지? 동주는 혼자 밤을 견뎌야 하는 자취방이 싫었다.
"동주야, 해원일 좀 찾아줘. 해원이가 없으면 내게 남은 인생은 아무 의미가 없어. 너도 알잖아, 해원이가 내게 전부라는 거."
규철의 목소리가 복도에서 메아리쳤다. 미친 놈……. 동주는 속으로 중얼거리며 앞으로 걸어 나갔다. 갈 곳을 정하지 못한 채 복도를 지나고 계단을 내려가 건물에서 나왔다.
"선배님!"
금속공예학과 후배들이 동주에게 몰려왔다. 동주는 그들과 어울려 술집을 순례하고 밤거리를 배회했다. 깊은 밤 어느 시간엔가 누군가 술 취한 동주를 부축해 낯선 곳으로 옮겼고, 그는 그곳에서 잠이 들었다. 그 밤 동주는 오랜만에 기억 속에서 해원을 지웠다.

2

동주는 학교로 올라갔다. 전시회 작품 마무리도 해야 하고 황철주 교수와도 약속이 있었다. 길은 뜨겁고 열풍이 불었지만 충분히 견딜 만했다. 발에 닿는 아스팔트가 물렁거리고 열기가 피어올랐지만 이쯤은 익숙했다. 1500도의 열로 쇳물이 펄펄 끓는 용해로 앞에 서 있다 보면 정신이 아득해지는 순간이 온다. 어느 순간 불과 사람이 구분이 되지 않는 시간에 이르면 몸이 비틀거렸다. 한위는 일부러 지옥의 불처럼 달아오른 용해로 앞에 동주를 세워 두고 견디도록 훈련을 시켰다. 어느 누구의 만류도 소용없었다. 금방이라도 끓는 쇳물이 용해로 밖으로 튀어 나올 듯해 두려웠다. 한위는 등 뒤에 버티고 서서 거푸집에 쇳물을 부을 때까지 지켜보도록 붙잡아 두었다. 기절을 해도 동주를 방으로 옮기지 않았다. 그럴 때마다 한위는 "종쟁이는 강하게 커야 한다"고 중얼거렸다.

"종 따위 만들고 싶지 않아요!"

수천 번도 더 한위에게 토로했지만 그때마다 그는 매를 들었다. 그것만이 삶의 전부라고 가르쳤다. 어머니가 숨을 거두던 날에도 한위는 쇳물을 끓였다. 그리고 동주를 용해로 앞에 세웠다. 동주의 어머니는 가족을 곁에 두고도 홀로 죽어 갔다. 차갑게 식은 아내의 주검을 보고도 눈물 한 방울 흘리지 않던 한위였다. 휴대폰이 몸을 떨었다. 부질없는 상념들이 일시에 달아났다.

"30분쯤 후에 작업실에서 보세."

황철주 교수였다.

작업실 문을 열고 들어가자 술 냄새가 코를 찔렀다. 종종 후배들이 작업실에서 술을 마셨다. 지난밤의 술판이 그대로 펼쳐져 있는 날도 있었고, 간혹 작업실 소파에서 잠을 자는 후배들도 있었다. 흔한 일이었다. 그런데 소파에 잠들어 있는 인간은 규철이었다. 짐작하지 못했던 일이지만 놀랄 일도 아니었다. 소파 아래 소주병들과 입 뜯어진 라면 봉지가 굴러다녔다. 동주는 출입문 앞에 서서 세상으로부터 버림받은 인간을 구경했다. 멱살을 잡고 고함을 지를 때와 달리 단단하던 어깨가 푹 꺼져 그런지 그의 모습은 왜소하고 초라했다. 용해로에서 끓는 쇳물처럼 뜨겁던 그의 열정 같은 건 어디에도 보이지 않았다. 걸핏하면 화부터 내는 그의 성질도 세월과 함께 누그러져 버린 것일까. 숨을 쉴 때마다 들썩이던 그의 어깨는 이제 고요했다. 몸을 만 채 잠들어 있는 그 인간이 세상에서 종을 가장 잘 만드는 인간이라는 게 믿어지지 않았다. 무엇보다 동주가 그리워하는 여자의 아버지라는 사실은 받아들이기 힘들었다.

동주는 작업 준비를 하며 그를 힐끔 쳐다봤다. 곧은 척추와 척추의 선을 따라 헤진 그의 셔츠가 보였다. 새삼 뼈대가 굵은 인간이라는 사실이 기억났다. 인기척을 들었는지 그가 깨어났다. 소주병과 라면 봉지를 치웠다.

"저 작업해야 하니까 나가 주세요."

그는 소파에 앉아 작업실을 천천히 둘러보았다.

"종 만드는 거 그만두고 이런 일이나 하고 있었던 거냐? 한위가 그렇게 안 키웠던 거 같은데."

그는 혼잣말처럼 중얼거렸다. 동주는 재료로 쓰려고 쌓아 놓은 철판을 주먹으로 내리쳤다. 그에게 그런 비난을 들을 이유가 없었다. 동주가 대학에 입학한 이후 어찌 된 영문인지 한위는 더 이상 그에게 주철장의 삶을 강요하지 않았다. 강압적이지도 않았고 더 이상 매를 들지도 않았다. 같은 길을 걸을 인간이 아니라고 판단해서였을까. 그렇지 않고서야 대학 입학시험을 보는 날까지 매를 들었던 인간이 그렇게 쉽게 양육 태도를 바꿀 리 없었기 때문이었다. 해원의 눈길 때문이었을까?

"그만하시고 나가 주세요."

"갈 수 없어. 그리고 갈 데도 없고!"

그는 대못을 박듯 단호하게 말했다. 동주는 피식 웃었다.

"쓸데없는 억지 부리지 마세요. 아버지 친구 분이라 참지만 더 이상 억지 부리시면 학교 경비원을 부를 수도 있어요."

"친구? 친구라는 놈이 10년 동안 면회 한 번을 안 와? 그리고 해원인 내 딸이야. 딸년이 그 세월 동안 편지 한 장 못 보낸 건 다 한위 그 자식 때문이야."

동주는 그를 노려보았다. 귓속에 이명이 돌아다니고 숙취 때문에 머리가 지끈거렸다.

"엄마 죽는 걸 두 눈으로 똑똑히 본 아이예요. 10년의 세월이 지났으니까 용서할 수도 있다고 착각하시나 보죠? 해원인 그날 이후로 입을 봉했어요. 아시겠어요? 영원히 닫았단 말입니다. 편지? 아저씨라면 편지를 썼겠어요?"

그는 고개를 저으며 머리카락을 쥐어뜯었다.

"너는 몰라, 아무것도 모른단 말이야!"

그는 절규하면서 마른 울음을 울었다.

"뭘 몰라요? 당신 손에 아주머니가 죽었는데 모르긴 뭘 모른다는 거예요? 얼른 나가 주세요!"

동주는 경비원을 부를 생각으로 휴대폰을 꺼내 연락처를 뒤졌다. 학교 전화번호를 찾은 후 통화버튼을 누르기 전에 출입문이 열렸다. 황철주 교수가 안을 살피며 머뭇거렸다. 그는 오늘도 푸른색 긴 팔 셔츠 차림이었다. 왼손 등에 화인처럼 박힌 흉터를 감추느라 버릇처럼 소매를 끌어내렸다.

"손님이 있었네."

"아닙니다. 곧 가실 분이세요. 잘 알지도 못하는 사람이고요. 들어오세요."

황철주 교수가 안으로 들어오며 강규철의 몰골을 살폈다. 그는 주섬주섬 자신의 물건을 가방에 챙겼다. 황 교수의 눈길이 그의 손길을 따라다녔다. 강규철은 작업실을 나가기 전에 멈춰 서서 동주를 쳐다보았다.

"내일 다시 올게."

그는 대답 따위는 기다리지 않고 작업실을 빠져나갔다. 동주는 그를 잡으려고 무의식적으로 손을 뻗었다가 접었다. 황 교수는 규철이 사라진 출입문 쪽을 뚫어지게 쳐다보았다.

3

흔해빠진 찬사와 경박한 웃음소리가 전시회의 오픈을 알렸다. 전시회를 구경 온 사람들이 정어리 떼처럼 이리저리 몰려다녔다. 아름다운 색을 입고 액세서리처럼 반짝거리는 소품 같은 작품들 앞에서나 형태를 왜곡하지 않은 작품 앞에서 사람들은 오래 머물렀다. 사람들은 기형의 작품을 이해하지 못했다. 사람들의 눈은 정직했다. 자신이 이해할 수 있는 것만큼 작품을 보기 때문이다. 사람들의 눈을 벗어나면 그때부터 작품은 무의미했다. 길면 1분 짧으면 그냥 지나쳤다. 사람들은 '상처'라는 제목을 단 동주 작품 앞으로도 몰려왔다. 관람객들은 설명을 재촉했다. 별로 할 말이 없었다. 상처 입은 거리의 쇠붙이를 모아다 그 상처를 붙였을 뿐이었다.

"동주 군은 워낙 말이 없어요."

황철주 교수가 앞으로 나서며 입만 벌린 채 어색하게 미소를 짓는 동주를 대신했다.

"이 작품은 그라인더로 다듬어진 이 면이 사실 거칠기 짝이 없어요. 주위 모은 쇠붙이들도 온전한 모양의 쇠붙이는 하나도 없어요. 다른 작품들처럼 잘 다듬어진 게 아니라 재료부터 거친 선택이었죠. 거친 상태가 작품인 그런 경우라고 말할 수 있습니다. 처음엔 거리에 널린 쇳조각들로 어떻게 상처를 표현하겠다는 건지 이해가 안 갔죠. 하지만 동주 군은 만들어 냈어요. 사실 인간의 상처는 아무도 주목하지 않아요. 자신만 아플 뿐이죠. 이 버려진 쇠붙이들은 그런 의미를 상징한다고 보여요. 그리고 그것들을 이어붙인 건 인간은 상처받지 않으면 살 수 없다는 걸 상징하는 게 아닐까 싶습니다. 동주 군, 어떤가?"

후배들, 기자들이 박수를 쳤다. 기형이지만 나름 성공한 셈이다. 그러나 정작 이 작업의 의미를 제대로 이해하는 사람이 얼마나 될까? 해원이라면 이해할 수 있을지도 모르겠다. 사람들이 다음 작품으로 우 몰려갔다.

동주는 그들의 뒤꽁무니를 외면하고 전시실을 둘러보았다. 전시회가 오픈할 때부터 그는 막연하게 누군가를 찾았다. 그 사람이 누군인지 또렷하게 떠올리지도 못한 채 괜히 두리번거렸다. 해원이나 아버지? 보기 전에는 동주 자신도 누구를 찾았던 것인지 알 수 없을 것 같았다. 설령 그 누군가를 만나지 못한다고 하더라도 동주의 전시는 이

것으로 마지막이 될지도 몰랐다. 해원과 약속한 대로 변산 월롱으로 돌아가야 할 때가 왔기 때문이었다. 하지만 해원이 없는 월롱엘 가야 할지 말아야 할지 판단이 서질 않았다. 후배가 다가와 오픈기념 뒤풀이가 있다며 장소를 적은 메모지를 건넸다. 메모지를 주머니에 쑤셔 넣고 전시장 밖으로 걸어 나갔다. 그때 전시장 안쪽에서 소란스러운 소음이 들렸다. 전시장을 둘러보던 사람들도 하나둘 소음을 따라 흘러 갔다.

"왜 그렇게 생각하는지 말씀해 보세요. 무슨 근거로 그런 말을 하는지 말해 보란 말입니다!"

소란은 시작을 넘어 이미 정점에 있었다. 사람들이 밀물처럼 소란의 중심으로 이동했다. 딱히 집으로 가고 싶지 않았던 동주도 발길을 돌려 소란을 향해 걸어갔다. 학교에 강의를 나오는 훤칠한 키의 강사가 먼저 눈에 들어왔다. 그는 붉으락푸르락 달아오른 얼굴로 누군가를 내려다봤다. 강사가 대적하고 있는 이는 사람들 사이에 가려 잘 보이지 않았다.

"이건 쓰레기야! 하긴 여기에 쓰레기 아닌 게 얼마나 있겠어. 대부분 쓰레기인데 이건 쓰레기 중에 가장 큰 쓰레기야!"

강사의 작품은 나름 이해가 가는 작품이었다. 커다란 텔레비전 속에 여러 개의 텔레비전이 들어 있었고 텔레비전 아래에는 작은 전자부품들이 배설물처럼 깔려 있었다. 하지만 단순한 작품이었다.

"이건 그야말로 쓰레기장에 가면 널려 있는 풍경이거든."

목소리가 익숙해 한 발 앞으로 다가갔다. 사람들 어깨 사이를 비집고 들어갔다. 전시장 바닥에 발을 단단히 꽂고 장승처럼 서서 어깨를 한껏 펼치고 서 있는 남자. 강사가 대적하고 있는 인간은 놀랍게도 규철이었다. 저 인간이 어떻게 전시장에 나타난 것일까. 관자놀이가 뛰고 등골에 침이 박힌 듯 소름이 돋았다. 동주는 그의 얼굴을 보는 순간 전시장에서 찾으려고 했던 인간이 그라는 사실을 깨달았다.

"어떤 작품이든 처음이 어려운 겁니다. 아무리 단순한 작업이더라도 처음을 빚어내는 작업은 고통스러운 거예요. 나중에 보면 누구나 다 할 수 있을 것 같아 보이지만 사실 그 경계를 넘어서는 일은 쉬운 일이 아니겠죠."

황 교수가 주변에 모인 관람객들과 제자들을 둘러보며 대꾸했다. 동주는 그를 끌어내리다 말았다. 그는 지금 관람객이었다. 괜히 나서서 그의 장단에 놀아나고 싶지 않았다.

"쇠를 단순한 면으로만 해석하는 이런 방법은 누구나 할 수 있는 거야. 쇠에는 인간의 욕망이 담겨 있어. 그건 쇠를 조금만 만져 본 사람이라면 아는 일이지. 기껏해야 모니터 몇 대 붙여 놓고 '문명의 오류'라고? 그리고 뭐 새로운 작업이라고? 백남준 흉내를 내놓고서 고통스러운 작업이었다고? 유치원만 졸업해도 이따위 쓰레기는 충분히 구상할 수 있어."

구경꾼들 몇이 비명 같은 탄성을 내질렀다. 규철이 황 교수 앞으로 한 발 나아갔다. 황 교수 주변의 사람들이 물 위에 떨어진 먹물처럼 조용히 퍼졌다. 강사만이 규철을 제지하려고 앞으로 나섰다. 황 교수가 몸을 뒤로 젖혔다.

"황철주!"

규철의 입에서 느닷없이 황 교수의 이름이 나왔다. 동주는 순간 놀랐다. 더러운 냄새를 맡은 기분이 밀려들었다.

"다, 당신은 그날 동주 군 작업실에서 본……. 그런데 당신이 어떻게 날……?"

규철은 며칠 전 가방을 메고 나타난 그 모습 그대로였다. 한동안 모습이 보이지 않아 더 이상 나타나지 않을 거라고 짐작했다. 그랬는데, 동주의 짐작은 틀렸다.

"금형리 내 작업실에 찾아와서 쇠가 왜 따뜻하다고 말했는지 물은 적이 있었지? 따뜻한 쇠를 배우겠다고. 그땐 그 말이 그럴싸했지. 그런데 반년 종 만드는 것만 훔쳐보다가 도망친 인간 아니던가? 10년은 쇠랑 뒹굴어야 알 수 있는 종을 단숨에 배우겠다고? 메잡이 노릇 한 번 제대로 못 해본 인간이 종은 둘째치고 쇠를 어떻게 알겠어. 그런 얄팍한 실력으로도 교수 노릇을 할 수 있는 모양이지? 자네 아버지, 황 노인은 안 그랬어. 그 양반은 자기 몸으로 진실을 얻으려 노력했지만 자넨 입과 눈으로만 얻으려고 했지. 황 노인이 죽기 전에 자넬 내게 보냈을 때 사람 만들어 보내 달라고 말했었는데. 지금까지 이리저리 눈 돌리고 머리 굴리며 살았겠지. 그러니 교수도 됐겠지만."

"강규철?"

"자넨 그 반년 동안 나한테서 배운 건 없고 훔쳐 가기만 했지."

황 교수의 얼굴에 냉기가 서렸다.

"오만은 여전하군. 그따위 비루한 지식을 누가 탐낼까."

"황 노인은 아무 기록도 남기지 않았어. 그리고 자넨 내 작업일지를 무척 탐냈었지."

황 교수는 큭큭거리며 웃었다. 동주는 그 웃음의 의미를 헤아릴 수 없었다. 하지만 황 교수 역시 젊은 시절 자신의 아버지 밑에서 종을 만들었다는 사실을 알게 되었다. 그의 논문 중 한 편이 '한국 종의 여백과 미'였다는 것도 기억이 났다. 그의 논문을 읽었을 때 무엇보다 놀라웠던 건 종 제작에 관한 그만의 기록이었다. 적어도 수십 년의 세월을 종에 바쳐야만 알 수 있는 방법들과 기술이 적혀 있었다. 도처에 널려 있는 종에 대한 분석에도 해박했다. 동주가 황 교수를 누구보다 존경하는 건 그 논문 속에 종에 대한 연민과 슬픔을 담아내고 있었기 때문이었다. 규철이 말한 황 노인에게서 물려받은 것이겠지.

하지만 그는 동주 앞에서는 가능한 한 종 이야기를 꺼내지 않았다. 종 이야기를 꺼내면 그는 그냥 한때 미쳤었다는 말만 하고 말끝을 흐렸다. 그런 그가 규철의 작업장을 반년 넘게 드나들었다니. 처음 듣는 이야기였다.

황 교수의 눈가에 다시 싸늘한 냉기가 스쳐 지나갔다. 그는 침착하게 셔츠를 끌어내려 손등을 덮었다. 연꽃 모양의 화인이 소매에 가려졌다. 규철의 앞을 막아서던 강사가 뒤로 물러났다.

"맞아, 강규철 당신이군. 옛날 그대로 아집은 하나도 안 변했군. 급한 성질머리도 그대로고."

"메잡이나 대장장이나 종쟁이나 너처럼 예술 한다고 거들먹거리는 인간이나 만지는 건 다 똑같아. 바로 쇠야, 쇠붙이란 말이야."

"그래, 맞아. 어느 놈이 만지면 호미나 괭이 정도밖에 못 만들지만 어느 놈이 만지면 상상할 수 없는 작품을 만들기도 하지. 당신이 아는 세계가 전부라고 착각하지 마."

"어떤 이유로든 철은 인간의 역사를 담을 수 있는 유일한 물질이야.

인간의 감정을 담을 줄도 아는 물질이지."

"잘하면 쇠붙이랑 살림도 차리겠네. 변두리에서 종이나 만들던 인간이 예술을 다 안다는 것처럼 말하는군."

규철과 황 교수가 탁구공처럼 주고받는 말이 전시장 안을 맴돌았다. 두 사람의 말은 서로에 대한 비아냥거림 일색이었다. 주변 사람들은 둘의 대화를 흥미진진하게 구경했다. 규철은 황 교수의 말을 들을 때마다 피식거렸다. 두 사람은 본능만 남은 짐승처럼 서로의 구역을 침범하지 말라는 듯 노려보았다. 멍석만 깔리면 금방이라도 멱살을 잡고 뒹굴 듯했다. '문명의 오류'라는 작품을 전시했던 강사가 앞으로 나섰다. 황 교수도 규철도 그를 밀어냈다.

그들의 일이야 어찌 되든 상관없었다. 그들에게 등을 보이고 돌아서려는 찰나 규철의 눈과 동주의 눈이 마주쳤다. 황 교수의 눈길도 따라왔다. 순간 동주가 본 황 교수의 눈빛은 그가 예전에 알던 눈빛이 아니었다. 규철이 동주에게 어떤 존재인지 알고 있다는 듯한 야릇한 눈빛이었다. 동주는 그 눈길에 떠밀려 사람들을 밀치고 앞으로 나가 규철의 손목을 잡았다. 그의 손목은 10년 전 그때처럼 힘이 넘치고 굵었다.

"박동주, 작업장에서 도망 나와서 겨우 이런 거나 배웠던 거냐?"

그의 팔을 잡아끌었다. 하지만 그는 두 발을 바닥에 깊이 박은 채 버텼다. 그를 힘껏 잡아당겼다. 그런데 그의 다른 한 손이 강사의 작품을 붙잡고 있었다. 그 바람에 '문명의 오류'라는 작품이 기우뚱하더니 전시장 바닥에 그대로 곤두박질쳐졌다. 모니터가 깨져 파편이 사방으로 튀고, 헐거운 이음새들 때문에 틀은 완전히 찌그러지고 말았다. 황 교수는 물론 강사와 주변 관람객들은 놀라 뒤로 물러났지만 강규철만은 피식 웃었다.

"나와요! 여긴 도대체 왜 오신 겁니까?"

"쓰레기들을 감상하고 있었지."

그는 주위를 둘러보며 히죽 웃었다.

"야, 경찰 불러! 얼른 경찰 불러!"

누군가 그렇게 소리쳤다. 하지만 강규철은 아랑곳하지 않고 낄낄거렸다.

경찰관은 입에 거품까지 물고 고래고래 소리를 지르는 강사와 눈을 지그시 감고 앉아 있는 규철에게 번갈아 눈길을 주었다. 황 교수는 뒤쪽 멀리 나무의자에 팔짱을 끼고 앉아 이편을 말없이 쳐다보고 있었다.

"이제 그만 싸우시고 합의를 보시죠."

경찰관의 눈길이 동주에게로 향했다. 두 사람 문제에 해답을 제시해 달라는 눈빛이었다. 하지만 동주가 나설 일이 아니었다. 선뜻 강사의 편도, 그렇다고 강규철의 편도 들 수 없었다. 동주는 입을 다문 채 경찰관을 바라보았다.

"합의? 좋수다. 합의하지. 대신 조건이 하나 있습니다."

이런 판국에 조건을 내걸다니. 그의 겁 없는 배포가 부러웠다.

"그 조건이 뭡니까?"

경찰관이 미소를 지으며 물었다.

"나한테 딸이 하나 있소. 그 아이 좀 찾아주시오."

전혀 예상하지 못했던 말이 그의 입에서 튀어나왔다.

"딸만 찾아준다면 내 어떤 조건으로든 합의하겠소. 내 심장이라도 팔아서 해결하겠소."

그의 엉뚱한 제안에 경찰관은 물론 강사도 황철주도 웃었다.

"심장까진 필요 없을 겁니다."

하지만 그의 말이 장난이 아니며, 그의 제안은 절실하다는 걸 동주는 잘 알고 있었다.

"요즘 휴대폰 위치추적 해보면 금방 알 수 있다고 하던데, 안 그렇습니까?"

"그건 위급할 때나 요청할 수 있는 겁니다. 이렇게 아무렇게나 요청할 수 있는 게 아닙니다."

"아버지가 딸을 찾는 게 위급한 일이 아니고 뭡니까?"

경찰관이 즉시 대답을 내놓지 못하고 있자 그 틈을 파고들어 그는 줄기차게 졸랐다. 강사는 어이없다는 듯 자리에서 일어났다. 황철주가 다가왔다. 그의 입가에 특유의 냉소가 그려졌다.

"허 선생 가지. 저런 인간과 말해 봐야 바보만 되는 것 같네. 후배들 도움 받고 오늘 밤새면 다시 전시장에 내놓을 수 있을 거야."

규철은 황철주의 말에 전혀 신경을 쓰지 않았다. 오로지 경찰관만 바라보았다.

"그게 글쎄 쉬운 일이 아닙니다. 절차도 있고……."

"어떤 절차를 밟으면 됩니까?"

경찰관은 곁의 다른 경찰관들을 둘러보았다.

"그럼 정식으로 실종 접수를 하시겠습니까?"

규철이 얼른 고개를 끄덕였다. 갑자기 동주에게도 희망이 생겼다. 어쩌면 우연찮게 해원을 만날 수 있을지도 모르겠다는 생각이 들었다.

경찰관이 실종신고 양식을 내밀었다. 규철은 경찰관이 내민 종이를 재빠르게 작성했다.

"강해원이라……. 반년 전쯤 박한위라는 분이 이미 실종 접수를 했는데요?"

경찰관은 모니터를 들여다보며 말했다.

"알아요, 알아. 지금 어디에 있는지 알 수 없냐는 거죠. 휴대폰 번호 찍으면 위치를 알 수 있잖아요. 경찰 전산망이면 딸아이가 쓰는 다른 휴대폰 번호도 찾아낼 수 있는 거죠?"

경찰관은 여전히 모니터에 눈길을 둔 채 대꾸를 했다.

"강규철 씨는…… 추, 출소한 지 얼마 안 됐네요?"

경찰관이 고개를 들어 규철을 쳐다봤다.

"실은 그래요. 내가 좀……. 그래도 전 모범수로……. 10년이 흘렀는데 연락이 안 되는 겁니다. 어디에 있는지도 모르겠고, 휴대폰 번호도 몰라요."

"그럼, 박한위라는 분을 만나 보시던가, 아니면 그리 전화를 해보시지."

경찰관은 이미 규철에 대해 모든 걸 파악한 눈치였다. 아내를 살해하고 15년 형을 선고받은 범죄자였다는 걸.

"한위 그놈도 덩달아 사라졌어요. ……분명 내가 알지 못하는 뭔가가 있는 겁니다."

그의 눈이 사람들 사이에서 동주를 찾아냈다. 동주는 그의 눈길을 외면했다. 그는 여전히 한위와 동주가 해원을 어디엔가 감추었다고 믿었다.

"왜 그렇게 믿으시나?"

경찰관의 말투와 자세가 느긋해졌다. 비난하지 않는 게 그나마 다행이었다.

"10년 동안 저 녀석이랑 저 녀석 아버지가 내 딸을 데리고 있었거든. 어디론가 빼돌린 게 분명하단 말이야."

"아저씨가 살인 저지르고 감방에 있을 때 말이죠? 그럼 고마우신 분들이네. 백 번 절을 해도 모자랄 판인데."

어느새 경찰관의 말투는 비아냥거림으로 바뀌었다. 규철의 얼굴이 용해로 속에서 끓고 있는 쇳물처럼 달아올랐다.

"저놈들이 나 없는 사이에 우리 해원이를 어떻게 한 거란 말이야!"

규철이 의자에서 벌떡 일어났다. 동주는 더 이상 그의 이야기에 귀를 기울이지 않았다. 그는 출입문 쪽으로 걸어갔다. 강사는 이미 사라지고 없었고, 황 교수는 문밖에 서서 느긋하게 밤하늘을 올려다보고 있었다.

"글쎄, 엄마를 살해한 아버지라면 나라도 안 보고 싶을 것 같은데……."

"아냐! 네 놈이 뭘 안다고 그런 소리를 지껄여!"

느닷없이 책상 위로 튀어 올라간 그가 경찰관의 멱살을 잡았다. 갑작스러운 일이라 누가 말릴 사이도 없었다. 그 소란에 동주는 걸음을 멈추고 다시 경찰서 안으로 향했다. 곁에 있던 경찰관이 달려들어 규철의 손을 떼어 내려고 용을 썼다. 규철은 돌을 주먹 안에 넣고 부술 수 있을 정도의 악력을 가진 인간이었다. 금형리에서 그런 그를 보며 자랐다. 대대로 종 만들 운명을 가진 인간은 그런 괴력을 가진다는 소문을 들으며 자랐다. 쇠를 만지는 인간에게 던져진 저주였다. 종을 만지지 못한 지 10년이 지났지만 그의 힘은 그대로 그의 몸에 머물러 있었던 모양이었다. 멱살을 잡힌 경찰관은 켁켁거렸다.

"우리 해원인 그런 애 아냐!"

규철은 몸부림쳤다. 두 명의 경찰관과 동주가 달려들어 겨우 그의 손을 떼어 냈다.

"별 미친놈을 다 보겠네."

규철에게 멱살을 잡혔던 경찰관은 자리를 피했다. 늙은 경찰관이 규철과 마주섰다. 규철의 얼굴에서 걷잡을 수 없이 눈물이 흘렀다. 그에게 눈물이 남아 있다는 게 신기했다.

"듣자 하니까 다른 방법은 없는 거 같네요. 따님이 갈 만한 곳에서 기다리면 언젠가 따님이 나타나지 않겠소? 부모와 자식의 연이라는 게 간단하게 끊어지는 게 아니니까."

그는 더 격렬하게 흐느꼈다.

"10년 동안 못 봤어요. 10년 동안. 해원이한테만은 진실을 알려줘야 해요. 진실을!"

그가 말하고 싶은 진실이라는 게 뭘까? 아내를 살해했지만 딸은 진심으로 사랑했다? 그의 눈물이 더없이 가벼워 보였다. 새삼 그런 인간이 평생 종만 만들어 왔다는 게 믿어지지 않았다. 단단한 어깨를 가졌을 뿐 쥐의 눈과 작은 입술 때문에 볼품이라고는 없는 몰골에, 앞뒤 재보지 않고 다짜고짜 성부터 내는 그런 인간에게 열등감을 느낀 아버지도 이해할 수 없었다.

그를 두고 경찰서에서 나왔다. 그사이 황 교수는 돌아갔는지 보이지 않았다. 동주는 담배를 꺼내 물고 서서 밤하늘을 올려다보았다. 도시를 덮은 빛들과 가로등의 혼탁한 빛이 별빛을 가리고 밤하늘을 가렸다. 거리를 질주하는 자동차 소리와 취객이 내지르는 고성이 들렸다. 골목 안에서는 보이지 않는 개들이 짖어 댔다.

어디로 가지? 동주는 갈 곳을 정하지 못한 채 서서 물에 되비친 풍경 같은 도시의 밤을 보았다. 멀리 건물 외벽에 붙어 있는 대형 LED 광고판에서 뉴스가 흘러나왔다. 화면에는 검은 양복에 피켓을 든 한 노인의 모습이 잡혔다. 노인의 곁에는 작은 책상 하나와 서명록 그리고 펜이 가지런히 놓여 있었다. 그는 광화문 광장의 이순신 장군 동상 앞에 서서 1인 시위 중이었다.

"금형리가 죽어 가고 있습니다. 금속 예술의 고향 금형리 복원에 국민 여러분의 도움이 필요합니다. 복원에 서명해 주세요."

강한 전류가 동주의 뇌를 관통한 듯 정신이 번쩍 들었다.

4

동주가 태어나고 자란 고향 금형리. 그는 낯선 풍경 때문에 선뜻 마을로 들어서지 못했다. 눈앞에 펼쳐진 광경을 둘러보며, 도시가 세워지고 인간의 삶이 완성되기까지는 많은 시간이 필요하지만 몰락하는 건 순간이라는 사실을 절감했다. 겨우 10여 년의 세월이 지났을 뿐인데 언제부터 몰락했던 것일까. 마을로 들어가는 입구 이정표는 녹이 슬어 글자가 제대로 보이지 않았고, 곳곳에 부려 놓은 쓰레기들이 산더미 같았다. 장인들이 살았던 과거의 영광은 흔적도 없이 사라지고 없었다. 분주하게 트럭이 드나들고 아이들이 뛰어놀고 개들이 아이들 뒤를 쫓아 뛰어다녔던 거리는 악취와 오수로 황폐했다.

여름의 한낮임에도 인기척이라고는 없었다. 거리를 메웠던 금속공예점은 대부분 문을 닫았고, 그나마 문을 연 가게 앞에는 쌓아 놓거나 버린 재료들이 널브러진 채 썩어 가고 있었다. 그 더미들 아래에서 기름띠를 두른 검은 물이 배어 나왔다. 중심 거리에서 벗어난 골목 안은 더 처참했다. 담장 벽이 무너져 내려 집 안 속살을 훤히 드러낸 집이 있는가 하면 집 전체가 기울어져 지붕이 내려앉은 가옥들도 보였다. 한때 동주에게 세상의 중심이었던 금형리는 재앙이 휩쓸고 간 마을처럼 퇴락해 있었다. 1인 시위를 하던 노인의 피켓에 쓰인 대로 금형리에는 더 이상 힘찬 생명 따위는 보이지 않았다.

동주가 잊고 살았던 고향을 찾아온 건 경찰서를 나오는 길에 LED 광고판으로 본 뉴스 때문이었다. 그러나 금형리의 땅속 깊이 밴 쇳내를 맡는 순간 동주는 이곳에서 해원을 만날 수 있을지도 모른다는 기대로 찾아왔다는 걸 깨달았다. 상처 입은 짐승이나 인간들이 고향으로 돌아가기를 갈망하듯, 동주는 녹물 든 길바닥을 보며 지키고자 했던 순수가 영원히 빛나길 바랐다는 걸 알았다. 순수는 오수와 악취에 오염되어 흔적도 남아 있지 않았다. 더 이상 앞으로 나가지 말자고 생각하면서도 채찍으로 제 등을 찍어 대는 순례자들처럼 앞으로 걸어 나갔다. 마을이 폐허가 된 잘못이 자신에게도 있기라도 한 듯 걸어 나가며 고통을 느꼈다.

어디선가 금속이 깨지는 듯한 파열음이 들렸다. 소리는 쓰레기 더미에 금방 묻혀 버렸다. 다시 또 날카로운 파열음이 들렸다. 이번에는 좀 더 가까웠다. 동주는 소리가 나는 쪽으로 발걸음을 재촉했다. 주변에 다른 소음이 없어 소리는 분명하고 선명했다. 종을 만들 때 주석의 비율보다 구리의 비율을 높인 종이 깨지는 소리였다. 맑은 와인 글라스를 스푼으로 두드리는 듯한 소리. 누군가 종을 깨고 있는 게 분명했다. 사람이 있다는 말이었다. 몇 개의 쓰레기 더미를 지나고 악취가 진동하는 골목을 지난 후에야 소리의 근원지에 다다랐다. 한때 금형리의 중심이었던 중앙통 부근이었다.

머리를 하나로 묶은 백발의 노인이 앉은뱅이의자에 앉아 해머로 작은 종을 깨부수고 있었다. 노인의 오른편에는 작은 종들과 잡다한 액세서리들이 쌓여 있고, 왼편에는 해체된 쇠붙이들이 널브러진 채 굴러다녔다. 노인의 작업이 너무 진지해 동주는 선뜻 앞으로 나아가지 못했다. 하늘 높이 해머를 들었던 노인이 인기척을 느꼈는지 고개를 돌려 동주를 올려다보았다.

"여긴 특별한 이유가 없으면 찾아오지 않는 마을인데……."

노인은 다시 해머를 들고 종을 깼다. 어떤 종은 절반으로 쪼개졌고 어떤 종은 납작하게 찌그러졌다. 쓰레기라면 그냥 버려도 될 텐데, 무의미한 작업이었다. 동주는 노인의 작업을 지켜보았다. 노인이 손길을 멈추었다.

"이 마을에 볼일이라도 있소?"

노인은 목에 두른 수건으로 이마에 맺힌 땀을 훔쳤다. 주머니에서 담배를 꺼내 물고 불을 붙였다. 이미 폐허가 되어 버린 마을이었다. 물어볼 말도 확인할 것도 없으면서 동주는 돌아서지 못했다.

"혹시, 여기서 태어난 젊은이인가?"

"아, 아닙니다."

동주는 쉽게 거짓말을 내뱉었다.

"그런데 낯이 익구먼."

동주는 야반도주하듯 금형리에서 도망간 박한위의 아들이라는 사실을 금형리의 누구에게도 들키고 싶지 않았다.

"그건 그냥 모아서 버리시면 될 텐데 뭐하러 그렇게 부수세요?"

동주는 서둘러 쓰레기처럼 쌓인 종의 무덤을 바라보며 딴청을 부렸다. 노인은 손에 들고 있던 해머를 내려놓았다. 그의 눈빛이 야릇하게 빛났다. 네 놈의 속은 훤히 꿰뚫어 보고 있다는 눈빛이었다.

"그래도 되겠지. 내가 굳이 이렇게 부셔서 버리는 건 이걸 헐값에 넘기라는 땡처리 업자 놈들 손에 들어가는 걸 바라지 않아서 그런 게요. 만들 때 들어간 쇠 값의 4분의 1에도 못 미치는 돈으로 가져가겠다니 도둑놈 심보가 따로 없지. 죽일 놈들! 마을 사람들 그 땡처리 하는 놈들 때문에 아주 거지가 되어서 나갔수."

그는 다시 해머를 들었다. 그런 후 계속해서 종이며 소품들을 못 쓰게 박살냈다. 종이 부서질 때마다 고요한 수면 위에 빗방울이 떨어지듯 경쾌한 소리가 났다. 이렇게 부서져도 불행하지 않다는 말처럼 들렸다.

동주는 너스레를 떨며 입을 열었다.

"전에는 이 마을이 꽤 번성하지 않았나요? 옛날에 잠깐 봤을 땐 제법 복작거리고 넉넉해들 보였는데."

"언제를 말하시우?"

노인은 망치질을 멈추었다.

"그게 그러니까…… 10년 전쯤 되었을 겁니다."

"10년 전이라……."

노인이 갑자기 동주의 얼굴을 빤히 들여다보았다. 동주는 자신도 모르게 반걸음 뒷걸음질을 쳤다. 앞에 서 있는 청년이 누구인지 알아차리기라도 한 듯 노인의 눈썹이 일그러졌다가 펴졌다. 동주는 반걸음 더 뒤로 천천히 발을 뺐다. 이미 몰락한 마을의 역사를 캐물어 뭘 어쩌겠는가? 동주가 정작 궁금했던 건 해원의 존재였다. 그녀가 다녀갔을지도 모른다는 막연한 희망에 기대어 금형리를 찾아왔다. 하지만 어떻게 물어야 할지 어떤 이야기를 먼저 꺼내야 할지 막막했다.

"그즈음부터 이 마을이 몰락하기 시작했소."

노인은 다행히 동주의 존재에 대해 캐묻지 않았다.

"10년 전이면 아마 월드컵이 열렸을 때지. 그즈음 이 마을에 살인사건이 일어났는데, 그때부터 마을이 몰락하기 시작했던 것 같소. 내 짐작이긴 하지만 아마 그럴 거요."

발이 저린 듯 섬뜩했다. 그의 짐작대로라면 마을을 몰락시킨 인간은 강규철인 셈이었다. 노인은 이제 동주에게 관심을 보이지 않았다. 해머를 들고 자신의 일에 몰두했다. 동주는 노인에게 더 물어보고 싶은 말이 있었지만 차마 입을 열지 못했다. 해원이 찾아왔는지. 막연한 기대로는 어떤 진실도 얻을 수가 없었다. 설령 그녀가 다녀갔다고 해도 그 이상 그녀에 대해 알 수 있는 길은 없었다. 동주는 노인에게 목례를 하고 물러났다.

"세 달쯤 전일 거요. 어떤 아가씨가 마을을 찾아왔었소. 그 처자는 뭔 사연이 있는지 말없이 마을을 둘러보고 돌아갔는데…… 그런데 그 처자도 젊은이처럼 낯이 익었어."

동주는 걸음을 멈추었다.

"몇 년 전에는 그래도 사람들이 가끔 찾아오는 일이 있었지. 그런데 최근엔 아무도 없어. 근래 이 마을을 찾아온 사람이라곤 그 처자와 젊은이가 다요."

노인의 말 속에 나온 처자는 해원이었을지도 모른다. 동주는 뒤돌아보았다. 노인은 쉬지 않고 망치질에 힘을 쏟았다. 동주와 더 이상 눈을 맞추지 않았다. 궁금한 걸 들었으면 가던 길을 가라고 재촉하는 듯했다.

노인이 말한 어떤 처자에 대한 이야기를 듣지 못했다면 동주는 벌써 마을을 빠져나갔을 것이다. 동주는 노인이 말한 처자를 해원이라고 믿었다. 운명에 이끌려 금형리로 찾아올 여자는 해원밖에 없을 것이다. 그리고 그녀는 어쩌면 헤어진 연인에게 메시지를 남기듯 마을 어딘가에 동주를 위한 메시지를 남겨 놓았을지도 몰랐다. 그래야 운명의 아귀가 맞았다.

동주는 마을의 한복판에 섰다. 거리를 가운데 두고 양편으로 잡다한 가게들이 어깨를 맞대고 늘어서 있던 풍경이 서서히 기억을 찾아갔다. 금속공예품을 파는 가게들에서부터 도시의 변두리에 있는 흔한 상점들이 늘어서 있었다. 딱히 서울까지 나가지 않아도 충분히 생활할 수 있는 기반이 다져진 마을이었다. 금형리에서의 많은 날들 중에 동주의 기억에 화인처럼 각인되어 지워지지 않고 있던 풍경 하나가 불쑥 떠올랐다.

학교 수업이 끝나면 금형리 마을 아이들은 버스를 타고 돌아왔다. 버스에서 내리면 대부분은 늦은 오후였다. 버스에서 내려 마을 초입으로 들어설 때 바람이라도 불면 상점들 처마에 달려 있는 풍경들이 빛을 반짝거리며 일제히 몸을 떨었다. 일자형으로 뻗은 거리 양편에서 들려오는 풍경 소리와 마을에 쏟아지는 햇빛으로 마을은 은혜로워 보였다. 골목에서 손수레를 끌고 나와 트럭에 짐을 싣는 일꾼들의 모습과 트럭의 디젤 엔진이 심장을 두드려 대는 소리들로 아이들은 마을로 들어서기 전부터 들뜨기 일쑤였다. 바람과 쇠가 어우러져 만든 소리는 언제나 황홀했다. 아버지에게 매를 맞을 때에도 동주는 그 소리로 위로를 삼았다. 어머니가 죽었을 때에도 거리 전체에 울려 퍼진 풍경 소리에서 위안을 얻었다.

하지만 지금 그 시절 마을을 가득 메웠던 풍경은 없었다. 동주는 10년 전의 과거로 걸어 들어갔다. 중심 거리에서 벗어나 가장 큰 골목길로 들어선 후 멈춰 섰다. 그곳에 커다란 안내판이 과거로 들어가려는 걸 막으려는 듯 길 한복판을 가로막고 있었다. 곧 신도시개발 사업으로 금형리 일대가 철거되니 조속히 다른 터전을 구하라는 내용의 안내문이었다. 그 안내문 역시 낡아 구석구석 녹이 슬고, 글자를 덮고 있던 페인트는 떨어져 나가 검은 속을 드러내고 있었다. 안내판은 언제 만들어진 것인지 알 수도 없었다.

동주는 안내판과 벽 사이의 틈으로 몸을 비집고 안으로 들어갔다. 안내판 너머의 세상은 더 참혹했다. 골목 양옆의 집은 형체를 알아볼 수 없을 정도로 부서졌고, 골목에서 다시 작은 골목으로 이어지는 길은 쓰레기 더미에 덮여 길의 형체마저 사라졌다. 이런 곳에 해원이 찾아왔을 리 없다고 짐작하면서도 동주는 산을 이룬 쓰레기 더미 위를 오르락내리락하며 고향 집을 찾아갔다.

몇 개의 더미를 오르내린 후에야 동주는 자신이 자란 집 앞에 섰다. 담장은 폭탄을 맞은 듯 허물어졌고, 동주와 어머니가 머물었던 방은 폭삭 주저앉았으며, 한위가 홀로 잠들던 방은 허리가 반쯤 날아간 채 위태롭게 서 있었다. 온전하게 제 모습을 지키고 있는 것은 용해로를 들어 올리기 위해 만들어 둔 크레인이 전부였다. 동주는 자신도 모르게 눈물을 흘렸다. 고향을 떠날 때 돌아오겠다는 약속은커녕 인사말도 없이 떠난 집이었다.

거의 평생 아버지를 미워하고 증오했지만, 고향에서 보낸 세월 속에 억압과 폭력만 상존했던 것은 아니었다. 어머니의 품이 있었고, 남몰래 훔쳐보며 가슴앓이하던 옆집 누이도 있었다. 아버지 몰래 책을 훔쳐보며 세상을 알아가던 뿌듯함과 충만함을 그 시절만큼 충실하게 느껴 본 적이 없었다. 그리고 멀지 않은 곳에 동생이 되어 사랑하게 된 해원의 집이 있었다. 학교를 오가는 길목에서 들었던 풍경 소리, 뛰노는 아이들 모습, 땀에 흠씬 젖어 골목 담장 벽에 기대앉아 담배를 피워 문 건강한 일꾼들의 모습, 용해로 앞에서 벌겋게 달아오른 얼굴로 처음 미소를 지어 주었던 한위의 얼굴. 동주에게 몇 되지 않는 그 보석 같은 기억들이 무너져 버린 집처럼 허물어지는 기분이었다. 동주는 무작정 노인의 시위를 보고 달려온 자신이 미웠다. 이제 고향에서 건질 수 있는 건 아무것도 없었다. 차라리 파괴된 고향을 보지 않았다면 동주의 기억 속의 금형리는 아름답게 남아 있었을지도 몰랐다.

멀지 않은 곳에 해원의 집이 보였다. 그나마 종을 만들던 작업장의 골격은 그대로였다. 지붕은 날아가고 벽체 역시 흔적도 없이 사라졌지만 마을에서 가장 큰 집이었던 해원의 집도 그나마 뼈대를 잃지 않고 서 있었다.

"이제 자네 어떻게 할 건가?"

전시회가 끝난 뒤풀이 자리에서 황철주 교수가 물었다. 한위가 쇠를 얻고 가족의 호구를 마련하기 위해 월롱에 꾸려 놓은 폐차장에서 일하는 사람들이 그를 대신할 사람으로 동주를 염두에 두고 있었다. 버릴 순 없었다. 그곳에 해원과의 전부가 있기 때문이었다.

"일단 변산 월롱으로 내려가 생각 좀 해봐야겠습니다. 월롱에도 작업장이 있으니까 작업은 계속할 겁니다."

황철주 교수는 동주를 잡지 않았다. 그는 동주가 자유롭기를 바랐다. 금속을 다루는 재능이며 솜씨가 남다르다며 깊은 애정을 보였다. 그는 어느 자리든 동주를 데리고 다녔다. 유망주라고 소개하고 어떤 작품이든 동주의 의견을 물었다. 그를 따라다니며 동주가 꿈꾼 미래의 동선은 정해져 있었다. 그의 후계자가 되어 금속공예로 남은 삶을 이어 가는 것. 하지만 동주는 그 삶에 대해 매번 부족함을 느꼈다. 어느 순간에는 죽어 있는 듯한 정물이나 만들어 내는 일이 부질없는 일이라고 여긴 적도 있었다. 쇠를 아무리 유려하게 이어 붙이고 변형을 주어도 살아 있다는 느낌을 받을 수가 없었다. 그건 황 교수의 작품에서도 마찬가지로 느꼈던 부분이었다.

쓰레기 더미 위로 느리게 황혼이 깔렸다. 쓰레기들은 더 붉은색을 띠었다. 더미 속에서 삐죽삐죽 솟아오른 상한 물건들은 짐승의 배에서 나온 내장처럼 보였다. 울컥 욕지기가 올라왔다. 더 이상 앞으로 나가는 게 무의미했다. 이곳에는 동주의 운명을 이끌어 줄 징표 따위는 없었다.

발길을 돌려 두 개쯤 쓰레기 더미를 되넘어 왔을 때 어디선가 짧게 풍경 소리가 들렸다. 처참한 광경이 선물한 환영일까. 발걸음을 옮기는데 한 차례 더 풍경 소리가 들렸다. 동주는 걸음을 멈추었다. 그게 마치 신호가 되기라도 한 듯 풍경 소리가 요란하게 울리기 시작했다. 주위에는 바람도 없고 풍경을 매달 처마도 없었다. 풍경 소리가 동주의 발을 붙잡았다. 뒤돌아섰다. 풍경 소리를 찾아 뛰기 시작했다. 무너진 담을 밟아 뛰어넘고 악취 풍기는 쓰레기 더미 위로 올라갔다. 소리는 해원의 집이었던 곳에서 들려오는 듯했다.

'해원이 여기에 있다!'

심장이 뛰고 숨이 가빴다. 동주는 정신없이 달려갔다.

그곳에 사람이 있었다. 그러나 동주가 기대했던 해원은 아니었다. 그는 등을 보이고 앉은 채 풍경을 흔들었다. 그 앞에 신문지 한 장이 펼쳐져 있고 위에는 술병과 종이컵 그리고 북어 한 마리가 가지런히 놓여 있었다. 동주는 발걸음 소리를 죽이며 다가갔다. 남자는 동주의 등장을 전혀 눈치 채지 못했다. 그와의 거리가 좁혀지면서 남자의 형체가 선명하게 눈에 잡혔다. 그는 풍경을 흔들며 어깨를 들썩였다. 풍경 소리는 들썩이는 어깨에 박자를 맞추어 흔들렸다. 상여를 멘 사람들의 호흡에 맞춰 요령을 흔드는 앞소리꾼의 상부 소리처럼 남자의 입에서 흥얼흥얼 낮은 신음 소리가 흘러나왔다. 기괴한 풍경이었다. 동주는 앞으로 더 나아가지 못했다. 뒤돌아서서 도망가려는 순간 발을 잘못 디뎠다. 몸이 비틀거리고, 쌓여 있던 쓰레기들이 아래로 굴러 떨어지는 소리가 풍경 소리 사이로 끼어들었다. 남자가 풍경 흔들기를 멈추었다. 고개를 돌려 동주를 바라본 사내는 규철이었다.

제2장
여름의 잔해

1

 규철은 밀랍을 끓일 가마솥 화덕에 불을 당겼다. 마른 장작은 금방 불을 먹고 제 몸을 불태우기 시작했다. 불은 주변을 둘러싼 바람이 밀고 당기는 대로 흔들리며 피어올랐다. 작은 불은 큰 불에게 먹히고 큰 불은 더 큰 불에게 포위당하며 점점 뜨거워지고 넓어졌다. 외연이 넓어지면서 불의 중심에 파란 불꽃이 선명해졌다. 장작만 제때 넣어 주면 불은 영원히 꺼지지 않을 것이다.
 1년 만에 화덕이 환한 빛을 뿜어냈다. 작업장 굴뚝 위로 검고 흰 연기가 몸을 섞으며 하늘로 올라갔다. 화덕에서 나온 불빛이 낯바닥을 간질였다. 바짝 마른 장작이 타닥타닥 소리를 지르며 빨갛게 타들어갔다. 규철은 불붙은 나뭇가지를 하나 들어 담배에 불을 붙였다.
 "더 고민하지 마, 음각은 한위 씨만 한 사람 없잖아."
 규철은 정화가 했던 말을 여러 차례 입안에 굴려 보았다. 한위의 감각이 좋긴 하지만 금형리에 그만한 손재주를 가진 인간들은 많았다. 왜 굳이 한위여야 하냐는 데 신경이 곤두섰다. 정화는 요즘 부쩍 한위에 대한 이야기를 자주 꺼냈다. 한위의 눈빛도 예전과 달리 생기가 넘쳤다. 둘이 서로 나누는 미소에도 남다른 의미가 숨어 있는 듯했다. 규철은 담배꽁초를 화덕 속으로 던졌다. 그냥 친구일 뿐이라고? 왠지 규철에게는 정화의 말이 비밀을 감추기 위한 연막처럼 보였다. 그는 불길을 노려보았다. 오래전부터 불씨로 자랐던 의구심이 불붙기 시작하자 좀처럼 꺼지지 않았다.

가마솥의 물이 끓기 시작했다. 가마솥에 물을 끓이는 건 밀랍을 넣어 녹이기 전에 가마솥을 정화하기 위한 작업이었다. 부정을 막고 음각할 이암에 밀랍이 잘 스며들기를 기원하는 마음으로 물을 끓이고 가마솥을 닦아 냈다. 물이 수증기가 되어 피어올랐다. 정화와 한위에 대한 의심도 그렇게 수증기처럼 연기가 되어 사라지기를 바랐다. 하지만 의심은 하늘로 사라지지 못한 채 가마솥 안에서 부글부글 끓었다. 규철은 머리를 저었다. 한위와 정화는 규철과 금형리에서 함께 자라온 소꿉친구였다. 그래서 친할 뿐이다.

하지만 한 번 잘못 꽂힌 코드는 뽑아 버려도 가슴속의 불꽃은 꺼지지 않았다. 모두 태워 재가 되어야만 꺼지려나. 규철은 작업장 처마에 매달린 풍경을 올려다보았다. 작업장 지붕을 새로 올리던 날 한위가 만들어 걸어 준 풍경이었다. 풍경 하나만큼은 금형리 마을 장인들이 따라오지 못할 만큼 맑은 소리를 냈다.

"음각도 안 하고 밀랍을 먼저 끓여? 성질 급한 건 알아줘야 한다니까."

규철은 깜짝 놀라 뒤를 돌아다봤다. 거구의 한위가 여섯 개들이 캔 맥주를 들어 보였다. 그의 손에 들린 캔 맥주가 장난감 같아 보였다. 다른 손에는 땅콩 봉지가 매달려 대롱거렸다.

"미친 놈, 네 눈엔 밀랍 끓이는 걸로 보이냐."

규철은 톡 쏘아붙인 후 문양을 올려놓은 회전판 쪽으로 눈길을 주었다. 한위는 규철의 늘 쏘아붙이는 듯한 말투가 맘에 걸렸으나 그냥 피식 웃었다. 규철은 한위의 기분 따위는 아랑곳하지 않고 회전판에서 시선을 떼지 않았다. 규철이 세 달을 매달려 이암으로 음각해 놓은 문양들이 거기에 있었다. 이암에 음각한 문양 속에 밀납을 부어 말린 후 그 조각들을 외형틀에 붙이는 방법으로 이번 종을 완성할 계획이었다. 용뉴와 유곽, 당좌 그리고 상대와 하대의 문양과 종 옆면을 장식할 비천상까지 완성을 해놓았지만 영 마음에 들지 않았다.

'네가 뭘 안다고……'

정화에게 면박을 줄 일이 아니었다. 그녀는 희미하게 웃었다. 문양들은 검은 먼지를 뒤집어쓴 채 괴물처럼 회전판 위에 앉아 있었다. 규철은 늘 이암에 부을 밀랍을 녹이기 전에 음각을 끝내 두는 편이었다. 하지만 매번 문양이 마음에 들지 않았다. 비극을 상상하고 음각하면 희극이 나왔고, 희극을 상상하면 비극이 되었다. 아무리 돌칼과 끌을 잘 놀려도 나오는 문양은 언제나 규철이 원하는 반대의 형상으로 나왔다. 문양을 볼 줄 모르는 인간들에게는 별 의미 없는 일이었지만 규철에게는 달랐다. 문양은 규철이 세상에 살아 있다는 표식과도 같았다. 규철만이 열 수 있는 문이었다. 종이 위에 휘갈겨 쓰는 표식이라면 수만 번도 더 연습을 하겠지만 이암에 음각을 하고, 밀랍을 부어 굳힌 다음 녹인 후, 그곳에 쇠를 붓고 뽑아내는 일은 아무리 짧아야 수개월이 필요했다. 한 획에 모든 게 결정되어야 하는데 규철에게는 그 감각이 부족했다. 그래서 종을 만들 때마다 매번 두려웠다. 종을 덮고 있던 돌처럼 굳은 흙을 걷어 낸 후 보면 문양들은 너무 얄팍하거나 깊이가 없어 보였다. 그럴 때마다 밀려드는 절망은 감당할 수 없이 깊어졌다. 더군다나 이번 문양은 성덕대왕신종의 두 배 크기였다. 너무 커서 작업이 어려운 건 아니었다. 한 획에 모든 걸 그려낼 수 있는 인간에게 종의 크기는 상관없었다. 이럴 땐 미리 음각해 놓고 매번 같은 문양으로 뽑아내는 인간들이 부러웠다.

한위가 캔 맥주 뚜껑을 딴 후 규철에게 내밀었다. 규철은 캔 맥주를 거칠게 낚아채 받아들고 들이켰다.

"월드컵 개회식에 맞출 수 있겠어?"

매사 느긋하고 조바심이라고는 느껴지지 않는 한위의 말투. 규철은 괜히 비위가 상했다.

"아직 충분해……."

말은 그렇게 했지만 이 속도라면 자신이 없었다. 한위는 맥주를 마시려다 말고 멈추었다.

"쓸데없는 고집부리지 마. 지금까지 1년 안에 50톤짜리 거종을 완성시킨 경우는 없었어. 역사적으로도 그렇고. 그것도 전통 방식으로 뽑아낸다는 건 불가능해. 모든 게 너무 커. 그건 너도 알잖아. 최소한 다섯 명이 매일 달라붙어야 겨우 될까 말까 한 일이야. 네 성질대로 할 수 있는 일이 아니란 거지."

규철은 차갑고 냉랭한 눈으로 맥주 캔에 맺힌 물방울을 쳐다봤다. 반듯하게 각이 진 한위의 얼굴을 쳐다보고 싶지 않았다. 그의 부리부리한 눈매도 항상 자신 있다는 듯 다물고 있는 굵은 입술도 보기 싫었다. 한위보다 키가 작다는 사실에도 신경질이 났다.

"내가 양보한 건 네가 나보다 잘할 수 있을 거라고 믿었기 때문이지, 혼자서 모든 문제를 해결할 수 있을 거라고 생각해서 양보했던 게 아냐."

천성적으로 느려터진 인간, 한 획으로 선을 그려내는 감각이 그의 큰 몸에 숨어 있다는 게 매번 믿어지지 않았다. 도무지 한위의 속은 짐작할 수가 없었다. 해야 할 말을 참는 인간이니 그 속을 알 리 없었다. 그나마 오늘은 속내를 많이 드러낸 편이었다.

"그만해! 그렇게 깊은 뜻이 있는 줄 몰랐군. 하지만 소종이나 풍경 만드는 것과 거종은 다르잖아."

규철은 한위의 눈치를 살피지 않았다. 그는 자꾸만 비딱해지는 마음과 말을 다잡을 생각도 없었다. 주철장은 자신이며 종의 완성에 최종적인 책임 또한 그에게 있었다. 누구를 보조로 쓰던 쓰지 않던 그건 규철의 마음이었다. 전국을 뒤지면 한위만 한 실력자를 찾아낼 수도 있었다. 하지만 한위는 규철에게 가족과도 같은 존재였다. 버릴 수도 없는 그런 존재.

"다르긴 다르지……. 아무튼 네가 빨리 시작해야 우리도 서서히 준비를 하지."

한위는 그저 먼 산 바라보며 규철을 모두 다 이해한다는 듯 희미하게 웃었다. 인생에 대해 달관한 듯한 그의 미소가 잦아드는 규철의 속내를 다시 뒤집었다. 금형리 사람들은 모를 것이다. 한위라는 인간이 그 속에 얼마나 뜨거운 불을 삼키고 있는지, 어느 때 보면 정화 역시 그런 한위에 대해 전혀 모르는 것 같았다.

"준비라니?"

"정화는 내가 음각을 맡았으면 하던데? 그리고 내형은 길 금속에게 맡기고 외형은 화란공예에다가 맡기기로 했잖아."

"내 생각은 묻지도 않고 자기 마음대로 결정해? 진짜 웃기는군. 이건 내 종이라고!"

분업의 결정은 정화의 생각이 아니었다. 이미 그렇게 하겠다고 마음으로 결정을 내린 건 바로 규철이었다. 그 뜻을 어제저녁 밥상 곁에 곁들인 반주처럼 정화에게 슬쩍 말했을 뿐인데 그 말이 벌써 한위의 귀에 들어갔다는 게 규철의 속을 뒤틀리게 만들었다. 가슴속에 모래가 잔뜩 들어 있는 듯 서걱거렸다.

"봉덕사 종 만드는 데 34년이 걸렸어. 그것보다 족히 두 배 정도는 더 큰 종이야. 너 혼자 모든 걸 감당하겠다고 생각하지 마. 그때도 수십 명의 장인이 달라붙어서 완성한 거야. 누구는 상대와 하대를 만들고 또 누구는 용뉴를, 또 누군가는 음각을 만들고 그랬다는 거 잘 알잖아."

한위는 회전판 위에 널브러져 있는 거대한 문양들을 힐끔 쳐다봤다. 굵어야 할 부분은 얇아졌고 얇아져야 할 부분은 끊어졌다. 펼쳐진 여인의 옷은 너무 넓었고 그녀가 든 피리는 대금처럼 굵었다. 한 획에 대해 자신이 없다 보니 칼이 한 번 지나간 자리에 자꾸 손이 가면서 규철이 마음에 두고 있던 형상들을 잃어버렸다.

"정화가 문양을 내가 맡았으면 하던데……"

한위는 말을 끝내지 않았다. 급기야 규철은 한위의 멱살을 잡았다. 한위는 얄궂은 표정으로 규철을 내려다보았다. 한위는 규철의 주먹에 몸을 내맡긴 채 그저 미소를 지을 뿐이었다. 규철은 내리깐 한위의 눈빛 아래에서 알 수 없는 모멸감을 느꼈다. 규철은 한위의 멱살을 놓고 말았다.

"규철아 정신 차려, 1년도 안 남았어. 더 늦기 전에 문양 작업도 들어가야 하고 용뉴도 떠야 하고 하잖아. 개인이 부탁한 거라면 한두 달 미룰 수도 있지만……. 어쨌든 오늘은 매일 밤 잠을 못 잔다고 해서 찾아온 거야."

규철은 손에 쥐고 있던 캔을 조용히 찌그러트렸다.

"정화가 그러디? 내가 매일 잠을 못 잔다고?"

"엉뚱한 생각 그만해."

한위는 바닥에 내려놓은 캔을 발로 걷어찼다. 캔은 포물선을 그리며 날아가 구리를 모아 놓은 함 위에 떨어진 후 폭탄처럼 터졌다. 한위는 바지 주머니에 손을 찔러 넣은 후 뒤도 돌아보지 않고 작업장을 빠져나갔다. 그가 서 있다 사라진 자리가 규철에게는 너무 휑해 보였다. 그는 한위가 두고 간 맥주를 모두 마신 후에도 사무실 냉장고에 들어 있던 소주를 꺼내 벌컥벌컥 들이켰다. 술이 물처럼 흘러 식도를 타고 위장으로 들어갔다. 취기가 오르기는커녕 감각이 더 예민하게 살아났다. 작업장을 기어 다니는 벌레들의 발소리도 들리고, 달려온 바람이 용해로 근처에 쌓아 놓은 구리에 부딪혀 퍼지는 소리도 들릴 정도였다. 지금의 기분이라면 수년의 시간이 필요한 거종을 금방이라도 만들어 낼 수 있을 것 같았다.

그는 술병을 들고 이암을 음각해 놓은 회전판 앞으로 걸어갔다. 몸은 휘청거렸지만 몸을 관통하는 감각은 비틀거리지 않았다. 술을 마시지 않았을 때보다 이성은 더 냉정해졌다. 그는 회전판을 돌리며 버려진 듯 놓인 문양들을 손바닥으로 쓸어 보았다. 불에 덴 손등 위로 이암의 먼지들이 날렸다. 소종류의 비슷한 크기의 종을 만들 때면 간혹 미리 만들어 둔 문양을 사용했다. 하지만 언제부턴가 규철은 물론 한위 역시 문양을 매번 새롭게 만들었다. 법당 안에 걸릴 소종을 만들어도 매번 문양을 달리했다. 그게 종에 대한 예의라고 배웠고 둘은 수긍했다. 술이 잊었던 몸의 기억들을 되돌려 주었다. 몸이 기억하고 있는 그 문장들을 그는 중얼거렸다.

"음각에 밀랍을 붓고 종 외형에 새끼를 두르고 밀랍을 두껍게 바른다. 밀랍 조각을 그 위에 붙이고 다시 이암과 황토, 모래를 섞은 흙을 여러 차례 틀에 덧바른다. 다시 짚 섞은 흙을 또 발라야만 한다. 두께가 얇아지면 밀랍으로 만든 틀이나 조각들이 보존될 수 없기 때문이다. 틀을 화덕에 올려 불을 피우고 밀랍을 녹이면 비로소 외형 틀이 완성이 된다. 종알인 내형은 밀랍을 바르지 않을 뿐 똑같은 방법으로 제작한다. 다만 종 내형은 작업장에 미리 파놓고 땅속에서 이루어진다. 15미터가 넘는 전고가 다 파묻힐 수 있을 정도로 땅을 깊이 파야만 한다. 내형이 완성되면 외형을 옮겨 조립하고 쇳물이 흐를 통로를 확보하고 가스와 쇳물이 넘쳐 나올 압탕을 확인하면 전체적인 작업이 끝난다. 하지만 맑은 종소리나 종의 완성은 인간의 몫이 아니다. 미움과 증오, 욕망을 모두 버린 자만이 절대자의 소리를 얻을 수 있다. 미움과 증오를 버리지 못하면....... 버릴 수가 없다. 절대자를 향해 수천 배의 절을 올려도 미움과 증오가 단단해지기만 할 뿐 풀어지지 않는다. 미움과 증오는 어디서부터 온 것일까. 사랑하지 않으면 미움과 증오는 사라질 수 있을까?"

중얼거림은 결국 넋두리로 변하고 말았다. 규철은 손에 쥐고 있던 술병에 힘을 주었다. 소주병이 박살났다.

"모든 게 왜 이 모양이지?"

규철은 금형리를 벗어나 본 적이 없었다. 벗어날 수도 없었다. 종을 만드는 일만이 세상을 살아가는 방식이라고 배웠다. 금형리가 언제 생긴 마을인지, 아버지가 언제부터 종을 만들었는지 규철은 알고 싶지도 않았다. 너무 오랫동안 종 만드는 일만이 운명이라고 교육받았기에 다른 일은 알고 싶지도 않았고, 생각해 본 적도 없었다.

원래의 금형리는 마을이랄 것도 없었다. 규철이 인간들과의 관계에 눈을 떴을 때 자신이 무인도나 다름없는 곳에서 살고 있다는 걸 깨달았다. 사방 4km 안에 인가라고는 없었다. 하늘과 땅 그리고 종을 만드는 작업장이 전부였다. 작업장에 드나드는 사람들에 대한 호기심이 생기고 그들이 던져 놓고 간 책들을 보면서 작업장이 세상의 중심이 아니라는 사실을 알았다. 그러나 다른 세상을 꿈꾸기에 규철의 몸에 각인된 삶은 너무도 견고하고 고집스러웠다.

"아빠……?"

해원이 눈앞에 있었다. 해원은 이암 작업대 위에 어지럽게 펼쳐져 있던 일지를 둘러보았다. 규철은 서둘러 과거의 기록들을 정리해 겉면을 옻칠로 마무리한 상자에 넣었다.

"무슨 생각을 그렇게 해?"

해원이 도시락을 내밀었다. 단숨에 가 닿을 거리에 집이 있지만 작업을 시작한 뒤 제때에 끼니를 해결한 적이 없었다. 정화나 해원이 가져오거나 가끔 중앙통 거리 식당에서 끼니를 때웠다. 그도 아니면 작업장에서 술로 해결했다. 규철은 해원의 머리를 쓰다듬었다.

"응, 왔구나. ……엄마는?"

규철은 딴청을 부리며 웃었다. 해원에게는 모난 모습을 보이고 싶지 않았다. 해원 앞에서는 어떤 시기도 질투도 미움이나 증오도 한 줌의 연기처럼 사라졌다.

"그냥 있지 뭐……."

해원이 입술을 샐쭉 내밀며 말을 아꼈다.

"또 술 마시고 있나 보구나?"

해원이 눈을 흘겼다. 규철은 해원과 눈높이를 맞추기 위해 무릎으로 땅을 짚었다. 해원의 얼굴을 그러안고 아이의 볼에 입술을 맞추었다.

"으악, 술 냄새!"

"아빠가 일만 하니까 엄마가 심심한가 보다. 네가 이 아빠 대신 엄마를 재밌게 해드려, 알았지?"

규철은 해원의 눈에서 편을 가르지 않고 지냈던 추억 속의 정화를 보았다. 규철을 살아가게 만드는 힘은 종과 해원에게 있었다. 언젠가 부러지고 말 사랑이 아니라, 세월이 흘러 퇴색하고 바랠 연정이 아니라 처음과 끝이 똑같은 순수였다.

"아빠, 월드컵 때 아빠가 타종하는 거야?"

해원이 규철의 손에서 슬그머니 얼굴을 빼내며 물었다.

"아마 그렇게 될걸."

"쇳물은 언제 끓여?"

"공주님, 걱정하지 마세요. 쇳물 끓일 때 부를 테니까."

해원은 완성된 종을 구경하는 것보다 용해로 앞에서 쇠가 끓는 모습 보는 걸 좋아했다.

"그래도 내년에나 들어가겠지? 중2 되면 숙제도 많아진다는데."

방바닥을 꼬물꼬물 기어 다니며 신기한 듯 사람들을 쳐다보던 날들이 어제만 같은데 벌써 중학생이라니. 해원은 회전판 위에 음각된 문양들을 둘러본 후 용해로와 종의 틀이 들어가 앉을 작업터를 내려다보았다. 뒷짐을 쥐고 걷는 해원의 뒷모습에서 제법 여자 티가 났다. 고개와 몸을 반쯤 돌려 규철을 쳐다보는데 벌써 봉긋해진 가슴도 보였다. 해원은 규철이 가진 가장 큰 아름다움이었다. 한위는 절대로 가질 수 없는.

"아빠, 이번에도 멋진 종을 만들어 낼 수 있을 거야."

해원이 제법 어른스럽게 규철의 어깨를 토닥였다. 괜히 눈물이 핑 돌았다.

해원은 작업장에 아이의 향기를 남기고 돌아갔다. 규철은 해원의 모습이 골목으로 사라질 때까지 바라보았다. 해원의 위로는 부질없는 미움이나 증오들을 몰아내고 깨어나지 못했던 재능을 깨워 줄 것만 같았다. 규철은 광목으로 덮어 두었던 새 이암 조각들을 꺼내 회전판 위에 올려놓았다. 그리고 그 앞으로 다가갔다.

비틀거리는 몸을 진정시키고 돌을 다듬고 칼과 끌을 놀렸다. 매끈한 이암 위에 비천상을 새롭게 음각하기 시작했다. 춤을 추는 두 여인이 옷을 너풀거리며 하늘로 승천하는 모습을 정신없이 돌에 새겼다. 땀이 흘러 가슴팍을 적셨지만 땀이 흐르는지조차 느끼지 못했다. 규철의 기계적인 손놀림에 조각들이 떨어져 나갔다. 그러나 비천상의 얼굴에서 손길이 또 멈추고 말았다. 규철은 순간 '흡' 소리를 내며 호흡을 멈췄다.

빌어먹을! 팽팽하게 당겨져 있던 긴장감이 갑자기 툭 끊어져 버린 듯 맥이 풀렸다. 규철은 자신의 거친 손바닥을 바라보았다. 모든 걸 담은 듯하면서도 아무것도 보고 있지 않은 듯 무심한 시선을 그려 내야 하는데 눈은 물론 얼굴조차 칼을 댈 수가 없었다. 해맑게 웃던 해원의 얼굴을 떠올려 보았다. 규철의 절망 어린 미소 뒤로 종잇장처럼 얇은 희망이 스쳐 지나갔다. 그러나 그뿐이었다. 그렇다고 한 번 끊겼던 손의 감각이 되살아나지는 않았다. 저 앞을 가로막고 있는 벽을 단숨에 뛰어넘기 위해 뜨겁게 달려왔지만 정작 벽 앞에 다다르자 무릎이 꺾여 주저앉고 만 형국이었다. 규철은 두려웠다. 제아무리 열심히 달려도 자신을 막고 있는 장벽을 뛰어넘지 못할까 봐.

규철은 부들부들 떨리는 손을 진정시키기 위해 소주를 병째 들이켰다. 다리는 풀렸지만 손은 진정이 되었다. 눈썹이 들어가야 할 자리에 칼을 대고도 규철은 망설였다. 이 과정을 생략하고 종을 완성시킬 수는 없었다. 그렇다고 정화의 말대로 문양을 한위에게 맡길 생각도 없었다. 한위의 칼질은 거침없지만 꽉 차지도, 그렇다고 모두 비우지도 못했다. 일반인들이 보기에 좋아 보이는 문양일 뿐이라고 생각했다. 지금 규철은 보기에 좋은 문양을 만들어 내기 위해 칼을 든 게 아니었다. 두고 보라지……. 규철은 아랫입술을 피가 나게 깨물었다. 더 이상 물러설 수 없었다. 주어진 시간은 단 1년. 늦어도 겨울이 오기 전에 밀랍 작업이 끝나야 타종 시험까지 가능할 수 있을 터였다.

칼을 어디로 끌고 갈지 계획이나 구상도 없이 돌칼을 이암에 들이밀었다. 너무 성급하게 칼을 놀리는 바람에 칼이 헛나가며 왼손 검지를 베었다. 삽시간에 피가 솟구쳤다. 핏방울이 회색의 이암 위에 떨어져 검게 물들었다. 통증을 느끼지 못했다. 규철은 그만 그 자리에 털썩 주저앉았다. 피는 바닥으로 떨어져 흙 속으로 스며들었다. 뛰어넘을 수 없는 벽일까? 규철은 이암 더미에 등을 기댄 채 창을 넘어오는 어둠을 넋 놓고 쳐다봤다. 어둠은 점점 짙고 넓어졌다. 작업장을 점령하고 희미한 조명 아래 널브러진 규철마저 집어삼킬 듯 밀려들었다. 어둠은 절망처럼 막을 수 없었다.

규철은 술병을 찾아 쥐었다. 술병을 든 채 옻 함을 열고 일지들을 꺼내 뒤졌다. 하지만 술을 먹은 글자들은 스스로 설 힘을 잃고 흐물거렸다. 때론 기록에서 영감을 얻기도 했다. 하지만 침몰한 배처럼 규철의 가슴속에서는 어떤 상상도 떠오르지 않았다. 그는 일지들을 내던졌다. 너덜너덜한 일지들이 나방처럼 사방으로 날아갔다. 아버지!

무덤 속에 있는 아버지를 깨워서라도 벽을 넘지 못하는 이유를 물어보고 싶었다. 술을 들이켰다. 규철이 어둠을 몰아내려고 손을 휘휘 저을 때 어디선가 발걸음 소리가 들렸다. 그 발걸음에 심장이 밟히는 듯한 통증을 느꼈다. 어느 순간 느리게 들려오던 발걸음 소리가 갑자기 빨라졌다. 발걸음은 규철의 눈앞에서 멈추었다. 정화였다. 그녀는 피를 보고 놀란 듯했다. 그러나 곧 차분하고도 신속하게 옷자락을 찢어 규철의 손가락을 동여맸다.

"해원 아빠, 이제 그만……. 이번에는 한위 씨한테 맡기는 게 좋을 거 같아. 문양 하나 그리다 당신 다 망가지게 생겼단 말이야. 당신 요즘 거울 안 보지? 당신 모습이 어떤지……."

정화는 거기서 말을 멈추었다. 그러곤 규철을 부축해 일어섰다.

"이러다 문양 만들기도 전에 쓰러지겠어. 벌써 몇 달쨴 줄 알아?"

정화는 규철을 질질 끌다시피 하며 집으로 데려갔다. 규철에게는 더 이상 저항할 힘이 남아 있지 않았다. 극한까지 몸을 혹사했지만 결국 이번에도 자신이 추구하려던 세계를 구축하지 못했다. 남들이 알아주지도 않는 싸움이 이젠 지긋지긋했다.

2

규철은 결국 음각을 한위에게 맡겼다. 나머지 작업들도 분배했다. 종의 완성 날짜 때문에 정한 어쩔 수 없는 선택이었다. 규철은 상심을 지우고 그동안의 작업을 꼼꼼하게 기록했다. 아버지 대부터 종을 만들 때마다 기록해 온 작업일지. 아무리 작은 소종이더라도 그는 기록을 남겼다. 종은 과학에 의해 태어난다는 규철의 생각을 대변해 주는 증명서와도 같았다. 그 기록들이 규철을 주철장으로 이끌었고, 지금껏 그에게 생명을 부여해 주었던 것인지도 몰랐다. 좌절할 때마다 꺼내 들춰 보기도 했고, 새로운 종이 완성된 후에도 일지를 꺼내 작업 과정을 비교해 왔다. 규철은 이암의 음각을 기록하는 부분에서 잠시 멈추었다가 이내 글을 적어 나갔다.

손과 몸이 아직은 하나로 이루어지지 않았다.

마침표를 찍은 규철은 일지를 덮은 후 옻 상자에 담았다. 그런 후 자물쇠로 옻 상자를 채웠다. 누구도 들춰 보지 못하도록 했고 만지지도 못하게 했다. 실수를 기록한 부분들도 있지만 스무 권 남짓 되는 그 일지들은 규철에게는 성전이었다.

작업장에 일꾼들이 드나들었고, 밤이면 그들과 어울려 만취가 되도록 술을 마신 후에야 잠을 잘 수 있었다. 잠에서 깨면 다시 기록하고 작업에 매달리는 규철은 넘어서지 못한 선에 대해 술로 위로받으며 하루하루를 보냈다. 종을 만들 때면 만신창이가 되도록 몸을 혹사하는 규철을 이번에도 정화는 말리지 못했다.

종에게 중요한 건 흙과 소리야, 소리.

규철은 오늘 아침 마지막으로 기록한 문장을 떠올렸다. 그는 완성된 후 울릴 소리로부터 부서진 마음을 위로받기로 마음을 다잡았다.
작업에 들어가자 시간은 시위를 떠난 화살처럼 빠르게 흘러갔다. 반년이 흐르자 구경 3미터, 높이 4미터에 이르는 거종 틀이 완성되었다. 20톤 규모인 성덕대왕신종보다 더 큰 종을 만들어 낼 틀이었다. 외형과 내형의 틀도 하나둘 완성되어 갔다. 주재료인 구리는 10만 근을 쓰기로 결정했다. 쇳물을 끓이거나 틀에 유입하는 과정에서 절반 이상이 유실된다고 가정해도 구리 주재료로 만든 30톤가량의 거종이 완성될 터였다. 지금은 흔적도 남지 않은 황룡사 종의 규모에 가까웠다.
"사방에서 동시에 쇳물을 부어야 하는데 이렇게 큰 종이 결이 생기지 않고 일률적인 두께를 유지할 수 있을까?"
규철은 일꾼들과 둘러앉아 소주잔을 기울였다. 거종의 틀 사방 네 군데서 쇳물을 부을 수 있도록 네 개의 쇳물받개가 필요했다. 쇳물받개도 한위가 맡았다.
"이번엔 쇳물받개도 쇳물을 충분히 담을 수 있게 새로 네 개나 만드니까, 두께도 좋게 나오고 기포도 나타나지 않을 거야."

자신이 문양을 완성하지 못했다는 미련은 남았지만, 규철은 거종의 완성을 위한 작업이 하나둘 진행되면서 조금씩 위로받기 시작했다. 날마다 쇳물을 언제 끓이느냐며 드나드는 해원도 규철에게 즐거움을 가져다주었다. 마음을 비우자 미련도 어렵지 않게 버릴 수 있었다.
　"종이 너무 커서 나눠서 작업해야 하지 않을까? 아직 내형이랑 외형 틀이 완벽하게 완성된 게 아니니까 고민 좀 해야 할 거 같아."
　틀 작업을 하던 인근 공방 사내가 작업 틀을 내려다보며 술을 입에 털어 넣었다.
　"댁도 알겠지만 옛날엔 상대랑 하대를 나눠서 작업을 하기도 했잖아. 그래서 나중에 종을 붙였는데 그게 소리가 제대로 나지 않는 거야. 마치 절반은 소리를 거부한다고 그래야 되나. 그리고 그땐 지금처럼 하나의 틀로 작업할 줄 몰랐을 때의 이야기야. 자료가 전혀 없을 때라 아버지가 전국을 뒤지고 돌아다녀서 겨우 하나의 틀로도 종을 완성할 수 있다는 걸 알아냈으니까. 그래도 방법은 몰랐지. 어떻게 해야 상대와 하대를 나누지 않고 하나의 틀로 종을 완성할 수 있는지. 이 틀의 기본은 이미 아버지가 구상해 놓은 거야. 다만……."
　규철은 말을 마무리 짓지 못했다. 다른 사람들과 이야기할 때면 규철은 부드러웠다. 그런 자신을 규철은 이해하고 싶지 않았다. 그는 한위를 쳐다봤다. 금속업체에서 지원을 나온 일꾼들도 한위에게 눈길을 주었다.
　"만에 하나라도 과정이 잘못되면 그 많은 구리를 갖다 붓고 수년을 공들이고도 죽은 소리를 내는 종이 탄생할 수도 있다는 거겠지. 그러면 그동안의 노동은 다 헛수고로 돌아간다는 말을 하고 싶은 거지?"

한위가 규철을 바라봤다. 규철이 고개를 끄덕였다. 한위는 좌중을 둘러보며 다짐을 받듯 목소리에 힘을 주며 말했다.

"종이라는 게 쇳물을 붓고 식은 후 꺼내 봐야 아는 겁니다."

한위는 자신의 말에 확신을 갖고 있었다. 규철도 그랬다.

"종 일이 그래요."

"그럴 리가 있겠습니까? 그래도 해원이 아빠가 우리나라 최고의 주철장인데."

"실은 나도 장담할 수 없어요."

규철은 한위를 힐끔 쳐다보았다가 시선을 거뒀다. 한위의 눈길이 따라왔지만 그 시선을 무시하고 10미터 가까운 깊이의 틀을 내려다보았다. 그 안에 모든 걸 묻을 수 있을 것만 같았다. 오랜 세월 허물어지지도 않은 채 쌓이기만 했던 미움도, 부족한 자신도 모조리 구덩이에 쓸어 넣고 싶었다. 등 뒤에서 작은 발걸음 소리가 들리더니 한위와 일꾼들이 자리를 털고 일어나는 소리가 들렸다.

"동주야, 무슨 일이야?"

규철이 뒤돌아섰다.

"아저씨, 아주머니가 다치셨어요. 빨리 오셔야 한대요!"

동주의 얼굴이 창백했다. 규철과 한위 누가 먼저랄 것도 없이 달려 나갔다.

그럴 마음은 아니었는데 한위는 규철의 집에 가장 먼저 도착했다. 정화는 마당 안쪽의 기울어진 작업대 아래 앉아 있었다. 그녀는 수건으로 왼쪽 다리를 동여맨 채였다. 수건에 피가 흥건했다. 한위가 달려들었다. 3인용 소파 크기의 두꺼운 이암이 작업대에 비스듬히 걸쳐져 있었고 바닥에 닿은 이암 쪽에는 피가 스며들어 있었다. 그녀 주변에도 피가 흥건했다. 해원은 팔짝팔짝 뛰며 울었다. 하지만 피 칠갑한 손을 하고도 정화는 침착하게 미소를 지어 보였다.

"어쩌다 그런 거야?"

"아빠처럼 일하다가 이렇게 됐어요."

해원이 코를 훌쩍이며 말했다. 한위는 작업대 주변을 둘러보았다. 칼과 끌이 널려 있었다. 칼끝에도 피가 묻어 있었다.

"아무튼 너도 규철이랑 똑같아, 도대체 왜……."

한위는 말을 더 잇지 못했다. 매사 느긋하던 한위의 눈동자가 불안하게 굴러다녔다.

"별거 아냐, 작업대 다리가 부러지면서 이게 미끄러졌어."

정화는 미소를 지었지만 얼굴은 창백했다.

"아저씨, 우리 엄마 얼른 병원에 데려다 줘요."

해원은 한위에게 부탁을 하면서도 연신 대문 쪽을 쳐다봤다. 작업장에서 일하던 일꾼들이 속속 들어오는데도 규철은 좀체 나타나지 않았다.

한위는 쪼그려 앉아 정화의 다리를 살폈다. 이암이 작업대 위에서 밀려 내려오면서 정강이를 찍어 누른 듯했다. 그나마 다행히 다리는 부러지지 않은 모양이었다. 피는 갈라지고 각질이 덮인 그녀의 발뒤꿈치까지 흘러내렸다. 한위는 괜히 코끝이 찡했다.

"업혀!"

한위는 정화 앞에 쪼그려 앉아 등을 내보였다. 잠깐 망설인 정화는 한위의 등을 밀어냈다. 한위는 순간 실수했다는 걸 깨달았다. 눈앞에 남자의 다리가 보이더니 길어진 해가 만든 그림자 하나가 한위의 눈앞에 드리워졌다. 규철이었다.

"내가 작업대에 손대지 말라고 했잖아!"

"얼마나 힘든 일인지 나도 알고 싶었어."

정화는 규철을 밀치고 다리를 질질 끌며 대문 쪽으로 걸어갔다. 규철은 비스듬히 걸쳐져 있던 이암을 발로 걷어찼다. 작업대 쪽에 걸려 있던 이암이 바닥으로 떨어져 절반으로 박살이 나면서 뽀얀 먼지를 일으켰다.

"누가 너보고 그런 거 알아달랬어?"

"아빠, 엄마 다쳤단 말이야."

해원이 야무지게 대꾸했다.

"그래, 규철아. 일단 병원에 다녀온 후에 이야기해."

정화가 비틀거렸다. 한위는 얼결에 정화를 부축했다.

"비켜!"

규철은 한위를 밀어냈다. 술기운에 절어 있는 그 역시 휘청거렸다. 하지만 정화는 규철을 밀어내지 않았다. 둘은 휘청거리며 대문 앞까지 걸어갔다. 자동차가 대기하고 있었다. 한위는 어정쩡하게 서 있다가 두 사람 뒤를 쫓아갔다. 정화가 뒷좌석에 타고, 규철이 조수석에 탔다. 한위는 씁쓸한 표정을 애써 감추며 차 문을 닫아 주었다. 두 사람을 태운 자동차가 먼지를 일으키더니 시야에서 사라졌다. 잠시 후 모여 있던 마을 사람들도 흩어졌고 한위 곁에는 해원과 동주만 남았다.

한위는 거실 마루에 앉아 두 아이와 함께 그들이 돌아오기를 기다렸다. 해원은 쪼그려 앉은 채 꼼짝도 하지 않았다. 동주가 그 곁을 지켰다. 둘은 어둠이 깔리기 시작하는 마당을 내다보면서 한 마디 말도 꺼내지 않았다. 마을을 드나들던 트럭들도 죄 빠져나가고, 일꾼들도 서울로 혹은 가까운 신도시로 퇴근한 후라 금형리는 점점 적막해졌다. 산에서 내려온 들고양이 몇 마리가 마당을 가로질러 흙에 밴 피 냄새를 맡고는 사라졌다. 벽걸이 시계의 바늘은 소리 없이 돌아가고, 어느 집에선가 밥하는 냄새가 바람에 묻어 왔다. 한위는 휴대폰을 꺼내 맥없이 전원을 켜보았다. 부재중 전화는 한 통도 없었다. 불현듯 허기가 몰려왔다. 아이들에게 뭐라도 먹여야지. 한위는 부엌으로 내려갔다.

 식기 건조대 위에 그릇들이 크기별로 가지런히 정리되어 있고, 수저통에는 숟가락은 숟가락대로 젓가락은 젓가락대로 도열한 병사들처럼 키를 맞추어 누워 있었다. 한위는 가스레인지 위에 올라 있는 솥뚜껑을 열어 보았다. 미역국이 있었다. 밥솥에 밥도 그득했다. 냉장고를 열었다. 똑같은 크기의 반찬통이 칸칸이 가지런했다.

 정화는 어려서부터 깔끔했다. 왜 그런지 규철은 자로 잰 듯한 그녀의 깔끔함을 싫어했다. 집의 작업대를 그녀가 관리했다면 오늘 같은 불상사도 일어나지 않았을 것. 규철은 종 만드는 일 이외에 다른 일에는 매사 무관심이었다. 운전면허증도 없었고 규칙적인 생활과는 거리도 멀었다. 흔한 잡기 하나 없었으며 오로지 술로 스트레스를 풀었다. 끼니를 거르는 건 다반사고, 하루 종일 한 끼도 먹지 않을 때도 있었다. 그의 급한 성격이 그런 삶을 자초한 건지 아니면 그렇게 살아와서 그의 성격이 날카롭게 된 건지 알 수 없었다.

 한위는 밥상을 차리기 시작했다. 마늘장아찌 반찬통을 열자 비슷한 크기의 장아찌가 이쑤시개처럼 가지런하게 담겨 있었다. 빈틈이라고는 없는 여자였다. 그런 사실을 확인하면 할수록 그녀가 규철을 택한 이유가 이해되지 않았다. 한위는 손으로 장아찌를 집어 먹었다. 눈물이 났다.

운명이 인간의 바람대로 흘러가지 않는다지만 지금껏 한위의 인생은 매번 어긋났다. 그의 아버지가 금형리에 정착하지 않았다면, 그의 아버지가 규철의 아버지를 만나지 않았다면, 정화를 몰랐다면, 첫 획으로 문양을 끝까지 그려 낼 수 있는 재주만 없었다면……. 그의 아버지는 종을 과학이라고 말했고, 규철의 아버지는 종은 신들림이라고 말했다. 한위는 과학으로 키워졌지만 신들림을 더 원했고, 규철은 신들림으로 키워졌지만 과학을 더 원했다.

하지만 금형리에서 종에 관한 한 장인은 언제나 규철이었다. 한위는 늘 규철의 등 뒤에 서 있었다. 아내에게서 배알도 없는 인간이라는 소리를 들으면서도 그 자리를 지켰다. 아내는 끝내 한위가 왜 규철의 뒤에서라도 서성거렸는지 알지 못한 채 죽었다.

한위는 아이들 앞에 밥상을 놓았다.
"밥 먹자. 병원에서 잘 치료하고 있을 거다."
"그런데 아저씨, 왜 전화가 안 오죠?"
해원과 동주는 밥상만 물끄러미 내려다보았다.
"정신이 없어서 그렇겠지. 금방 소식이 올 거다."
"아저씨, 우리 엄마 죽는 거 아니죠?"
"그 정도 다쳐서는 안 죽지. 걱정 말고 밥 먹어. 너는 밥 먹고 건너가."
한위는 동주를 쳐다보며 말했다.
"네."

동주는 짧게 대답한 후 숟가락을 들었다.
"오늘 문양 연습 다 못 끝냈지?"
동주는 밥 푸던 숟가락을 내려놓았다. 한위는 문양의 완성만이 종의 완성에 이를 수 있다고 믿었다. 규철의 뒤에 서성거리면서도, 배알도 없는 인간이라는 말을 들으면서도 버텼던 건 신들린 듯 문양을 음각해 낼 수 있는 능력이 있기 때문이었다. 그게 한위를 버티게 하는 근원이었다. 종을 완성시키기 위한 금속의 배합 역시 과학보다는 신들림에 있다고 믿었다. 종의 두께를 미리 짐작하고 그 두께에 맞도록 금속을 저울이 아니라 손에 실린 무게로 배합의 근사치를 구하는 것. 한위에게는 규철에게 없는 그 감각이 있었다. 그리고 정화가 곁에 있다는 것과 동주가 자신의 대를 이을 거라는 믿음 역시 커다란 위로였다. 정화는 금형리의 작업장을 동주가 물려받아야 한다고 공공연하게 말하고 다녔다. 하지만 규철은 정화의 말에 묵묵부답이었다. 그런데 엉뚱하게도 해원이 종에 더 많은 관심을 보였고, 동주는 종이라면 질색을 했다. 매사 어긋났다.
"오늘 다 끝내기 전에 못 잔다."
그럴 생각이 아님에도 동주에게로 향한 한위의 말투는 매사 얼음 같았다. 한위가 숟가락을 들었지만 동주는 석상처럼 굳은 채 움직이지 않았다.
밥을 절반도 채 비우지 않았는데 마루까지 어둠이 밀려들어 왔다. 밥도 식고 국도 이미 식었다. 한위는 수저를 놓고 동주를 쳐다봤다. 동주는 말없이 일어났다.
"오빠, 가지 마."

해원은 한위와 동주를 번갈아 보았다. 한위의 승낙을 기다렸다. 한위는 해원의 바람을 무시하고 싶지 않았다. 하지만 습관이라는 게 한번 느슨해지면 쉽게 뒤틀어지게 마련이었다. 동주를 키우며 지켜 왔던 규칙을 바꿀 수는 없었다. 규칙은 인생을 완성하는 가장 기초적인 뼈대였다. 단 한 번의 어긋남으로도 뼈대는 금이 갈 수도 있었다. 언젠가 절대적인 소리를 얻는 날 오랜 세월 아들에게 냉랭할 수밖에 없었던 자신을 동주 역시 이해하게 될 거라고 믿었다.

한위가 입을 굳게 닫은 채 말이 없자 해원은 금방이라도 눈물을 쏟을 것처럼 글썽거렸다. 해원의 눈은 갈등을 부채질했다. 그래, 오늘은 특별한 날이다. 정화가 다쳤고, 그 곁에 다가갈 수 없다는 걸 새삼 확인한 날이었다. 오늘 하루만······.

"지금 갈래요. 해원아, 미안해. 숙제도 많아서 가야 해. 아주머닌 괜찮으실 거야. 다리만 조금 다친 거니까."

한위의 갈등과 달리 동주는 미련 없이 자리를 박차고 일어났다. 해원은 동주가 대문 밖으로 나갈 때까지 시선을 거두지 못했다. 한위는 동주가 점점 단단해지고 있다고 믿었다. 그런 냉정함을 잃지 않는다면 동주는 분명 자신을 뛰어넘을 종쟁이가 될 수 있었다. 무엇보다 동주에게는 절대음감이 존재했다. 보통의 사람들이 놓치는 소리를 동주는 잡아냈다. 타종의 긴 여운 뒤에 숨은 저음도 읽어 냈다. 그건 노력한다고 해서 개발되는 재능이 아니었다. 천부적으로 타고나야 하는 재능. 동주에게는 그런 재능이 있었다. 한위는 동주가 그 재능을 썩힐까 염려했다. 동주는 종의 모양을 보기만 해도 소리를 느낄 수 있는 재능의 싹을 갖고 있었다. 그 싹을 지켜 주고 싶었다.

"동주 오빠도 나중에 종 만들어요?"

해원이 느닷없이 물었다. 얼른 대답할 말이 떠오르지 않았다. 한위는 고개를 돌려 마당을 내다보았다. 마당을 떠도는 먼지들 속에서 물비린내 같은 게 느껴졌다. 문득 해원과 둘이서만 밤을 맞이하기는 처음이라는 생각이 들었다. 그동안 아이로만 알고 있던 해원은 어느새 소녀가 되어 한위의 앞에 앉아 있었다. 규철은 해원이 소녀가 되어 가고 있다는 걸 알고 있을까?

"그렇게 되겠지……."

"오빠는 종 만드는 거 지긋지긋하대요. 시시하고 재미없대요. 난 화가가 되는 게 꿈인데……."

지긋지긋하다? 전혀 짐작해 보지 못했던 일이라 가슴이 아팠다. 아직은 자신의 재능이나 운명 같은 걸 알 나이가 아니니까. 한위는 그렇게 자신을 위로했다. 사춘기에 겪는 흔한 반항일 것이다. 하지만 해원의 입으로 그런 이야기를 듣자 무게감이 달랐다. 그래도 어쩔 수 없이 가야 하는 길이 있다는 걸 어떻게 설득할 수 있을까?

"동주는 뭐가 되고 싶다고 그러든?"

해원이 잠깐 한위를 쳐다봤다. 아이는 물을 한 모금 마시고 뜸을 들였다. 딱히 대답을 들을 생각은 아니었다.

"가수요."

"가수?"

한위는 되물을 수밖에 없었다.

"노래하는 가수?"

한위는 허탈하게 웃었다. 해원이 한위의 얼굴을 빤히 들여다보았다.

"오빠가 얼마나 노래 잘하는지 모르시죠?"

한위는 해원의 이야기를 귓등으로 들으며 밥상을 들고 일어났다. 절대음감을 갖고 태어났다면 노래쯤은 잘할 수도 있을 것이다. 하지만 동주에게 있는 재능은 노래나 부르기 위해 존재하는 재능이어서는 안 된다. 그런 딴따라를 시키기 위해 용해로 앞에 붙잡아 두고 전국의 종을 찾아 떠돌았던 게 아니었다. 경찰에 구속되기도 하고 미친 놈 소리를 들어가며 타종이 금지된 종을 두드렸던 게 아니었다.

한위는 더 이상 동주에 관한 이야기를 듣고 싶지 않았다. 방으로 들어가려던 발걸음을 돌려 마당으로 나왔다. 비가 내리고 있다. 비는 마당의 먼지를 일으키며 떨어지기 시작하더니 삽시간에 굵은 비로 바뀌었다. 여러 가지로 마음이 심란했다.

가수를 하고 싶다고? 한위는 담배를 피워 물고 비가 몰고 온 더 큰 어둠을 바라보았다. 그는 대문 처마등과 마당의 불을 밝혔다. 정화가 음각을 했던 이암의 모서리가 빗물에 서서히 녹아 마당 한가운데로 흘러들었다. 핏물의 흔적도 이암이 녹은 빗물에 섞여 사라졌다. 나쁜 기억이나 상처도 그렇게 빗물에 휩쓸려 사라질 수 있을까? 마음을 조이고 있던 긴장이 자꾸 느슨해졌다. 종쟁이의 삶이 지긋지긋해서 도시를 떠돌았던 시간들이 있었다. 그때 여자를 만났고 동주를 낳았다. 운명을 좇아 금형리로 돌아왔을 때 정화는 규철의 아내가 되어 있었다. 고향을 떠나 떠돌던 날들이 그때처럼 후회스러웠던 적이 없었다.

문득 가슴에 묻어 둔 채 정화에게 묻지 못했던 말이 떠올랐다. 규철을 택한 게 스스로의 선택이었느냐는 질문. 이제 부질없는 질문이었다. 15년의 세월이 지났지만 여전히 궁금했다. 한위는 담배꽁초를 마당으로 튕겼다. 빗물은 마당 수챗구멍을 향해 맹렬하게 흘러갔다. 해원이 마루에 나와 턱에 걸터앉았다.

"엄마, 아빠 비 다 맞겠네."

해원은 손을 뻗어 처마 끝에서 떨어지는 빗방울을 받았다. 빗물이 손 안에 모아지면서 사방으로 튀었다. 한위는 그제야 두 사람에게 우산이 필요하겠다는 생각이 들었다. 한위는 마루 밑에서 우산을 찾아들고 대문으로 나섰다. 해원도 공룡이 그려진 파란색 우산을 들고 나와서 곁에 섰다.

"아저씨 혼자 기다려도 돼. 들어가."

"집에 혼자 있으면 무서워요."

비는 두 개의 우산 위로 줄기차게 떨어졌다. 한위와 해원은 불 꺼진 금형리의 거리를 말없이 바라보았다. 황태해장국을 잘 끓이는 해장국집과 규철과 한위의 단골 술집인 금잔디, 그리고 잔업이 남은 몇 개의 공예점이 불을 밝히고 있었다. 가게에서 흘러나온 색색의 불빛들이 비에 젖어 어디론가 흘러갔다. 정오의 활기찬 분위기는 어디에도 남아 있지 않았다.

"아저씨, 옛날에 여기는 어땠어요?"

"옛날?"

"네, 나 태어나기 전에요. 동주 오빠는 있었겠다."

한위가 금형리로 다시 돌아온 건 동주가 태어나던 그해 겨울이었다. 허울뿐인 '평화의 댐'을 건설한다며 국민적인 모금이 시작되던 해였다. 서울아시안게임이 개막된 해였으며, 아시안게임을 앞두고 김포공항에서 폭탄 테러가 일어났던 그즈음이었다. 세상은 징검다리 건너뛰듯 빠르게 변하고 있었지만 그때까지 금형리는 달라진 게 없었다. 규철과 정화가 살고 있었고, 밭을 일궈 먹고 살던 몇 가구가 있을 뿐이었다. 규철은 여전히 종을 만들었고, 정화는 그의 아내가 되어 있었다. 적막한 마을을 견딜 수 없어 떠났건만 달라진 건 없었다. 한위가 돌아온 건 종 만드는 기술로는 도시에서 살아갈 방법이 없었기 때문이다. 한위가 이루지 못한 꿈을 동주가 이루어 줄 수 있을 것이라는 희망도 그를 금형리로 이끌었다.

"옛날에 금형리는 사람이 별로 안 살았지. 아주 조용했단다. 이 도로도 없었고 가게들도 없었어. 낮에도 사람 구경하기가 힘든 마을이었지. 밤에는 말할 것도 없고."

"밤에 무서웠겠네요."

"아니, 밤에 나와 보면 별이 쏟아질 것 같이 아름다운 동네였지."

"그런데 언제부터 이렇게 변한 거예요?"

금형리는 우리나라에 월드컵이 유치되면서 커다란 변화의 바람에 몸살을 앓았다. 서울 중심에 있던 금속업체들이 도시 미화 차원에서 강제로 이주해 왔고, 마라톤 코스에 자리 잡고 있었던 작은 금속공예 공장들도 쫓겨 오면서 금형리는 변하기 시작했다. 도시의 쇠가 그해부터 금형리로 모였다.

"아빠, 그때도 저렇게 종만 생각하면서 살았어요?"

빗줄기는 전혀 가늘어지지 않았다. 장마가 시작되는 모양이었다.

"아저씨……."

해원은 넋 놓고 있는 한위의 팔을 잡아 흔들었다.

"그래. 네 아빠 말이지……. 우리나라에서 종을 가장 잘 만드는 사람이야. 늘 좋 만드는 일만 연구하고 생각해서 그렇게 될 수 있었던 거야. 해원이가 좀 섭섭해도 아빠를 이해해야 되지 않을까?"

"알아요. 하지만 엄마랑 나랑 많이 놀아 줬으면 좋겠어요."

해원은 비에 젖은 불빛을 바라보며 말했다. 불빛들은 살아서 빗물이 흐르는 방향을 따라가며 춤을 췄다. 비가 더 거세지기 시작했다. 황태해장국집 주인 여자가 문을 열어 본 뒤 가게 불을 껐다. 그게 마치 신호였다는 듯 술집도 공예점들도 하나둘 불을 껐다. 그러자 가로등 불빛이 선명해졌다. 도로는 노랗게 물들어 흘러갔다.

"네 아빠 훌륭한 사람이야."

"맞아요! 실은 아빠가 아침마다 책상 앞에 앉아 일지 적을 때 참 보기 좋더라. 꼭 학자 같아요. 일지 적을 때만……. 그래도 나는 아빠가 자랑스러워요."

한위도 한때 그런 규철을 부러워했다. 한위가 아는 한 규철은 그의 아버지를 대신해 종 제작을 맡은 후 한 번도 일지 적기를 소홀히 하지 않았다. 기록과 계산과 통계에 의해서 소리를 얻을 수 있다고 믿는 그다운 모습이었다. 하지만 그의 기록을 본 적은 없었다. 보려고 노력하지도 않았다. 소리란 게 기록과 계산과 통계에 의해서 나오는 게 아니라고 믿기 때문이었다. 소리를 얻는 게 그런 것들로 가능했다면 규철의 소리는 진즉 태어났어야만 했다. 무슨 상상을 하는지 해원의 눈이 반짝거렸다.

요즘 부쩍 해원이랑 동주가 큰 거 같아. 언젠가 정화가 그런 말을 했다. 아이들이 컸다. 자신만의 세상이 생기고 자신만의 고집이 생겼다. 그리고 어른의 일을 자랑스러워할 정도로 자존감도 강해지고 있었다.

동주는 뭘 하고 있을까? 애비를 자랑스러워할까? 한위는 자신도 모르게 다문 입에 힘이 들어갔다.
　멀리 마을 초입에서 자동차 헤드라이트 불빛이 빗길을 헤집고 달려왔다. 정화가 돌아왔다!
　한위는 달려가 우산을 받쳐 주었다. 정화가 택시에서 먼저 내리고 규철이 후에 내렸다. 정화는 다리에 깁스를 했다. 한위는 깁스한 다리가 젖지 않도록 우산을 들이밀었다. 해원도 정화의 머리가 비에 젖지 않도록 우산을 높이 들었다. 규철은 머뭇거리다가 빗속을 걸어갔다. 한위와 해원은 정화가 마루에 무사하게 앉을 때까지 호위를 했다. 한위와 해원은 비에 흠뻑 젖었다.
　"고마워."
　"고맙긴……."
　한위는 작업장으로 들어가 비를 피하고 있는 규철을 힐끔 쳐다보았다. 그는 젖은 담배에 불을 붙이려고 애를 썼다.
　"엄마, 이제 괜찮은 거야?"
　정화는 해원의 머리를 쓰다듬으며 웃었다. 그녀의 미소가 편안해 보였다.
　"아저씨가 저녁밥도 차려 줘서 먹었어."
　"여러 가지로 신세를 지네."
　"우리 사이에 신세랄 게 뭐 있냐."
　한위는 정화의 말에 대꾸를 하면서도 눈길은 규철에게로 보냈다. 규철은 담뱃갑을 통째로 소각로에 내던졌다. 한위는 규철에게 다가가 담배를 건넸다.

"괜찮대?"

규철이 한위에게서 담배를 받았다. 힘껏 빨아들인 후 담배 연기를 길게 내뱉었다. 담배 연기는 빗속으로 퍼지지 못하고 작업장을 맴돌았다.

"심한 건 아냐, 종아리 근육이 좀 파열됐대."

"다행이네."

규철은 더 이상 말이 없었다. 그는 담배만 피웠다. 어색한 침묵이 작업장에 맴돌았다. 순간 한위는 규철의 가족 사이에 끼어 있는 자신을 발견했다. 마음 같아서는 정화를 간호하고 밥도 챙겨 주고 싶었지만 주제넘은 짓이었다.

"내일 내형에 밀랍 바르기로 했잖아. 시간 되겠어?"

한위는 해원과 장난을 치고 있는 정화를 바라보며 말했다.

"시간 내야지."

"며칠 꼬박 발라야 할 텐데……. 정화는?"

"해원이가 있잖아."

규철은 심드렁하게 말했다. 그의 기분을 살피는 한위는 자신이 초라해지고 있다는 생각이 들었다. 더 이상 규철의 집에 머물 명분이 없었다. 우산을 쓰고 빗속으로 나왔다. 정화와 해원이 눈인사를 건넸다. 규철은 잠깐 쳐다본 것으로 인사를 마무리했다. 한위는 서둘러 규철의 집에서 멀어졌다. 정화에 대한 미련이 사라질 법도 하련만. 소녀일 때도 처녀가 되어서도 그리고 규철의 아내가 되고 해원을 낳은 후에도 정화에게로 향한 마음의 무게는 변함이 없었다. 한위에게 아내가 생겼을 때에도 그 무게는 조금도 가벼워지지 않았다. 미련이라기엔 너무 그 세월이 길고 무거웠다.

거리는 물의 도시가 되어 있었다. 인도와 도로의 경계가 사라지고 어둠과 건물의 경계 역시 사라졌다. 한위는 휘적휘적 물로 뒤덮인 거리를 걸어 나갔다. 바람 때문에 우산이 뒤집어지고 말았다. 우산을 내던졌다. 우산은 하수구 쪽으로 휩쓸려 갔다. 멀리 있는 불빛 하나가 한위를 이끌었다. 한위의 집에서 흘러나온 불빛이었다.

한위는 선뜻 집으로 들어가지 않았다. 가수가 꿈이라는 동주를 훔쳐보고 싶었다. 동주의 방 창가로 걸어갔다. 빗소리 때문에 발걸음을 죽일 필요가 없었다. 창문은 반쯤 열려 있었고 방에서는 아무런 소리도 나지 않았다. 한위는 몸을 숨긴 채 처음으로 동주의 방을 훔쳐보았다. 동주는 무릎을 꿇고 앉아 비천상을 그리고 있었다. 왼편에는 이미 그린 문양의 화선지가 차곡차곡 쌓여 있었다. 자신의 생활을 절제하기에는 아직 어린 나이임에도 동주는 절제할 줄 알았다. 대견스러웠다. 문양 그리기에 집중하던 동주는 무릎을 편 후 뒤로 발랑 드러누웠다. 뭘 생각하는지 동주의 눈빛이 강렬했다. 양을 100마리쯤 셌을 법한 시간이 지난 후 동주는 다시 벌떡 일어나 문양을 그리기 시작했다. 한위는 창문 쪽으로 더 가까이 다가들었다. 창문에 손을 짚었는데 삐거덕거렸다. 순간 동주가 놀라 창문 쪽을 바라보았다. 한위는 지나가는 길인 척 대문 쪽으로 발걸음을 옮겼다.

대문을 열고 들어가자 수건을 든 동주가 마중 나와 있었다. 한위는 당연한 듯 수건을 받아들고 머리의 빗물을 닦았다.

"언제부터 보셨어요?"

"무슨 소리야?"

뜨끔했지만 한위는 모른 척했다.

"창가에서 저 지켜보셨잖아요."
"지켜봤든 안 봤든 그런 건 중요하지 않아. 네가 문양을 그리고 있다는 사실만 중요한 거야."
한위는 동주를 외면했다. 한 번쯤 기특하다고 머리를 쓰다듬어 줄 수도 있겠지만 안쓰러운 마음이 들기 시작하면 긴장은 삽시간에 무너진다. 부드러워져서도 안 된다. 틀을 벗고 나온 종처럼 각오나 마음은 단단해야 살아남을 수 있을 것이기 때문이다. 그래도 싫다는 내색은 못할망정 사랑하고 있다는 표정은 은근히 드러낼 법도 하련만. 한위는 자신도 모르게 매사 속내를 감추는 자신의 감정이 버거웠다. 그러니 정화도 주철장의 자리도 규철에게 빼앗기지 않았던가. 동주는 더 이상 대꾸하지 않고 제 방으로 들어갔다. 한위는 동주의 뒷모습을 쳐다봤다.
"아주머니는 어떠세요?"
네가 신경 쓸 일이 아니라고 말해 주려다 생각을 바꾸었다.
"괜찮아."
둘 사이에 잠깐 침묵이 흘렀다. 동주는 다시 자세를 잡고 문양을 그리기 시작했다. 한위는 그런 동주를 지긋한 눈으로 바라보았다.

3

규철로부터 연락이 오지 않았다. 문양 작업을 끝냈으니 굳이 한위를 부를 이유는 없었다. 하지만 문양 작업을 하게 되면 종의 완성까지 참여하는 게 통례였다. 사흘이 지났다. 하루걸러 전화를 하는 정화에게서도 소식이 없다. 두 사람의 침묵이 한위에게는 고통이었다. 동주는 해원의 집에 드나드는 모양인데 물어볼 엄두가 나지 않았다. 설령 물어본다 한들 한위가 원하는 대답을 얻을 수는 없을 터였다. 규철의 마음속에 도사린 생각들을 동주는 알아차릴 수 없기 때문이었다.

한위는 밀랍통에 붓을 내려놓고 뒤로 물러나 종의 틀을 바라보았다. 78센티미터의 높이에 7센티미터 두께의 종이 나오려면 아직도 하루는 더 밀랍을 발라야 할 것 같았다. 인근 사찰에서 의뢰한 종으로, 규철이 제작하고 있는 종에 비하면 형편없이 작은 소종이었다. 비록 작지만 규철의 종에 비해 소리에서만큼은 맑은 소리를 낼 종으로 만들고 싶었다. 한위는 다시 밀랍 붓을 들고 종에 달라붙었다. 일에 미쳐야 가슴을 태우는 열망을 조금이나마 식힐 수 있었다.

쇳물이 차게 될 밀랍의 공간은 무수히 많은 덧칠로 이루어진다. 한위는 밀랍을 덧칠하고 또 덧칠했다. 규철과 정화를 생각하며 덧칠하고 소리 없이 자라는 질투와 사랑을 생각하며 덧칠했다. 서울에서 떠돌던 수년의 세월을 되짚어 보며 덧칠하고, 동주를 낳은 여자를 떠올리며 붓질을 했다. 그녀가 죽던 날에도 한위는 용해로 앞에 있었다. 그렇게까지 냉정하게 굴 건 아니었는데 그땐 그랬다. 정화가 아니면 마음을 열 수 없다고 생각하면서 왜 다른 여자를 만났던 건지 알 수 없었다. 운명 같은 것이었을까? 덧칠하고 또 덧칠했다. 소리를 얻지 못하는 부족한 재능을 한탄하며 덧칠하고, 이루지 못한 열망을 애달파하며 덧칠했다. 규철과 정화의 전화를 기다리며 닷새 동안 밤낮 밀랍을 칠한 후에야 한위는 만족할 만한 두께를 얻었다. 끼니를 먹었는지 기억조차 나지 않았다. 눈 뜨면 종 앞에 누워 있었고, 눈을 감아도 종 앞에서 감았다.

"한위야!"

굳은 밀랍을 손질하고 있을 때 정화가 왔다. 순간 그녀가 왜 나타난 건지 의미를 헤아릴 수 없었다. 꿈을 꾸는 것일까. 다리의 깁스는 여전했다.

"박한위!"

정화는 버럭 소리를 질렀다. 한위는 그제야 정신이 들었다. 정화 곁에 동주가 서서 한위를 물끄러미 바라보았다.

"어쩌면 두 남자가 다 똑같아. 둘 다 미쳤어, 미쳤단 말이야."

정화가 다리를 절뚝거리며 한위에게 다가왔다.

"어쩐 일이야?"

"동주가 찾아왔어. 밥도 안 먹고 종에만 달라붙어 산다고. 아무리 불러도 대꾸도 안 한다고 말이야."

정화 뒤에 숨은 동주는 발로 땅만 파헤쳤다.

"원래 작업에 들어가면 그래. 잘 알잖아."

"아니, 너희 둘만 그래. 잘 때 자고 먹을 거 먹어 가면서 해도 충분히 해낼 수 있어."

한위는 고개를 저었다.

"규철이는 그렇게 해도 제대로 종을 뽑을 수 있을지 모르겠지만 난 안 돼. 난……."

"규철이나 너나 똑같아. 규철이도 흙 붙이느라 거의 매일 날밤을 새고 있어. 도대체 왜들 그러는 거야? 사람들 불러다 쓰라고 해도 말도 안 듣고."

한위는 씁쓸하게 미소를 지었다. 규철이 혼자 흙을 붙이고 있다고?

규철은 외형 틀 제작하는 데에 있어서만큼은 늘 그렇게 이상한 고집을 부렸다.

"내가 만드는 건 소종이야. 나야 며칠만 이렇게 고생하면 끝나거든."

"거울 좀 봐."

한위는 그저 웃었다. 움직일 때마다 밀랍 먼지가 따라다녔다. 한위는 손에 들고 있던 사포를 내려놓았다.

"한위야, 규철이 말려 줄 사람은 너밖에 없잖아. 너까지 이러고 있으면 어떡해?"

동주는 마루에 걸터앉아 한위가 다듬고 있는 종의 표면을 바라보았다. 한위도 바닥에 주저앉았다.

"규철일 말릴 수 있는 사람은 자기 자신밖에 없어. 성질 급하고 집요한 거 너도 잘 알잖아. 극도로 예민해진 상태에서 작업을 해야만 제대로 된 소리를 얻을 수 있다고 믿지. 다른 부분들은 다 과학적으로 접근하면서 왜 그런지 모르겠어."

"너는 네 자신이 왜 그런지 알아?"

한위는 히죽 웃었다.

"나도 몰라. 그러니까 알려고 이런 짓을 하고 있지."

한위는 다시 자리에서 일어났다. 이제 규철처럼 외형에 흙만 붙이면 기본 작업은 끝날 터였다.

"한위야, 제발 가서 규철이 좀 말려 봐. 저러다 쓰러지겠어. 이번엔 옛날이랑 정말 다르단 말이야."

정화의 애원이 한위에게는 서글펐다. 한위는 사포를 들었다가 슬그머니 내려놓았다. 결국 이렇게 정리가 되는구나 싶었다. 정화가 염려

하는 인간은 그가 아니라 규철이었다. 그동안 밀랍을 덧칠하고 다듬으며 잠재웠던 열망이 꿈틀거렸다. 가지지 못할 게 확실하면 할수록 욕망은 왜 자꾸만 더 강렬해지는 걸까?

한위는 정화를 앞세웠다. 동주가 그녀를 부축했다. 어느새 훌쩍 큰 동주의 키는 정화를 부축하고도 남았다. 한위는 휘청거리며 두 사람의 뒤를 따랐다.

작업장으로 들어섰을 때 한위는 거의 완성된 외형 틀의 모습을 먼저 봤다. 두려울 정도로 거대했다. 지금껏 세상에는 30톤 규모의 종이 없었다. 세상의 꼭대기에 걸어 놓으면 세상의 모든 사람들이 들을 수 있을 정도로 거대했다. 하지만 한위가 정작 두려운 것은 소리를 제대로 얻을 수 없을지도 모른다는 사실 때문이었다. 규철은 성덕대왕신종을 기준으로 꼭 두 배씩 모든 걸 계산해 넣었다. 내형과 외형의 크기도 두 배였고, 두께 또한 성덕대왕신종 두께의 두 배였다. 종 틀에 부을 쇳물의 배합도 모두 두 배 반씩 지켰다. 구리, 주석, 납의 양도 정확하게 저울에 달아 준비했다. 하지만 한위는 크기에 따라 각 부위에 들어갈 쇳물의 양이 조금씩 달라져야 한다고 생각했다. 단순하게 확장해서 소리를 얻을 수는 없었다. 계산대로 배합을 하지만 틀을 벗은 후 종이 깨질 수도 있었다. 과학적 비율로 소리를 만들어 낼 수 없다는 게 한위의 생각이었다. 그건 규철의 아버지가 규철에게 가르친 말이었다. 하지만 규철은 늘 직감의 세계를 우습게 생각했고, 매번 한위의 조언을 무시했다.

"소종보다 거종이 더 빨리 완성되겠네. 월드컵 때 무리 없이 타종을 하겠어."

규철은 한위의 말이 들리지 않는지 쳐다보지도 않았다. 그는 온몸이 흙투성이인 채 온 신경을 마사토와 종의 외형에 쏟았다. 그는 얼굴을 알아볼 수 없을 정도로 피폐했다. 영혼은 떠나고 껍질만 돌아다니고 있는 듯했다. 그대로 두었다가는 껍질도 부서질 판이었다.

"그런다고 소리가 제대로 나올 거 같아? 종은 쇠를 만지는 일이지, 흙을 만지는 일이 아냐!"

한위는 규철이 어떤 말을 싫어하는지 잘 알고 있었다. 한위는 쇠를 규철은 흙을 종의 핵심 중 하나로 보았다. 규철이 하던 일을 멈추었다. 손에 들고 있던 흙손과 흙마저 바닥으로 떨어트렸다. 그런 후 한위를 쳐다봤다. 규철의 눈은 짐승의 것처럼 번득였다. 규철은 사다리에서 뛰어 내려와 한위의 멱살을 잡았다.

"네가 뭘 알아?"

정화와 해원이 한위와 규철의 사이를 비집고 들어왔다. 동주는 규철의 팔을 잡아끌었다. 규철은 그제야 주변을 둘러보았다. 그리고 작업장 기둥 벽에 걸어 둔 거울을 쳐다봤다. 거울 속에 낯선 기인이 규철과 한위를 노려보았다.

4

규철의 작업장에서 돌아온 한위는 오로지 작업에 매달렸다. 밀랍을 바르고 덧칠할 때보다 더 미친 듯 몰입했다. 그렇게 매달리지 않으면 견딜 수 없을 것만 같았다. 욕망은 부질없는 환상이다. 미풍에도 날아가 버릴 만큼 허약한 게 사랑이다. 제아무리 뜨거운 열망이라도 몇 방울의 눈물이면 식어 버리지 않던가. 동주가 눈앞에 어른거렸지만 한위는 꿈이려니 생각했다. 그렇게 나흘을 매달린 끝에 외형 틀을 바르고, 틀에 불을 지펴 밀랍을 걷어 낸 후 쇳물을 부었다.

그리고 오늘 한위는 종 앞에 당목을 달았다. 뜨거운 열 때문에 종의 일부인 양 굳어 버린 마지막 흙을 해머로 털어 내고 나온 종은 검게 번들거렸다. 그라인더로 외형을 다듬자 드디어 종이 빛을 발했다. 봄부터 시작을 했는데 마당에는 벌써 낙엽이 뒹굴었다. 동주는 한위의 뒤에 서서 종이 울리기만을 기다렸다. 이때만큼은 동주의 표정도 진지했다. 높이 80센티미터 남짓한 작은 소종. 특별한 실수가 없는 한 종은 맑은 소리를 낼 터였다.

한위는 당목을 잡아당겼다가 부드럽게 내려놓았다. 당목이 당좌에 부딪히며 첫 울음을 토해 냈다. 그는 한 차례 더 당목으로 종을 쳤다. 밀랍에서 쇠로, 쇠에서 종으로 태어난 한위의 열망이 울음을 터트렸다.

'정화랑 규철이도 들었겠지.'

규철의 작업장까지 가 닿을 만큼 소리의 여운은 길었다. 신들린 듯 작업한 종이었다. 다른 누구의 손도 빌리지 않고 한위 혼자 매달려 완성한 종이었다. 비록 소종이지만 맑은 소리가 났다.

"어떠냐?"

한위는 만족했다. 그는 두 걸음쯤 떨어져 있는 동주에게 물었다.

"여운이 모아지지 않고 갈라져요."

동주의 한마디에 한위의 얼굴은 삽시간에 굳고 말았다.

"다시 한 번 들어 봐."

한위는 다시 종을 쳤다. 종소리는 작업장을 벗어나 거리로 마을로 울려 퍼졌다.

"그래도 갈라져요."

"도대체 뭐가 갈라진다는 거야?"

동주는 주춤 뒤로 한 걸음 더 물러났다.

"처음엔 웅장하게 나오다가 마지막에 가서 갈라진다고요."

한위의 얼굴이 조금씩 달아오르기 시작했다. 지금껏 수백 개의 종을 만들어 왔지만 이 종처럼 혼신을 기울여 작업한 종은 없었다.

"네가 잘못 들은 거겠지. 다시 들어 봐."

한위는 당목을 잡아당긴 후 종을 쳤다. 한 차례, 두 차례, 세 차례……. 끝나지 않은 여운과 새로 시작된 소리들이 겹쳐서 소리가 증폭되었다. 한위는 미친 듯이 종을 쳤다. 시작에서 여운까지 이어지는 리듬은 진즉 깨졌고, 갈라진 소리들이 합해지면서 쇠를 긁어 대는 듯한 소리까지 만들어 냈다. 동주는 진저리를 쳤다. 규철은 문양 때문에 절규하고, 한위는 소리 때문에 절규했다. 땀을 삐질삐질 흘리며 종을 치는 한위를 두고 동주는 돌아섰다. 그때 대문턱을 넘어 들어오는 규철과 마주쳤다. 대문 밖에 멀리 절뚝거리며 걸어오고 있는 정화의 모습도 보였다.

"박한위! 종 그만 쳐!"

규철이 한위에게 다가가며 소리쳤다.

"뭐라고?"

"종 그만 치라고!"

한위는 당목을 잡고 놓지 않았다. 대문을 넘어 집으로 들어오는 정화의 얼굴을 본 후에야 그는 당목을 놓았다. 끝나지 않은 수십 개의 여운이 집을 맴돌았다. 끝내지 못한 미련처럼 길기도 길었다.

"이만하면 훌륭해."

정화가 입을 열었다. 하지만 그녀의 말은 한위를 위로하지 못했다. 정화의 눈이 동주에게로 향했다. 동주의 인정이 필요한 순간이었다. 하지만 동주는 어떤 위로의 말이나 거짓도 한위에게는 먹히지 않을 거라는 걸 알았다. 동주는 달아날 심산으로 주춤거리며 뒤로 물러났다.

"박 한위 선생님 댁이죠?"

한 떼의 사람들이 동주를 막아섰다. 한위는 퀭한 눈으로 그들을 쳐다봤다. 종을 의뢰했던 사람들이었다. 대문 너머에 종을 싣고 갈 트럭도 보였다. 한위는 자신감에 넘쳐 아침 일찍 그들에게 종을 찾아가라고 전화했던 사실이 떠올랐다.

"소리가 정말 훌륭합니다. 트럭을 타고 마을로 들어오는데 그 소리에 홀려서 여기까지 왔습니다."

한위는 마루에 주저앉았다. 동주는 어느새 도망가고 보이지 않았다.

"한 번 더 들어 봐도 될까요?"

사람들이 종 앞으로 모였다. 한위는 고개를 끄덕였다. 사람들이 당목에 달라붙었다. 당목을 잡아당긴 후 종을 쳤다. 그들의 입에서 일제히 감탄사가 흘러나왔다. 한위는 머리를 감싸 쥐었다.

"오늘 운반할 수 있는 거죠?"

사람들이 막 흙을 벗은 종을 둘러보았다.

"가져가세요."

트럭이 후진을 해서 집으로 들어왔다. 크레인으로 종을 옮겨 트럭에 실어 주었다. 보통의 사람들이 훌륭하다고 말한다면 훌륭한 소리이지 않을까? 한위는 자신을 위로하며 종을 옮겨 주었다. 그들이 떠나고 규철도 사라졌다. 정화만 남았다.

"이달 말에 쇳물받개를 설치할 거래."

"알았어."

"한위야, 소리 정말 듣기 좋았어. 그리고 갈수록 좋아지고 있고."

정화의 손이 한위의 어깨에 머물다가 떠났다.

"정화야, 우리 친구지?"

한위가 정작 확인하고 싶었던 질문은 그 말이 아니었다. 하지만 정화라면 그 질문 너머에 숨겨져 있는 한위의 마음을 읽을 수 있을 것 같았다. 대문을 나서던 정화가 뒤를 돌아다보았다.

"우리가 언제 친구 아닌 적이 있었어?"

정화는 애써 미소 지으며 말했다. 그녀의 미소가 쓸쓸해 보였다.

모두 사라진 작업장 바닥에 앉아 한위는 술을 마셨다.

'세상에 대해 아무것도 모르는 놈이 뭘 알겠어? 종소리는 산전수전 다 겪은 인간들만이 들을 수 있는 소리야. 그런 소리야. 문양도 훌륭했고 소리도 맑았어. 소리도 맑았다고.'

한위는 들고 있던 술병을 종이 빠져나가 텅 빈 구덩이에 던졌다. 어떤 위로의 말도 위로가 되질 않았다.

5.

동주는 한 뼘 정도 열어 놓은 문틈으로 힐끔 마당을 내다보았다. 곰팡이처럼 녹이 핀 쇠붙이들이 차가운 마당에 널브러져 있었다. 그들 주변 바닥에는 검은 녹물이 고여 맴돌았다. 어디에서도 인기척은 느껴지지 않았다. 휴일만 되면 금형리는 철저하게 사람들에게 버려졌다. 인적이 끊긴 고도의 산길처럼 주변 도로는 물론 금형리 거리도 적막했다.

녹물 표면 위로 부패하지 않은 햇빛이 무지개 색의 기름띠와 놀았다. 동주는 잔바람에 제멋대로 흩어지는 기름띠를 재빠르게 살핀 후 책으로 눈길을 주었다. 학교 도서관에서 빌려온 《마틴 에덴》이라는 책이었다. 책은 두꺼웠지만 읽는 재미가 있었다. 글이라고는 몰랐던 외양선원이 신분 상승을 꿈꾸며 작가가 되어 간다는 줄거리의 책이었다.

녹을 먹은 차가운 바람이 문틈을 비집고 들어왔다. 17년 동안 맡아온 쇳내지만 여전히 낯설었다. 평소에는 냄새를 자각하지 못하는데 바짝 긴장하고 있을 때면 쇳내가 진동을 했다. 목구멍에서 뜨거운 신물이 넘어왔다.

한위는 해원의 집에서 있을 소성작업에 대한 논의를 하러 갔다. 그 커다란 종 틀에서 밀랍을 빼낸다는 것은 곧 쇳물을 붓게 된다는 말이었다. 한위는 해원의 집에 가면 저녁을 먹기 전에 돌아오는 일이 좀처럼 없었다. 그 시간이면 남은 부분을 모두 읽을 수 있을 것 같았다. 그렇게 동주는 아버지가 없는 시간만 골라 책을 봤다.

동주는 책을 보며 연필을 재게 놀렸다. 무식한 선원 출신의 주인공이 하나둘 글자를 알아가고 작가의 세계를 인식해 나가는 전개가 흥미로웠다. 잠깐 숨을 돌렸다가 다시 책에 시선을 주었다. 주인공이 사랑하게 된 한 귀족 여인을 만나는 장면이 나올 때마다 동주는 심장이 뛰었다. 문장에 밑줄을 긋는데 방 안으로 쇳내가 와락 밀려들었다. 연필을 잡고 있던 동주의 손에 불끈 힘이 들어갔다. 심이 부러지고 말았다. 해질 무렵에나 돌아올 줄 알았던 아버지가 돌아왔다.

한위는 이미 얼큰하게 취해 비틀거렸다. 신발도 벗지 않은 채 방 안으로 뛰어 들어온 그는 동주를 구석으로 밀친 후 앉은뱅이책상 위에 펼쳐져 있던 책을 확 낚아챘다. 동주는 등으로 벽을 밀면서 두 손으로 방바닥을 짚었다. 책장을 거칠게 넘기던 한위의 눈이 잠깐 동주를 노려보았다. 동주는 서둘러 방에서 뛰쳐나갔다. 한위는 그런 동주를 잡으려다 놓치고 말았다. 한위는 대신 책상 위에 널브러져 있던 책과 노트를 집어 들었다.

"아비 말이 말 같지 않다 이거지?"

한위는 숨을 몰아쉬며 책과 노트를 갈기갈기 찢었다. 찢어진 책과 노트는 부서진 잠자리의 날개처럼 맥없이 방 안을 날아다녔다. 휘날리는 종이를 감싼 햇빛은 능청맞도록 눈부셨다. 한위는 앉은뱅이책장을 뒤집었다. 책상 모서리에 쌓여 있던 잡동사니들이 비명을 지르며 사방으로 튀었다. 그는 책상의 다리를 분지르고 발뒤꿈치로 서랍을 박살냈다. 뿌얀 먼지가 한위의 발길을 따라다녔다. 남들 앞에서는 호인처럼 구는 그지만 술만 마시면 세상의 모든 책에 증오를 보냈다. 특히 금방 뽑은 종의 소리가 탁하거나 갈라지면 평소보다 더 광포해졌다. 그런 줄 알면서도 동주는 책을 봤다. 그래도 술에 취하지 않은 때는 모른 척 넘어가고는 했다.

동주가 마당으로 내려서자 한위 역시 비틀거리는 몸으로 뛰어내려 땅 위에 섰다. 다리가 고정된 후 한위는 초점 잃은 눈으로 동주를 쳐다봤다.

"비천상 60장 그리라고 했던 거 다 그렸어?"

목소리는 의외로 부드러웠다.

"네."

"그럼 60장 더 그려."

"학교 숙제 해야 돼요."

"그까짓 학교 숙제가 뭐가 대수야? 그리라면 그리지……."

한위는 마루에 놓아두었던 술병을 들고 비틀거리며 동주에게 다가갔다. 동주는 선 그대로 얼어붙었다.

"너 가수가 되고 싶다고 그랬다며?"

한위의 입에서 느닷없는 말이 튀어나왔다. 동주의 어깨가 크게 흔들렸다. 해원만 아는 사실이었다. 해원에게 발설하지 말라는 부탁을 하지 않았으니 비밀일 수는 없었다. 도망가야 하는데 몸이 움직이질 않았다. 눈의 동공이 커지고 다리에 바짝 힘이 들어갔다.

"가수 좋지. 젊은 년놈들 앞에서 꽥꽥대고 엉덩이 흔들고 여자들도 자유롭게 만나고 얼마나 좋아. 안 그래? 내가 말했지, 네 놈 운명은 태어날 때부터 정해져 있었다고. 아무리 발버둥 쳐봐야 나처럼 벗어날 수 없다고. 그러니까 엉뚱한 생각 하지 말고 방에 들어가 문양이나 그려!"

한위의 손이 동주의 머리통을 향해 날아갔다. 동주는 잽싸게 그의 손을 피했다.

"싫어요! 가수가 안 되더라도 종쟁이는 안 할 거예요!"

"이 자식이!"

이번에는 술병을 든 한위의 손이 크게 허공을 가로질렀다. 동주는 피하지 않았다. 한위의 손에 들린 소주병이 동주의 머리에 부딪혀 박살이 났다. 머리가 찢어지고 피가 흘렀다. 동주보다 한위가 더 놀랐다.

"난, 절대로 종쟁이 되지 않을 거야!"

동주는 한위를 밀치고 대문 밖으로 뛰쳐나갔다. 한위는 바닥에 주저앉아 멀어지는 동주를 쳐다봤다. 그의 손에는 여전히 깨진 소주병이 들려 있었다. 마당 바닥에 동주가 흘린 피가 점점이 박혔다.

집을 나온 동주는 마땅히 찾아갈 곳이 떠오르지 않았다. 갈 곳을 정하지 못해 손수건으로 찢어진 머리를 누르며 거리에 서 있었다. 골목을 드나드는 사람들 때문에 더 이상 한곳에 서 있을 수가 없었다. 동주는 사람을 피하면서 길 닿는 대로 걸었다. 바지 주머니에 손을 찔러 넣고 몸을 잔뜩 웅크린 채 걸었다. 급하게 도망 나오느라 점퍼도 챙기지 못한 채 나왔던 것이다.

어느새 겨울로 접어들면서 차가운 바람이 몰려 다녔다. 낮게 나는 새들은 어디론가 숨어 버렸고, 매나 솔개들이 하늘의 점처럼 떠 있었다. 나무들은 빈 가지로 하늘을 찌르고 있었다. 문득 해원의 얼굴이 떠올랐다. 해원의 집에 가면 저녁까지 얻어먹을 수 있겠지만 아버지가 또 주먹을 휘둘렀다는 사실을 들키고 싶지 않았다.

걷다 보니 마을을 돌아 나가는 여울에까지 이르렀다. 머리에서 흘러내리던 피는 완전히 멎은 듯 손수건에도 피가 묻어나지 않았다. 동주는 개울물에 피 흐른 낯바닥을 씻고 둑 위에 걸터앉아 물이 흐르는 걸 구경했다. 금형리의 물은 서해로 흘러간다. 마을을 감아 도는 여울 바닥은 붉었다. 그래서 마을 사람들은 적여울이라 불렀다. 아버지가 금형리에서 살았던 어린 시절엔 여울 바닥이 맑았다고 했다. 금속업체들이 들어오면서 여울 바닥이 붉어졌다. 그래도 물은 맑았다. 가장자리에는 이미 얼음이 얼어 반짝거렸다. 춥고 배가 고팠다. 주머니에는 동전 몇 닢만 딸랑거렸다.

"오빠."

깜짝 놀라 뒤돌아보니 해원이었다.

"우리 엄마가 오빠 봤어. 적여울 쪽으로 걸어가더라고 하더라. 오빤 무슨 일 있을 때면 여기 오잖아."

해원이 들고 있던 점퍼를 건네며 동주의 머리통을 쳐다봤다. 동주는 손으로 가리며 고개를 돌렸다. 해원의 손이 동주의 손을 잡아뗐다. 해원의 눈가에 눈물이 맺혔다.

규철이 만든 종이 소성작업에 들어간 날은 첫눈이 내렸다. 누런 밀랍이 배출구를 통해 흘러나왔다. 밀랍의 색이 짙었다. 전에 보던 밀랍은 맑은 편이었다. 밀랍의 농도가 달라서일까? 밀랍의 양이 많아서 그런 걸까? 틀의 주성분인 흙의 영향일 수도 있었다.

"오빠, 우리 아빠가 만든 종 진짜 크지?"

동주는 해원과 골방에 앉아 손바닥만 한 창을 통해 작업장을 내다보았다. 어려서부터 종 만드는 일을 보고 자란 동주와 해원이었지만 이토록 큰 종은 본 적이 없었다. 동주는 종이 완성된 후 어떤 소리가 나올지 무척 궁금했다.

"오빠, 요즘에 학교 안 가?"

"방학이잖아."

"누가 그걸 몰라? 학교에서 방학 특강 한다면서?"

동주는 곧바로 대답하지 않았다. 머리통이 깨지던 날, 집에 돌아와 보니 책이란 책은 모두 소각로의 재로 변해 있었다. 술김에 아버지가 모두 불태워 버렸던 모양이었다. 그다지 놀라지도 않았다. 동주는 그럴수록 마음을 더욱더 담금질했다. 한위가 학교 가는 걸 달가워하지 않는다면 검정고시를 봐서라도 대학에 가겠다는 게 동주의 계획이었다. 그런 후 아버지에게서 탈출하는 거다.

"안 가!"

"오빠, 대학 안 갈 거야?"

"학교 안 가도 대학은 갈 수 있잖아."

"혹시……"

해원은 말을 잇지 않았다. 어느 정도 짐작하고 있는 눈치였다.

"아저씨가 종만 만들래?"

동주는 그 말에도 대답할 수 없었다. 멀리 규철의 곁에 서 있는 아버지가 보였다. 둘은 배출구로 흘러나오는 밀랍을 유심히 쳐다보았다. 다른 일꾼들도 틀에서 나오는 밀랍의 흐름을 구경했다. 정화가 분주하게 막걸리를 날랐다.

"언제 쇳물 붓는대?"

동주가 대꾸를 하지 않자 해원은 말머리를 돌렸다.

"사흘 후부터 쇳물 끓인다니까 일주일 후에는 붓지 않겠어?"

동주는 종의 생성에서 타종까지 머릿속에 그려 보았다. 틀을 짜고 흙을 바르고 밀랍을 바르기 전까지의 과정은 흙의 작업이었다. 쇳물은 틀에 붓기만 하면 되는 일이니 규철의 말대로 종은 흙을 다루는 일이라고 말할 수도 있었다. 하지만 한위는 늘 쇠를 다루는 일이라고 말했다. 소리의 근원이 쇠에서 오기 때문이었다. 밀랍을 빼내고 쇳물을 부은 후 쇳물이 자리를 잡고 굳은 다음 식기를 기다리려면 최소 일주일의 시간이 필요할 터였다.

동주는 방문을 열고 밖을 내다보았다. 창을 통해서는 종의 전체 윤곽이 보이지 않았다. 해원이 곁에 앉았다. 정화가 손을 흔들었다. 곁에 서 있던 규철과 한위가 잠깐 고개를 돌려 동주를 쳐다봤다.

"저렇게 큰 종이 제대로 소리가 날까?"

해원도 무엇보다 그 점이 염려스러운 모양이었다. 종소리는 종의 틀에 붓는 쇳물의 구성과 쇳물이 식는 속도 그리고 종의 형상과 두께뿐만 아니라 규철이 매번 절규하는 문양이나 그 문양의 배치와도 깊은 연관이 있었다.

종을 만들 때 주석을 17% 정도 넣는데, 여기서 1~2% 정도의 차이로 인해서 종의 소리가 굉장히 달라지는 거야. 주석을 많이 넣으면 종이 깨지는 수도 있어.

한위는 동주가 갓난쟁이였을 때부터 알아듣지도 못할 말을 그렇게 설명했다. 품에 안아 들고는 오로지 종 만드는 이야기만 주절거렸다. 동주는 엄마나 아빠라는 말보다 종, 틀, 밀랍, 주석, 깨진다 따위의 말을 먼저 배웠다. 동주가 태어난 후 첫 번째 만들어진 종의 소리를 듣고 까르르 웃었다고 했다. 한위는 그날을 잊지 못한다고 말했다. 그래서 종을 만드는 일이 운명이라고 못 박았다. 어떤 어린아이도 종소리를 듣고 까르르 웃지 않는다면서.

규철과 한위는 사다리 작업대 위에 올라가 종의 잡소리를 빼내는 꼭대기의 음통을 두고 의견을 나누고 있었다. 음통의 위치와 종 내부로 뚫린 구멍 역시 종소리의 질을 좌우했다. 하지만 이제는 음통의 위치를 바꾸기에는 늦었다. 이제는 모든 게 종의 운명에 달렸다.

작업장은 밀랍을 빼내기 위한 열기로 훈훈했다. 하지만 동주는 그 열기 속에서 딱히 뭐라고 말할 수 없는 불길함을 느꼈다. 너무 거대한 벽 앞에 선 중압감과 비슷했다. 일꾼들은 밀랍이 찬 통을 새 통으로 바꾸며 분주하게 오갔다.

드디어 네 개의 쇳물받개를 걸고 용해로에서 쇠를 끓이기 시작했다. 구리와 주석, 납이 끓었다. 해원도 덩달아 눈빛이 반짝거렸다. 작업장은 한여름을 방불케 할 만큼 후텁지근해졌다.

"처음 말씀하신 대로 유실되는 분량이 있다고 해도 최소 30톤짜리 종은 나오겠는데요."

금속공예점에서 지원 나온 일꾼들도 덩달아 흥분했다.

"용해로에 실제로 들어간 분량이 60톤 정도 되는 10만 근이 조금 넘으니까 이런저런 이유로 절반이 유실된다고 해도 30톤 정도의 종이 탄생할 겁니다. 그것만 해도 지구상에서 제작되는 종 중에 가장 큰 종이 될 겁니다."

규철은 가만히 귀를 기울이고 한위의 이야기를 들었다. 종이 완성되기까지 모든 공정이 자신의 의지대로만 흘러가지 못한 때문이었다.

용해로 속의 쇠붙이들이 빨갛게 달아올랐다. 금방이라도 주변의 모든 걸 집어삼킬 것처럼 광포하게 끓었다. 용해로 표면 위로 끓고 있는 쇳물이 점점이 튀어 올랐다.

"해원이 아빠, 이제 제사상을 차릴까?"

규철이 힐끔 용해로의 온도 계기판을 살폈다. 한위도 덩달아 계기판에 눈길을 주었다. 거종 탄생의 서막이 시작되는 순간이었다. 한위는 쇳물을 좀 더 끓이고 싶었지만, 규철은 과학이 허락한 규정대로 계획했다. 동주와 해원은 그들 틈에 섞여 끓고 있는 쇳물을 구경했다.
"소머리는 왔어?"
"진즉에 왔어."

상이 차려지기 시작했다. 주변 상가의 여인네들이 품앗이를 왔다. 규철과 한위는 백포로 갈아입었다. 상가의 주인들도 초청되어 왔다. 종 작업장을 처음 구경하는 사람들은 신기한 듯 주변을 둘러보았다. 사람들이 모여들자 작업장은 술렁거리기 시작했고 후텁지근한 열기와 붉게 끓고 있는 쇳물은 사람들을 들뜨게 만들었다. 동주는 이런 광경이 부러웠다. 한위가 종을 제작할 땐 고작해야 동주와 둘이 제를 지내는 게 다였다. 부를 사람도 없었지만 부른다고 오는 사람도 없었다. 한위는 그다지 개의치 않았다. 하지만 오늘 그의 얼굴은 술에 취한 듯 불그죽죽했다.

"세상에서 가장 큰 종이 나온다고?"
"잘 나오면 30톤 가까이 될 거라는군."
"이 종이 걸리면 금형리는 유명해지겠구먼."
"아, 세계에도 이름을 알릴 수 있겠지."
"아무튼 규철이 이 양반이 대단한 거야. 평생 종만 만지더니 이런 걸 뽑아내게 되잖아."

사람들이 삼삼오오 수군거렸다. 규철은 그들의 말에 미소를 지어 화답했다. 하지만 한위는 그저 용해로만 바라보았다. 누구도 한위에게 축하의 말을 건네지 않았다. 금형리에서 만들어진 거종의 행사에서 한위는 늘 뒤로 밀렸다. 규철의 주위에는 사람들이 모여 있었고, 한위는 그 주변을 맴돌았다. 동주는 그런 아버지를 훔쳐봤다. 입가에 미소가 그려져 있지만 한위의 눈매는 쓸쓸해 보였다.

제가 시작되었다. 절을 하고 술을 올리고 절을 하고 술을 올렸다. 방문한 사람들도 절을 하고 술을 올리고 소의 입에 돈을 꽂기도 했다. 상은 풍성하고 사람들은 흥겨웠다.

"붓지."

드디어 쇳물이 네 개의 쇳물받개로 옮겨졌다. 대략 8톤씩 쇳물을 담을 쇳물받개 역시 그 위용이 대단했다. 사람들은 술잔을 들거나 음식을 든 채 숨을 죽였다. 쇳물이 구렁이처럼 느리게 통로를 지나 쇳물받개에 담겼다. 쇳물받개는 땅속에 들어가 있는 거종 틀의 네 군데 주입구에 쇳물을 붓기 시작했다. 너무 느리지도 않게 그렇다고 너무 빠르지도 않게 쇳물이 틀 속으로 흘러들어 갔다. 동주는 그 광경을 보며 침을 삼켰다. 세상을 처음 만든 조물주의 또 다른 작품을 보고 있는 듯한 기분이 들었다. 작업장을 휘감아 도는 열기도 이 숭고한 순간의 침묵을 깨지 못했다. 사람들은 땀을 흘리면서도 쇳물이 지나가는 모습을 가까이에서 구경했다.

"어, 눈이다."

누군가 침묵을 깨고 말했다. 사람들이 일제히 고개를 들어 하늘을 쳐다보았다. 서설이기라도 한 듯 함박눈이 내리기 시작했다. 사람들은 흥겨웠다. 못내 아쉬움을 떨쳐 버리지 못했던 규철도 쇳물받개에 남아 있던 마지막 쇳물이 모두 틀로 들어가자 긴장의 끈을 놓았다. 압탕 구멍으로 연신 내부의 가스가 피어오르다가 쇳물이 차오르는 걸 확인한 후 모두 안도의 숨을 내쉬었다. 규철이 술병을 들고 한위에게 술을 건넸다.

"수고했다."

"수고는…… 소리가 잘 나와야지."

한위는 끝내 섭섭한 마음을 감추지 못했다. 사람들 밖에서 맴돌던 동주의 귀에도 한위의 말소리가 들렸다.

"그건 우리들 몫이 아니야. 우린 할 일 다했어."

규철의 말에 한위는 그저 고개를 끄덕거렸다.

쇳물이 틀로 모두 주입된 후 틀을 덮은 흙에서 별다른 기미가 보이지 않는 것으로 봐서 주물사 배합도 잘되고 쇳물도 자리를 잡은 듯했다. 외형틀이 쇳물을 견디지 못하고 터지거나 그래서 덧댄 철판마저 터지면 땅이 요동을 쳤다. 틀을 덮은 흙에서는 마른 아지랑이가 피어올랐다. 이어 특이한 냄새가 나기 시작했다. 틀에 남아 있던 밀랍이 타는 냄새, 틀에 바른 주물사를 달구는 냄새 그리고 차곡차곡 채워지며 서로가 서로를 달구는 쇳물의 냄새, 쇠가 서서히 식어 가는 냄새……. 동주는 한바탕 벌어진 잔치에서 전과는 다른 냄새를 맡았다.

"좀 이상한 냄새가 나지 않아?"

"무슨 냄새?"

해원은 동주가 느끼는 냄새를 맡지 못했다. 하지만 분명 냄새가 났다. 마른 땅이 타는 냄새, 뜨거운 철판 위에 뿌려진 물이 마르는 냄새? 딱히 어떤 냄새라고 말할 수 없었지만 불쾌했다.

사람들이 돌아갔다. 여자들이 돌아다니며 잔치의 흔적을 치웠다. 그 사이 규철과 한위가 마주 앉았다. 동주와 해원도 밥상을 놓고 마주 앉았다.

"너 무슨 이상한 냄새 못 맡았냐?"

규철의 말에 한위는 숟가락질을 멈추었다.

"무슨 냄새?"

규철은 대답 대신 작업장의 종 틀을 바라보았다.

"좀 다른 냄새 말이야."

한위는 고개를 저었다. 규철의 눈길이 동주에게로 향했다.

"동주 너는 혹시 무슨 냄새 못 맡았냐?"

"쟤가 뭘 안다고 그래. 겨우 문양이나 좀 그릴 줄 아는 녀석인데."

한위는 규철의 잔에 술이 넘치도록 따르며 못을 박았다.

6

동주는 '맥놀이'라는 단어에 빨간 펜으로 동그라미를 쳤다. 비슷한 두 개의 주파수가 합성되어 서로 간섭하면서 소리가 커지기도 하고 작아지는 현상. 그러나 종이 완벽한 대칭을 이루면 맥놀이는 발생하지 않는다. 맥놀이는 종 표면의 문양에 의해 종이 비대칭이 되면서 발생해 긴 여운을 만드는데, 이 맥놀이에 의해 종의 울림은 인간의 울음처럼 혹은 신의 계시나 절대자의 경고처럼 들릴 수도 있다. 책은 또 이런 비대칭에 의해서만 그런 소리가 가능한 것은 아닐지도 모른다고도 말했다. 그 이후의 문장은 없었다.

동주는 책을 덮고 방 안까지 스며든 냉기를 들이마셨다. 방 안에 떠놓은 대접의 물은 얼어붙었다. 얼음 위로 창을 뚫고 들어온 아침놀이 반사되어 번득였다. 동주는 이불 속에서 기어 나와 방문을 슬며시 잡아당겼다. 이른 새벽임에도 거리는 소음으로 가득했다.

해가 바뀐 후 열에 아홉은 축구에 관한 이야기를 하게 되면서 금형리에는 트럭이 꼬리에 꼬리를 물고 드나들었다. 한낮 금형리는 온통 트럭의 배기가스 냄새로 몸살을 앓았고, 으슥한 밤으로 접어들면 보너스 두둑이 받은 일꾼들의 술 취한 노랫소리와 고성방가로 들썩였다. 거리는 트럭이 지나다니기 힘들 정도로 주차된 차들로 넘쳐났다. 공장에는 일손이 부족해 조선족과 서유럽 사람들이 일꾼으로 들어와 거리를 활보했다. 전에는 없던 미용실이 새로 개업을 하고 빵집과 치킨 집도 문을 열었다. 구멍가게는 금형슈퍼라는 간판을 새로 달았고, 국제전화 카드를 팔았으며, 가게 앞에 국제전화가 가능한 두 대의 공중전화도 놓았다. 동주는 개벽하듯 변한 금형리의 변화에 신이 나면서도 두려웠다. 동주가 아는 한 세상은 누구의 눈에도 띄지 않게 아주 천천히 변하는 것이라고 생각했다. 그런데 금형리는 순리에서 벗어나는 변화가 진행되고 있었다.

동주는 몸을 잔뜩 움츠리고 마당으로 나와 한위의 방문 앞을 살폈다. 작업화가 보이지 않았다. 방문을 슬며시 밀어 보았다. 방 안의 냉기가 놀란 듯 튀어나왔다. 한위는 긴장의 끈이 느슨해진다며 한겨울에도 결코 난방을 하지 않았다. 늘 용해로 가까이 붙어서 살아서일까. 어느새 그 삶이 몸에 배어 동주 역시 난방한 방에서는 잠을 이루지 못했다.

동주는 부엌에서 간단하게 세수를 하고 집을 나섰다. 집을 나설 때부터 가슴이 두근거렸다. 오늘 땅속에 숨어 있던 규철의 종이 세상 밖으로 모습을 드러내는 날이었다.

거리는 먼지도 일고 분주했지만 사람들과 트럭 주변을 맴도는 공기는 수면 위에 낀 살얼음처럼 깨끗하고 차가웠다. 투명한 유리를 통해 반대편을 건너다보고 있는 기분이 들었다. 햇빛도 티 한 점 없었으며 바람

또한 상쾌했다. 마을이 흥성해지고 있는 걸 반기는 듯한 날씨였다.

해원의 집에 다다른 동주는 작업장의 지붕을 걷어 내고 있는 일꾼들을 먼저 보았다. 외부 크레인이 들어올 수 있게 지붕을 철거하고 있는 중이었다. 거종을 들어 올리려면 내부 크레인만으로는 감당이 되지 않았다. 지붕이 걷히자 가려졌던 하늘이 나타났다. 지붕을 뚫고 내려온 4개의 크레인 고리가 바닥에 있는 네 군데의 고리에 연결이 되었다. 크레인 기사들은 규철의 지시를 기다렸다. 한위는 그의 곁에 서서 종이 세상에 드러나기만을 기다렸다.

"올리세요!"

규철의 말이 떨어지자 4대의 크레인이 일제히 팽팽하게 사슬을 잡아당겼다. 땅이 들썩이며 흰 먼지가 피어오르더니 먼지를 뚫고 용뉴가 천천히 솟아올랐다. 작업장은 한숨과 긴장과 두근거림이 섞여 뜨거웠다. 서서히 거대한 위용이 드러났다. 사람들이 달려들어 당목을 들고 종의 내형을 빼내기 위해 종을 때렸다. 종의 첫 소리는 거칠고 둔탁했다. 종의 내형이 빠져나오기 전에는 종이 아니었다. 몇 차례 당목으로 종을 때리자 내형이 구덩이로 푹 떨어지며 뜨거운 먼지를 일으켰다. 그런 후 규철은 더 이상 종을 치지 못하게 했다. 종이 제대로 울어야 할 자리는 내일 타종식 행사에서였다. 한위는 그런 규철을 훔쳐보며 피식 웃었다. 약간의 형식은 중요할 수도 있다. 어쩌면 이제는 돌이킬 수 없기 때문에 타종 점검을 미룬 것일 수도 있었다. 흙 속에서 태어난 종은 울기 위해 하루를 더 기다려야만 했다.

'저 종이 제대로 음을 담지 못했다면……'

생각만으로도 진저리가 쳐졌다. 규철이 주철장이 되어 만든 종이지만 그것은 한위의 문양과 여러 예술가들의 공력이 담긴 산물이었다. 단 한 번의 타종이 그들이 쌓아 온 시간들을 모조리 부숴 버릴 수도 있었다. 동주는 세상에 음을 쏟아 내는 것이 아니라 세상의 모든 음을 집어 삼킬 듯한 거대한 종을 넋 놓고 쳐다봤다.

　세상에 모습을 드러낸 종으로 한위와 규철 그리고 사람들이 해머를 들고 달라붙었다. 살아선 흙이었을 틀이 높은 온도를 만나면서 단단한 벽이 된 것이다. 그들이 종에 해머질을 하자 단단한 벽이 무너지면서 종의 검은 속살이 드러났다. 종의 살인 양 달라붙은 채 떨어지지 않는 흙의 찌꺼기는 그라인더로 갈아 냈다. 작업장이 포화 속인 양 검은 연기로 뒤덮였다. 연기가 가라앉으면서 거종의 본 모습이 서서히 드러났다. 햇살조차 놀라 달라붙지 못하고 도망가 버릴 정도로 거대하고 웅장한 종이 거기에 있었다.

　동주는 한동안 입을 다물지 못한 채 종을 구경했다.

　한위는 마무리 작업 때문인지 집에 들어오지 않았다. 동주도 거의 뜬눈으로 밤을 샌 후 규철의 집으로 달려갔다. 어느새 겨울의 햇살이 떠올라 일제히 종에 달라붙어 쇠를 핥았다. 지붕이 있을 때와 달리 규철이 만들어 낸 종은 더 검고 거대해 보였다. 동주는 종을 보고 한 발짝도 앞으로 걸어 나가지 못했다.

　"오빠, 밥 안 먹었지?"

　해원이 스스럼없이 다가오며 동주의 팔짱을 끼었다. 두꺼운 옷을 입었지만 충분히 살을 느낄 수 있을 만큼 해원은 동주의 팔을 꽉 잡았다. 해원은 방 쪽으로 동주를 잡아끌었다.

　"어제 밤에 아빠랑 엄마랑 하는 이야기 들었는데…… 오빠가 종소리를 인정하면 진짜 제대로 된 완성이라고 하더라? 난 그런 이야기 처음 들었어."

동주는 해원의 손을 떼어 냈다.

"난 몰라. 수십 년 종 만든 사람들이 알지 내가 뭘 알겠어."

"우리 아빠가 그러던데? 종소리에 관한 한 오빠가 천재라고."

"다 헛소리야."

해원이 이번에는 동주의 손을 잡고 방 안으로 들어갔다. 이미 밥상이 차려져 있었다.

"아빠랑 아저씨는 먹었어."

동주는 밥이 넘어가지 않았다. 밥알들이 쌀알인 양 입안에서 맴돌고 제대로 씹히지도 않았다. 규철과 한위가 찾기 전에 멀리 도망가야 한다고 생각하면서도 종이 토해 낼 소리가 어떤 소리일지 궁금해서 미칠 지경이었다. 해원은 계속해서 어떤 종소리가 좋은 거냐며 물었고, 정화는 그런 해원과 동주를 쳐다보며 의미심장하게 미소를 지었다.

"나도 몰라."

"그러지 말고 가르쳐 주라."

해원은 동주에게 애교를 부렸다. 동주가 금형리에 살면서 유일하게 미소 지으며 바라볼 수 있는 상대가 있다면 해원이었다. 그 미소에 화답하고 싶었지만 모르는 건 모르는 것이다.

"진짜 몰라. 그냥 느껴질 뿐이야."

"그런 게 어딨어."

마루에 걸터앉은 정화도 동주와 해원의 대화에 귀를 기울였다.

"그냥 너도 다 아는 얘기야. 미묘한 비대칭이 만들어 내는 소리. 그 소리가 종소리를 좌우한다고 그러잖아."

"에이, 그런 거 말고. 오빠만 느끼는 게 뭐냐고?"

그동안 그냥 느껴졌을 뿐, 그런 문제를 진지하게 생각해 본 적은 없었다. 동주는 수저를 가지런히 놓았다. 정화는 밥상을 치웠다.

"그건 진짜 나도 몰라. 다만 그 비대칭이 만들어 내는 조화를 나는 느끼는 거 같아. 피아노 건반을 동시에 두 개 눌렀을 때 나는 음. 두 개의 음이 부딪쳐서 만들어 내는 그 음. 하지만 건반을 아무렇게나 누른다고 해서 좋은 소리가 나는 건 아니잖아. 서로 조화가 되는 두 개의 건반이 있는 거야. 그런데 그건 두 개가 될 수도 세 개가 될 수도 있어. 그리고 어떤 건반을 동시에 눌러야 하는지는 몰라. 나는 느낄 뿐이지."

"어떤 사람과 어떤 사람이 만나면 조화롭고, 어떤 사람과 어떤 사람이 만나면 불협화음을 일으키는 그런 것과 같은 이친가?"

해원이 눈을 동그랗게 뜨고 장난기 섞인 어투로 말했다. 동주는 해원이 달라붙으면 괜히 얼굴이 달아오르고 심장이 뛰었다.

"그, 그런 거랑 비슷하겠지."

"그런 소리를 들을 수 있다면 굉장한 거잖아."

해원이 느닷없이 동주를 와락 끌어안았다. 잘 익은 복숭아 냄새가 났다. 동주는 가슴이 아릿해지면서 슬픔 같은 게 느껴졌다. 해원을 밀어내야 하는데 어디를 잡아야 할지 난감했다. 해원의 얼굴이 바로 동주의 눈앞에 펼쳐졌다. 해원의 눈이 동주의 눈 속으로 들어와 신비한 그 음을 찾아내려는 듯 탐색했다. 동주는 고개를 돌렸다.

"내가 이겼다."

해원은 만세를 부르며 동주에게서 떨어졌다. 복숭아 향기도 멀어졌다. 오히려 심장이 더 격렬하게 벌렁거렸다. 동주는 눌러서는 안 될 두 개의 건반을 누른 듯한 기분에 사로잡혔다. 아무도 가보지 못한 길 위에 서 있는 두려움의 순간처럼 느껴졌다.

해원이 깔깔거리고 웃자 정화도 덩달아 미소 지었다. 두 여자는 거종의 탄생을 앞두고 싱숭생숭한 기분을 감추지 못했다. 들뜬 건 그네들뿐만이 아니었다. 금형리 마을 사람이라면 모두 규철의 거종으로 금형리에 새 시대가 열릴 것이라고 기대했다.

동네 여자들이 분주하게 음식을 날랐다. 상 위에는 쇳물을 붓던 날보다 더 많은 가짓수의 음식이 올라왔다. 사람들도 속속 작업장으로 들어왔다. 그들은 버팀대에 위태롭게 매달려 있는 종을 보고 그 크기에 놀라 저마다 비명 같은 감탄사를 내뱉었다. 수행원이 딸린 사람들도 몇몇 작업장으로 들어와 의자에 앉았다. 작업장 앞에 검은색의 세단을 비롯해 수십 대의 자가용이 진을 쳤다. 한 공중파와 케이블 방송사에서도 나와 타종을 기다리고 있었다. 작업장에는 그렇게 사람들의 더운 숨결들이 오갔지만 공기는 여전히 차가웠고 하늘은 살얼음처럼 맑았다.

동주는 작업장을 가득 메운 사람들 속에서 한위를 찾았다. 규철이 사람들의 중심에 앉아 있는 반면, 한위는 언제나처럼 자신의 존재를 감추려는 듯 맨 끝자리에 조용히 앉아 있었다. 그는 다른 사람들과 수군거리지 않았다. 한위의 눈길은 오로지 종의 표면에 드러난 문양에 꽂혀 있었다. 문양의 비대칭이 만들어 내는 맥놀이. 그 비대칭에서 종소리가 완성된단 말인가.

"……금세기 최고의 역사, 월드컵 종의 타종식이 거행되겠습니다. 종이 태어난 이곳에서 행사를 갖게 되어 더 의미가 깊다고 여겨집니다."

사람들의 시선은 사회자에게 향해 있는데 한위의 눈길만은 여전히 문양에 붙박여 있었다.

"그럼, 바로 타종식을 거행하겠습니다. 타종을 해주실 분들은 앞으로 나와 주십시오."

종 앞에 소리를 깨울 당목이 매달려 있었다. 당목은 예쁜 단청을 입고 당좌를 노려보고 있었다. 종도 당목도 떨지 않았다. 사람들이 당목 좌우에 섰다. 하지만 한위는 초대받지 못했다. 미리 타종해 보자고 제안했던 한위에 대한 분풀이로 보였다. 규철은 행사 전에 미리 타종해 보자는 제안을 받아들이지 않았다. 한위도 동주도 그런 규철의 마음을 모르지 않았다. 세상을 깨울 소리가 흔한 잡소리에 그칠 수도 있었다. 입 밖으로 떠들진 않았지만 규철은 그 점을 두려워했다. 그 두려움을 자신감으로 포장했고, 한위는 두 번 다시 그 문제를 거론하지 않았다. 어차피 되돌아갈 수 없기 때문이었다. 그랬는데 그는 더 큰 두려움 속으로 뛰어들어 지금의 두려움을 잊기로 한 듯했다. 그리고 작업장에서의 타종을 결정했다. 임시로 만들어 놓은 움통에서 바람 지나가는 소리가 났다.

"이 종은 월드컵을 기념하기 위해 만들어진 종입니다. 이 거종 속에 우리 국민의 염원을 담아 그 기적이 이루어지도록 타종을 하겠습니다. 월드컵에 참여한 스물세 명 선수들의 숫자만큼 타종해서 우리의 염원이 천하에 퍼져 나가도록 하겠습니다. 준비하세요."

작업장은 태초의 것과 비슷한 적막에 휩싸였다. 북쪽에서 불어온 바람이 어느 상가 처마 밑의 풍경을 흔들고 지나갔다. 풍경 소리는 마을을 전염시킨 적막을 확인해 주고 잦아들었다.
 "그럼, 제가 말하는 신호에 따라 뒤로 잡아당겼다 놓는 겁니다. 뒤로 당기시고……."
 사회자의 신호에 맞춰 사람들이 당목을 힘껏 뒤로 잡아당겼다. 동주는 숨을 삼켰다.
 꽃잎처럼 하늘에서 내려오던 당목이 당좌를 두드리자 드디어 검은 베일을 벗고 첫 종소리가 울렸다. 거종이 드디어 깨어났다. 사람들이 짧게 감탄사를 쏟아 냈다. 하지만 동주는 첫소리에서 귀가 아릿해지는 통증을 느꼈다. 있어서는 안 될 잡음이 맑은 소리를 찢고 있었다. 사람들은 잡음을 전혀 느끼지 못한 눈치였다. 동주의 눈길이 저절로 아버지에게 향했다. 한위의 입가에 야릇한 미소가 번졌다. 동주는 그의 미소를 보자 소름이 돋았다.
 다시 한 차례 당목이 종을 쳤다. 잦아드는 울림과 새로 시작된 울림이 만나 소리는 넓고 깊게 증폭되기 시작했다. 소리는 얼핏 듣기에 웅장했다. 행사장에 모인 사람들은 저마다 입을 벌린 채 다물지 못했다. 다만 규철과 한위 그리고 동주만은 소리가 탁하다는 걸 찰나에 깨달았다. 종 내부 깊이 어딘가에 채 여물지 못한 쇠가 있기라도 하듯. 당목을 붙잡고 있는 규철의 얼굴이 하얗게 질리기 시작했다.
 "여러분, 정말 감동적인 소리가 아닐 수 없습니다. 계속 가겠습니다."
 사회자의 목소리는 흥분에서 열광으로 바뀌어 있었다. 종의 크기가 만들어 주는 중압감과 넓은 폭의 파장이 사람들로 하여금 울림 뒤에 숨은 탁함을 보지 못하도록 만들었다. 종 내부의 파장들이 종 밖으로 뻗어 나오지 못하고 내부의 어딘가로 빨려 들어가고 있었다. 스물세 번의 종을 더 쳐야만 한다. 규철은 당목에 그저 꼭두각시처럼 매달려 흔들리는 대로 움직였다. 종을 치는 횟수가 거듭되면서 소리는 점점 더 멀리 퍼져 나갔다.

"이제 마지막 종을 칠 차례입니다."

타종식이 시작될 무렵부터 금형리 사람들은 규철의 작업장 앞에 하나둘 모여들어 인산인해를 이루었다. 사람들은 저마다 작업장 안을 들여다보려고 발돋움을 하거나 사람들 사이로 고개를 들이밀었다. 그들은 마지막 타종을 앞두고 자신들도 모르게 깊은 신음 소리를 냈다. 방송국의 카메라도 열심히 돌아갔다.

드디어 마지막 타종이 끝났다. 당목을 붙잡고 있던 사람들의 얼굴은 빨갛게 상기되었다. 하지만 단 한 사람 규철만은 사색이 되어 주변을 둘러보았다.

규철은 어수선한 사람들 사이에 끼어 있는 동주와 해원을 보았다. 행사에 모인 사람들과 달리 동주의 눈 속에는 감동의 빛이 보이지 않았다. 규철은 사람들의 인사를 받으며 자연스럽게 동주와 해원 쪽으로 걸음을 옮겼다.

"······오빠, 우리 아빠가 만든 종소리 어땠냐니까?"

규철의 신경이 해원과 동주가 나누는 이야기에 쏠렸다.

"몰라."

"오빤 절대음감을 가졌다고 그랬어. 말 좀 해줘. 나만 알고 있을게."

규철의 눈에 동주와 해원은 소란을 떠는 사람들 사이에서 흑백화면처럼 보였다.

"종이 깨지고 있는 거 같아."

"무슨 소리야?"

규철의 가슴이 철렁 내려앉았다. 마지막 타종이 끝난 후 느꼈던 규철의 느낌을 동주도 알고 있었다.

"그런 게 느껴진다고. 소리에서……. 소리가 끝에서 길을 잃은 거 같아. 종 어딘가에서 금이 생긴 모양이야."

"정말 그래?"

"그냥 느낌이 그렇다는 거야."

규철은 사람들의 인사를 받으며 조금씩 넋을 잃었다. 그는 사람들이 내미는 손을 건성으로 잡았고 그들이 건네는 말을 듣지 못했다. 그의 눈에는 오로지 해원에게 속삭이는 동주의 모습만 보였다. 종이 깨지고 있어, 어딘가에 금이 가서 소리가 길을 잃고 있어. 1년의 세월이 고스란히 지옥의 구덩이에 처박힌 기분이 들었다. 규철은 그때까지 의자에 앉아 있던 한위를 쳐다보았다. 한위는 그저 눈을 감은 채 규철의 절망을 감지하고 있었다.

규철의 종은 대형 트레일러에 실려 상암동으로 출발했다. 월드컵 기념을 위한 타종 행사가 준비되어 있었다. 종 제작과 동시에 만들어진 종루에 종이 걸리는 장면이 전국에 생중계될 예정이었다. 규철과 한위는 행사장에 참석했지만 정화와 동주 그리고 해원은 집에서 텔레비전으로 그 광경을 지켜보고 있었다. 가수들이 나와서 축하 노래를 불렀다. 축구장에는 타종을 듣기 위해 몰려온 인파들로 빈자리가 없었다.

사회자의 지시에 따라 크레인으로 들어 올려진 종이 종루의 종걸이에 걸리는 순간이었다. 순간, 30톤이 넘는 종 무게를 견디지 못한 종걸이가 끊어지면서 종이 바닥으로 굴러 떨어졌다. 그리고 그 무게에 움통이 깊이 파이면서 종이 옆으로 쓰러졌다. 찰나였다. 순간 규철이 자리에서 일어났고 그의 얼굴 표정이 카메라에 잡혔다. 동주는 텔레비전 화면 속의 그를 보았다. 그는 놀라울 정도로 침착했으며 모든 걸 체념한 듯 허탈한 표정이었다. 먼지가 뽀얗게 일어나면서 그의 얼굴이 사라졌고 짧은 순간에 잡힌 규철의 얼굴이 동주의 가슴에 박혔다.
 '설마······.'
 동주는 자신의 생각이 너무도 끔찍해 고개를 저었다. 정화와 해원이 그런 동주를 멍한 눈으로 쳐다봤다.

제3장
흐르지 않은 시간

1

 바람에 실린 색색의 코스모스 꽃잎들이 종을 타고 오르며 춤을 추었다. 분홍빛 꽃그늘이 뒤를 따랐다. 동주는 벤치에 앉아 숨을 죽이고 꽃의 춤을 보았다. 꽃잎들은 한없이 아래로 떨어졌다가 어느 순간 위로 치솟았다. 바람의 길을 따라 꽃잎은 그 길을 걸으며 춤을 추었다. 꽃잎들이 종의 하부에 움푹 파인 명동(鳴動)으로 숨어 버리자 바람의 길도 사라지고 말았다. 동주는 눈 둘 곳을 잃어 규철을 바라보았다. 멀리 박물관 입구 쪽에 한 모녀가 사방을 헤찰하며 느릿느릿 걷는 게 보였다. 규철은 울타리 앞에 붙박인 듯 서서 종의 문양을 감상하고 있었다. 문득 10년 전 상암종합운동장 종루에서 거종이 굴러 떨어지던 그날의 일을 동주는 생생하게 기억해 냈다. 뽀얗던 먼지, 안개 같은 그 먼지들 사이로 절망하는 규철과 차갑게 반짝이던 한위의 눈빛도 생생했다. 동주는 규철과 한위가 종의 추락을 알면서도 방조했다는 걸 알았다. 종의 무게를 견딜 종걸이를 계산하지 못할 두 인간들이 아니었다. 하지만 동주는 지금껏 그 진실에 대해 묻지 못했다. 묻는다고 말해 줄 인간들도 아니었다.

　동주는 규철에게 눈길을 주었다. 10년 동안 고통스러웠다는 말은 거짓이었을까? 규철은 태평하게도 박물관 입구 쪽과 사무실을 살폈다.

　'어쩌자고 저 인간하고······.'

　후회했지만 규철과 함께 사는 삶은 어쩔 수 없는 선택이었다. 해원은 과거에도 현재에도 그리고 미래에도 그의 딸이기 때문이었다. 출소한 그가 결국은 변산 월롱까지 찾아 내려오리라고 어느 정도 짐작은 하고 있었다. 그는 전시회에서 난장판을 치고 일주일쯤 지난 뒤 월롱으로 내려왔다. 한위가 마련한 작업장 앞에서 넋 잃고 서 있던 그를 동주는 결국 받아들이고 말았다. 해원을 찾을 때까지만 있겠다는 그의 약속을, 해원이 결국 월롱으로 돌아올 것이라는 그의 말을 동주는 믿기로 했다.

　규철이 월롱에 내려와 처음으로 한 일은 한위와 해원을 찾는 전단지를 새로 만든 일이었다. 그런 후 그는 한 달여에 걸쳐 종이 걸려 있는 사찰 인근이나 박물관 부근 등지에 전단지를 뿌리거나 붙였다. 종만이 인생의 전부였던 한위나 종을 좋아했던 해원을 찾기 위한 그다운 발상이었다. 그 후로 뜸하게 제보가 왔다.

　"전단지 사진과 비슷한 처자가 여기 경주국립박물관 매표소에서 일하는 거 같소."

　동주가 규철과 함께 경주국립박물관을 찾아온 건 그런 제보 때문이었다. 동주는 해원이 규철을 보지 않을지도 모른다고 한사코 말렸지만 그는 동행을 했다. 멀리서라도 볼 수 있게 해달라며 애원을 하는 그의 청을 동주는 차마 거절하지 못했다. 하지만 제보 속의 여자는 해원이 아니었다. 그런 후 규철과 동주는 성덕대왕신종 앞에 섰다.

한낮의 나른한 평온이 박물관 앞마당에 깔렸다. 분주하게 오가던 박물관 직원들은 보이지 않았다. 박물관 입구 주변을 맴돌며 조잘대던 유치원 아이들도 어디론가 사라졌다. 종의 표면에 햇빛이 스며들었다. 미세하게 갈라지고 기포로 생긴 구석까지 빛이 집요하게 파고들었다. 공양비천상 여인의 무릎까지 파고들던 빛은 당좌에 부딪혀 요란하게 부서졌다. 동주의 눈길이 당좌에 머물렀다. 무게를 이길 종걸이가 없어 용뉴에 철사가 친친 감긴 채 20년 세월 넘도록 울리지 못한 종이 늙은이처럼 해바라기를 하고 있었다. 1300년의 시간, 지칠 만한 세월이었다.

그럼에도 빛을 먹은 종은 아름다웠다. 백발처럼 은빛 그늘이 전면에 흘렀다. 빛이 닿지 않은 부분은 비밀을 감춘 듯 검게 빛났다. 빛이 어지럽게 산란하자 종의 표면은 물처럼 부드러워 보이기도 하고 어느 순간 얼음처럼 차갑게 느껴졌다. 입을 다물고 있지만 다문 게 아니고 죽은 듯하지만 죽은 게 아니라고 말하는 듯했다. 동주는 황홀한 몰입에 빠져들다가 화들짝 놀라 정신을 차렸다.

규철이 계단으로 올라가 종루의 난간을 넘고 있었다. 햇빛만 그런 그를 은밀하게 지켜봤다. 그는 난간을 넘은 후 당좌 쪽으로 급히 걸어갔다. 그는 천장에서 내려온 당목을 손바닥으로 쓰다듬었다. 그때까지도 동주는 그가 무슨 짓을 하려는지 알아차리지 못했다.

규철이 힐끔 동주를 쳐다봤다. 순간 그가 20년 동안 종 치는 게 금지된 성덕대왕신종을 타종하려고 한다는 사실을 깨달았다. 동주는 그를 향해 달려갔다. 그를 말려야 한다고 생각하면서도 그 소리를 듣고 싶다는 갈등이 몸속에서 출렁거렸다. 지금이 아니면 어쩌면 영원히 들어

보지 못할 소리였다. 몸속을 팽팽 돌던 피들이 엉키면서 동주는 난간 앞에서 넘어졌다. 규철은 잠깐 동주에게 시선을 두었다가 거둔 후 당목을 하늘 높이 들어 올렸다가 한 점의 망설임도 없이 종을 내려쳤다.

텅!

동주는 난간을 넘으며 한위조차 타종해 보지 못했던 종소리를 들었다. 한 세대 가깝도록 울지 못했던 자신을 깨닫기라도 한 듯 종은 몸을 부르르 떨었다. 종소리는 태산이 무너지듯 웅장하지도 않았고 자비로운 여운 또한 없었다. 엿장수의 가위질 소리만도 못했다. 반세기를 쇳덩어리로만 살아왔으니 제 기능을 발휘하지 못한 것일까.

규철은 망설이지도 않고 다시 한 차례 종을 쳤다. 종이 울렸다. 종은 본래 자신의 소리를 찾으려는 듯 처음보다는 애써 긴 여운을 주며 울었다.

"아저씨!"

규철은 동주의 말 따위에는 아랑곳하지 않고 또다시 종을 힘껏 쳤다. 그는 몸에 꽉 찬 저주를 깨부수기라도 할 듯 종을 내려쳤다. 아내를 죽인 죄책감에서 벗어나 참회하려고 했던 것인지, 자신을 찾지 않은 딸에 대한 원망을 벗어 버리려 했던 것인지, 그도 아니면 사라져 버린 한위에 대한 미움을 증오로 키우기 위해서였는지 몰라도 그는 미친 듯 종을 쳤다.

사람들이 몰려왔다. 동주는 몰려오는 사람들과 규철의 사이에 서서 난간 없는 구름다리를 건너가듯 그저 위태롭게 서 있었다. 그는 다시 종을 두드렸다. 하지만 종은 사랑하는 이를 잃은 여자의 울음처럼 길고 가냘픈 소리를 토해 냈다. 도무지 웅장하고 장엄하고 심오한 소리

따위는 나지 않았다.

 뒤늦게 박물관 직원들이 달려왔다. 난간 주변에 모인 사람들이 스마트폰이나 카메라를 꺼내들고 규철과 동주를 찍어 댔다. 규철은 마지막인 듯 당목을 뒤로 힘껏 잡아당긴 후 당좌를 힘껏 쳤다. 당목은 더 이상 긴 세월을 견딜 수 없었던 모양인지 금이 가더니 힘없이 부서졌다. 그 사이 박물관 직원들이 종루로 뛰어 올라와 규철의 팔을 낚아챘다. 동주는 어정쩡한 자세로 그들을 바라보았다. 종루 주변으로 모여든 사람들이 웅성거리며 손가락질을 해댔다.

 바닥에 털썩 주저앉은 규철은 급기야 울음을 터뜨렸다. 그의 광기가 두려우면서도 동주 역시 절망했다. 규철이 그리고 한위가 그토록 닮고 싶어 했던 소리가 작업장에서 조잡한 틀에 부어 만든 종소리만도 못했다. 평생을 바쳐 듣고 싶었던 소리가 아니었다.

 쇠는 물과 불로 담금질을 하면 할수록 단단해지거늘 행여 깨질세라 부서질세라 두드리지 않게 되면서 종은 소리를 잃고 늙어만 갔다. 천년을 넘게 버틴 늙은 종은 이제 자신의 본분 따위는 잊었다. 어쩌면 규철이 마주한 종은 애초에 성루에 걸린 채 밥 때나 알리는 비루한 종이었을지도 몰랐다.

 세 사람의 박물관 직원이 규철을 붙잡았다. 그제야 규철의 눈이 동주를 찾았다. 그의 눈은 풀어진 채 흔들렸다. 그는 순순히 직원들에게 붙잡혔다. 그들은 규철의 팔을 단단히 결박해 종루 밖으로 끌어냈다. 동주는 한 두름에 엮인 굴비처럼 어쩔 수 없이 그의 뒤를 따랐다. 규철은 그들에게 질질 끌려가면서 무서운 듯 떨고 있는 종을 바라보았다. 그의 눈길이 가 닿은 곳을 보았다. 종의 표면에 앉아 공양을 하고 있는 여인이 두려움에 서둘러 별을 타고 하늘로 올라가는 환영이 보였다.
그 와중에도 종루 모서리에 핀 꽃이 동주의 눈길을 잡았다. 종루의 외곽을 두르고 있는 돌 틈에 뿌리를 내리고 솜사탕처럼 연약하게 돋아난 꽃이었다. 솜털로 덮여 있는 꽃대, 그 줄기 끝에 꽃을 받치고 있는 잎은 둥글고 유독 흰솜털이 많은 꽃. 한위가 변산의 월롱에 이룬 폐차장과 작업장 주변에 무수히 피어 있는 꽃이었다. 그 꽃이 종루 주변에 흔했다. 해원은 그 꽃을 볼 때마다 눈물로 만든 꽃이라고 종이에 써 보였다.

조선화융초는 눈물로 만든 꽃 같아.

동주는 규철의 뒤에 바짝 붙어 걸으며 물었다.
"왜 그랬어요?"
"너도 듣고 싶어 했잖아. 한위 놈이라면 얼씨구나 했을걸."
그는 능청 떨지 말라는 듯 야릇한 미소를 지었다. 동주는 불에 덴 듯 얼굴이 화끈거렸다.
"아는 사람입니까?"
순간 동주는 머뭇거렸다. 모르는 사람이라고 대답해야 옳을까. 하지만 그를 월롱 작업장에 받아들였을 때부터 싫든 좋든 동주는 그와 한 배를 타고 시간의 강을 흘러가야 한다는 걸 알고 있었다. 이정표도 정한 목적지도 없이 미련스럽게 앞으로만 나아가는 배를.
"……네, 저와 일행입니다."
규철은 박물관 사무실의 응접실로 끌려갔다. 그를 놓아 준 직원들은 박물관장과 경찰서에 전화를 걸기 바빴다. 동주는 그의 곁에 앉아 마른 손만 비볐다.

"저 종이 얼마나 중요한 문화잰 줄 모릅니까?"

남자 하나가 규철의 얼굴에 삿대질을 하며 물었다. 종루에서 절규하듯 울음을 터트렸을 때와는 달리 규철은 자꾸만 웃었다. 그의 웃음이 종소리 하나를 위해 바친 삶에 대한 허망한 비탄이라는 걸 누가 알까?

"미친놈이구먼."

남자는 더 이상 묻지 않았다.

어린 동주를 데리고 여행을 다녔던 한위도 그랬다. 막무가내로 종루의 난간을 넘어가 종을 쳤다. 운 좋게 도망가기도 했고 붙잡혀 사정 설명을 늘어놓아야 했던 일도 있었다. 어느 땐 경찰서에서 하룻밤을 지새웠다. 그때마다 한위는 매번 절망했고 후에는 실실거리며 웃었다. 지금 규철의 웃음이 그 옛날 한위의 웃음과 똑같았다. 그래서 동주는 소름이 끼쳤다.

잠시 후 백발에 배가 좀 나온 늙은 남자가 나타났다.

"이게 무슨 소리야? 당목이 부셔졌다니?"

"당목뿐이 아닙니다. 종이 안전한지 모르겠습니다. 지금 이종호 학예사가 종을 살피러 갔습니다."

늙은 남자가 규철을 쳐다봤다.

"당신 뭐하는 사람이야?"

규철은 그저 실실 웃었다.

"관장님, 미친놈인 모양입니다."

"아무리 미쳐도 그렇지, 타종을 금지시킨 종을 치다니. 그 종은 우리나라 국보예요, 국보!"

박물관장의 얼굴이 삶은 게의 등딱지처럼 붉어졌다.

"당신 아는 사람입니까?"

관장이 동주를 쳐다봤다. 동주는 자신도 모르게 소파에서 일어나 고개를 끄덕였다.

"이 사람 뭐하는 사람입니까? 천 년도 넘은 문화재를 훼손하다니, 미치지 않고서야 어떻게 이럴 수 있습니까?"

"그게 저……"

동주는 느긋하게 앉아 있는 규철과 초조하게 서성거리는 박물관 관장 사이에 어정쩡하게 서서 눈알을 불안하게 굴렸다. 뭐라고 대답해야 할까?

"도대체 뭐하는 작자냔 말입니다."

"저, 주철장입니다."

"주철장? 종?"

사무실 직원들이 적잖이 놀란 눈치였다. 박물관 관장은 규철을 찬찬히 살피기 시작했다. 그때 종을 검사하러 나갔던 학예사와 경찰이 들이닥쳤다.

"당목은 완전히 박살이 났고, 종은 현재로서는 이상이 없어 보입니다. 더 자세한 건 정밀 검사를 해봐야 할 거 같습니다."

학예사인 듯한 남자가 주저하며 관장에게 말했다.

"당목이 박살났다고? 천 년 넘도록 한 번도 깨지지 않았던 당목이야. 한 사람이 부술 수 있을 만큼 약한 나무가 아니란 말이야!"

"울리지도 않는 게 무슨 종이라고."

직원들에게 포박당해 끌려온 뒤 규철은 처음으로 입을 열었다. 경찰이 그 앞으로 다가갔다. 그들은 미란다 원칙을 읊어 댔다.

"이, 이 사람 어떻게 되는 거죠?"

"조사를 받아야죠. 그리고 중요 문화재를 훼손했으니까 뭐 걸맞는 죗값을 치러야겠죠."

경찰이 규철의 손에 수갑을 채웠다. 그는 안도하는 듯한 얼굴이었다. 마치 그동안 흔들렸던 세상이 바로잡히기라도 한 듯 미소를 지었다. 경찰이 그를 끌고 나가려 할 때 박물관장이 규철의 어깨를 잡았다.

"당신, 나 알지? 낯이 익어. 어디선가 본 적 있지?"

규철에게 느닷없이 질문을 퍼부은 관장의 눈이 빛났다. 그 순간 동주의 머릿속이 복잡하게 얽혔다. 규철은 히죽 웃었다. 그는 대꾸 없이 경찰보다 앞서 사무실 입구 쪽으로 걸어갔다. 따라 나오던 관장이 다시 그의 팔을 잡았다. 경찰과 사무실 직원들의 시선이 일제히 그와 관장에게 쏠렸다.

"분명히 날 아는 놈이야, 그렇지? 너 나 알지?"

"몰라."

"이봐요, 조사하면 다 나오니까 말해요."

그가 규철의 어깨를 잡아 돌렸다.

"그래, 주철장……. 우리나라 최초의 주철장."

그는 당장이라도 규철의 멱살을 잡고 흔들 태세였다. 관장이 규철 대신 동주를 붙잡았다.

"혹시, 저놈 이름이 강규철?"

규철이 걸음을 멈췄다. 그의 이름을 정확하게 알고 있다는 사실에 동주는 놀랐다. 그는 경찰의 손을 뿌리치고 서둘러 사무실에서 빠져나갔다.

"네 놈이 2002년에 거종을 만들었다가 실패했던 그 강규철이 맞지? 몇 명이 종에 깔려 병신이 됐잖아. 그래 맞아. 서울 변두리 금형리에서 작업장 하던 그 강규철이가 맞아. 자기 부인 살해하고 사라졌던 그 미친놈."

규철이 걸음을 멈추고 뒤로 돌아섰다. 팔을 다시 잡았던 경찰관들의 눈이 휘둥그레졌다.

"아무것도 모르면 입 다물고 있어. 나, 나는 내 아내를 죽인 적 없어."

규철은 입술을 깨물며 고해성사를 하듯이 차분하게 대꾸했다. 동주는 번득이는 그의 눈을 쳐다봤다. 그날 분명 아내를 죽였는데 아내를 죽인 적이 없다?

"맞아, 그 미친놈이 맞아."

규철의 입가가 일그러졌다. 둘 사이에 당겨진 활시위처럼 팽팽한 긴장이 흘렀다.

"전통 방식으로 만든 종의 비법을 훔쳐선 자기가 재현했다고 발표하는 놈이 미친놈 아닐까?"

규철 앞에 바짝 다가들었던 박물관 관장이 흠칫 놀라며 한 발 물러났다.

"아냐, 그, 그건……. 나는 우리 가문의 전통 방식을……."

"더러운 새끼, 적어도 난 남의 걸 훔치지는 않아."

규철이 돌아섰다. 그는 더 이상 박물관 관장을 상대하지 않았다.

"네 놈이 뭘 안다고 그래? 자기 마누라를 죽인 놈이."

관장은 뒷걸음질 치며 야비한 대꾸를 늘어놓았다. 그리고 계속해서 '마누라를 죽인 놈이'라는 소리를 지껄였다. 규철이 경찰차에 올라탔다. 동주는 그의 곁에 탔다.

"이 살인자, 나는 네 놈의 비법을 훔치지 않았어!"

관장은 경찰차까지 쫓아와 떠들어 대며 씩씩거렸다. 규철은 등받이에 머리를 기댄 후 눈을 감았다. 동주는 창밖으로 눈길을 돌렸다. 박물관을 빠져나가는 길가에 일렬로 흰 꽃이 잔뜩 피어 있었다. 종루에서도 본 꽃이었다. 동주는 경찰차가 박물관을 빠져나온 후 눈감고 있는 규철을 힐끔 쳐다봤다. 그의 볼에 마른 눈물 자국이 그려져 있었다.

규철은 성덕대왕신종을 훼손한 사건으로 사흘간 조사를 받은 후 일주일 동안 구치소에 갇혔다가 벌금 500만 원을 내고 풀려났다.

2

얕은 개울에서 물 흐르는 소리가 들렸다. 물은 졸졸졸 수채로 향하는 듯했다. 겨우 물 흐르는 소리를 들었을 뿐인데 동주는 하얀 타일이 깔린 작업장 욕실과 수채가 떠올랐다. 꿈이겠지. 현실인가? 꿈이 더 현실 같고 현실이 꿈같은 시간들이 지나가고 있지 않은가. 규철인가? 동주는 몸을 뒤챘다. 물소리는 끊이지 않았다. 누군가 잘박잘박 물 흥건한 타일 위를 걸었다. 발걸음이 조심스러웠다. 문득 물소리의 주인공이 해원일지도 모른다는 생각이 들었다. 동주는 자신도 모르게 자리에서 벌떡 일어났다. 맨발인 채 방에서 나와 주변을 살폈다. 작업장 어둠의 밀도는 방 안의 것보다 더 빽빽했다. 한위의 방은 불이 꺼져 있었다. 해원의 방과 면해 있는 욕실에서 불빛이 새어나와 어둠을 밀어내리고 애썼다. 해원이 돌아왔나? 하지만 동주는 선뜻 방문 앞으로 다가가지 못했다. 사실을 확인하는 순간 진실이 깨져 버릴 것만 같았다. 그러나 호기심은 두려움을 하찮게 여겼다. 동주는 발뒤꿈치를 들고 소리를 죽이며 밤고양이처럼 방문 앞으로 다가갔다. 어둠이나 겨우 비집고 들어갈 만한 틈으로 방 안을 살폈다. 방 안은 예전 그대로였으며 누구의 흔적도 없었다.

가늘게 한숨을 내쉬며 동주는 욕실 쪽으로 걸음을 옮겼다. 여전히 잘박거리는 발걸음이 들렸다. 규철일지도 모른다고 생각하면서 해원이기를 바랐다. 동주는 몸을 낮추고 앞으로 나아갔다. 그는 욕실 앞에 멈춰 서서 호흡을 가다듬었다. 떨리는 손을 들어 욕실 문고리를 잡았다. 문은 잠겨 있지 않았다. 눈빛이 들어갈 수 있을 만큼만 열면 된다. 바람이나 드나들 수 있을 만큼. 동주의 손과 손목에 힘이 넘쳤다. 욕실 문이 소리도 없이 조금씩 열리기 시작했다. 타일 바닥의 물을 밟는 발소리는 끊이지 않았다. 동주는 허리를 굽히고 열린 문틈으로 눈을 들이댔다. 문틈으로 뽀얀 하나의 형체가 보였다. 형체는 샤워 꼭지에서 쏟아지는 물줄기 한가운데 서 있었다. 물에 젖은 긴 머리카락, 상대에서 하대로 흘러 내려간 곡선의 허리와 둔부, 수증기보다 더 뽀얀 살. 동주는 도망갈 수도 물러설 수도 없었다. 그 형체는 놀랍게도 해원이었다. 밤마다 동주를 잠 못 들게 했던 물소리의 주인은 해원이었다. 그런데 사라졌던 해원이 나타나 샤워를 하고 있다니. 동주의 움직임을 들었을까? 갑자기 해원이 샤워꼭지를 잠갔다. 그런 후 출입문 쪽으로 고개를 돌렸다.

그녀가 동주를 봤다. 아니 문틈을 비집고 들어가려는 그의 눈빛을 보았다. 그녀의 복숭아 같은 가슴 위로 설익은 유두가 보였다. 동주는 꼼짝할 수 없었다. 외면하자니 돌아온 그녀가 사라져 버릴 것만 같고,

바라보고 있자니 심장이 뜨거워 타버릴 것만 같았다. 그런데 그녀가 욕실문 쪽으로 걸어왔다. 뒤로 물러나야 하는데 호기심과 욕망에 짓눌린 몸은 좀처럼 말을 듣지 않았다. 욕실문 앞에 선 그녀가 문고리를 확 잡아당겼다.

동주는 화들짝 놀라 눈을 떴다. 땀을 먹은 요가 축축했다. 꿈이었다. 아니 동주가 한순간도 잊어 본 적이 없던 해원에 관한 기억 중 하나였다. 그러니 꿈이라고 말할 수는 없었다. 그는 사타구니에 손을 넣고 몸을 구부린 채 꼼짝하지 않았다. 꿈은 현실처럼 생생한데 현실은 너무 비현실적이었다.

창문 틈으로 박명이 찬바람과 함께 조용히 넘어왔다. 또 창문을 열어 놓고 잠이 든 모양이었다. 동주는 잠에서 깨어나 나무 침대 모서리에 걸터앉았다. 창 건너편 작업장 방에서도 불이 켜졌다. 규철이 묵는 방이었다.

월롱으로 돌아온 규철은 침묵 속에서 살았다. 말을 걸 사람도 없지만 행여 누가 말을 걸어도 묵언 수행하는 중처럼 대꾸하지 않았다. 차라리 동주의 속은 편했다. 그는 규철이 머물고 있는 작업장 쪽을 내다보다가 검게 그을린 휴지 곽을 들고 사무실을 나섰다. 개들이 동주를 보고 꼬리를 흔들었다. 개들 뒤로 오늘 팔려 나갈 자동차 엔진과 유리, 차량용 의자들이 산더미처럼 쌓인 채 기지개를 켜고 있었다.

개들이 화장실까지 따라왔다. 놈들은 동주의 다리에 달라붙었다. 놈들을 걷어찬 후 동주는 화장실로 들어갔다. 문에 난 구멍으로 밖이 내다보였다. 너른 마당과 폐차들이 아침 해를 받아 붉게 빛나고 있었다.

폐차 너머에 높은 지붕을 가진 작업장이 그의 눈에 들어왔다.

폐차장은 대략 1000여 평의 크기였다. 압축기와 지게차, 크레인 그리고 산처럼 쌓아 있는 폐차들이 공간의 절반 이상을 차지했다. 숙소가 폐차장 안쪽 깊숙이 자리를 잡았고, 사무실로 쓰는 조립식 건물 하나와 식당, 화장실, 창고가 줄줄이 붙어 있었다. 그 조립식 건물 뒤로 종 작업장이 언제나 쇳내를 풀풀 풍겼다.

한위가 월롱에서 10년의 세월을 바쳐 이룬 터전이었다. 월롱에 처음 내려올 때부터 한위는 오래전 준비를 해왔던 듯 망설임 없이 월롱으로 동주와 해원을 데려갔다.

해원아, 월롱이라는 마을은 달을 가둔 곳이라는 뜻이란다. 아름답지 않니?

한위는 해원에게만 월롱에 대해 설명했다. 아닌 게 아니라 월롱의 달은 여느 도시나 마을에서 보는 달과 달랐다. 손을 뻗으면 닿을 듯, 발을 내디디면 건너갈 수 있을 듯 달은 가까이 머물렀다. 보름달 아래에서는 책을 읽을 수 있을 정도로 월롱의 달은 크고 황홀했다.

한위의 생활은 단순했다. 낮에는 자동차에서 쇠나 구리를 뜯어냈고 밤에는 종 작업에 매달렸다. 달빛이 밤바람을 타고 마음껏 작업장으로 들어올 수 있도록 창문을 활짝 열어 놓고 작업에 몰입했다. 어둠과 차가운 외로움 속에서도 빛을 발하는 달. 그 달빛을 끌어다 단절되는 삶과 재생의 섭리를 종 안에 담으려고 그랬던 것일까. 동주는 월롱의 달을 보면서 한위가 월롱에 터를 잡은 이유를 알 것도 같았다. 그러니까 월롱은 소리를 찾아 헤매는 한위에게 맞춤한 작업장이었던 것이다. 그런 한위가 작업장을 버리고 사라졌으니 그 이유가 궁금할 수밖에 없었다.

작업장의 규모도 미스터리로 남겨 두었다. 한위가 올린 작업장은 금형리에 있던 규철이 종을 만들던 작업장의 두 배가 넘는 규모였다. 한위는 작업장의 지붕을 고고한 성당의 탑처럼 높게 올렸다. 안으로 들어가면 거대한 크레인과 용도를 알 수 없는 또 다른 여러 개의 크레인 고리들 그리고 쇳물받개와 용해로, 이암을 조각할 작업대가 똬리를 틀고 앉아 있었다. 곁에 내형 틀을 만들 구덩이가 지옥으로 가는 문처럼 열려 있었고, 한쪽 구석에는 폐차장에서 나온 쇠를 녹이는 용해로와 인테리어용 소종을 만드는 장비들이 진열되어 있었다. 하지만 동주는 대학에 들어간 후 한위의 작업장에는 가능한 한 드나들지 않았다. 대학을 서울로 진학한 뒤 주말에만 월롱에 내려왔다. 그때에도 가능한 한 폐차장에 머물렀다.
　해원아, 공부 게을리 하지 마. 대학은 꼭 서울로 와야 해. 내가 도와줄게.
　결국 동주의 그 약속은 부질없는 약속이 되었다. 하지만 그녀는 서울에서의 삶을 달가워하지 않았다. 말하지 못한 천형을 사람들에게 들키고 싶지 않았던 듯했다. 그녀는 폐차장과 작업장을 오가며 지내는 생활에 만족했다. 그래도 동주는 대책도 없이 그녀를 끈질기게 설득했다.
　알았어, 오빠 잘되면 나도 불러 줘.
　그녀가 내민 종이 위에 그렇게 쓰여 있었다.
　화장실에서 나와 보니, 언제나처럼 폐차장 부설식당을 운영하는 목포댁이 가장 일찍 출근해 있었다. 그 뒤를 이어 차량 유리만 떼어 파는 유리 사장과 지게차와 크레인을 모는 장수 그리고 압축기를 작동시키는 석겸이 나왔다. 아침밥이 다 되었을 때 폐차를 분해하는 다비드가 나왔다. 그는 해질 무렵만 되면 절대자에게 절을 해대는 파키스탄 사람이었다. 가장 늦게 출근하는 건 경리였다. 그녀가 출근한 뒤에야 폐차장이 돌아가기 시작했다.

오전 내내 빈 트럭이 들어와서 폐차의 부속품을 사 갔다. 유리는 유리대로 엔진은 엔진대로 범퍼는 범퍼대로 가져가는 사람들이 달랐다. 그런 후 남는 구리나 쇠붙이들은 종을 제작하는 데 썼다. 그것으로 모자라 한위는 벌어들인 돈으로 쇠를 사들이거나 구리를 샀다.

오후엔 골조만 갖춘 폐차들이 들어오고, 5시쯤이면 폐차장의 하루는 별다른 변화 없이 끝났다. 다음 날은 하루 종일 차를 찌그러뜨려 고철을 분리하고 부속을 떼어 냈다. 그다음 날은 다시 팔고 되사는 일이 폐차장에서 하는 일의 전부였다. 하지만 동주는 폐차 더미에서 작업에 필요한 부품들을 얻어 가기만 할 뿐 그들의 일에 간섭하지는 않았다. 폐차장 한쪽 구석에 합판을 올려 작업실을 꾸민 후 동주는 그곳에서만 생활했다.

어느새 작업을 끝낸 사람들이 퇴근하고 석겸과 장수만 남았다. 그 둘은 한위와 함께 폐차장을 시작한 직원이었다. 장수가 숙소 문을 두드렸다. 문을 열고 들어서는 그의 몸에서 소주 냄새가 물씬 풍겼다. 그는 늘 술을 달고 살았다. 술에 취하지 않으면 견딜 수 없다는 사람이었다. 그는 신문지로 싼 뭔가를 동주에게 불쑥 내밀었다. 문밖에 석겸이 담배를 피며 안의 동정을 살폈다.

"뭡니까?"

"풀어 봐. 쓸 만한 거니까."

신문지를 풀었다. 피딱지가 덕지덕지 붙은 사람의 엄지손가락이 나왔다.
"아까 사고 차 들어와서 뒤질 때 나온 거야. 생생하지?"
 그가 동주에게 가까이 다가들며 낮은 목소리로 말했다. 그의 입에서 구린내가 났다.
 "저한테 이런 거 필요 없다고 했죠? 도대체 사람 손가락을 어디에 쓸 거라고 자꾸 주워 옵니까. 아저씨가 원하는 게 뭡니까? 필요한 거 있으면 그냥 가져가세요. 제 눈치 보지 말고. 지금까지 그랬잖아요."
 장수는 사람의 살점을 모아다 주는 대가로 폐차장의 고물들을 은밀하게 빼갔다. 석겸은 그의 수하 노릇을 자청했다. 그들은 그렇게 빼간 고물들로 술을 마시거나 경마로 날렸다. 한위는 모른 척했다. 이제 그 역할을 동주가 해야만 했다.
 "너 지금 날 거지로 아는 거야? 젊은 놈이 하루아침에 사장이 되니까 눈에 뵈는 게 없나 보지? 내가 배운 건 없어도 너처럼 막돼먹진 않았어, 인마, 내가 뭐 쓰레기 같은 물건이 탐이 나서 그러는 줄 알아? 쌍! 그렇게 딱딱하게 굴 거 없잖아. 그러다가 큰 코 다치는 날 있을 거야!"
 그가 문신이 가득 그려진 팔뚝을 무릎 위에 올려놓고 힘을 주었다.
 "그래서요?"
 동주도 지지 않고 대꾸하며 소파에서 일어났다. 장수가 덩달아 일어섰다. 그는 희멀겋고 매사 조용한 동주를 깔보기도 하면서 한편으론 두려워했다.
 "지금 해보자는 거야?"
 "누가 먼저 시비를 걸었는데 그럽니까?"
 "지금 사장님 믿고 까부는 모양인데."

"아버지는 아버지고 나는 나예요!"

"꼴값을 떠네. 네 놈이 예술 한다고 까부는 거 여기서 밑천이 나오는데도 아버지는 아버지고 너는 너냐?"

석겸이 숙소로 뛰어 들어왔다.

"두 사람 왜 이럽니까. 큰 사장님 아시면 난리 납니다."

"큰 사장? 지금 행방불명이잖아. 자식이라고 있는 게 아버지 실종된 뒤 찾으러 가는 꼴을 못 봤어. 호로 자식!"

"물건 빼돌리는 사람이 그런 말 할 자격이 있습니까?"

느닷없이 장수가 동주의 멱살을 잡았다. 그는 동주의 몸을 벽으로 밀어붙인 후 밀어 올렸다. 동주는 발버둥 쳤다. 그의 팔에 힘줄들이 툭툭 불거졌다. 그에게 잡힌 옷이 목을 조였다. 한위가 저주처럼 물려받은 괴력이 동주에게는 전해지지 않았다. 동주가 장수의 손을 잡아 뜯으려는 순간 손 하나가 불쑥 나타나더니 멱살을 잡은 손목을 덮쳤다. 규철이었다. 장수의 손이 맥을 못 추고 동주 멱살을 놓았다. 동주는 기침을 콜록거리며 규철을 쳐다봤다.

"뭡니까?"

장수는 규철에게 배를 들이밀며 대들었다. 규철이 순식간에 그의 팔을 잡아 꺾었다. 늘 힘 좀 쓴다고 떠벌리던 장수가 규철 앞에서는 맥을 추지 못했다.

"사장이 없다고 질서까지 없으면 되겠소? 사장이 돌아올 때까지 동주가 사장이니까 대들면 안 되지."

경주국립박물관 일로 벌금을 물어 준 일에 대한 보답일까?

"사장 친구라고 봐줬더니. 안 놔!"

장수는 팔이 꺾인 채 바둥거렸다. 소용없는 짓이었다.

"이봐, 강씨. 이 양반이 술이 과해서 그런 거니까 좀 참아요! 주사가 심해서 그런 겁니다. 어디 그런 말 하고 싶어서 했겠습니까. 강씨가 참아요!"

석겸이 규철의 팔을 잡았다. 석겸이 용을 썼지만 규철의 힘을 꺾을 수는 없었다.

"빌붙어 사는 주제에!"

규철은 꺾은 장수의 팔을 부러트리기라도 하려는 듯 위로 더 바짝 밀어 올렸다. 장수가 비명을 질렀다.

"다시 한 번 말해 봐!"

규철의 입에서 냉기가 가득 담긴 말이 흘러나왔다.

"해원이 아버지라며? 그럼 자기 마누라 죽인 살인자네!"

장수는 고통을 받으면서도 해서는 안 될 독설을 내뱉었다. 장수의 말에 동주도 놀랐다. 규철의 얼굴이 새빨갛게 달아올랐다. 그가 잠깐 동주를 힐끔 쳐다봤다.

"터진 입이라고 함부로 말하는 거 아냐!"

규철의 팔뚝 근육이 꿈틀거렸다. 장수의 팔을 완전히 부러트리려는 듯 그의 팔을 꺾었다. 동주가 달려들어 그의 손을 잡았다.

"그만하세요!"

장수는 고통으로 반쯤 혼절한 상태였다. 규철은 마지못해 장수를 밀어 버렸다. 그는 손을 털며 사무실을 빠져나갔다. 바닥에 고꾸라진 장수는 겨우 정신을 차렸다.

"언젠가 반드시 오늘 일 복수할 테니까 두고 봐. 살인자 새끼!"

장수는 전혀 기가 죽지 않았다. 그는 침을 찍 뱉으며 숙소 문을 발로 차고 나갔다.

"동주야, 네가 이해해야 돼. 저 양반 저러는 게 어디 하루 이틀 일이냐? 저 양반 내일 되면 아무 일 없다는 듯 또 허허거리잖아. 알았지? 나 간다."

석겸이 부리나케 장수의 뒤를 따랐다. 그가 두고 간 손가락이 바닥의 상처처럼 뒹굴었다.

"빌붙어 사는 살인자 주제에 뭐? 질서가 어째? 똥 묻은 개가 겨 묻은 개 나무란다더니, 두고 봐!"

"형님, 그만하세요."

"뭘 그만해. 내가 뭘 잘못했다고 그래?"

폐차장을 나서는 장수는 계속해서 투덜댔다.

"언젠가는 내가 끝장을 볼 거야."

"형님, 그만하세요. 끝장은 무슨 끝장을 본다고 그러세요. 사장님이 해원이한테 얼마나 극진하게 했는데요. 사장님도 해원이 아빠라면 아마 잘했을 거예요."

"아냐, 해원이가 집 나간 건 저 인간 보기 싫어서일 거야. 출소하면 뻔히 여길 찾아올 테니까 미리 내뺀 거라고. 누구라도 자기 엄마 죽인 아버지를 얼씨구나 하고 반기겠어?"

정말 그래서 해원이 사라진 것일까? 그럴 리 없었다. 해원은 규철이 출소하는 날을 알지 못했다. 그는 15년 형을 선고받았다. 원래의 형량보다 5년이나 먼저 출소를 했으니 그걸 알 턱이 없었다. 교도소에서 그에 관한 소식을 보내 온 일도 없었다. 그리고 한위나 그 누구도 규철에 관한 이야기를 꺼내지 않았다. 그러니 그건 틀린 말이었다.

잠시 후 자동차에 시동 거는 소리가 들렸다. 동주는 숨을 들이마시며 작업장 쪽을 쳐다봤다. 이른 저녁, 떠도는 바람은 차가웠다. 석겸의 차 꽁무니에서 검은 연기가 풀풀 흘러나왔다. 연기가 바람을 따라간 후 규철이 쌀 포대를 어깨에 짊어지고 나타났다.

"한위는 미쳤어!"

사무실로 들어온 그는 쌀 포대를 동주 앞에 내던졌다. 냉동실에 있었던 듯 포대 겉에 맺힌 물방울들이 흘러내렸다. 쌀 포대 속에는 버리지 않고 모아 놓은 인간의 살점이 언 채 엉겨 붙어 있었다. 동주는 포대를 들고 사무실을 나섰다. 해는 작업장의 높은 지붕을 넘어갔다. 일찍 뜬 달이 노을의 뒤를 따라왔다. 작업장 앞 가로등이 불을 밝혔다. 앞마당이 붉게 펼쳐졌다. 동주와 규철은 붉은 마당을 밟고 지나 거대한 미닫이문을 열고 작업장 안으로 들어갔다.

작업장으로 들어서자 오랫동안 묵은 쇳내가 엄습했다. 동주는 느릿느릿 돌던 피가 역류하는 전율을 맛보았다. 그가 소각로 앞으로 다가가 불을 밝히자 그을음에 물든 검은 벽이 드러났다. 종과 틀을 옮기기 위해 만들어 놓은 크레인 라인이 공룡의 뼈처럼 단단하게 결집되어 있었다.

고대의 괴물처럼 앉아 있는 용해로와 쇳물받개가 굳게 입을 다문 채 동주의 움직임을 주시했다. 그는 인테리어용 종을 만들기 위해 제작해 놓은 화덕에 포대를 던져 넣었다. 그런 후 불을 지피고 장작을 넣었다. 불길이 올라오면서 검은 연기와 흰 연기가 몸을 섞으며 피어올랐다.

규철은 한동안 작업장을 둘러보았다.

"해원이가 여기서 살았단 말이지?"

월롱으로 온 뒤 그의 입을 통해 해원의 이름을 듣기는 처음이었다. 규철은 혼잣말을 중얼거린 후 어깨에 쇳물받개를 올려놓기라도 한 듯 무거운 어깨를 비틀거리며 방으로 들어갔다. 차마 해원이 쓰던 방을 쓸 수 없다며 동주가 예전에 썼던 방을 그가 썼다.

동주는 부서지고 일그러진 종의 더미 위에 앉아 담배를 꺼내 물었다. 그가 내뿜는 숨소리를 따라 작업장도 숨을 쉬었다. 한위의 작업장은 커다란 심장 같았다. 예전 금형리에 있던 한위의 작업장은 협소하고 지저분했다. 반면 월롱에 마련한 작업장은 거대하고 자동화되어 있었다. 하지만 비행기 격납고가 연상될 정도로 작업장을 크게 만든 건 이해할 수 없었다. 용해로의 규모도 전과는 비교가 되지 않았다. 수십 톤의 쇳물을 끓일 수 있는 규모인 데다가 작업장의 심장처럼 중심에 놓여 있었다. 그곳을 창으로 찌르면 금방이라도 붉은 피를 토하며 펄떡댈 것 같았다.

쇳내가 몸에 배기 시작하자 동주는 작업장에 서 있다는 사실에 넌더리를 냈다. 방으로 들어간 규철은 조용했다. 늘 쇳물이 끓던 곳이 조용히 입을 다물고 있자 숨통이 막힌 듯 답답했다. 동주는 서둘러 작업장을 빠져나왔다.

시멘트 담장 위를 갈색 고양이가 기름지고 늘씬한 등을 뽐내며 지나갔다. 녀석은 대추나무 아래에 멈춰 서서 한동안 마른 영혼을 꿰뚫어보기라도 할 듯 동주를 노려보았다. 고양이는 오른쪽 눈만 흰 점박이였다. 동주도 오랫동안 고양이와 푸른 몸을 흔들고 있는 대추나무를 쳐다봤다. 나무는 가지 절반을 담 안쪽으로 넘기고 있었다. 고양이는 담 아래 폐차된 1톤 트럭의 짐받이 위로 사뿐히 뛰어내렸다. 그곳 어디쯤에 녀석의 터전이 있는 모양이었다. 주변은 폐차들이 쌓여 있어 녀석이 정확하게 어느 차에 둥지를 튼 것인지 알 수 없었다. 녀석과 동주는 해질 무렵이면 가끔 그렇게 눈을 마주쳤다. 고양이가 사라진 담 위로 태양의 잔해가 딸기 시럽처럼 내려앉았다. 기다렸다는 듯 대추나무 뒤 멀리 논 한복판에 있는 교회 탑의 십자가가 불을 밝혔다.

동주는 작업장을 나와 폐차장의 담을 따라 걷기 시작했다. 새로운 작업을 시작해야 하는데 막상 용접기를 켜고 그라인더를 들면 아무런 생각도 떠오르지 않았다. 생각이 막힐 때면 그렇게 담을 따라 걸었다. 해원이 보고 싶을 때에도 걸었다. 한위에 대한 의문이 생기고 규철에 대해 측은지심이 일어도 걸었다.

담은 바다로 흘러가는 도랑을 따라 길게 늘어서 있었다. 경운기 한 대 겨우 지날 만한 길이 담을 따라 이어져 있고, 길 아래에 작은 도랑이 연해 달렸다. 도랑 너머로 끝없는 들판이 펼쳐졌다. 도랑을 따라 말라 비틀어진 가는오이풀이 몸을 간들간들 흔들었다. 그 너머 황금의 논이 해지는 방향으로 넓게 펼쳐져 있었다. 논을 지나면 멀리 석양 속에서 번들거리는 개펄이 보였다. 동주는 바다로 달려가는 길을 뒷짐을 쥐고 천천히 걷기 시작했다.

폐차장과 작업장이 들어서기 오래전 그 자리는 늪이었다. 검정말과 물수세미, 이끼들로 늘 축축했을 곳. 여름이면 푹푹 숨을 내쉬고 그 숨을 따라 실지렁이들이 기어 나와 마당을 가득 메웠던 곳. 월롱에서 보낸 첫해는 늘 축축했다. 작업장이 들어서고 길을 내면서 늪의 모습을 잃었지만 늪의 잡초들은 여전했다. 폐차장 주변엔 골풀과 줄풀, 달뿌리풀이 가득했고 담을 따라 산구절초나 기린초 따위가 여느 집 담의 장미처럼 흐드러지게 피곤 했다. 여름이면 후텁지근한 바람과 벌레들로 쉬이 잠을 이루지 못했다. 많은 시간을 자도 늘 개운치 않았다. 비가 오거나 궂은 날이면 땅속 깊은 곳에서 올라온 습기가 몸에 스며들어 눈물을 가득 만들어 놓곤 했다. 동주는 상념을 접고 폐차장 쪽을 바라보았다.

늪엔 포클레인이 고개를 떨어트린 채 지게차와 마주하고 서 있었다. 폐차장 안쪽 깊숙이 압축기가 시커먼 입을 한껏 벌리고 우두커니 서 있었고, 소각기 굴뚝에선 검은 연기가 몸을 배배 꼬며 희미하게 피어 올랐다. 담 안쪽으로 상처입고 찢어지고 살갗 벗겨진 폐차들이 석양을 받아 부글부글 끓어올랐다. 사무실과 숙소로 쓰는 조립식 건물과 곁의 식당 건물도 빨갛게 달아올라 잘 익은 고깃덩이 같았다. 폐차에서 뜯어낸 기계 내장들도 검게 탄 채 마당에 널브러져 있었다.

동주는 폐차장으로 돌아와 그만의 작업실로 들어갔다. 폐차에서 뜯어낸 엔진으로 '순화(純化)'라는 주제를 표현할 이미지를 구성하고 있었다. 책상 앞에 앉았지만 그는 여전히 한 발도 앞으로 나아가지 못했다. 문득 문득 월롱으로 내려온 일이 잘못된 일인지도 모른다는 생각이 들었다. 어쩌면 해원이 동주가 다니는 서울의 대학교로 찾아갔을지도 모른다는 상상도 해봤다.

누군가 문을 두드렸다. 문밖에는 규철이 서 있었다.

"무슨 일이세요?"

"부탁이 있어서……."

제 마음대로 모든 일을 처리했던 예전의 기백은 더 이상 그에게 없었다. 그는 주저하고 망설였다.

"작업장 말이야. 한위도 없고 해서…… 내가 좀 쓰면 안 될까?"

벽을 잡고 있던 동주의 손이 맥없이 스르르 아래로 떨어졌다. 그의 비극은 종으로부터 시작되었다고 믿었다. 종에서 손을 뗀 지 10년이 넘었고, 더군다나 종으로 인해 그는 파멸했다. 그럼에도 종에서 벗어나지 못했다. 그러니 성덕대왕신종을 두드리기도 했겠지. 그가 박물관에서 성덕대왕신종을 타종할 때만 해도 동주는 그가 지난 세월에 대해 참회하는 것이라고 생각했다.

"그래서 경주에서도 그랬던 겁니까? 다시 종 만들 욕심에……."

그는 대꾸하지 않았다.

"제 작업실이 아니라 전 뭐라고 말할 수 없어요. 아버지가 돌아오신 다음에 물어보시던가 아니면 알아서 판단하세요."

예전에도 그리고 지금도 동주에게는 어떤 결정권도 없었다. 그는 그저 땅만 내려다보며 발로 땅을 비볐다.

"그런데…… 혹시 말이야. 내 일지들 기억나지?"

"무슨 일지요?"

"내가 기록해 왔던 작업일지 말이야."

그가 지독할 정도로 작업일지를 기록해 왔다는 사실이 새삼 떠올랐다. 그래, 일지들이 있었다. 하지만 그 일지가 어떻게 되었는지 동주는 알지 못했다.

"그 일지 혹시 여기로 내려올 때 가져오지 않았어?"

"몰라요. 이사 오고 짐 정리할 때 없었으니까."

"정말이야?"

규철이 재차 물었다. 그의 평생이 담긴 기록이니 찾는 것은 당연하겠지만 동주는 과거의 기록을 찾는 그가 측은하게만 여겨졌다. 차라리 금형리의 모든 걸 버리고 지금 현재에 그가 서 있기를 바란 때문이었다.

"정말이지? 해원이가 안 챙겼단 말이야? 그럴 리가 없는데."

"아저씨, 아저씨 같으면 아주머니 죽고 아저씨 그렇게 됐는데 그딴 걸 챙기게 생겼어요?"

"그딴 거……?"

규철의 눈이 잠깐 매섭게 빛났다. 동주는 그의 눈길을 피했다. 금형리 어딘가에서 죽은 개처럼 썩어 가고 있겠지.

동주는 조용히 문을 닫았다. 아내가 죽고 딸이 벙어리가 되었는데도 일지를 챙겨 오지 못한 딸을 탓하고 다시 또 종을 만들겠다? 그가 측은하기보다 무섭고 두려웠다. 결국 그는 해원을 찾기보다 새로운 종을 만들 욕심으로 월롱까지 내려왔단 말인가.

작업장 쪽으로 걸어가는 발걸음이 들렸다. 창 밖에 달이 떴다. 달은 크고 환했지만 오늘은 왠지 음산한 분위기를 풍겼다. 모든 게 달의 탓인지도 모른다. 달을 보자 그만 현실을 잊고 욕망만 남게 된 거겠지. 월롱의 달은 사람을 홀리고도 남았다. 인간의 탈을 벗고 늑대를 깨어나게 하는 월롱의 차가운 보름달은 사람들에게는 은밀한 욕망을 길러주기에 충분했다.

3

어디선가 조각칼을 두드리는 나무망치 소리가 들렸다. 때론 약하게 때론 강하게 나무망치가 칼을 두드렸다. 강약의 박자가 부드러웠다.

꿈결이려니 생각했다. 이암에 달라붙어 망치질을 할 사람은 월롱에서 한위밖에 없었다. 동주는 눈을 뜨고 벌떡 일어났다. 나무 침대 아래 용접봉과 용접기의 선들이 어지럽게 널려 있었다. 작업실에서 자동차 엔진을 용접하다가 잠이 들었던 모양이었다. 동주는 침대에서 일어나 창가로 다가갔다. 폐차의 잔해들이 지독한 안개에 묻혀 사라졌다. 안개는 매번 뭔가를 숨기려는 듯 진하게 피어올랐다. 늪 위에 폐차장을 올린 때문만은 아니었다. 월롱의 안개는 그렇게 뭔가를 드러내지 않으려는 듯 짙었다.

진한 안개를 뚫고 나무망치 소리가 건너왔다. 동주는 작업실에서 나와 종 작업장으로 발걸음을 옮겼다. 개들이 안개 속을 뒤지며 뛰어다녔다.

쇠와 쇠가 서로 몸 비벼 대는 소리가 듣기 싫어 철문 이음새에 오일을 발라 둔 덕에 문이 조용히 열렸다. 애써 발소리를 죽이지 않고 작업장 안쪽으로 걸어갔다. 이암을 덮어 두었던 비닐 천이 걷힌 채 용해로 앞의 작업대에서 규철이 문양을 조각하고 있는 모습이 보였다. 그는 혼자 중얼거리며 나무망치를 두드렸다.

"……좋은 흙에서 시작해서 흙으로 완성한다, 쇳물에 녹아내리지 않으려면 짚을 버무려 줘야 한다, 한지를 섞어 기포를 최소화한다, 문양은 맥놀이를 만든다, 소리가 완성되면 해원이 돌아올 거야, 정화의 무덤은 어디에 있지, 좋은 흙에서 흙으로……."

그는 신들린 듯 중얼거렸다. 그는 끝내 울었다. 휙휙 모든 소리를 전자기계로 만들어 내는 세상에서 종소리 따위가 뭐라고. 종의 울림에 자신의 인생을 다 바치는 인간은 이 세상에서 한위와 규철밖에 없을 것 같았다. 빛의 속도로 변하는 세상에서 그들은 소의 걸음으로 세상을 살았다. 해원은 느린 세상을 탈출하고 싶어 했던 것일 게다. 하지만 왜 하필 지난겨울이었냐는 점은 의문이었다.

어느 순간 아침놀이 폐차장을 점령한 안개를 서서히 몰아냈다. 안개는 늘 잠처럼 인식하지 못하는 사이 밀려왔다간 또 그렇게 빠져나갔다. 차가운 물방울들이 미풍을 타고 이리저리 흩어지기 시작했다. 창쪽으로 고개를 숙이고 있던 쇳물받개의 모서리가 아침놀을 받아 반짝거렸다. 동주는 돌아섰다. 그제야 인기척을 느낀 규철이 고개를 들었다. 그는 마치 나쁜 짓을 하다 간수에게 들킨 수인처럼 벌떡 일어나 동주 앞에 섰다. 중얼거림도 멈추었다. 그의 눈물 글썽한 눈이 동주에게 뭔가를 물었다.

"아주머니, 돌볼 사람이 없어서 화장했어요. 금형리 적여울에 뿌려주었고요."

규철이 고개를 떨어뜨렸다. 동주는 그를 뒤에 두고 아침을 맞이하러 작업장 철문을 열고 나왔다. 변하지 않는 건 시간뿐이다. 인간이 어떤 방식으로 살아가든 시간은 개의치 않고 무심하게 흘러간다. 금형리 시절 번들거리는 근육을 가지고 있던 규철은 지금 적당히 바람 빠진 풍선처럼 물렁해 보였다. 폐차장 입구에 목포댁의 소형 승용차가 주차되어 있었다. 그녀가 식당에서 소쿠리를 들고 나오면서 동주에게 인사를 했다.

"뭔 놈의 안개가 시도 때도 없이 끼는지. 여기에 2미터 넘게 흙을 부었다는데 소용이 없나 봐요. 안개 낄 때 보면 이 자리가 늪이었다는 걸 알겠더라고요. 날이 왜 이렇게 칙칙하지, 눈이 오려나."

목포댁은 진저리를 친 후 식당으로 들어갔다. 겨울이 오고 있는지 팔뚝이 쌀쌀했다. 아침의 안개는 겨울의 시작을 알리는 징조였다는 듯 거짓말처럼 눈으로 바뀌었다. 올해 첫눈이었다. 눈발은 크지도 작지도 않았다. 눈 덮인 작업장 지붕 위에서 까치들이 울어 댔지만 한위나 해원의 소식은 오지 않았다. 그동안은 간간이 전해지던 제보조차 없었다.

동주는 천장과 거의 맞붙어 있는 사무실 서재에 올라가 사방을 둘러보았다. 폐차장으로 드나드는 차들이 선명하게 선을 그으며 다녔다. 큰 도로까지 이어진 길을 제외하곤 사방이 흰 들판이었다. 멀리 바다 위에도 눈이 내리고 있었다. 폐차장과 작업장은 북극의 흰 들판 한가운데 서 있는 전설의 성 같은 분위기를 풍겼다. 그렇게 눈 덮인 들판을 바라보고 있노라니 세상과 완전히 고립되어 있다는 느낌이 들었다.

동주는 서재에서 내려와 작업장으로 걸어갔다. 규철이 종 제작에 들어갔지만 동주는 도통 일에 마음을 둘 수 없었다. 그는 처마 아래 서서 망치 소리가 들리는 작업장 쪽을 쳐다보았다. 이암을 조각하는 망치질 소리, 거칠지 않고 자로 잰 듯 섬세했다.

한위와 규철은 일하는 방식이 달랐다. 직감으로 일할 수 있게 설계된 한위의 작업장에서 규철이 어떻게 일하는지 궁금했다. 둘 사이에 벌어져 있는 그 간극을 그가 어떻게 극복할지 알고 싶었다. 그리고 그가 어떻게 잃어버린 10년의 세월을 뛰어넘을지도 궁금했다. 그는 작업하는 동안 해원에 대해서 한마디도 꺼내지 않았다. 동주 역시 그녀에 대한 말은 하지 않았다. 해원이 월롱에서 어떻게 지냈는지, 학교는 다녔는지, 학교 아이들에게 놀림은 받지 않았는지, 정화와 규철을 그리워하지 않았는지 그는 묻지 않았다. 해원은 오로지 폐차장과 작업장에만 머물며 검정고시로 중학교를 졸업하고 고등학교를 졸업했다.

폐차장을 빙빙 돌던 동주는 규철의 작업이 궁금해 작업장으로 향했다. 작업장에는 모처럼 훈기가 돌았다. 규철이 만든 내형 틀 바닥의 온돌에 불이 들어간 듯했다. 2년 만의 온기였다. 규철은 연습 삼는다며 1미터 남짓한 종을 제작하고 있었다.

구덩이 속에 완성시킨 내형 바닥의 온돌에 불이 지펴지는 동안 규철은 조용히 움직이면서 사진을 찍었다. 온돌을 덥힐 아궁이를 찍고, 심지어 내형과 외형의 표면은 물론 재료도 일일이 사진에 담았다. 다시는 실수를 하지 않겠다는 각오를 보는 듯했다.

종의 내형은 통기성을 좋게 하기 위해 이암을 섞은 거친 모래와 점토를 사용해 벽을 발라 둔 상태였다. 내형이 완전히 마를 때까지 온돌에 불을 지펴 은근하면서도 천천히 말린다. 속까지 완벽하게 마르려면 꼬박 사흘의 시간이 필요했다. 내형이 마르면 다시 표면을 매끈하게 하기 위해 흑연 분말과 점토를 걸러 만든 물을 혼합한 흑연수를 바르고 건조시킨 후 다듬질해야 하는 절차가 남아 있었다. 건조가 되면 종의 내형이 완성되는 것이었다.

규철은 종의 외형 작업을 가장 흔한 3단 방식으로 시도했다. 그게 내형이 있는 구덩이로 틀을 옮기기도 쉽고 작업이 까다롭지 않은 때문이었다. 외형 틀을 모두 만들어 전체를 들어 옮기려면 여러 가지 기술적인 문제들이 필요했다. 그 기술적인 문제를 해결해 준 건 유리 사장이었다. 유리 사장은 규철과 간간이 얼굴 맞대고 앉아 소주를 들이켜는 사이로 발전을 했다 싶었는데 어느새 조력자가 되어 있었.

유리 사장은 규철에게 외형 틀을 옮길 링 같은 둥근 발판을 만들면 되겠다고 제안했다. 쇠는 충분했다. 폐차에서 떼어 낸 쇠를 녹이고 황

토로 짠 발판 링의 틀에 끓는 쇠를 부어 거대한 링을 만들었다. 용뉴와 음관이 달린 상형만 붙이기로 계획을 세웠다. 종의 외형은 그러니까 미리 뽑아 놓은 링 위에 골조를 세우고 작업을 했던 것이다. 외형의 틀이 마르기 전에 회전판에 올려놓고 두께를 조정하고, 다듬질은 물론 흑연수를 발라 언제라도 내형을 덮을 수 있도록 작업을 마무리 지어 놓은 상황이었다.

그러니까 그는 금형리에서 예전에 썼던 밀랍주조공법으로 종을 만드는 게 아니라 먼저 형틀을 제작한 뒤 쇳물을 붓는 사형주조공법으로 종 만들기를 시작한 것이었다. 그리고 그는 다시 일지를 기록하기 시작했다.

금형리에서의 한위와 규철은 밀랍주조공법으로 평생 종을 만들어 왔다. 규철이 사형주조공법을 택했다는 건 의외의 결정이었다. 소리를 만나기 위해 새로운 방법이 필요하다고 판단한 때문일까? 그렇다면 그가 언제 그런 방법을 연구하고 연습했는지 의문이었다. 틀을 제작하는 그의 손길이 익숙했다. 몸으로 배운 기억들이라 익숙한 일이라지만 그가 흙과 쇠를 만지지 않은 세월이 10년이었다. 그 세월을 무엇으로 채웠는지 궁금했다. 하지만 그는 그 세월에 대해서 말하지 않았다. 동주 역시 묻지 않았다.

새로운 방법으로 종 제작에 나선 그는 꼼꼼히 모든 걸 기록했다. 잃어버린 10년을 다시 찾은 듯했지만 금형리에서처럼 광기로 번득이는 눈빛은 아니었다. 하지만 동주는 그런 그의 차분해진 면모를 믿지 않았다. 언젠가는 드러낼 뱀파이어의 이빨처럼 그의 광기도 피를 보면 드러낼 것이라고 생각했다.

오전 내내 눈이 내리면서 폐차장 직원들이 바빠졌다. 월롱에는 눈이 많이 왔다. 그런 날이면 사고 난 차들이 폐차장에 많이 들어왔다. 오전에 내린 눈 때문에 정오가 되기도 전에 몇 대의 차가 견인차에 끌려와 해체되었다.

점심때가 되어 유리 사장과 장수, 그리고 다비드가 식당으로 몰려갔다. 직원들이 모두 식당 의자에 앉았지만 규철은 보이지 않았다. 그는 아침밥도 굶었는데 점심밥도 먹으러 오지 않았다. 종 제작에 들어가면 몸을 혹사하는 버릇은 10년의 세월이 지나도 변하지 않았다. 목포댁이 작업장에서 규철을 데려왔다. 규철의 얼굴이 허여멀건 했다.

"뒈지든 말든 뭐하러 데려와. 지가 상전이야. 밥 때 되면 딱 와서 처먹어야 할 거 아냐."

규철은 비아냥거리는 장수의 말을 귀담아 듣지 않았다. 석겸이 그에게 고개를 끄덕여 보이며 눈길을 주었다. 규철은 잠깐 석겸에게 눈길을 주었다가 거뒀다.

"헤헤, 오다가다 보니까 틀이 거의 완성되어 가던데, 도울 일 있으면 말씀하세요. 사장님 계실 때도 종종 가서 쇳물받개도 조정해 드리고 그랬습니다."

규철이 그제야 정신이 드는지 겨우 고개를 끄덕거렸다. 그의 앞에 밥과 국이 차려졌다. 그는 기계적으로 밥과 국을 퍼 넣기 시작했다.

"에잇, 밥맛 떨어져."

장수는 계속해서 입을 놀렸다. 괜히 동주마저 입맛이 달아났다. 그는 밥을 반쯤 비운 후 폐차장 마당으로 나갔다. 기름때에 전 마당에서 고요하게 떠돌던 햇빛이 식당 문이 열리자 출구라도 찾은 양 앞 다투어 밀려들었다. 빛은 바닥의 먼지를 일으키고 구석구석 배어 있는 어둠을 몰아냈다. 하늘 한복판에서 이글거리는 태양이 깊어지는 겨울을 무색하게 만들었다.

밥을 먹고 나온 경리가 동주에게 바짝 다가와 섰다. 그가 한위였다면 살짝 팔짱을 끼었을 것이다. 그녀는 죽은 아버지가 생각난다면서 한위에게 살갑게 굴었다. 한위도 싫어하지 않았다. 그녀가 곁에 서자 건강한 여자의 냄새가 났다.

"커피가 새로 왔는데 맛 좀 보실래요?"

여자가 폐차장의 모든 직원들에게 스스럼없는 건 아니었다. 장수가 폐차에서 나온 사람들의 살점을 들고 오듯이 그녀는 스스럼없는 스킨십으로 주인과의 관계가 밀접하다는 걸 다른 직원들에게 보여 주었다. 유리 사장은 폐차에서 나온 물건들로 주인과 친밀하다는 걸 말하고 싶어 했다. 또한 그만큼 각자 필요한 걸 가져갔다. 돈이나 물건으로.

커피를 마실까? 동주가 갈등하는 사이 폐차장으로 견인차가 들어오더니 둔중하게 브레이크 밟았다. 직원들의 눈길이 일제히 견인차가 끌고 온 사고 차량에 쏠렸다. 사고 난 차가 들어오면 그들은 전리품을 쟁취하기 위해 차를 철저하게 해체했다. 사체를 발견한 하이에나들처럼 순식간에 차의 뼈대만 남겼다.

"끔찍하군."

크레인과 압축기를 작동시키는 유리 사장이 견인차에 끌려온 버스를 쳐다보며 말했다. 견인차에 끌려온 버스는 절반이 납작하게 찌그러진 상태였다. 바퀴도 두 개는 달아나 버리고 없었다. 직원들과 심지어 경리까지 사고 난 버스에 홀린 듯 버스 주변을 뱅글뱅글 돌았다.

"폐차장 생긴 이후로 저렇게 찌그러진 버스는 처음이야."

유리 사장이 눈썹을 찡그렸다. 동주는 직원들 뒤에 서서 부서진 버스를 망연히 바라보았다. 버스의 겉면 군데군데에 피가 배어 있었다. 한위가 실종되기 2년 전쯤, 사고 난 승합차가 견인차에 끌려왔는데 그 차에서는 사람의 팔 하나가 나온 적도 있었다. 경찰이 와서 찾아가지 않았다면 아마 작업장의 냉동고에 처박히게 됐을 터였다.

가장 먼저 장수가 빠루를 들고 버스 안으로 들어갔다. 그 뒤를 따라 하나둘 버스 안으로 사라졌다. 불구경하듯, 싸움 구경하듯 사고 난 차에 묻은 피는 사람들의 호기심을 강렬하게 자극했다. 미적거리던 유리 사장 역시 버스를 기웃거리다가 안으로 들어갔다. 버스에 타고 있던 사람 중 하나일 수도 있었는데 그 명단에 운 좋게 끼지 않았다는 안도는 통렬하게 부서지는 장면을 목격하고 싶다는 잔인한 본능으로 바뀌어 폐차장 직원들을 흥분시켰다.

경리는 사무실 창에 매달려 그들을 구경했다. 직원들이 손에 뭔가를 들고 나왔다. 여느 때와 다르지 않게 가장 먼저 들어갔던 장수가 가장 늦게 나왔다.

동주는 말뚝처럼 서서 그들을 쳐다봤다. 장수의 팔에 설탕, 밀가루, 파 한 단, 콩나물, 돼지고기, 고등어 등이 제 형체를 잃거나 피를 뒤집어쓴 채 들려 있었다. 파는 시들고 핏물이 들어 흐물흐물한데도 장수는 구두 앞코를 닦듯 토시를 벗어 문질러 댔다. 검정 봉투에 들어 있는 물건들을 일일이 꺼내 햇빛에 겨누어 보았다.

"지저분한 짓 좀 그만해."

유리 사장이 낮게 중얼거리며 고개를 뒤로 돌려 침을 탁 뱉었다. 장수는 피 묻어 흐늘거리는 파를 뚝뚝 잘라 냈다. 그러곤 물건들을 모아 들고 식당 쪽으로 걸어갔다. 동주의 눈길이 그의 뒤를 좇았다.

"이거 쓸 만하네요."

장수는 식당 테이블 위에 그것들을 부려 놓았다. 목포댁의 눈이 불안하게 테이블 위의 물건들을 살폈다. 피딱지가 달라붙은 물건들은 짐승의 배를 가르고 나온 내장 같았다. 목포댁은 기겁을 하면서도 싫은 내색은 아니었다.

"제발, 이런 물건 좀 들고 오지 마. 나중에 벌 받으면 어떡하려고?"

"장 볼 돈 한 푼이라도 아끼라는데 뭔 섭섭한 소리를 하시오. 젊은 사장처럼 피 묻은 건 싫다는 거요, 뭐요?"

목포댁이 어쩔 줄 몰라 하면서도 장수가 가져다 놓은 물건을 싱크대 물통에 담갔다. 결국 그것들이 물에 씻긴 후 이런저런 조리 과정을 거쳐 식탁에 오른다는 생각이 들자 동주는 속이 울렁거렸다.

장수는 손을 탁탁 털고 돌아섰다. 규철과 눈길이 마주쳤지만 외면한 채 곁을 지났다. 뒤뚱거리며 걸어가는 그의 점퍼 양 주머니가 불룩했다. 그 자신도 민망했던지 손을 분주히 놀려 담배를 찾았다. 그 바람에 왼쪽 주머니에 들어 있던 물건이 떨어졌다. 야채 소시지였다. 소시지의 포장지에도 피가 묻어 있었다. 규철은 장수의 주머니에서 떨어진 소시지를 보고 외면했다.

버스는 그나마 남아 있던 형체를 하나 둘 잃어 갔다. 바퀴는 바퀴대로 유리는 유리대로 사라졌고 용접기를 들고 달려든 다비드는 끊어 낼 수 있는 철판은 모두 끊어 버리기 시작했다. 동주는 대형 엔진에 눈길이 갔다. 껍질을 뜯어 낸 버스의 엔진도 일그러져 있었다. 일그러진 엔진, 탐이 났다. 반듯한 철판보다 미술용품점에서 사들인 오브제보다, 용접 똥을 미세하게 갈아 낼 수 있는 전문가용 그라인더보다 동주는 뭐든 낡은 것에 탐을 냈다. 거리에서 주운 쇠붙이와 고물상에서 건진 세발자전거, 공사 현장에서 쓰는 거친 그라인더에 더 깊은 애정이 갔다. 폐차장은 그런 의미에서 보자면 동주가 만들어 내고자 하는 작품 세계와 잘 어울리는 곳이었다.

눈은 계속해서 내렸다. 가늘던 눈발이 제법 굵어져 마당의 검은 얼룩과 버스에 남은 핏자국을 덮기 시작했다. 동주는 상처 입어 버려진 짐승처럼 몸을 떨며 한쪽으로 기울어져 있는 버스를 쳐다봤다. 깨지고 살갗이 벗겨진 옆구리에 상처를 닦아 주고 위로하듯 눈이 쌓였다.

버스를 둘러싸고 있는 다른 폐차들도 묵묵히 눈을 맞았다. 눈발 사이로 녹슨 쇳내가 풍겼다. 아스라한 꿈속에도 등장하는 지긋한 쇳내는 겨울이 오고 눈이 올 때면 더 심하게 났다. 폐차장은 흰 흙으로 복토를 한 듯 눈에 묻히며 마지막 유언처럼 쇳내를 날렸다.

동주는 이렇게 쇳내와 피 냄새가 물씬 풍기는 날이 싫었다. 해원 때문에 다시 돌아왔지만 언젠가 다시 폐차장을 떠난다면 그건 쇳내 때문일 것이다.

처마 밑에 서서 한동안 눈 구경을 하던 유리 사장이 무슨 생각을 했는지 느릿느릿 버스 쪽으로 다가가더니 안으로 들어갔다. 동주는 담배를 꺼내 물고 그를 쳐다보았다. 그가 창밖으로 가방이며 휴지들을 내던졌다. 그것들도 눈에 덮여 서서히 제 모습을 잃어 갔다.

"피가 흥건한 곳엔 뭐든 대단한 게 있어. 한번 들어가 보지그래. 인간이라는 게 원래 저렇게 사는 거야. 고상한 척 굴지만 실은 다 쓰레기라고."

장수가 빙글빙글 웃으며 동주를 부추겼다.

"쓸데없는 개똥철학 그만 지껄여. 댁 나이가 몇인데 아직도 그런 말도 안 되는 소릴 하는 거야."

식당에 있는 줄 알았던 규철이 어느새 마당으로 나와 장수에게 차갑게 쏘아붙였다. 점심때 비아냥거린 장수에 대한 앙갚음이었을까. 규철은 그렇게 치졸한 인간은 아니었다. 아마 피 묻은 소시지 때문인 듯했다.

"니미, 당신이 왜 사사건건 시비야. 내가 그렇게 만만해 보여? 알아주지도 않을 종이나 만드는 주제에. 나처럼 산전수전 다 겪어 보면 인간들이 쓰레기라는 거 알게 돼."

장수는 버티고 선 채 처마 밑에 서 있는 직원들을 둘러보며 규철에게 대거리를 했다. 그러곤 아니꼽다는 듯 눈밭 위로 침을 찍 뱉었다. 석겸이 규철과 장수를 불안한 눈길로 번갈아 보며 앞으로 나섰.

"형님, 그만하세요. 오늘은 술도 별로 안 드시고 왜 그래요."

"니미, 내가 술주정이나 하는 놈인 줄 알아? 똥 묻은 개가 나보고 개똥철학이나 지껄인다는데 이 작자한텐 왜 그만두라는 말 안 하는 거야? 우리가 자기 직원이야 뭐야?"

그는 삿대질을 하며 흥분을 감추지 못했다.

"한위가 이런 인간들하고 일했다는 게 믿어지지가 않아."

"뭐? 이런 인간? 너는 뭐가 다른데?"

장수와 규철은 서로를 쳐다보며 이글거렸다. 경리는 창가에 서서 팔짱을 끼고 두 짐승의 말다툼을 구경했고, 목포댁은 마당에 서 있다가 부리나케 식당으로 들어갔다. 동주는 중재자가 되어 둘 사이에 섰다.

"나는 적어도 사고 당한 인간들의 물건들을 훔치지는 않아."

"뭐 훔쳐?"

하필이면 규철이 그 순간 빙긋빙긋 웃었다. 장수의 얼굴이 달아올랐다.

"사고 난 버스에서 주운 거라도 주인에게 돌려줘야지. 그게 인간이 할 짓이야?"

장수는 급기야 주머니에서 피 묻은 소시지를 꺼내 휘둘렀다.

"자, 당신이 이 소시지 잃어버린 사람을 찾아서 돌려주지그래. 뒈졌을지도 모르니까 장례식장에라도, 제사상에라도 가져다 줘야겠네, 안 그래?"

"미친 인간이군."

순간 느닷없이 장수가 규철의 멱살을 잡았다. 석겸이 그의 손을 잡았다.

"사람을 죽여 놓고도 할 말은 있나 보지. 뭐? 내가 미쳤다고? 사고 난 사람의 물건을 훔치지 말라고? 빌어먹을 새끼, 사장 친구라고 봐주려고 했는데."

장수의 손에 힘이 들어갔지만 규철은 그가 목을 조이는 그대로 내버려두었다.

"10년 빵에서 살았다고 인생 다 아는 것처럼 씨부렁거리지 마. 세상에 깔볼 수 있는 사람은 아무도 없어. 이중에 가장 쓰레기가 있다면 그건 너야, 새끼야. 밥벌이도 못 하면서 예술이나 한답시고 거들먹거리고, 사람을 죽여 놓고도 미안한 구석이라고는 하나도 없고."

순식간에 규철이 그의 목을 잡았다. 이번엔 지난번과 달랐다. 규철의 눈에서 사라졌던 광기가 다시 살아나 이글거렸다. 규철의 손아귀에 힘이 가해질수록 장수의 발버둥이 심해졌다. 동주와 석겸이 규철의 팔을 잡았다. 유리 사장과 목포댁까지 달려와 힘을 보탰다.

"이봐, 강씨, 장수 이놈이 말은 막 해도 착한 놈이야. 강씨가 참아. 참는 사람이 이기는 거야. 동주랑 큰 사장님 생각해서라도 참아."

목포댁은 규철의 등에 올라타서 장수에게서 떼어 내려고 몸부림쳤다. 장수의 얼굴이 빨개지고 눈알에 핏줄이 돋았다. 다비드까지 달려들어 규철을 떼어 내려고 안간힘을 썼다. 하지만 그들은 규철의 손에 잡힌 장수를 떼어 내지 못했다. 그들이 떼어 내려고 하면 할수록 규철의 손엔 더 큰 힘이 들어갔다.

"이봐, 강씨 이러다 사람 죽겠어."

아닌 게 아니라 장수의 눈이 뒤집어지기 시작했다.

"인간 말종 같은 새끼! 다시 한 번만 살인자니 어쩌니 지껄이면 그땐 끝장낼 줄 알아."

규철이 장수를 내던졌다. 그 바람에 석겸과 유리 사장 그리고 목포댁도 한꺼번에 나가떨어졌다. 다비드는 뒷걸음질 쳤다. 바닥에 쓰러진 장수가 핏발 돋은 눈으로 규철을 올려다보았다.

바지의 눈을 털며 일어난 장수는 부품을 모아 놓은 창고로 숨듯이 들어가 버렸고, 규철은 해체된 버스 쪽으로 걸어가 그 앞에 섰다. 그는 버스 옆구리에서 진득하게 흘러내리던 피가 눈밭 위에 남긴 붉은 자국을 쳐다봤다. 석겸과 유리 사장 그리고 다비드가 동주의 눈치를 보면서 다시 버스에 달라붙었다.

찌그러진 버스 안에 들어간 석겸이 찌그러진 의자를 들어 올리려고 끙끙댔다.

"헤, 아까부터 여기 의자 밑에 뭐가 반짝거리더라고."

그는 변명하듯 말했다. 그의 말이 끝나기 무섭게 규철이 다가가 의자 손잡이를 잡았다. 그리고 힘을 주었다. 의자를 고정시켰던 나사가 팽 소리를 내며 빠졌고 의자가 분리되었다. 의자도 형편없이 일그러져 있었다. 규철은 의자를 창밖으로 내던졌다. 그런 후 숨을 고르고 또 골랐다. 그는 겨우 숨을 진정시키고 동주를 바라보았다. 동주도 그 눈길에 끌려 한 발 앞으로 나아갔다.

의자를 들어낸 그 자리엔 피가 웅덩이의 물처럼 고여 있었다. 석겸은 망설이지 않고 종이컵으로 고인 피를 떠냈다. 바닥이 조금씩 보였다. 버스 창가에 달라붙은 직원들의 눈이 점점 커지기 시작했다. 규철과 동주 역시 석겸이 하는 짓을 말없이 구경했다. 피가 걷히자 반짝이는 것들이 눈에 들어왔다. 백색의 동전들이었다. 석겸은 굴러다는 통 하나를 들고 통 속에 동전들을 주워 담았다. 석겸의 얼굴에 잔인한 미소가 서렸다. 동전을 다 걷어내자 목걸이가 나타났다. 풀린 줄은 피를 잔뜩 뒤집어쓰고 있었다. 줄 끝에 걸린 하트 모양의 펜던트는 핏물을 뒤집어쓰고도 반짝였다.

동주는 속이 울렁거려 더 이상 바라볼 수가 없었다. 손에 어디서 묻었는지 모를 피가 배어 있었다. 버스를 뒤로하고 뒤돌아서 걷는데 장수가 곁을 빠르게 지나갔다. 순간 생기가 사라진 섬뜩함이 밀려왔다. 몸을 돌려 그를 보았다. 절반쯤 녹은 눈밭을 구른 터라 그는 흠뻑 젖었다. 바지의 검정색 때문인지 머리와 다리는 사라지고 몸통만 둥둥 떠다니는 듯 보였다. 그는 허깨비처럼 식당으로 뛰어 들어갔다.

버스 뒤지기를 끝낸 유리 사장과 석겸 그리고 다비드는 식당 처마 밑에 서서 더러운 기분을 날려 버리기라도 하려는 듯 담배를 뻑뻑 피워 댔다. 눈발이 굵어져 눈을 피해야 하는데 묘하게 몸이 말을 듣지 않았다. 잠시 후 식당에서 장수가 다시 뛰쳐나왔다. 그 뒤를 목포댁이 허겁지겁 따라 나왔다. 장수는 망설이지 않고 규철에게 달려들었다. 목포댁이 그를 잡을 듯 따라붙었다. 눈에 보인 모든 일, 눈이 오고 직원들이 처마 밑에서 담배를 피우고, 장수가 규철에게 달려가고, 목포댁이 허겁지겁 뒤를 따른 일이 한순간에 일어났다. 그런데 몸은 긴 시간이 흐른 것처럼 느꼈다.

"너 같은 놈에 대해 잘 알아. 살인 한번 해봤다고 세상이 우습게 보이지? 내가 빵에 살 때도 그런 놈들 많았어. 사실 어린 계집애들보다 약한 놈들이나 사람을 죽이는 거야. 힘으로 안 되니까, 지 맘대로 안 되니까."

규철과 장수의 곁에 서 있으면서도 장수가 무슨 짓을 하려고 하는지 동주는 알아차리지 못했다. 순간 토할 것 같은 악취가 훅 끼쳐 왔다. 규철의 몸에 달라붙은 장수는 몸을 푸르르 떨었다. 그의 손에서 물건 하나가 번득였다. 규철이 눈을 동그랗게 뜨고 그를 바라보았다. 유리 사장과 석겸이 주춤거리며 다가왔다.

장수의 손에 들려 있던 칼이 규철의 배를 찔렀다. 목포댁과 경리가 비명을 질렀다. 동주는 순간 손을 뻗어 장수의 팔을 잡았다. 녹은 눈에 젖어 머리통에 달라붙은 머리카락, 관자놀이에 감춰져 있던 팥알만 한 크기의 점, 두려움으로 초점을 잃은 눈, 문신으로 뒤덮인 팔뚝. 그것들이 선명하게 눈에 들어왔다. 규철의 배를 쑤셨던 칼이 빠져나오면서 동주의 손을 그었다. 아릿한 통증이 지나갔다.

그 순간 동주는 거울을 떠올렸다. 그 거울 앞에 동주가 서 있었다. 거울 뒤편에 커다란 용해로가 보이고 그 곁에 핼쑥한 얼굴의 여자가 서 있었다. 그녀는 한 아이를 안고 있었고 아이는 울고 있었다. 그들에게 다가온 사람은 한위였다. 그는 껄껄거리고 웃으며 여자에게서 아이를 받아 올렸다. 여자는 고개를 떨어트린 채 울고 있었다. 한위는 아이를 안고 용해로 곁에 만들어 놓은 계단을 따라 올라갔다. 아이는 자지러질 듯 울고 여자 역시 울고. 뜨거운 공포가 전신으로 퍼져 나갔다.

장수는 자신이 한 일에 기겁을 하고 뒤로 물러났다. 작은 칼 하나가 눈밭 위에 떨어져 붉은 도장처럼 자국을 남겼다. 규철은 놀라지 않았다. 놀란 사람은 오히려 장수와 동주였다. 장수는 뒤로 주춤주춤 물러나다 도망갔고, 목포댁은 외마디 비명을 지르곤 털썩 주저앉았다. 경리와 유리 사장이 입을 막고 다가들었다. 동전 그릇을 들고 있던 석겸이 통을 바다으로 떨어트렸다. 동전은 맑고 쟁쟁한 소리를 냈다. 규철이 무릎을 꿇으며 털썩 주저앉았다.

"……갑자기, 사과를 깎다가, 칼을, 말릴 사이도 없이, 얼른 구급차 불러요."

목포댁의 말이 토막토막 들렸다. 동주는 규철의 곁에 주저앉아 본능적으로 그의 배를 손으로 막았다. 유리 사장이 목에 걸고 있던 수건을 내밀었다. 수건은 먹물 퍼지듯 순식간에 피로 젖어들었다. 규철의 손에서 뭔가가 굴러떨어졌다. 장수가 버스에서 찾아낸 소시지였다.

동주와 규철은 이틀 만에 폐차장으로 돌아왔다. 규철의 배는 칼이 그리 깊이 박히지 않아 내상은 없었다. 오히려 동주 손의 상처가 더 컸다. 규철은 여덟 바늘을 꿰맸지만 동주는 스무 바늘 가까이 꿰맸다.

규철과 동주가 병원에 실려 갔다 왔다고 해서 일상이 달라질 건 없었다. 폐차들이 한두 대 꾸준히 도살을 앞둔 소처럼 끌려 왔고 압축기는 굉음을 내며 차를 찌그러트렸다. 소각기에선 검은 연기가 차의 흔적들을 꾸역꾸역 토해 냈다. 직원들은 아무 일 없었다는 듯 움직이고 쉬었다. 규철이 제작하던 종 작업만은 멈춰 섰다.

규철은 장수를 신고하지 않았다. 그렇다고 그를 비난하지도 않았다. 그는 모든 의욕을 잃은 듯 거의 모든 시간을 산책으로 보냈다. 바닷가까지 다녀오거나 하루 종일 잠만 자는 날도 있었다. 종을 만드는 작업대에는 접근조차 하지 않았다. 겨울의 마른 먼지가 틀에 쌓이기 시작했고, 날이 지나면서 허공을 떠다니는 쇳가루들이 달라붙어 틀은 붉게 변해 갔다.

손을 다치기도 했지만 동주 역시 작업에 매달릴 의욕이 없었다. 규철의 생활을 훔쳐보기도 하고, 저녁이면 텔레비전을 보다 까무룩 잠이 들었다. 낮이면 사무실에서 하루 종일 인터넷을 뒤지며 낄낄거렸다. 배가 고프면 밥을 먹고, 술을 마시고 싶으면 술을 마셨다. 하지만 휴식의 시간들이 달콤하지만은 않았다. 빈둥거리는 시간이 늘어날수록 해원이 몹시 그리웠고 그녀에 대한 의문만 증폭되었다. 하루에도 몇 번씩 걸려온 전화가 없는지 확인하고, 인터넷 검색 창에 '해원'의 이름을 쳐 넣고 검색했다. 동주가 아는 해원과 전혀 상관없는 해원에 관한 이야기를 읽으며 웃고, 울었다.

동주는 오랜만에 방에서 나와 분주하게 돌아가는 폐차장을 외면하고 산책을 하면서 하늘을 올려다보았다. 하늘은 또 눈을 뿌릴 듯 점점 검게 물들었다. 며칠 새 마당은 더 검어진 듯했다. 규철과 동주가 흘린 피의 흔적은 마당에 배어 지워지지 않았다. 규철은 폐차장 담장을 따라 오늘도 어디론가 걸어갔다. 장수는 여전히 감감무소식이었다.

4

 규철은 오래 지나지 않아 종 작업에 매달렸다. 그것만이 자신에게 주어진 고통을 잊을 수 있는 유일한 길이라는 듯. 동주도 방황을 접고 작업실에 처박혀 불꽃을 튀기며 용접에 몰두했다. 한위에 대한 원망이나 해원에 대한 그리움을 잊으려면 몰입이 필요했다.
 "올 10월쯤에 주목받는 작가들 전시회를 갖기로 했어. 대작이면 좋지만 소품이라도 몇 점 출품하게. 외국 큐레이터들도 대거 참석하는 자리니까 외국으로 나갈 수 있는 좋은 기회이기도 해. 동주 자네라면 충분히 가능하기도 하고 말이야. 내 적극적으로 밀어주지. 소리와 공예의 접목, 어때? 고민 한번 해보게나."
 동주는 장수의 칼에 손을 다치던 날 황철주 교수로부터 그런 연락을 받았다. 차라리 한국을 떠난다면 미망에서 벗어날 수 있을까. 생각은 미망과 미련들로 뒤엉켜 복잡했지만 동주의 일상은 월롱에 내려온 직후나 지금이나 변함이 없었다. 그렇게 일상이 단조로워 보이지만 그 단조로움은 늘 위험을 내포하고 있었다. 하지만 광기에 물든 인간들은 내재된 위험을 몰랐다. 단조로운 삶 뒤에는 남은 시간이 알려지지 않은 시한폭탄이 늘 째깍거리며 돌아가기 마련이었다.
 산소 용접기의 온도를 높였다. 산소 나오는 소리가 빨라지면서 불이 아니라 소리가 철판을 자르고 붙이는 듯한 느낌에 사로잡혔다. 물질은 세상의 소리들을 어떻게 받아들이는지, 소리들은 물질과 부딪혀 어떤 변형이 이루어지는지, 새롭게 만들어진 소리들은 인간에게 어떤 의미인지…… 그런 것들을 생각하면서 용접기의 불을 다뤘다.

"……"

누군가 동주를 부른 듯했다. 동주는 고르지 못한 철판 위를 지나가는 바람 소리려니 생각했다.

"……작은 사장님!"

경리가 동주의 눈앞에 불쑥 나타나며 소리를 꽥 질렀다. 그는 깜짝 놀라 엉덩방아를 찧었다.

"큰 사장님 봤다는 전화가 왔어요."

동주는 그제야 보안경을 벗고 그녀를 보았다. 그는 용접기 산소통을 잠그고 그녀의 뒤를 따라갔다.

제보자는 부석사 인근에서 '보리'라는 식당을 운영하는 여자였다. 한 위도 보고 해원도 보았다는 제보였다. 그것도 이틀 간격으로 두 사람을 보았다고 전했다. 심연에 숨겨져 있어 꺼진 줄 알았던 불길이 한순간에 타올랐다. 동주는 허둥댔고, 그 바람에 쇠붙이를 구하러 폐차장에 온 규철에게도 알려지고 말았다. 종 작업에 몰두해 있던 터라 그는 철판 위에 내려앉는 눈발의 느낌도 잡아 낼 수 있을 만큼 민감해져 있었다. 종 만드는 일에 미쳐 딸의 일은 거들떠보지도 않을 법했지만 이번엔 달랐다.

"데려가 줘."

동주와 규철은 부석사 사하촌에 자리 잡은 '보리' 식당을 찾아갔다. 하지만 거기서 들은 건 한위와 해원을 봤다는 그 이상의 정보는 아니었다.

"부석사 주지도 이 아가씨를 본 모양이던데요. 기구한 업을 가진 여자더라고 했거든요."

결국 규철과 동주는 부석사까지 올라갔다. 한겨울이라 그런지 사람들의 발걸음이 뜸했다. 산 아래에서 산 위로 부는 바람은 매서웠다. 주머니에 손을 찔러 넣고 몸을 움츠리고 높은 곳을 향해 올라갔다. 부석사로 올라가는 길 양편은 사과나무 과수원이었다. 빈 가지들이 팔을 벌린 채 차가운 하늘을 향해 서 있었다. 대웅전까지 가는 계단이 가팔라 동주는 손으로 앞 계단을 짚으며 올라갔다. 반면 규철은 성큼성큼 잘도 올라갔다. 연인인 듯한 남녀가 곁을 스치고 지나갔다.

"여기 범종은 오래된 게 아닌데 여길 왜 왔을까?"

규철은 혼잣말을 중얼거렸다. 그의 말 그대로였다. 종을 배우기 위해서 올 만한 장소는 아니었다. 부석사의 범종 소리도 특별하달 게 없었다. 한위도 해원도 뭔가 다른 목적으로 이곳을 찾았던 게 아닌가 싶었다. 젊은 처자가 먼저 왔다 간 후에 아마 늙은 남자가 왔었지. 보리 식당 주인이 그렇게 말했다. 문득 한위가 해원의 뒤를 쫓고 있다는 생각이 들었다. 하지만 왜라는 질문 앞에서는 생각이 진전되지 못했다.

동주는 규철과 함께 종무소 앞에 섰다. 종무소 앞에서 두 사람이 서성거리고 있자 여직원이 문을 열고 밖으로 나왔다. 사무실의 따뜻한 온기가 그녀를 따라왔다. 동주는 반으로 접은 전단지를 내밀어 보였다. 여자가 전단지를 받아 들고 자세히 들여다보았다.

"이 어르신은 못 봤어요. 하지만 이 여자는······."
사무실에 있던 남자도 나와 전단지를 눈여겨봤다.
"이 여자 혹시 그날 밤에 있던······."
남자가 여자와 눈빛을 교환했다. 두 사람의 얼굴이 묘하게 일그러졌다.
"혹시 말을 못 하나요?"
동주는 빠르게 고개를 끄덕였다. 규철은 한 발짝 떨어진 거리에서 귀만 열어 둔 채 차가운 하늘만 올려다보았다.
"여기 오래 머물렀나요?"
"이틀 있었습니다."
좀 더 일찍 연락을 받았다면 그녀를 만날 수 있었을지도 모른다는 아쉬움에 동주는 가슴이 저렸다.
"혹시 어디로 간다는 말 같은 건 없었나요?"
여자가 고개를 저었다. 남자는 슬그머니 꽁무니를 빼더니 종무소로 들어갔다. 그제야 여자가 입을 열었다.
"열흘쯤 전인가 새벽 예불 끝난 후에 법당 청소를 하려고 보살님께서 대웅전에 들어가 보니까 바닥에 쓰러져 있더랍니다. 얼어 죽게 생겨서 보살님 몇이 그 아가씨를 업어다 보살님들 방에다 눕혀 줬다고 했어요. 나도 봤는데······."
동주의 가슴에 흐르던 물길이 그대로 얼어붙어 버린 기분이었다. 왜 차가운 마룻바닥에서 밤을 보냈을까? 가진 돈이 없었을까? 여러 궁금 증들이 머릿속에서 복잡하게 얽혔다. 여자는 손을 겨드랑이 사이에 끼고 몸을 움츠렸다.
"혹시 건강해 보이던가요?"

"그건 잘 모르겠고요. 아무튼 다음 날 깨어나서 죽 좀 먹더니 다시 대웅전에 들어가 밤 깊을 때까지 있었다고 하더라고요. 보살님들이 말려도 막무가내로 고개만 젓고…… 하루 종일 울기만 했답니다. 주지 스님이 겨우 달래서 내려와 잠을 자기는 했지만 다음 날 새벽같이 떠나고 없더랍니다."

동주는 힐끔 규철을 쳐다보았다. 하늘을 올려다보던 그는 고개를 떨어뜨린 채 언 땅을 발로 헤집고 있었다. 그때 그의 볼을 타고 흘러내리는 눈물이 보였다.

"차림새가 어땠나요?"

"백팩에 그냥 젊은 아가씨들 흔히 입는, 청바지에 점퍼 차림이었어요."

종무소로 사라졌던 남자가 손에 종이를 들고 나왔다.

"이거 그 아가씨가 남겨 놓고 간 메모입니다."

남자가 종이를 동주에게 넘겼다.

    보살펴 주셔서 감사합니다. 다시 들를 수 있게 된다면 그때 제가 할
      수 있는 무엇으로든 보답하고 싶습니다. ―강해원

자음이 동글동글하고 모음의 길이가 짧은 게 해원의 글씨가 분명했다. 문득 '기구한 업을 가진 여자'라는 말이 떠올랐다. 동주는 망설이다가 종이를 규철에게 건넸다. 규철은 종이를 받아들고 해원이라도 만난 듯 한 차례 더 눈물을 쏟았다.

동주는 종무소 사람들에게 인사를 하고 마당을 빠져나왔다. 그는 가파른 계단을 내려오고 은행나무 길을 지나고 사과나무 과수원을 거쳐

천왕문에 이르기까지 뒤돌아보지 않았다. 많은 의문들이 생각의 꼬리에 꼬리를 물고 떠올라 뒤를 돌아볼 겨를이 없었다. 꼬리를 문 의문들은 결국 하나의 궁금증으로 모아졌다. 해원이 왜 부석사를 찾아왔느냐는 것과 한위와 연관이 있느냐는 점이었다. 천왕문을 나서기 전 뒤를 돌아보니 멀리 규철이 장승처럼 서서 부석사 대웅전을 올려다보고 있었다. 차가운 해가 서산을 넘어가며 긴 그림자를 남겼다. 그 순간 동주는 한 가지 그럴듯한 답을 얻었다. 해원은 지금 순례 중이었다. 잘은 모르지만 지금 그녀는 어떤 참회를 위한 순례 중이라는 근거 없는 생각이 들었다.

하지만 해원이 갈 다음 장소가 어디가 될지 유추할 수 없었다. 설령 어느 정도 유추할 수 있다고 해도 해원의 찰나와 동주 혹은 규철의 찰나가 만날 수 있는 기적 같은 일은 일어나지 않을 것이다. 지금은 어느 절의 마룻바닥에 엎드려 눈물을 흘리고 있을까?

동주는 부석사에서 몇 줄의 단어만 얻은 채 돌아와 다시 용접기를 잡았다. 엔진을 자르던 용접 불꽃을 낮추었다. 보안경을 벗고 규철이 처박혀 있는 작업장 쪽을 쳐다봤다. 규철도 해원이 순례를 하고 있다고 생각하고 있을까.

동주는 해원에 대한 생각을 떨쳐 버리지 못한 채 틀을 그려 놓은 그림을 살폈다. 정확한 수치는 없고 대강의 그림만 그려진 설계도였다. 부서진 소리들이 새로 조합시킨 엔진의 내부를 통과하면서 새로운 소리를 만들어 낼 수 있도록 한 작업이었다. 공기가 통하는 구멍의 위치를 정하고, 거리를 조정하고, 바람이 나가는 구멍의 넓이를 맞췄다. 여러 개의 엔진으로 사람 형상의 원형 틀을 만든 다음, 엔진의 오일 흡입 구마다 소리가 들고 나가는 구조였다. 바람이 지나가는 길의 길이와 넓이, 빠져나가는 구멍에 따라 소리가 달라질 것이다. 하지만 마지막에 '그래서?'라는 의문에 대한 답은 아직도 내리지 못했다. 처음의 생각대로 '순화(純化)'라는 제목 그 이상의 의미에서 벗어나지는 못했다. 해원의 울음도 이 조잡한 공예품을 지나면 순화될 수 있을까? 해원에 대한 생각을 지우려고 다른 생각을 했는데 결국 다시 원점이었다. 해원에 관한 기억의 앙금은 시도 때도 없이 탄산의 거품처럼 피어올랐다.

동주는 산소통을 완전히 잠갔다. 더 이상 작업을 진행할 수 없을 것 같았다. 담배를 꺼내 물고 부재중 전화나 문자가 없나 살폈다. 그때 누군가 문을 거칠게 두드리더니 활짝 열었다. 석겸이었다.

"난리 났어."

"무슨 일인데요?"

"해원이 방 쪽에 상수도가 터져 가지고 물바다야."

"언제 터졌는데요?"

"목포댁이 물 나오는 게 시원찮다고 해서 가보니까 터졌더라고. 새벽에 그런 거 같은데······. 이 양반은 계량기가 동파돼서 난리가 났는데도 모른 채 작업만 하고 있더라니까. 너희 아버지랑 어쩌면 그렇게 똑같냐."

동주는 작업대를 천으로 덮어 놓고 그의 뒤를 따라갔다.

"며칠 더럽게 춥더니만 기어코 일이 터지는군."

"작업장 올릴 때 상수도관에 보온 제대로 하지 않았나요?"

"했지. 요즘 날이 좀 춥냐? 너랑 저 양반은 작업실에 처박혀서 작업만 하니까 모르는 모양인데 오줌을 누면 바로 얼어 버릴 정도야. 더럽게 추워졌다니까. 오늘이 절정인데 꼭 이런 날 일이 터지더라고."

석겸은 귀까지 덮는 털모자를 쓰고도 진저리를 쳤다.

"물은 잠갔어."

하필이면 해원의 방이라니. 동주는 괜히 찜찜했다. 작업장으로 들어가는 수도관의 수도계량기는 해원의 방 뒤쪽에 있었다. 변산 월롱으로 내려오던 그해 작업장을 올리면서 상수도 공사를 했다. 그때 계량기를 설치한 업체에서 겨울을 대비해 미리 보온 설비를 했던 게 기억났다.

작업장은 다행히 방 주변만 물바다였다. 규철의 방에 찼던 물도 빠지면서 장판과 벽지가 일어섰다. 그는 방바닥에 널브러져 있다 물세례를 맞은 물건들을 방 밖으로 꺼내는 중이었다. 물은 흘러 서서히 마당 수채로 빠져나갔다. 해원의 방에 들어가자 장판 밑에 스며든 물이 밟히며 잘박거리는 소리를 냈다. 얕은 늪을 밟고 다니는 기분이었다. 장롱은 하단의 서랍 부분이 모두 젖어 그 안에 들어 있던 옷조차 못 쓰게 되었고, 해원이 쓰던 앉은뱅이책상도 물에 젖어 불린 명태포 같았다. 다행히 책꽂이에 꽂혀 있던 책들은 젖지 않았다. 장롱은 대충 말려 쓰면 될 것 같았지만 책상은 상판이 일어나서 버려야 할 것 같았다. 직원들이 폐차장 일을 접고 작업장으로 몰려왔다.

사람들이 작업장 앞마당에 모여 웅성거리자 기다렸다는 듯 규철의 방에서 갑자기 텔레비전이 켜졌다. 스물네 시간 뉴스만 방영하는 채널이었다. 텔레비전은 저 혼자 떠들기 시작했다.

30대 남자가 카드 빚 때문에 또 은행을 털었다. 30대 중반의 감독이 깐느 영화제의 최우수 감독상을 받았다. 외국의 한 여자 작가가 지금까지 받은 인세가 1000억 원을 훌쩍 넘었다. 모 여배우의 나체 동영상이 파문을 일으켰다. 모 탤런트가 이혼했고 모 가수가 결혼했다. 한 장관의 비리가 터졌고 광화문에서는 연일 시위가 이어졌다. 전국 곳곳이 꽁꽁 얼어 동파 사고가 잇따랐다.

직원들은 묵묵히 젖은 방에서 물건들을 빼내면서 뉴스를 들었다. 동주와 규철도 사람들 사이를 오가며 방의 물건들을 빼냈다.

"그래도 이건 약과네. 추워서 좀 지랄이긴 하지만. 여기 작업장 올리던 그 이듬해 물난리 났던 거 생각나?"

석겸의 말에 동주는 까마득하게 잊고 있던 그때의 기억이 떠올랐다. 늪이 다져지기 전에 터진 일이었다. 폐차장 주변을 흐르던 물은 주변의 물길을 기억했다가 늪으로 몰려들었다. 폐차장 절반이 물에 찼던 난리를 경험했던 일이 있었다.

장마가 들면 늪 주변에 사는 사람들은 늪이 땅속 깊이 숨긴 물을 경계해야 했다. 비는 늪이 가둔 물뿐만 아니라 늪 속에서 시간을 먹고 쌓여 온 낡은 물건들을 헤집어 올려 토해 냈다. 남몰래 버린 녹슨 냉장고를 토해 내고 다릿살 부러진 자전거와 구멍 난 타이어를 게워 냈다. 깨진 항아리와 살점이 다 뜯긴 어린아이를 토해 내기도 했다. 어떤 짐승의 뼈인지 알 수 없는 뼈를 토해 내기도 하고, 브라운관이 꺼진 텔레비전을 게워 올리기도 했다. 늪에는 상상 이상으로 많은 물건들이 숨어 있었다. 냉장고는 그해 한위가 울타리 삼아 심어 놓은 옥수수를 쓸어 버렸다.

그때 장마가 밀고 온 쓰레기는 산더미 같았다. 쓰레기는 늪으로 모였다. 어디서 그 많은 쓰레기들이 흘러왔는지 궁금할 정도였다. 쓰레기는 농수로를 타고 흘러와 들판 한가운데 우뚝 솟은 폐차장과 작업장에 걸려 물길에 흘러가지 못한 채 쌓였다. 폐차장 숙소는 허리까지 물이 차 가구는 물론 전자제품이나 한위가 모아 놓은 잡동사니들까지 물에 불어 쓸 만한 게 남아 있지 않았다. 과거 늪이었다는 걸 여실히 증명해 준 장마였다.

  동주는 해원의 방에서 마지막으로 남은 앉은뱅이책상을 들어내기 위해 허리를 굽혔다. 힘주어 책상을 드는 순간 물에 젖었던 밑이 빠지며 서랍 앞머리가 여닫는 입구에 걸려 덜렁거렸고, 순간 물에 불어터진 갈색 노트 한 권이 무심한 척 방바닥으로 툭 떨어졌다. 해원이 사라지던 날 방을 뒤졌을 때는 발견하지 못했던 노트였다. 동주는 책상을 내려놓고 젖은 노트를 들었다. 물에 젖은 글자들은 분해되었고 살아남은 글자들도 종이 속으로 퍼져 제대로 알아보기 힘들었다. 그는 무심히 중간쯤을 펼쳐 보았다. 물에 젖었지만 다행히 글자들이 살아 있었다. 동주는 글자들을 읽어 보았다.

7월 16일
  ……소리는 오는데 왜 소리는 나가질 못하는 거지? 슬픔조차 소리로 나가지 못한다. 아니 차라리 말하지 못하는 게 행복인지도 모른다…….

  등골에 원래부터 박혀 있던 침이 일어서며 옷을 뚫고 올라오기라도 하는 듯 한순간에 소름이 돋았다. 그 노트는 해원의 노트였다. 해원이 쓴 일기였다. 동주는 번쩍 고개를 들고 밖을 내다보았다. 사람들 사이에 규철이 보였다. 그는 방에서 나온 물건들을 뒤지고 있다가 동주와 눈이 마주쳤다. 동주는 최대한 천천히 그러면서 느긋한 척 능청을 떨며 노트를 점퍼 안에 쑤셔 넣었다. 축축한 물기가 심장에 가 닿았다. 규철이 동주에게 준 시선을 거둬 갔다. 동주는 책상을 들고 나가 쓰레기 더미 위에 던져 놓았다. 규철이 동주에게 또 시선을 보냈지만 자연스럽게 외면했다. 마침 작업장 앞으로 설비업자의 트럭이 들어오고 있었다. 사람들의 시선이 일제히 대문 쪽으로 쏠렸다. 동주는 바쁘게 발걸음을 옮겼다. 심장이 발바닥까지 내려와 사정없이 뛰었고 숨을 제대로 쉴 수 없을 정도로 박동이 빨라졌다. 머릿속이 팽팽 돌아갔다.

해원이 남겨 놓은 일기가 있다!

일기를 서랍 밑에 감추었다. 한위나 동주가 그녀의 방에 함부로 드나들지 않는다는 걸 알면서도 그녀는 일기장을 감추었다. 늪이 감추었다가 토해 낸 사람들의 물건들처럼 해원의 일기장이 어떤 이야기를 들려줄지 두렵기도 하고 무서웠다. 한편으로는 기뻤다. 입을 닫아 버린 그녀가 들려줄 이야기가 이제 동주 품안에 있다는 사실 때문에. 동주는 어쩌면 그녀의 이야기가 그에게 전해지기를 바랐을지도 모른다고 스스로에게 변명했다. 해원의 일기장이 어떤 과거를 토해낼지 알 수 없지만.

제4장

금형리

1

 금형리 마을 사람들은 모처럼 일을 접고 대한민국과 폴란드의 월드컵 조별리그 1차전 경기를 보기 위해 동네 유일의 치킨 집에서 설치한 대형 텔레비전 앞에 모여 경기가 시작되기를 기다리며 웅성거렸다. 사람들은 저마다 맥주잔을 들거나 치킨을 들고 들뜬 기분을 감추지 못해 큰 소리로 떠들어 댔다.
 "월드컵 아니었으면 우리 마을은 아마 죽었을 거야."
 "설마 산 입에 거미줄이야 쳤겠어. 어떻게든 살아갔겠지."
 "서울에서 이리로 내려올 때만 해도 내 인생 끝났다고 생각했었지."
 "월드컵이 우리를 살린 거야."
 "월드컵 좀까지 마무리가 깨끗했더라면……."
 목소리를 높이던 남자가 동주와 해원이 앉아 있는 쪽을 바라보며 소리를 죽였다. 곁에 서 있던 누군가 남자의 옆구리를 찔렀다. 하지만 해원은 못 들은 척했다. 동주도 종 이야기를 하던 남자와 눈길이 마주치자 히죽 웃었다.

경기가 시작되었다. 선수들이 입장을 하고 애국가가 울려 퍼졌다. 치킨 집 앞에 모인 사람들이 애국가를 따라 불렀다.
"괜찮지?"
동주는 해원의 얼굴을 살피며 물었다.
"뭐가?"
"그냥……."
동주는 눈으로 종 이야기하던 남자를 가리켰다. 해원은 대수롭지 않게 생각하는 듯 어깨를 으쓱하곤 말았다. 여러 달이 지났지만 마을 사람들이 종에 관한 이야기를 할 때면 해원의 눈빛은 흔들렸다. 동주는 뒤를 돌아다보았다. 규철이나 한위는 보이지 않았다. 금형리 마을에서 나고 자란, 마을의 태생부터 같이했던 그들은 나타나지 않았다.
우리나라 선수가 공을 잡을 때마다 환호성이 터졌다.
"오빠, 모의고사 잘 봤어?"
해원이 텔레비전 화면에 눈길을 준 채 나지막이 물었다.
"그냥 그렇지 뭐. 담인 선생님이 고등학교만 잘 들어가면 서울에 있는 대학에는 갈 수 있을 거 같대."
"오빠는 종 같은 거 만들지 마, 알았지?"
동주가 대답하려는 순간 홍명보가 공을 잡아 중거리 슈팅을 날렸다. 사람들이 열광했고 해원도 의자에서 일어나 고래고래 소리를 질렀다. 그들은 행복해 보였다. 월드컵 덕분에 금형리에 터를 잡은 회사들은 매출이 늘었고 종업원도 늘어났으며 돈도 벌었다. 정부에 의해 금형리로 쫓겨 올 때까지만 해도 그들은 삶이 우울하다고 생각했다. 그리고 세상은 늘 불공평하다고 투덜거렸다. 하지만 지금 그들은 치킨을 뜯으며 여유롭게 앉아 텔레비전을 보았다.

동주에게 세상은 불가사의였다. 동주가 그 사실을 깨달은 건 백일 무렵이었던 것 같았다. 그때의 일을 기억한다는 게 불가사의하지만 동주는 그 순간, 정확하게 말해 백일 날 맡았던 냄새를 기억했다. 혀가 아릿할 정도로 강렬하고 매웠던 쇳물의 냄새. 그날 용해로에서 걸쭉하게 끓는 쇳물의 냄새를 맡고 동주는 진저리를 쳤다. 그때 이미 동주는 세상이 불가사의한 일들로 가득 차 있다는 걸 깨달았다. 백일밖에 되지 않은 아이가 쇳물 냄새를 맡았던 일도 그랬고, 그날 동주가 맡았던 쇳물 속에 몸을 떨게 하는 저주가 녹아 있다고 믿었던 생각 또한 불가사의한 일일 수밖에 없었다. 피보다 붉게 끓는 쇳물에는 저주스러울 정도로 무서운 광기도 담겨 있었던 것 같았다.

그래서 더더욱 학교 공부에 매달렸다. 선택할 수 없는, 선택당하는 불가사의한 운명의 굴레에서 벗어나려면 그 방법밖에 없었다. 그렇다고 해서 세상이 갑자기 명확해지는 건 아니었다. 다만 조금씩 이해할 수 없는 굴레에서 벗어날 수 있지 않을까 싶었다. 그래도 떨쳐 낼 수 없는 것들이 있었다.

동주는 가끔 운명의 굴레를 나타내는 꿈을 꾸었다. 꿈의 어느 순간, 눈앞에 쇳물이 펄펄 끓고 있는 커다란 용해로가 나타난다. 쇳물은 모든 걸 녹여 버릴 것처럼 용해로 밖으로 튀어 오른다. 용해로가 서서히 기울어지며 빨간 쇳물을 쏟아 낸다. 주변 사람들은 모두 도망을 가버렸는데 동주는 꼼짝을 할 수 없다. 쇳물은 붙박이인 듯 서 있는 동주를 향해 흘러가 땅은 물론 맨발인 그의 발도 불살라 버린다. 그 꿈을 꾸던 어린 시절에는 이불에 오줌을 지리곤 했다. 잊을 만하면 꿈에 나타나 동주의 사지를 조였다.

　사람들은 빨간 목수건을 흔들며 춤을 췄다. 꾸역꾸역 몰려들던 사람들이 치킨 집 앞을 메우고 넘쳐 도로까지 점령했다. 그들은 한 덩어리가 되어 손을 올리기도 하고 환호성을 지르며 열광했다. 동주도 그들과 호흡을 맞추어 손뼉을 쳤지만 마음 한구석을 채운 무거운 돌을 들어낼 수는 없었다.

　금형리 마을 사람들이 거의 대부분 모였는데 한위와 규철 그리고 정화는 사람들과 어울리지 않았다. 특히 규철은 벗을 수 없는 죄를 지은 것처럼, 이마에 화인이라도 찍힌 노예처럼 집 안에만 처박혀 시간들을 술로 축냈다. 규철을 두고 한위와 정화가 봄나들이 하듯 사람들과 어울릴 수는 없는 노릇이겠지.

　거종이 상암종합운동장 종루에서 떨어져 깨지던 날, 규철과 한위는 집으로 돌아오지 않았다. 두 사람은 사흘이 지난 후에 초췌한 몰골로 돌아왔다. 그들이 금형리에 돌아오지 못하던 그 시간 동안 동주는 마을을 떠도는 소문을 들었다.

　부실공사, 주철장의 실력 부족, 받은 돈보다 재료를 적게 쓴 부정, 학계의 의견을 무시한 오만함 같은 이야기들. 하지만 동주와 해원은 그 말들이 규철과 한위를 음해하려는 풍문이라는 걸 알았다.

　사건이 터진 다음 날 한 차례 기자들과 방송국 사람들이 규철의 작업장을 다녀갔다. 비운의 주철장이라는 헤드타이틀로 규철을 다루었다. 규철의 작업장은 조악한 수준의 작업장이 되었고, 독일에서 교회 종을 제작하는 한 회사 작업장의 현대화된 시설들과 대조되어 사진도 실렸다. 서양의 종은 안에서 치는 종이며 한국의 종은 외부에서 치는 종임에도 비교가 되면서 금형리의 종은 가차 없이 매도당했다. 높이가 최소 2미터 이상 되는 수백 개의 종을 만든 장인을 상여 앞에서 소리를 돋우는 앞소리꾼의 요령이나 만드는 잡기술꾼으로 전락시켰다.

언론은 거기에서 멈추지 않았다. 주철장 선정을 위한 심사의 공정성까지 걸고넘어지며 규철을 궁지로 몰았다. 한위는 그의 곁에서 그에 대한 사냥을 지켜볼 수밖에 없었다. 하지만 규철은 그런 세간의 평가에 그다지 연연해하지 않았다. 주철장이라는 장인의 호칭을 빼앗긴다고 해도 괘념치 않을 사람이었다. 그가 원했던 건 소리였으니까.

치킨집 앞에 모인 사람들의 얼굴이 점점 붉게 달아올랐다. 응원을 하느라, 아슬아슬한 순간들을 구경하느라, 술을 마시고 치킨을 뜯느라 사람들의 얼굴이 빨갛게 상기되어 번들거렸다. 해원도 사람들 사이에 끼어 흥분을 즐겼다.

"……네, 이을용 선수 문전으로 달려오는 황선홍 선수를 보고 패스를 했습니다. 황선홍 선수 슛, 골인, 골인입니다!"

월드컵 본선 경기의 첫 번째 골이 터졌다. 치킨 집 앞에 모인 사람들이 의자에서 일어나 일제히 환호성을 질렀다. 그 바람에 의자가 넘어지고 테이블이 쓰러지기도 했다. 해원은 동주를 끌어안고 팔짝거리며 뛰었다. 해원의 어린 가슴이 동주의 가슴에 닿았다. 다시는 돌아갈 수 없는 시간을 향해 모든 게 달려갔다. 소년이 청년으로, 아이가 소녀로. 동주는 황선홍 선수가 골을 넣은 사실보다 해원이 자신을 끌어안았다는 사실이 더 감격스러웠다. 어느 순간 해원은 동주의 눈을 뚫어지게 쳐다봤다. 그녀는 동주의 짙은 눈썹과 잘 흐른 눈매 그리고 삐죽삐죽 자라기 시작한 수염을 보았다.

"오빠, 수염도 나네."

동주는 고개를 돌렸다. 해원의 젖내 나던 숨결이 지금은 달콤하게 느껴졌다. 여리고 말랑말랑했던 해원의 얼굴이 살이 빠지면서 여자의 곡선을 갖기 시작했다는 걸 동주는 느꼈다. 치킨집 앞에 모여 있던 사람들이 또 한 차례 환호성을 질렀다. 해원이 텔레비전에 시선을 주며 동주의 손을 잡았다. 동주는 지금 해원의 손도 마을 거리를 뜀박질하며 놀던 어린 시절의 손이 아니라는 사실을 느꼈다. 손가락은 길고 부드러워졌고, 어린아이의 온기와는 색깔과 질이 다른 손바닥의 온기가 전해졌다. 몸에서 곡선이 드러난 지도 오래되었다. 동주는 해원의 옆얼굴을 빤히 쳐다봤다. 뽀송뽀송한 솜털이 보였다. 해원은 어느새 여자가 되어 동주의 곁에 서 있었다.

동주와 해원이 자신들도 모르게 성장한 사이 둘을 둘러싼 세상도 달라졌다. 어려서 보았던 광활했던 마당은 이제 비좁았다. 세상의 벽처럼 높았던 골목의 담장은 몸 하나 숨기기에도 부족할 만큼 키가 작아졌고, 지상의 모든 걸 태울 듯 끓어 대던 용해로도 그저 큰 화로에 지나지 않는다는 걸 깨달아 갔다. 금형리가 세상의 중심도 아니며 중앙로는 세상의 가장 넓은 도로도 아니었다. 그렇게 차츰 금형리는 시외버스가 어쩌다 들르는 서울의 변두리일 뿐이라는 걸 알게 되었다.

하지만 세상의 모든 게 작아진다고 해서 금형리를 둘러싼 기운들마저 작아지는 것은 아니었다. 불안과 운명 같은 감정들은 걷잡을 수 없이 커져만 갔다. 동주는 규철의 작업장 쪽으로 눈길을 주었다. 불을 밝히지도 않은 작업장은 저 홀로 불을 밝힌 가로등 너머에서 조용히 숨을 죽이고 있었다.

지금은 많은 게 위태로워 보이지만 시간이 지나면 규철은 다시 종을 만들 것이다. 한위 역시 경쟁적으로 종에 매달리며 다소 불안이 깃든 평온한 날들을 맞이할 수 있을 것이다. 동주는 이 뜨거운 여름이 지나고 나면 규철과 한위의 작업장에서 다시 쇳물이 끓고 종소리가 울려 퍼질 것이라고 믿었다.

텔레비전은 첫 골을 넣은 장면을 여러 차례 리플레이해 주었다. 같은 장면을 보면서도 그때마다 사람들은 환호성을 질렀다. 그런데 그때 사람들의 환호성 사이에서 동주는 종류와 질이 다른 비명 소리를 들었다. 소리는 규철의 작업장 쪽에서 들려왔다. 해원과 사람들의 시선이 텔레비전에 쏠린 것과 달리 동주의 시선은 규철의 작업장 쪽으로 향했다.

철문이 와락 열려 담장에 부딪히는 소리가 들린 후 규철이 작업장에서 튀어나왔다. 그는 속옷 차림이었고 맨발이었다. 머리는 산발이었다. 그는 중심 거리 쪽으로 달려왔다. 그 뒤를 한위가 쫓고 정화도 달려나왔다. 중앙로로 나온 규철은 적여울 쪽으로 달려갔다. 놀랄 일도 아니었다. 규철은 요 근래 술에 취하면 그렇게 거리를 달렸다. 금형리 사람들은 그런 그를 종종 보았다. 오늘 그의 모습 중에 달라진 게 있다면 속옷만 입고 달린다는 사실이었다. 다행히 해원은 규철을 보지 못했다. 어쩌면 못 본 척한지도.

유상철 선수가 폴란드를 상대로 두 번째 꼴을 넣었을 때 사람들은 열광의 도가니에 뛰어들었다. 사람들이 텔레비전에서 눈길을 돌리지 못하고 있을 때 동주는 한위에게 의지해 작업장으로 돌아가는 규철을 보았다. 정화는 고개를 떨어뜨린 채 그 뒤를 따라 걸었다. 그들은 치킨집 앞에 모여 있는 금형리 사람들에게 어떤 눈길도 주지 않았다.

사람들은 규철이 반라로 거리를 달린 일이나 그 뒤를 한위와 정화가 뒤쫓았다는 사실도 모른 채 텔레비전에만 눈길을 주었다. 해원의 고개 역시 완고하게 화면에 붙박여 있었다. 그때 동주는 기이한 풍경을 목격했다. 세 사람이 거리를 지나갈 때 도로변의 가로등이 하나둘 꺼졌다. 마치 그들이 침묵의 세계로 들어가고 있는 걸 암시하듯 차례대로 꺼졌다. 작업장 입구 쪽에 서 있는 가로등은 폭발하듯 불꽃을 튀기며 나갔다. 가로등 아래를 지나가는 그들도, 텔레비전을 관람하며 열광하는 마을 사람들도 그 광경을 목도하지 못했다. 동주만이 마을에 일어나기 시작한 기이한 사건을 목격했던 것이다. 인간의 미래는 인간의 몫이 아니라 어떤 절대자의 몫이라는 의미의 신호를 보내는 것인지도 모른다는 생각이 들었다. 세 사람이 작업장 골목 안으로 들어가며 완벽한 어둠에 휩싸이는 순간, 해원이 동주의 손을 찾아 쥐었다. 눈길은 화면에 준 채.

폴란드와의 경기에서 한국은 2 대 0으로 이겼다. 경기가 끝난 후에도 한동안 사람들은 치킨 집 앞을 떠나지 못했다. 흥분한 치킨 집 사장이 술을 돌렸고 더 큰 술판이 벌어졌다. 동주와 해원은 그들 사이에서 빠져나와 규철의 작업장 쪽으로 걸었다.

"오늘 오빠네 집에 가서 자면 안 될까?"

해원이 느닷없이 말했다.

"왜?"

"그냥."

"아저씨랑 아줌마가 좋아하지 않을 거야."

"아빤 내가 어떻게 되든 상관하지 않을 거야."

"그렇지 않아."

"오빠가 뭘 알아?"

그때까지 해원은 동주의 손을 잡고 있었다.

"아빠한텐 종밖에 없어."

"너 우리 집에 가면 아줌마가 싫어하실 거야."

"오빤 내가 싫은 거야?"

"그런 게 아니라……."

해원이 동주의 얼굴을 빤히 올려다보았다. 동주는 해원의 손아귀에서 손을 빼내려고 꼼지락거렸다. 하지만 해원은 동주의 손을 놓지 않았다.

"엄만, 아빠가 술 마시는 날이면 빨리 자라고 다그쳐. 엄마도 정신이 없어. 저녁밥도 안 먹었는데 자라고 그럴 때도 있어. 그런 건 몰랐지? 내가 아마 오빠네 집에 가서 잔다면 그러라고 할걸. 오늘처럼 아빠가 만취한 날에는 말이야."

해원도 규철이 반라로 거리를 달린 걸 본 모양이었다.

"나도 봤어. 폭죽처럼 가로등이 차례로 꺼지는 걸."

동주는 자신만 그 광경을 본 게 아니라는 사실에 두려움이 일었다. 작업장 앞에 다다른 동주는 처마 아래 고개를 떨어뜨린 채 담배를 피우고 있는 한위를 보았다.

2

한위는 금형 슈퍼의 출입문을 열고 들어갔다. 언제 에어컨을 설치한 것일까? 예전의 후텁지근하던 구멍가게가 아니었다. 가게 안쪽 테이블에 마을 사람들이 앉아서 맥주를 마시고 있었다. 공예방 사람들이었다. 한위는 음료수 냉장고에서 소주를 두 병 꺼냈다.

"……뒷산에 있던 염소들 왜 그런 거래?"

한위는 문득 동주의 얼굴이 떠올라 1리터짜리 오렌지 주스도 꺼내 들었다.

"구제역 아냐?"

"구제역은 무슨, 예방 접종도 다 했고, 임씨 염소는 방목하는 거라 전염병에 강하대."

"그럼, 뭐야?"

"나도 모르지. 노인들 말로는 마을에 불길한 기운들이 떠돌기 시작했다는데."

"헛소리하고 있네, 요즘 같은 세상에 무슨……."

"강 선생이 반쯤 미친 것도 그렇고, 종이 그렇게 된 것도……."

한위의 귀가 솔깃했다. 그들 중 한 사람이 냉동식품 냉장고에서 냉동 족발을 꺼내드는 한위를 발견했다. 그들이 일제히 입을 다물었다. 한위는 계산대 앞에 소주와 족발을 올려놓았다.

"말보로도 하나 주세요."

월드컵 방송을 보고 있던 주인 여자가 검정 비닐 봉투에 소주와 족발, 담배를 담았다.

"에어컨 언제 났습니까?"

한위는 가게 안쪽에 놓여 있는 에어컨을 보았다.

"동주 아빠도 참, 작년 여름부터 있었는데……."

주인 여자가 눈을 흘겼다. 가게 안쪽에 모인 남자들은 이제 월드컵

이야기에 열을 올렸다. 물건 값을 계산하고 돌아서던 한위가 갑자기 생각났다는 듯 무심하게 물었다.
"염소 얘기는 뭡니까?"
"염소요?"
여자가 정색을 하고 되물었다. 그녀의 낯빛이 창백해졌다.
"염소가 어떻게 됐다고 하던데."
한위는 담뱃갑에서 한 개비를 꺼내 문 후 불을 붙였다.
"모르셨어요? 적여울 쪽에 성원농장이라고 있잖아요. 거기 임씨 염소가 모두 죽었다고 한바탕 난리가 났었는데."
"왜 죽어요?"
"모르죠. 수의사들도 나와서 구제역인가 뭔가 검사를 했는데 그건 아니라고 했대요."
한위는 마을 뒷산에서 염소들을 본 기억이 떠올랐다. 염소라면 한위도 잘 알았다. 아버지가 쇠 값을 대느라 한때 염소를 키웠던 일이 있었기 때문이었다. 염소는 여느 가축보다 강했다.
"그럼 이유가 뭐래요?"
주인 여자는 가게 안쪽에 앉아 술판을 벌인 남자들과 한위를 번갈아 보며 머뭇거렸다.
"종을 걸고넘어지는 모양이던데……."
"그게 아니고 마을에 기운이 다 떨어졌다고, 그래서 종도……."
"쓸데없는 소리 지껄이는 놈들은 입을 다 찢어 놔야지."
한위는 혼잣말처럼 씨부렁거렸다. 월드컵 이야기로 떠들썩하던 가게 안쪽이 삽시간에 고요해졌다. 한위는 가게에서 나와 노을에 포위당

한 마을을 보았다. 그는 담배꽁초를 발로 비벼 끄고 바닥에 침을 뱉었다. 한위도 진즉 마을에 떠도는 이야기를 듣고 있었다. 그동안 잘나가던 공방이 정부로부터 일방적으로 계약파기를 당했다는 말. 공방에 도둑이 들고, 누군가 암에 걸리고, 또 누군가는 교통사고로 죽고, 어느 공장에서 화재가 나고, 산에 풀어놓은 염소가 일제히 죽었다는 그런 이야기들. 이 모든 이유가 규철의 거종이 종루에서 떨어지고 깨진 후부터라고 수군거렸다. 근거 없는 이야기라고 무시하면서도 한위 역시 마음에 걸렸다.

한위는 자신의 작업장 쪽으로 발걸음을 옮겼다. 한위의 뒤로 족발 냄새를 맡은 개 몇 마리와 노을이 따라왔다.

이제 미친 짓 좀 그만 해. 그건 네가 만든 종 중의 하나일 뿐이야.

난 글렀어. 내가 아는 모든 게 거기 담겨 있었어. 이제 끝장이야.

이젠 진짜 네 놈한테 질렸다.

한위는 규철에게 퍼부었던 말들을 떠올렸다. 작정하고 퍼부었다. 술에 취하면 미친 듯 어디론가 달려가는 그를 붙잡는 일에도 진력이 났다. 지옥의 문턱이라도 넘은 듯 절망하는 그를 더 이상 위로하고 싶지 않았다.

이제 그만해. 마을 사람들이 너 때문에 마음 놓고 웃지를 못해.

지금 이런 판국에 웃음이 나와?

규철은 술에 취하면 절망하고 결국에는 시비조로 나왔다.

그만하자.

규철이 한위에게 달라붙어 멱살을 잡았고 한위는 그를 내팽개쳤다. 늘 술에 절어 산 규철은 맥없이 나가떨어졌다. 망설이던 정화가 쓰러진 규철을 감싸 안았다. 규철보다는 정화가 더 측은했다. 왜 저따위 인간을 선택했느냐는 질문이 입안에서 맴돌았지만 결국 토해 내지 못했다.

"박 선생."

맞은편에서 걸어오던 금형리 공방 협회장이 한위를 불러 세웠다. 그의 백발이 노을에 붉게 물들어 보기에 좋았다. 그도 거종 작업에 일조를 한 인물이었다. 구리를 조달해 주고 재주 있는 직원들을 보내 주기도 했다. 한위는 모르지만 얼마간의 자금도 규철에게 건넸다는 말도 있었다.

"강 선생은 좀 어떤가요?"

"그냥 그렇죠."

한위는 그와 더 이상 말을 섞고 싶지 않았다. 규철을 대신해 사과의 말을 전하고 싶지도 않았다.

"힘들겠지요. 나라도 그랬을 테니까."

그는 뒷짐을 쥔 채 서서 좀체 한위를 놔줄 생각을 하지 않았다.

"그럼, 저는 이만."

한위는 가던 길을 가려고 그에게서 비켜섰다.

"박 선생, 나랑 같이 가볼 데가 좀 있어요."

그가 왠지 불편했다. 한위는 손에 든 비닐 봉투를 내려다보았다.

"중요한 일이오. 금형리에서 마을 일 상담할 수 있는 사람이 박 선생이랑 강 선생밖에 없으니 어쩌겠소. 잠깐 시간 좀 내봐요."

그는 한위의 대답을 기다리지도 않고 앞장섰다. 그의 어깨 위로 노을이 무겁게 내려앉았다. 그는 다리를 절뚝거리며 앞으로 걸어 나갔다. 그가 다리를 전다는 사실이 그제야 떠올랐다. 한동안 멈춰 서 있던 한위는 그의 발자국을 밟으며 뒤를 따랐다.

협회장은 악미산을 오르기 시작했다. 북악산의 끝줄기가 흘러내려 적여울의 시원이 맺힌 산으로 낮은 산이지만 다리를 절뚝거리는 노인이 오르기에는 좀 가파른 산이었다. 그는 이렇다 저렇다 설명도 없이 계속해서 산을 올라갔다. 20분 남짓 올라갔을 때 갑자기 산의 나무들이 사라지고 잡초로 뒤덮인 너른 평지가 나타났다. 금형리에서 수십 년을 살아온 한위였지만 악미산 산기슭에 이런 평지를 보기는 처음이었다. 풀밭은 노을로 뒤덮여 황홀하게 빛났다. 평지에 이르러 협회장은 숨을 골랐다.

"사람이 죽을 때가 되면 이렇게 산을 자주 찾게 됩니다. 그중에서도 자기 죽을 자리를 찾아서 말이죠. 다들 화장하는 걸 대세로 생각하지만 난 땅에 묻히기를 원해요."

그는 잡초의 평지를 둘러보았다. 저 죽을 자리를 봐달라고 부르진 않았을 텐데.

"여기 와본 적 있습니까?"

협회장이 한위에게 물었다.

"여기서 오래 살았지만 이런 평지가 있는 건 처음 봤습니다. 여기 산이 있는 것만 알았지, 다니질 않아서 이런 평지가 있다는 건 몰랐죠."

한위는 사방을 둘러보았다. 소나무와 갈참나무 등이 병풍처럼 사방을 막고 있어서 마치 요람처럼 아늑한 분위기를 풍겼다.

"원래는 평지가 아니었으니까요."

협회장이 잡초 더미 안으로 들어가더니 잠시 한위를 돌아다보았다. 따라오라는 뜻인 듯했다. 한위는 망설이다 그의 뒤를 따랐다.

"여긴 아는 사람만 찾아와 묘를 쓰는 명당이었어요."

묘지? 한위는 주변을 둘러보았다. 하지만 묘라고는 한 기도 보이지 않았다. 어느 지점에 이른 협회장이 바닥에 쪼그려 앉았다. 그러더니 나뭇가지 하나를 주워 땅을 헤집었다. 그가 얼마 헤집지 않아 흙의 모습이 드러났다. 마사토였다. 그런데 마사토들 사이로 각이 진 돌의 귀가 보였다. 협회장은 주변을 더 넓게 팠다. 각이 진 돌은 묘비였다.

"이곳이 명당이기는 하지만 흙이 마사토라는 데에 문제가 있었죠. 묘로 쓰기엔 찰기가 부족했으니까. 그래도 잡초가 자라면서 찰기가 생겼고 묘로 쓰기에는 그만이었죠. 더군다나 무덤에는 물이 차면 아주 상극인데 마사토는 박 선생도 아시다시피 물 빠짐이 좋은 흙이잖아요. 그래서 더더욱 선호했고. 그런데……"

한위도 자리에 쪼그려 앉았다. 묘비명 때문이었다.

"여기에 적어도 10여 기의 묘가 있었어요. 무덤의 주인이 누구인지 모르는 무연고 묘도 몇 기 있었고."

한위는 그가 하는 설명의 의미를 알아차릴 수 없었다. 묘비명을 쓸어 보고 흙도 만져 봤다. 흙은 종의 내형과 외형에 쓰기에 좋을 정도의 수분과 찰기를 지녔다.

"우리도 틀을 만들 때 마사토를 씁니다. 하지만 우리는 이렇게 많은 마사토가 필요하진 않아요. 거종을 만들 때라면 모를까."

협회장이 허리를 펴고 일어났다.

"도대체 무슨 말씀인지 모르겠군요."

노을이 물러간 자리에 어둠이 깃들기 시작했다.

"누군가 여기 마사토를 퍼다 썼어요. 무덤이고 뭐고 신경 안 쓰고 그냥 퍼다 쓴 거예요. 묘비가 땅에 묻혔고 어디에는 유골이 사라진 곳도 있는 거 같아요."

한위는 소름이 돋았다.

"그러니까 협회장님 말씀은……."

한위는 규철이 아무리 미쳤다고 하더라도 무덤의 마사토를 퍼다 쓰지는 않았을 것이라고 믿었다.

"……규철이가 여기서 마사토를 퍼다 썼다? 유골도 가져갔다?"

"이장을 한 게 아니에요. 그랬으면 묘비를 이렇게 방치하지 않으니까. 누군가 여기 흙을 가져다 썼어요. 무덤을 파헤치고 흙을 퍼다 날랐어요. 그리고 유골도."

그럴 리가. 종 만드는 일에 미치긴 했지만 규철이 그런 짓을 할 리 없었다. 또한 그런 규철을 본 적도 없었다. 흙이 좋기에 어디서 구했냐고 물었던 적은 있었다. 하지만 그 질문에 규철은 그저 미소만 지었다.

"마을에 찾아온 불행들, 여기서부터 시작된 건지도 모릅니다."

"……?"

"원래의 모습을 찾아주어야 해요. 원래의 모습을."

"그런 미신을……."

협회장은 한위의 말 따위는 듣지 않겠다는 듯 돌아섰다. 한위는 어둠에 물들기 시작하는 잡초들을 보았다. 들쭉날쭉한 키를 가진 잡초들이 저마다 울고 있는 듯한 환상에 사로잡혔다. 그럴 리 없어. 무덤을 파헤치다니. 종을 만드는 일을 과학이라고 믿는 규철이 그럴 리 없어. 마사토라면 어디서든 흔하게 구할 수 있는 흙이야. 협회장은 이미 내리막길로 걸어 내려갔다.

한위는 비닐봉투 안에 들어 있던 물건들을 모두 쏟아 냈다. 그런 후 마사토를 봉투에 퍼 담았다. 그는 흙을 퍼 담으면서도 악령처럼 달라붙는 소름을 털어 내느라 진저리를 쳤다. 협회장의 모습은 더 이상 보이지 않았다. 어둠은 조금씩 길을 잡아먹었다. 한위는 소주와 주스를 버리고 담배만 챙겼다. 그런 후 허겁지겁 악미산을 내려갔다. 낮은 산이지만 위엄이 있고 바위가 많아 늘 찬 바람이 도는 산이었다.

한위가 산을 내려왔을 때 거리엔 어둠을 몰아내느라 가로등이 훤히 불을 밝히고 있었다. 그는 허겁지겁 규철의 작업장 쪽으로 걸어갔다. 중앙로 양편의 가게마다 켜놓은 텔레비전에서 축구 경기가 방영되고 있었다. 한국과의 경기가 아님에도 사람들은 텔레비전 앞에 모여 축구를 구경했다. 한위는 작업장으로 들어가는 골목 입구에서 동주와 해원을 봤다. 둘은 금형식당이 인도에 설치해 놓은 평상에서 밥을 먹고 있었다. 그대로 지나치려는데 동주와 눈이 마주쳤다. 밥을 입안에 꾸역꾸역 밀어 넣던 동주가 숟가락을 내려놓고 한위의 행색을 살폈다. 한위를 등지고 있던 해원도 숟가락을 내려놓고 고개를 돌렸다.

"왜 여기서 밥을 먹어?"

"엄마가 나가서 밥 먹으라고 그래서요."

정화는 술에 취한 규철을 해원에게 보이기 싫어했다. 규철은 술에 취하면 이암에 달라붙어 녹초가 될 때까지 문양을 음각하다 지쳐 잠이 들고는 했다. 그런 경우는 그나마 다행이었다. 거종이 빠져 나온 구덩이 속으로 들어가 짐승처럼 우는 일도 태반이었다. 규철은 그렇게 스스로에게 혹독하게 굴었다. 지칠 대로 지친 후에야 원래의 모습으로 돌아왔다.

"어디 다녀오세요?"

동주는 한위의 손에 묻은 흙과 비닐봉투를 번갈아 보았다. 동주에게는 한위나 규철이 다르지 않았다.

"아저씨, 그건 뭐예요?"

해원이 빙글빙글 웃으며 비닐봉투에 관심을 보였다. 거의 매일 미쳐 사는 아버지 아래서도 웃을 줄 아는 해원이 예뻤다. 해원은 정화를 거의 빼닮은 아이였다. 성장할수록 정화의 분신을 보는 느낌이 들었다. 어렸을 때의 정화 그대로였다.

"빨리 밥 먹고 들어가."

"어디로 가요?"

동주가 머뭇거렸다.

"우리 집에 가 있어."

한위는 동주와 해원을 뒤로하고 규철의 작업장이 있는 골목으로 들어갔다.

정화는 마루에 앉아 벽에 등을 기댄 채 눈을 감고 있었다. 눈가에 괸 주름 밑으로 검은 그림자가 보였다. 그녀의 볼은 푸석푸석해 만지면 금방이라도 바스라질 것 같았다. 손마디는 굵어져 예전의 가느다란 손가락을 구경할 수 없었고, 손톱은 닳아 속살이 다 드러났다. 손바닥은 나무 등껍질처럼 거칠어졌고, 발뒤꿈치는 갈라져 깊은 살이 보였다. 마루 밑에 그녀의 슬리퍼가 가지런하게 놓여 있었다. 바닥이 닳아 버려 기우뚱한 슬리퍼, 색까지 바랬다. 온전하게 가져보지 못한 여자가 시들어 가고 있다는 사실이 한위의 가슴을 아프게 만들었다.

규철은 보이지 않았다. 인기척을 느낀 정화가 눈을 떴다. 벽에서 등을 떼고 눈을 비빈 후 한위에게 미소를 지어 보였다. 정화가 잃지 않은 건 미소뿐이었다.

"해원이 요 앞 식당에서 밥 먹고 있더라."

"그렇게 됐어. 정신이 없어서……."

정화는 마당으로 나오면서 한위의 손에 들린 비닐봉투를 살폈다.

"간다더니만 어쩐 일이야?"

"규철이는?"

정화는 지구 중심을 향해 뻥 뚫려 버린 듯한 거종의 구덩이를 쳐다봤다.

"미친놈, 아직도 안 기어 나왔어?"

한위는 구덩이 쪽으로 걸어갔다. 거종의 틀을 넣기 위해 만든 구덩이의 깊이는 10미터가 넘었다. 작업장 처마에 달린 등의 불빛은 구덩이 절반쯤에서 더 이상 내려가지 못했다. 규철은 그 어둠 너머에 있었다. 술에 취해 날마다 구덩이에 들어가는 그의 심사를 이해할 수도 있다. 하지만 규철은 늘 인간의 한계까지 자신을 몰아붙였다. 정화나 해원인 안중에도 없었다. 한위가 보기에 규철에게 정화나 해원은 그가 소중하게 간직하려고 했던 모든 걸 가져가 버린 후 쓸모없다며 광 구석에 내던진 소쿠리 같았다.

한위는 철제 사다리를 타고 아래로 내려갔다. 구덩이 안쪽에서는 아무런 소리도 들리지 않았다. 사다리를 한 칸씩 내려갈 때마다 정화가 수십 번 오르내리며 그와 실랑이를 벌였을 시간들이 느껴졌다. 누구도 그를 끌어올릴 수는 없었다. 그 스스로가 올라와야지.

한위의 발이 바닥에 닿았다. 구덩이 속은 한여름의 후텁지근함을 무색하게 할 정도로 서늘했다. 한위는 어둠에 눈이 익을 때까지 기다렸다.

세 걸음쯤 떨어진 거리에 어둠보다 더 짙은 형체가 웅크린 채 앉아 있는 게 보였다. 한위는 그 앞에 털썩 주저앉았다. 그러고선 비닐봉투를 규철 앞에 내밀었다.

"이게 뭔 줄 알아?"

규철은 반응이 없었다.

"마사토야."

한위는 규철이 만져 볼 수 있도록 마사토가 담긴 비닐봉투를 그가 앉아 있는 쪽으로 바짝 들이밀었다. 규철이 몸을 움찔거렸다.

"좀 전에 협회장을 만났어. 그 양반이 어딜 좀 가보자고 하더라."

"그게 나와 무슨 상관이야?"

규철이 입을 열었다. 제대로 먹지 않아 목소리는 갈라지고 음정은 낮았다.

"어딜 다녀왔는지 모르지?"

"글쎄, 나랑 그게 무슨 상관이냐고?"

규철이 벌렁 드러눕는 게 보였다.

"악미산에 올라갔다 왔지. 뭐 짚이는 게 없어?"

규철은 말이 없었다. 어둠에 묻혀 그의 표정도 살필 수가 없었다.

"산으로 올라가다 보면 평지가 나와. 소위 명당이라고 할 만한 평지. 알지?"

규철은 구덩이 안에서도 더 어둠이 짙은 벽 쪽으로 슬금슬금 자리를 옮겼다.

"거기에 묘가 10여 기 정도 있었다고 하는데 지금은 하나도 남지 않았어. 무슨 말인지 듣고 있지?"

한위는 가게에서 사온 담배를 꺼내 물었다. 라이터 불을 켜면서 규철의 얼굴을 살폈다. 하지만 그는 등을 보이고 누워 있었다. 등은 완고하고 고집스럽게 넓었다. 한위는 그 등을 보며 연기를 뿜었다. 담배 연기가 바닥으로 가라앉았다.

"왜 그랬어? 마사토는 어디서든 구할 수 있었잖아."

한위는 더 이상 말을 돌리지 않고 규철에게 물었다. 한위가 담배를 빨 때마다 규철의 젖은 등이 나타났다가 사라졌다.

"마사토는 그렇다 쳐. 무덤 속에 있던 유골들도 손댔어?"

순간 규철의 등이 움찔거렸다.

"유골을 가져온 모양이군. 넌 그런 미신에는 신경 안 썼잖아. 인간의 뼈에 담긴 인은 사실 아무짝에도 소용없다고 안 그랬어? 다 헛소리라고 안 그랬어? 왜 가져온 거야. 그것도 죽은 사람들의 유골을 말이야!"

한위가 지른 소리는 갈 곳을 찾지 못해 구덩이 안을 맴돌았다.

"마을에 요즘 이상한 일이 일어나고 있어. 염소가 떼로 죽고 사고도 자꾸 일어나. 협회장은 그게 묘를 훼손한 탓이라고 그래. 마사토까지야 그럴 수 있어. 유골은 왜?"

규철을 감싸고 있던 어둠이 일어났다.

"죽은 인간들의 유골이 뭐가 중요해? 영원히 흙으로 돌아갈 건데 종속으로 들어가면 영광 아닌가?"

규철의 목소리가 날카롭게 한위의 귀를 파고들었다. 한위는 묘지 훼손이 규철의 짓이 아니길 바랐다. 그런데 막상 규철의 입으로 진실을 듣자 맥이 빠졌다.

"미친놈, 누구보다 그런 짓 경멸했잖아. 흙은 가져다 쓸 수 있어……."

한위는 어둠 속에서 빛나는 규철의 눈을 보았다. 어둠조차도 그의 눈빛을 잡아먹지 못했다.

"그래, 그게 아니었군. 처음부터 마사토가 목적이 아니라 유골이 목적이었던 거야. 그렇지?"

규철은 말이 없었다.

"그렇게 해서 소리를 얻을 수 있을 것 같아? 소리는 문양의 배치와 쇠의 두께에서 얻는 거야. 다 썩은 뼈다귀로 얻을 수 있는 게 아니란 말이야."

"그래서, 처음부터 문양의 위치를 그렇게 잡았던 거로군."

규철이 그동안 참아 왔던 말을 꺼냈다.

"무슨 개 같은 소리야?"

"비천상이 너무 완벽하게 대칭을 이루었다는 걸 나중에야 알았지. 처음엔 네 놈이 설마 일부러 그렇게 했을까 싶었지. 비대칭인 듯하면서 완벽한 대칭을 이루게 문양을 붙였다는 걸 나중에 알았어, 나중에. 비대칭에서만 제대로 된 소리를 얻을 수 있다는 걸 아는 인간은 몇 안 되지. 안 그래?"

"미친 놈, 말도 안 되는 소리를 지껄이고 있네."

"말해 봐. 왜 문양 작업을 그렇게 한 건지, 말해 보란 말이야!"

"잊은 모양인데 나는 문양만 그렸어. 문양의 배치는 네 지시에 따른 거지. 기억 안 나? 이젠 네 놈 잘못을 다른 사람한테 넘기기까지 해? 너 같은 놈을 평생 알고 지내 왔다는 게 창피하다."

규철은 피식피식 웃었다. 한위는 벌떡 일어나 철제 사다리를 올라갔다. 네 계단쯤 어둠을 더듬어 위로 올라갔을 때 규철의 손이 한위를 끌어내렸다.

"분명하게 말하지. 난 그따위 유골에 손대지 않아. 너라면 모를까."

"무슨 헛소리를 지껄이는 거야? 분명 네 놈이……."

"종의 재료가 되면 영광일 거라고 말했지. 내가 그 짓을 했다고는 말 안 했어."

한위는 그의 말 중 어떤 말을 믿어야 할지 알 수 없었다.

"그리고 거기 마사토는 수분이 너무 많아. 그래, 네 놈이라면 그랬을지도 모르지. 소리는 인간이 얻을 수 있는 게 아니라고 말했으니까."

"미친 놈, 난 그런 짓 안 해."

"네 놈도 최근에 종 하날 만들었잖아."

규철은 한위에게 가까이 다가들었다. 둘은 어둠 속에서 서로를 노려보았다.

"내 소리는 문양과 두께에서 온 거야."

규철이 느닷없이 한위의 멱살을 잡았다.

"네 놈이 소리를 얻었다고? 웃기는 소리 하고 있군."

"너는 영원히 소리를 얻을 수 없어. 웬 줄 알아? 문양이 네 놈 뜻하는 대로 나오지 않기 때문이야."

규철의 주먹이 한위의 얼굴을 향해 날아왔다. 그의 주먹은 한위의 광대뼈에 가서 꽂혔다. 이번에는 한위가 멱살 잡은 규철의 손을 뿌리치고 주먹을 날렸다. 한위의 주먹은 정면으로 날아가 규철의 코뼈를 부러뜨렸다.

"니 자존심이 꺾였다고 해서 네 멋대로 생각하고 말해도 되는 건 아냐! 상암동에서 굴러 떨어진 종, 네 놈만 그 비밀을 알고 있는 게 아냐. 30톤의 종을 감당하려면 그 종걸이로는 택도 없었어. 그런데도 아이러니하게 네 놈이 죄책감에 미쳐 가고 있어. 네 놈은 모르겠지만 때론 소리를 후에 얻을 수도 있어. 네 놈 아버지가 한 소리야. 두드리다 보면 종이 소리를 먹고 자란다고. 인간들의 염원을 먹고 자란다고. 이 지긋지긋한 동네 떠날 때가 된 거야, 떠날 때가!"

한위는 다시 철제 사다리 위로 올라갔다. 규철은 그런 그를 잡아 끌어내리고 주먹을 뻗었다. 한위도 맞받아쳤다. 둘은 어둠 속에서 엉키고 말았다. 어둠은 서로에게 상처를 주는 두 짐승의 싸움을 감추었다.

"그래, 두 번 다시 내 앞에 나타나지 마. 네 놈이 정화를 훔쳐보는 걸 이젠 더 이상 용납할 수 없어."

"너는 정화를 사랑할 자격이 없어. 정화의 젊음은 네 놈이 송두리째 말아먹었다고. 지금 정화가 어떤 모습으로 살고 있는지 알기나 해? 네 놈한테 가도록 내버려둔 내 잘못이지."

한위와 규철의 싸움은 엉뚱한 방향으로 흘러갔다.

"뭔가 착각하는 모양인데, 정화는 내 여자야. 내 여자! 네 놈의 여자가 아니란 말이야!"

"그럼, 잘해 줘야 할 거 아냐. 내가 정화를 네 놈한테 양보한 건 나보다 정화에게 더 잘해 줄 수 있을 거라고 믿었기 때문이야!"

규철의 주먹과 한위의 주먹이 오갔다. 둘의 거친 숨소리가 구덩이를 메웠지만 소리는 이내 어둠에 묻히고 말았다.

"나쁜 새끼, 아직도 정화한테 미련이 남아 있지? 그래서 금형리로 다시 돌아온 거지."

"미친 새끼, 정화는 네 놈 아내고 해원이의 엄마야."

"솔직히 말해. 아직도 좋아하면 좋아한다고. 그럼 내가 하룻밤 정화를 양보할 수도 있어."

규철의 비열한 웃음소리가 소름끼치게 다가왔다. 한위는 짙은 어둠을 향해 주먹을 날렸다. 규철이 어디를 맞았는지 몰라도 벽 쪽으로 나가떨어졌다. 규철은 급기야 훌쩍이기 시작했다.

"그렇게 자학하면 소리를 얻을 수 있을 거 같아? 진실에서 멀어질 뿐이야."

"소리? 이제 그런 거 필요 없어. 다시는 종 안 만들 테니까."

"그 소리도 이제 지긋지긋해."

한위는 자리를 털고 일어나 철제 사다리를 오르기 시작했다.

"다시는 무덤 같은 거 뒤지지 마. 추해 보이니까."

"아냐, 난 아니란 말이야!"

널브러져 있던 규철이 다시 한위에게 달려들었다. 한위는 그에게 발길질을 퍼부었다. 그 발길질이 헛나가면서 규철의 손에 발이 잡혔고 둘은 다시 한 덩어리가 되어 뒹굴었다. 그때 구덩이 입구에서 물이 쏟아졌다. 물길은 한위나 규철을 표적으로 정한 건 아니었다. 어둠을 통째로 적시려는 듯 정한 길 없이 쏟아진 물세례였다.

"내가 그랬어, 내가!"

지상에서 정화의 목소리가 들렸다.

"내가 그랬단 말이야!"

한위는 고개를 들어 구덩이 입구를 올려다보았다. 호스를 손에 쥔 정화가 그곳에 서 있었다. 물은 멈추지 않고 거대한 눈물처럼 쏟아져 내렸다.

"당신들 지켜보는 일 지긋지긋해서 내가 그랬어. 그러면 당신들이 찾으려고 하는 그 소리를 얻을 수 있을지도 모르겠다고 생각해서 내가 무덤을 파헤쳤어. 내가 그랬단 말이야!"

한위는 결국 모두가 미쳐 버리고 말았다고 생각했다. 그는 물에 젖어 후줄근해진 몸을 끌고 사다리에 올라섰다. 지상에 서 있는 정화는 눈물을 흘리고 있었다. 한위는 그녀의 곁을 무심한 척 지나갔다. 마루 기둥에 붙은 거울 속에서 한위는 자신의 얼굴을 보았다. 찌그러지고 일그러진 얼굴이 거기에 있었다. 주먹은 살갗이 벗겨져 피가 맺혀 있었다. 잠시 후 규철도 지상으로 올라왔다. 규철의 얼굴은 멍투성이였다. 그의 입가에는 피가 말라붙어 있었다.

"너까지 왜 그래?"

한위는 대문 문턱을 넘기 전에 걸음을 멈추었다. 정화는 애틋한 눈길로 규철의 얼굴을 살폈다. 손을 들어 그의 입가에 맺힌 피를 닦아 내려고 하자 규철이 정화의 손을 밀쳐 냈다.

"그까짓 소리가 뭐라고……."

"그까짓 소리? 평생을 종쟁이와 살아 놓고 그까짓 소리?"

한위는 규철이 구덩이를 빠져나왔다는 사실에 약간이나마 위로를 얻었었다. 하지만 규철은 달라지지 않았다. 그는 정화의 어깨를 잡고 흔들기 시작했다. 정화는 그가 흔드는 대로 바람에 몸을 맡긴 갈대처럼 흔들렸다.

"네가 어떻게 그런 소리를 할 수 있어? 어떻게!"

"모두가 망가지고 있는데 그따위 소리를 얻어서 뭐할 건데?"

순간 규철의 손이 정화의 뺨으로 날아갔다. 정화가 휘청거렸다. 한위가 달려가 정화를 잡았다.

"미친놈! 정화 마음을 모르겠냐?"

"네가 참견할 일이 아냐!"

규철이 한위의 손에서 정화를 떼어 냈다.

"도대체 너는 왜 이런 놈을……."

정화를 바라보는 한위의 눈길이 슬펐다. 규철이 정화와 한위 사이를 비집고 들어와 섰다. 그때 대문을 열고 동주와 해원이 들어왔다. 눈물을 흘리고 있는 정화, 얼굴이 엉망이 된 규철과 한위. 세 사람은 동주와 해원의 눈길을 외면했다. 하지만 동주와 해원은 모든 걸 보았고 그 자리에 그대로 얼어붙고 말았다.

3

달이 몇 번 뜨고 졌는지, 태양은 뜨는지 규철은 알지 못했다. 눈을 뜨면 술을 마셨고 눈을 감아도 술을 마셨다. 정화는 더 이상 술을 사다 주지 않았다. 규철은 기어 내려간 구덩이에서 나와 선술집을 찾았다. 선술집의 귀퉁이에 앉아 조용히 술을 마셨다. 술에 아무리 취해도 많은 것들이 용서되지 않았다. 실패하기를 바라며 문양의 자리를 정확한 대칭으로 잡았을 한위의 행위가, 정화를 넘보는 그의 눈길이, 해원을 제 딸처럼 여기는 그의 넓은 오지랖도 용서되지 않았다. 무엇보다 평생을 바친 일을 하찮게 생각하는 듯한 정화를 용서할 수 없었고, 거종의 실패가 산에서 수습해 온 유골 때문이라는 생각에 그녀의 행동을 또한 용서할 수 없었다.

"……그 골만 막았어도 우리가 미국을 이기고 16강전에 무사히 안착하는 건데……."

주변의 누군가 월드컵 이야기에 열을 올렸다. 사람들의 이야기가 술잔에 담겨 술과 함께 규철의 목구멍으로 넘어가는 기분이었다. 빌어먹을 월드컵! 피해자가 조만간 고소를 할 예정입니다. 강 선생도 포함되어 있는데 합의금만 잘 마무리되면 쉽게 끝날 수도 있을 것 같습니다. 종을 의뢰했던 조직위원회의 외부 행사 담당이 그런 전화를 해왔다. 피해자는 결국 하반신을 절단했다는 말도 전했다. 규철은 소주 한 병을 더 시켰다.

"강 선생, 술 많이 했는데, 그만하지. 나 해원이 엄마한테 야단맞게 생겼어."

술집 주인 남자는 술병을 테이블 위에 올려놓으며 하나마나 한 소리를 지껄였다. 규철은 그저 미소를 지으며 술병의 뚜껑을 땄다. 테이블 위에는 다 식어 기름이 붉게 굳기 시작한 참치 찌개가 놓여 있었다.

"비가 오려나, 뭔 놈의 날이 이렇게 후텁지근하다냐."

술집 주인은 너스레를 떨며 주방 쪽으로 돌아갔다. 규철은 다시 술을 마시기 시작했다. 소주잔으로는 성에 차지 않아 맥주 컵으로 잔을 바꾸었다. 술이 목울대를 타고 넘어가는 소리가 경쾌했다. 뱃속에 기분 좋은 포만감이 번졌다. 이대로 모든 게 끝나 버렸으면.

"……개울에 물고기들이 떼로 죽어 떠올랐대."

"그거, 합금 만들면서 약품 써서 그런 거라면서?"

규철은 남자들의 말을 안주 삼아 술을 마셨다.

"무슨 소리야, 협회장이 알면 난리가 날걸. 여기서 약품 썼다가 쫓겨나려고."

"그럼, 왜 그런 거야?"

"저 윗산에 묘지가 다 파헤쳐졌대."

이야기를 풀어 놓는 남자의 목소리가 잦아들었다.

"그거하고 물고기 죽은 거하고 무슨 상관이야."

"물고기만 죽은 게 아냐, 오리랑 참새 떼, 백로도 개울가에 죽어서 나자빠져 있더라고 하던데."

"그래도 그거랑 묘지 파헤친 거랑 무슨 상관 있어?"

어느 순간 혀를 감도는 술맛이 썼다. 규철은 잔에 입을 대고 몇 모금씩 여러 차례 나눠서 술을 마셔 보았다. 그래도 썼다.

"그 묘지가 절단난 뒤로 종도 망가지고 마을에 괴변이 일어나는 거래."

그의 말에 규철이 자리에서 벌떡 일어났다.

"누가 그래?"

규철은 출입문 앞쪽에 앉아 술을 마시고 있는 남자들에게 다가가 삿대질을 하며 물었다. 세 명의 남자는 규철을 멀뚱히 쳐다봤다. 사내들은 젊었다.

"뭡니까?"

"묘지 파헤친 거 때문에 종이 망가지고, 이 마을에 이상한 일이 생긴다고 누가 그래?"

규철은 좌중을 둘러보며 누구에게랄 것도 없이 물었다. 사내들은 비틀거리며 서 있는 규철을 쳐다보며 야릇한 미소를 지었다.

"다들 그러던데. 묘지 훼손된 후부터 마을이 이상해지고 있다고 말이야. 다들 그런 소리 들었지?"

사내 중 하나가 비아냥거리듯 말했다.

"어떤 개자식들이 그래?"

규철은 술김에 방금 말한 남자의 멱살을 잡아 일으켰다. 사내가 규철의 손을 잡았다.

"이거 왜 이러십니까? 술 드셨으면 곱게 들어가서 주무시지."

사내의 멱살을 잡은 규철은 이 순간 기이하게도 오래전에 죽은 아버지의 얼굴이 떠올랐다.

소리는 자기 자신을 낮출 수 있을 때까지 낮춘 후에야 비로소 얻을 수 있는 거야. 종을 그저 쇳덩이로만 보면 결코 얻을 수 없어.

소리를 얻어서 뭐하죠?

그게 우리의 존재 이유다. 우리의 운명이고.

아버지는 더 이상의 말은 하지 않았다. 언젠가 소리를 얻게 되는 날 저절로 깨닫게 될 것이라고만 말했다.

"이 손 놓으세요!"

사내가 기를 쓰고 규철의 손을 떼어 내려고 힘을 썼다. 규철이 술에 취했다지만 금형리에서는 저주처럼 물려받은 그의 괴력을 당할 자가 없었다. 다른 두 사내가 같이 달려들었다. 규철은 멱살을 잡고 있던 사내를 패대기친 후 다른 두 사내의 머리카락을 잡았다.

"이 아저씨가 미쳤나? 안 놔?"

술집 주인이 달려왔다. 손을 떼어 내려고 하면 할수록 규철의 의지와는 상관없이 주먹에 힘이 더 강하게 들어갔다. 머리카락이 잡힌 사내들은 비명을 질렀다.

"강 선생, 이 친구들이 어려서 뭘 몰라 그런 거니까 봐주시게. 뭣들 해요. 빨리 사과하지."

"니미, 뭘 사과하라는 거야?"

바닥을 뒹굴던 사내가 의자를 들어 규철의 머리를 내려쳤다. 하지만 의자만 부서졌을 뿐 규철은 멀쩡했다. 머리카락을 잡고 있던 두 남자를 밀어 버린 후 규철은 의자를 들었던 사내에게 다가갔다. 사내가 뒷걸음질 치며 넘어지자 규철은 그의 배에 올라탔다. 어떤 이성도 규철을 제지할 수 없었다. 어떤 인간도 그의 힘에 항거할 수 없었다. 규철은 사내의 얼굴을 주먹으로 후려치기 시작했다. 그들에게 왜 주먹을 휘두르는지 알지도 못하면서 주먹을 휘둘렀다.

"강 선생, 사람 죽어!"

술집 주인이 규철의 등에 달라붙어 떼어 내려고 용을 썼다. 다른 두 사내는 술집에서 도망치듯 내뺐다.

"무덤과 종은 아무런 상관이 없어, 알아?"

규철의 주먹이 사내의 뺨을 향해 날아가는 순간 누군가 그의 팔을 잡았다. 유일하게 규철을 상대할 수 있는 한위였다.

"규철아……"

규철은 한위를 보았다. 술집 앞에 모인 사람들의 얼굴에 드리워진 두려움도 느꼈다.

시간은 뒤로 흘렀다. 규철은 사람들의 얼굴을 보고 해원의 볼에 흐르는 눈물도 보았지만, 술 마시는 손길을 멈출 수가 없었다. 정화가 찾아와 무릎을 꿇었지만 역시 소용없었다. 규철은 자신의 의지로 해결될 수 있는 문제가 아니라는 걸 깨달았다. 죽음에 이르도록 몸을 혹사해야만 비로소 자신을 가둔 굴레에서 벗어날 수 있으리라는 것도 잘 알고 있었다. 그렇게 해서라도 소리를 얻을 수 있는 비법을 깨닫게 된다면 그것으로 만족할 수 있었다. 하지만 규철의 정신은 더 흐려지고 몸은 피폐해져만 갔다.

거리에서 환호성이 들렸다. 스페인과 한국의 월드컵 경기를 보기 위해 사람들은 다시 치킨 집에 모였고, 규철은 한위와 거리의 끝에 있는 막걸리 집에 단둘이 마주 앉았다.

"알아서들 드세요. 나 오기 전에 파하면 알아서 돈 놓고 가시고. 응원은 아무래도 모여서 하는 게 제 맛이지."

막걸리 집 여주인마저 술상을 차려 주고 치킨 집으로 달려갔다. 한위는 극의 끝에 앉아 있는 기분이 들었다. 술집 안에는 막걸리를 넘기는 목울대의 울림만 들렸다. 한 주전자, 두 주전자를 비울 때까지도 둘은 말이 없었다. 중앙로의 환호성은 점점 더 달아오르고 있었다.

"이제 정신 차려."

한위가 입을 열자 시간이 다시 흘렀다. 한위는 말없는 규철에게서 눈길을 떼어 탈탈거리며 돌아가는 선풍기를 바라보았다.

"정화도 쇠약해졌어. 정화를 봐서라도 그리고 해원이를 봐서라도 정신 차려."

규철이 다 비운 막걸리 잔을 탁 하니 내려놓았다.

"네 놈이 걱정하지 않아도 돼. 둘 다 강한 여자니까."

"강해? 너는 옛날부터 그랬지만 정말 비정한 새끼야. 정화는 쓰러지기 일보 직전이야. 해원인 우리 집에서 겨우겨우 밥 먹고 학교 다니고 있어. 정말 모르겠어? 너 하나 때문에 집안이 풍비박산이 나게 생겼다고."

규철은 주전자를 들고 막걸리를 들이켰다. 한위가 그의 손에서 주전자를 낚아챘다.

"너는 버릇이 아주 더럽게 들었어. 종 만들 때마다 그런다고 네가 원하는 종이 나올 거 같아?"

이번에는 한위가 주전자 주둥이에 입을 대고 술을 마셨다.

"나도 아직은 능력이 부족하지만 너 역시 부족해. 왜 그걸 인정 못 하는 거야?"

"아냐, 너는 몰라도 나는 할 수 있어."

"너한테는 거종까지가 한계였어. 그걸 인정하고 받아들여."

규철이 잔에 남아 있던 막걸리를 한위에게 뿌렸다. 한위가 피식 웃으며 옷소매로 얼굴을 닦았다. 규철과 주먹다짐하는 일도 지겨웠다.

"너는 종을 만들 뿐이야. 소리를 만드는 게 아니라. 네 욕망만 버리면 많은 게 해결 돼."

"네 놈이 나한테 어떻게 그런 소리를 할 수 있어? 마누라가 죽어가는데도 용해로 앞에서 불을 지키는 놈이 어떻게 그런 소리를 하지? 네 놈의 심보를 내가 모를 줄 알아? 나를 파멸시키면 정화가 너한테 갈 거라고 생각하지? 천만에!"

규철은 막걸리 통에 들어 있는 술을 주전자에 철철 넘치도록 따랐다. 한위는 이마에 땀이 맺힌 규철을 쳐다보며 비웃었다.

"네 놈의 한계를 인정하지 않는 한 아무것도 이룰 수 없어. 욕심을 버려야만 얻을 수 있는 거야."

"인생을 다 아는 것처럼 떠벌리지 마. 그래서 동주를 그렇게 키우는 거야? 네 놈 욕심 때문에 동주는 자신이 원하는 길을 못 가고 있어. 나는 적어도 자식한테까지 그러진 않아. 내가 그렇게 살았는데 내 자식에게까지 그러고 싶지 않아."

두 개의 뜨거운 태양이 서로를 마주하고 있는 듯 둘의 몸은 뜨거웠다. 어둠이나 바람으로도 식지 않았고, 차가운 술로도 달랠 수 없었다. 눈물로도 사랑의 힘으로도 식혀지지 않았다. 이제 막 분화를 시작한 화산처럼 둘의 가슴 속에 자리한 용해로가 끓어오르기 시작했다.

"동주는…… 우리가 그랬던 것처럼 운명이야. 소리를 들을 줄 알고 소리를 만들어 낼 줄 아는 운명을 지녔어. 우리와는 비교할 수 없을 정도로 깊은 재능을 갖고 태어난 아이야. 그러니 동주를 우리 이야기에 끌어들이지 마."

"네 놈 역시 욕심을 버리지 못하고 있잖아. 정화에 대한 욕심, 동주에 대한 욕심 그리고 종에 대한 욕심. 차라리 나는 순수해. 나는 오로지 종에 대한 욕심만을 갖고 있으니까. 네 놈은 불순해. 그게 너와 나의 차이야."

"진짜 너와 나의 차이가 뭔 줄 알아?"

한위는 테이블에 바짝 상체를 들이밀고 규철의 눈을 뚫어지게 바라보았다. 규철도 지지 않고 붉게 충혈 된 눈으로 한위의 눈을 직시했다.

"너는 흙에서 소리를 얻을 수 있다고 믿는 거고, 나는 쇠에서 소리를 얻을 수 있다고 믿는다는 거야. 네 놈은 1그램의 차이도 용납하지 못하지만 나는 직관으로 그 차이를 무시한다는 거야. 그리고 네 놈은 소리를 들을 귀가 없지만 내겐 소리를 들을 귀가 있다는 거지. 그게 네 놈과 나의 차이야."

"그게 너의 한계지. 좋은 흙의 일이지, 쇠의 일이 아니야."

"흙은 형만 뜰 뿐, 본질을 만들어 내지는 못해."

둘은 서로를 뜯어먹어 버릴 듯 얼굴을 맞댔다.

"부질없는 소리 그만해. 그리고 솔직히 말해. 정화를 달라고."

"더러운 새끼, 정화가 너를 좋아했다고 착각하는 모양인데……"

한위는 규철에게서 떨어진 후 막걸리 주전자를 들었다. 그런 후 결심에 이른 듯 벌컥벌컥 들이켰다.

"착각은 네 놈이 하는 거야. 정화는 처음부터……."

"언제나 정화는 내 곁에 있었어. 네 놈이 선만 넘지 않았다면 정화는 지금 나의 아내가 되어 있겠지. 더러운 새끼는 바로 너야. 선을 넘지 말자고 제안했던 건 네 놈이었고, 선을 넘은 것도 네 놈이었어. 내가 금형리를 떠난 것도 정화를 잊으려고 그랬던 것이고, 다시 돌아온 것도 정화를 여자가 아니라 친구로 받아들이기 위해서였어. 네 놈이 순수하다고? 넌 내가 금형리를 떠나기 전에 이미 타락한 놈이었어. 해원이 생겨서 어쩔 수 없이 네 놈을 받아들였다는 걸 진짜 모른단 말이야? 몰라?"

한위는 그동안 가슴에 품은 채 썩어 문드러지도록 꺼내지 못했던 말을 모두 토해 냈다. 규철은 몸을 부르르 떨었다.

"그래도 정화가 사랑했던 건 나야,"

규철은 입술을 깨물며 항변했다. 한위는 비틀거리는 몸을 추슬러 의자에서 일어났다.

"네 놈이 순수하지 못하기 때문에 소리를 못 얻는 거야. 그걸 모르겠어?"

"아냐, 아니란 말이야!"

규철이 막걸리 주전자를 한위에게 내던졌다. 주전자는 술집 출입문에 부딪혀 유리창을 박살냈다. 그 순간 두 사람은 동시에 술집 입구 모서리에 서 있는 여자를 발견했다. 해원이었다. 규철은 고개를 푹 처박고 키득거리기 시작했다. 한위는 그런 그를 두고 술집에서 나왔다. 해원이 집으로 달려갔다. 멀리 동주의 모습도 보였다. 동주는 해원이 사라진 쪽과 한위를 번갈아 보았다. 동주는 이내 거리에 울려 퍼지는 환호성 속으로 사라졌다.

한위는 술의 힘이 이끄는 대로 걸었다. 시간을 되돌릴 수만 있다면 되돌리고 싶었다. 규철과 정화를 여자 남자가 아닌 친구로 알고 지내던 그 시절로. 몇 개의 가로등이 물처럼 흘러가고 사람들의 환호성이 멀어졌다. 등 뒤에서 달이 한위를 집요하게 따라왔다. 한위가 발걸음을 멈춘 곳은 규철의 작업장 앞이었다. 대문은 활짝 열려 있었고 작업장에 딸린 방 안 풍경도 환히 보였다. 거기 민소매와 넓은 치마를 입은 정화가 있었다. 한 손을 이마에 얹고 눈을 감은 채 창백하게 누워 있었다. 한위가 평생을 사랑한 여자가 거기 누워 있었다.

제5장

순례

1

한위는 대합실 천장에 매달린 텔레비전 앞에 서서 여자 아이돌 가수들이 춤을 추며 노래하는 모습을 지켜봤다. 밖은 귀가 떨어져 나갈 것처럼 춥지만 아이들은 짧은 반바지에 탱크 톱 차림으로 춤을 추었다. 그래도 춤추고 노래하는 모습이 밝고 보기에 좋았다. 주변의 여러 사람들이 버스를 기다리거나 오가며 텔레비전에 나오는 어린 여자들을 구경했다. 구경하던 사람들이 여자들을 가리키며 누구라고 이름을 말했지만 한위는 이름조차 낯설었다. 한위에게는 그녀들이 모두 한 여자로만 보였다. 정화의 모든 걸 그대로 물려받은 해원이.

한위는 손바닥으로 마른세수를 한 후 대합실 벽면 기둥에 붙어 있는 거울을 들여다보았다. 쇠를 만지지 못한 지 1년이 다 되어 가고 있었다. 쇠 냄새가 그리웠다. 어쩌다 식당에서 숟가락을 물고 있다 보면 눈물이 났다. 턱밑을 욱신거리게 하는 그 쇠의 맛을 언제쯤 다시 느끼게 될지 기약이 없었다. 한위가 월롱을 떠난 게 벌써 1년이 훌쩍 지났다. 텔레비전 화면이 바뀌면서 뉴스가 나왔다.

"소말리아 해역에서 우리 어선인 삼호주얼리 호가 피랍되는 사건이 발생했습니다. 삼호주얼리 호는 1만 톤급의 운반선으로, 한국인 여덟 명과 인도네시아인 두 명, 미얀마인 열한 명 등 총 21명이 승선하고 있는 것으로 알려졌으며, 곧 소말리아 해적들은 배와 한국 사람들을 인질 삼아 돈을 요구해 올 것으로……."

한위는 뉴스를 보면서 세상이 점점 기형화되어 가고 있다는 생각이 들었다. 버스 정류장에 금산사행 버스가 들어왔다. 한위는 버스에 올라타면서 혹시나 하는 심정으로 승객들을 살폈다. 역시 해원은 없었다. 그래도 버스가 출발하기 전까지 버스에 올라타는 승객들을 일일이 확인했다. 해원일 이곳에서 만날 수 있을 거라는 기대는 허황된 꿈이었다. 하지만 까닭 모르게 이렇게 떠돌다 보면 해원을 만날 수 있을 것만 같았다. 만나면? 해원에게 물어볼 말이 있다. 왜 월롱을 떠났는지, 떠난 후에 왜 연락을 하지 않는 것인지…….

해원은 정화의 분신이었다. 한위는 월롱에 정착한 뒤 정화에게 줄 수 없었던 사랑을 해원에게 주었다. 넘을 수 없는 선은 분명 존재하지만 해원은 한위에게 상징으로서의 정화였다. 살아 나가야 할 목적 같은 존재였다. 더 많은 세월이 흐르고 세상의 순리를 알 나이에 이르면 정화를 대신할 수도 있지 않을까. 한위는 그런 생각을 하는 자신에게 놀라 입속의 살을 깨물었다. 비릿한 피가 입안을 맴돌았다. 해원은 정화의 분신이기 이전에 친구의 딸이었다.

월롱에서 보낸 10여 년의 세월 동안 한위에게 가장 고통스러웠던 건 해원이 친구의 딸이라는 사실이었다. 순수하게 간직해 왔던 사랑이 낳은 딸. 순수는 허약했고 오염된 마음이 자꾸 해원에게 쏠렸다. 한위는 순수하지 못했던 인간이 규철이 아니라 바로 자신인지도 모른다는 생각이 들었다. 그는 입안에 고인 피를 삼켰다. 엉뚱한 생각들이 자꾸 떠올라 한위는 차창 밖 먼 곳으로 시선을 주었다. 들판 위에는 녹지 않은 눈이 융단처럼 깔려 빛났다. 뼈만 남은 가로수들은 몸을 한껏 움츠린 채언 하늘을 찌르고 있었고 청둥오리들이 떼를 지어 어디론가 날아갔다.

전주에서 출발한 버스는 30여 분이 흐른 뒤 김제 초입의 고갯마루로 접어들었다. 멀리 흰 손수건이 이별을 아쉬워하는 사람의 징표처럼 바람에 펄럭였다. 버스가 가까이 다가갔을 때 확인해 보니 그건 수건이 아니라 빈 나뭇가지에 걸린 흰 비닐이었다.

버스가 금산사 주차장에 들어섰다. 한위는 버릇처럼 주변의 게시판이나 벽보 등을 먼저 살폈다. 그동안 사찰을 돌아다니며 한위와 해원을 찾는 전단지를 간간이 발견했다. 연락처는 동주의 휴대폰 번호와 작업장의 전화번호가 적혀 있었다. 누군가 한위를 목격해서 제보를 할 수도 있었다. 그렇다고 하더라도 달라질 건 없었다. 지금 돌아갈 수 없기 때문이었다. 해원을 만나야만 했고, 아버지가 허튼 소리처럼 들려준 비록을 찾아야만 했다. 소리를 찾을 수 있는 비록. 그 비록만이 모든 걸 정상으로 되돌릴 수 있을 것 같았다. 규철이나 정화에 대한 미움, 걷잡을 수 없이 커져만 가는 해원에 대한 불온한 감정들, 동주에 대한 욕심과 그리고 이미 저질러 버린 일에 대해 참회하려면 비록이 필요했다. 한위는 비록의 방법대로 종이 완성되면 모든 죄가 용서될 수 있을 거라고 믿었다. 그래서 빨리 생활을 찾고 싶었다. 천당과 지옥을 오가는 규철과 달리 한위는 평온한 세상을 원했다. 지루하도록 무료한 일상을 한위는 잘 견뎠다. 그리고 그 안에서 종을 만들었다.

'규철이는 지금 어디 있을까.'

해원이 사라진 사흘 후 한위는 우연히 규철의 출소 소식을 신문에서 보았다. 현충일 특사로 모범수들이 출소하는데 그 명단에 규철이 있었다. 그러니 해원이 사라진 건 규철의 출소와는 무관했다. 월롱을 떠난 뒤에 알 수도 있지만 해원이 우연히 신문을 보지 않았다면 불가능했다. 범죄자가 출소하는 일을 대대적으로 광고하지 않는 사회니까. 그렇다면 해원은 아직도 규철이 교도소에 있는 줄로 알고 있을 터였다. 그렇다면 해원의 가출은 규철의 출소와는 관계가 없다는 말이었다. 그렇다면 왜?

한위는 가로수들도 얼어 버린 길을 따라 금산사로 올라갔다. 날이 추웠지만 오가는 사람들이 제법 많았다. 한위에게 특별하게 눈길을 주는 사람도 없었고 한위가 눈여겨볼 여자도 없었다.

금산사에도 종루가 있고 종이 있었다. 하지만 종은 언제 만들어진 것인지 알 수 없었다. 금산사의 종도 봉덕사종처럼 침묵했다. 상대나 하대의 문양이나 용뉴의 형태, 유두 등의 형식이 통일신라의 종 형식을 이루고 있지만 그 정도의 역사는 보이지 않았다. 불끈 한위는 종을 두드려 보고 싶다는 욕망에 사로잡혔다. 종루로 오르는 계단이 많지만 단숨에 뛰어오를 수 있을 것만 같았다. 하지만 그저 바라보는 것으로 만족했다.

한위는 금산사 당우들을 둘러보며 밤이 오기를 기다렸다. 아버지는 죽기 전 비록이 감춰져 있을 만한 곳으로 열두 군데를 지적했다. 그 비록에 어떤 내용이 적혀 있는지 아는 사람은 아무도 없었다. 역사책에도 기록이 없었으며 향토사 등에도 언급되지 않은 책이었다. 대대로 종을 만들어 온 가문에만 입에서 입으로 전해 온 풍문이었다. 어쩌면 풍문은 쇠로부터 자꾸만 멀어지는 인간들을 조금이라도 끌어들이기 위한 미봉책이었는지도 모른다. 하지만 한위의 아버지는 물론 규철의 아버지도 결국 그들이 갈망했던 소리를 얻는 데는 실패했다. 현재로서는 규철도 한위도 실패한 셈이었다. 유일하게 가능성이 있다면 동주였다. 그래서 월롱으로 오기 전까지 동주를 닦달하고 훈련을 시켜 왔던 것이지만 어느 순간 부질없다는 생각이 들었다. 게다가 동주는 종의 일이라면 지긋지긋하게 받아들였다. 그래도 결국 출발한 자리로 돌아오게 될 것이라고 믿었다. 금형리에서 벗어나려고 발버둥 쳤지만 결국 다시 돌아간 한위처럼 동주 역시 소리를 찾아 월롱에 정착하게 되리라고 믿었다. 그런 동주를 영원히 잡아 두려면 비록이 필요했다. 어떤 목적이었는지 알 수 없지만 많은 인간들이 종을 만들어 왔고, 누군가는 그 방법이 은밀하게 전해지기를 원했다는 사실을 동주에게도 알려 주고 싶었다.

　겨울은 어둠을 빨리 불러들였다. 한위는 미륵전 뒤에 쪼그려 앉아 사람들이 모두 나가기를 기다렸다. 사찰에 남은 관람객들이 서둘러 발걸음을 옮기는 소리를 끝으로 금산사는 고요해졌다. 저녁 예불이 시작되고 범종이 울렸다. 금산사의 범종 소리는 기대했던 만큼 훌륭하지는 않았다. 여느 사찰에 걸린 종들과 다르지 않았다. 스님들이 읊어 대는 불경 소리는 산사에 깃든 어둠을 더 진하게 만들었다. 한위는 휴대폰을 꺼내 시간을 확인했다. 문득 평범하지 못한 자신의 삶에 회의가 들었다. 벌레가 먹어 버린 듯한 인생. 그 운명의 굴레를 벗어던질 수만 있다면……

한위는 적멸보궁 왼편 숲에서 자정이 오기를 기다렸다. 몸이 얼고 숨까지 차가워졌지만 물리적 고통을 견디는 건 어렵지 않았다. 한위는 규철처럼 고통을 토해 낼 줄 몰랐다. 그저 가슴속에 넣어 삭히고 또 삭혔다. 정화가 규철의 여자가 되었을 때에도 한위는 그저 버려진 고통을 견뎠다. 매사 그런 식인 게 한위였다.

한위는 어둠 속에서 휴대폰을 열었다. 자정이 넘었다. 사위는 고요했고 들고양이의 발자국 소리조차 들리지 않았다. 몸을 일으키자 언 몸이 삐거덕거렸다. 등에 멘 가방이 잘 달라붙어 있는지 다시 확인하고 숲에서 천천히 걸어 나왔다. 적멸보궁 옆이 미륵전이었다. 금산사의 미륵전은 아버지가 비록이 숨겨져 있을지도 모른다고 지목한 곳 중의 하나였다. 거대한 불상의 복장 속에 숨겨져 있을 거라고 믿었다.

한위는 미륵전으로 들어가는 옆문을 슬며시 밀어 보았다. 초를 칠해 놓은 덕인지 두꺼운 문은 소리도 없이 열렸다. 이제 조용히 불상의 복장 안으로 들어가면 된다. 대개 불상의 뒤쪽에 복장으로 들어갈 수 있는 문이 있기 마련이었다. 불상의 수리를 위해서도 필요했고 간혹 사찰의 중요한 문건을 감추기 위해서도 복장을 활용했다. 그런 문은 늘 커다란 자물통으로 채워져 있었다.

한위의 예상과는 달리 복장 안으로 들어가는 문이 없었다. 아무리 둘러보아도 10미터가 넘는 불상의 복장 안으로 들어갈 수 있는 길은 없었다. 세상에 알려져서는 안 될 비밀을 완벽하게 밀봉해 버리려고 그랬을까. 주변을 둘러보았지만 불상 안으로 들어가는 문은 없었다. 그렇다면 길을 내야지. 한위는 수십 개의 방석을 끌어다놓고 미륵본존의 종아리 부분에 몸을 밀착했다. 본존을 기울인 후 방석으로 밑을 받치면 사람 하나 드나들 수 있는 공간이 생길 것 같았다.

한위는 영원히 버리고 싶어 했던 저주의 힘을 불상의 종아리에 집중했다. 태어남이나 삶이 선택에 의해 결정된 것이 아니듯, 미륵본존의 복장 속으로 들어가려는 한위의 결정 역시 선택에 의한 것은 아니라고 생각했다. 이미 수천 년 전 결정된 운명대로 끌려갈 뿐이라고 믿었다. 그렇다면 힘은 한계를 넘고 불가능을 가능으로 바꿀 수도 있었다.

미륵본존이 기우뚱 한쪽 발을 들었다. 한위의 힘은 이제 더 이상 한위의 힘이 아니었다. 전신에 땀이 흐르고 다리가 후들거렸다. 미륵본존이 점점 더 높이 발을 들었고 오른편에 있는 협시보살이 덩달아 옆으로 기우뚱 들렸다. 이젠 비록 따위를 얻지 못해도 상관없었다. 몸이 가진 모든 힘을 이렇게 쏟아 낼 수만 있다면, 그 힘의 이동을 따라 한위의 번뇌가 모두 미륵본존에게 전해진다면 그것으로 만족할 수도 있었다. 순간 몽둥이 하나가 날아와 한위의 어깨에 박혔다.

"이이이, 미친 놈!"

대여섯 명의 장정이 한위를 쳐다보며 놀라 입을 벌린 채 다물지 못했다. 그중에 섞여 있던 스님이 눈을 부라렸다.

"빨리 내려놓지 못하겠소!"

스님의 목소리가 법당 안에 울려 퍼졌다. 내려놓을 생각이었다면 들지도 않았다. 한위는 들린 밑으로 무릎을 밀어 넣고 양손으로 밑을 잡았다.

"아니, 어쩌려고."

상황을 파악한 장정들이 한위에게 달려들었다가 깜짝 놀라 다시 떨어졌다. 그의 몸은 돌처럼 단단하고 용해로 속의 쇳물처럼 뜨거웠다.

한위는 자신도 모르게 눈물을 흘리고 있었다. 스님이 앞으로 나섰다.

"처사님, 무슨 연유인지 모르지만 내가 처사님의 고통을 들어드리리다. 그러면 되지 않겠소? 그만 내려놓으시지요. 아무리 고통스럽다고 해도 미륵을 들 수는 없는 일입니다."

스님의 말 몇 마디에 몸에 구멍이라도 난 듯 힘이 풍선의 바람처럼 빠져나갔다. 한위는 결국 미륵본존을 내려놓았다. 커다란 굉음이 법당 안에 울려 퍼졌다. 마른 먼지가 피어올랐고 한위는 털썩 무릎을 꿇었다. 스님이 다가와 한위의 어깨에 손을 얹었다. 비록을 찾으면 모든 일이 용서될 수 있을 거라는 희망은 부질없는 짓일까. 한위는 푹 젖은 몸을 끌고 법당에서 나왔다. 겨울의 찬바람이 상쾌했다. 장정들이 주변에서 서성거렸고 스님이 한위의 곁에 앉았다.

한위는 부들부들 떨리는 손으로 배낭 속에서 담배를 꺼내 물었다.

"아니, 이 사람이……."

장정 중 하나가 앞으로 나서자 스님이 그를 막았다.

"모르긴 몰라도 댁이 미륵전 앞에서 담배를 피운 유일한 인물이 될 겁니다."

스님은 웃었다. 하얀 담배 연기가 바람의 길을 따라갔다. 스님은 한위가 담배를 다 피울 때까지도 별 다른 말이 없었다. 한위는 담배꽁초를 주머니에 쑤셔 넣은 후 일어나 스님에게 절을 올렸다. 그런 후 말없이 마당을 가로질러 일주문 쪽으로 걸어갔다. 장정들이 죄를 물어야 한다고 수군거렸지만 스님은 그들을 말렸다. 스님은 한위를 쉽게 놔주었다. 결국 한위는 뜻한 일을 이루지 못한 채 물러났다.

"말을 하고 싶을 때 들르시오. 그럼 내 들어드리리다."

스님의 말이 메아리처럼 긴 여운을 남겼다.

한위는 눈에 가장 먼저 띄는 민박집을 찾아 들어가 방을 청했다. 금산여인숙이라는 이름의 여인숙이었다. 자다가 나온 남자가 방을 안내해 주었다. 방에 들어온 한위는 배낭을 뒤져 소주와 쥐포를 꺼냈다. 물잔에 소주를 따라 단숨에 들이켰다. 그제야 몸을 채웠던 긴장이 풀어졌다. 딱딱하게 굳어 있던 근육들도 풀어지고 터질 것처럼 뜨거웠던 몸도 식었다. 한위는 홀로 머물러 있는 공간이 서러워 텔레비전을 켰다. 텔레비전에서는 투우사인 여자 친구가 소에게 받혀 의식불명으로 병원에서 생활하고 있는 내용의 영화가 흘러나왔다. 우연하게도 또 다른 여자 한 명도 의식불명으로 병원 생활을 하는데 두 여자를 간호하는 사람은 여자들의 연인인 남자들이었다. 두 남자가 만나는 장면에서 한위는 스르르 눈이 감겼다. 그 와중에도 생각은 끊어지지 않고 이어졌다. 평생 종 만드는 일에 목숨을 걸고 살아온 인생을 누가 이해할 수 있을까. 이렇게 맹목적으로 살아도 되는 걸까? 소리는 얻어서 뭘 하겠다는 건가? 누구에게 용서를 구해야 한단 말인가? 규철이? 해원이? 아님 동주? 그도 아니면 동주를 낳은 여자…….

한위는 꿈속에서도 정화와 해원을 보았다. 한위의 품에 안겨 잠이 들던 어린 시절의 동주도 보았다. 꿈을 꾸면서도 영원히 꿈속에 갇혀 있고 싶다는 생각이 들었다. 꿈속에 규철이 등장하지 않았다면 한위의 잠은 길고 길었을 것이다.

한위는 정오를 훌쩍 넘긴 후에 잠에서 깼다. 대충 씻은 후 다시 길을 나섰다. 버스정류장 앞에서 전주로 나가는 버스 시간을 확인한 후 국밥집에 들어가 국밥과 소주를 시켰다.

김이 모락모락 피어오르는 국밥이 한위의 앞에 놓였다. 먼저 잔에 소주를 가득 따른 후 술잔을 비웠다. 그러고는 허겁지겁 국밥을 입에 퍼 넣었다. 국밥을 반쯤 비웠을 때 출입문이 열리고 스님 한 분이 가게로 들어왔다. 스님은 양해도 구하지 않고 한위 맞은편에 앉았다. 한위는 숟가락을 테이블 위에 내려놓았다.

"처사님, 그 복장 속에는 아무것도 없습니다."

스님은 지난밤 미륵전 앞에서 보았던 바로 그 스님이었다.

"중요한 건 모두 박물관에 보냈습니다. 우리 절에서 보관하고 있는 성물들도 있지만 처사님이 찾고자 하는 물건은 아닐 겁니다."

한위는 스님을 빤히 쳐다보았다.

"20여 년쯤 전에도 처사님 같은 분이 계셨습니다. 그 처사님도 기어이 복장 속을 봐야겠다며 미륵본존을 맨손으로 들어 올렸지요. 그분과 같은 걸 찾고 계시지요? 종의 비록."

"스님이 그걸 어떻게……?"

"그때 그분이 그걸 찾았거든요. 하지만 없었습니다. 그래서 처사님을 조용히 돌려보내 드린 겁니다. 아시겠지만 그런 건 없을 겁니다. 과거에 비록 없이 봉덕사종이 만들어졌듯이 새로 만들어 남기면 그게 비록이 되는 게 아니겠습니까?"

스님은 그 말을 남기고 자리에서 일어나 밥값을 계산했다. 그런 후 한위에게 합장을 해 보인 후 국밥집을 빠져나갔다. 창밖에 눈이 내리기 시작했다.

한위는 전주로 나가는 버스를 몇 차례나 그냥 보냈다. 정류장에 앉아 눈이 오는 걸 구경했다. 바람을 타지 않은 눈은 무심하게 내렸다. 눈은 쌓이면서 지저분한 도로를 덮었지만 차량이 지나가면 금방 더러워졌다. 더러운 속은 무엇으로도 덮을 수 없다는 듯.

 한위는 의자에서 일어나 막 정류장으로 들어온 버스에 몸을 실었다. 다음 목적지는 경주였다. 금산사 스님의 말을 한위는 받아들이지 않았다. 스님은 한위의 존재에 대해 알지 못했다. 한위가 종쟁이로 살 수밖에 없었던 이유를 동주에게조차 말하지 못했다. 정해진 자만이 후계를 이을 수 있고 그 후계자만이 어떤 문서로도 존재하지 않는 비밀을 들을 수 있는 자격이 주어졌다. 한위에게 주어진 운명이었다.

 한위의 가문에서도 과거의 많은 것들이 은밀하게 전해졌다. 삶에 있어서 만약이라는 가정이 존재하지 않는다지만, 만약 한위가 가문의 내력에 대해 듣지 못했다면 다른 삶을 택했을 가능성이 컸다.

 버스는 눈길을 조심스럽게 달렸다. 눈은 사람에게서 버려진 모든 걸 덮고 있었다. 쓰레기들, 부서진 의자, 군데군데 속이 파인 소파, 바퀴가 사라진 자전거 뼈대, 농로에 함부로 쌓아 놓은 폐비닐들……. 눈은 차창 밖의 지저분한 들판과 길을 감추었다. 사람이나 차가 지나다니지 않는 길은 눈이 녹은 후에나 그 속을 드러낼 것이다. 꽁꽁 얼어 버린 대지가 풀리기 전에는 어떤 홈도 드러내지 않을 게 분명했다.

 한위는 차창에 되비친 자신의 얼굴을 보았다. 눈가에 다크서클이 자리를 잡아 퀭해 보였다. 전단지 사진 속의 한위와는 너무도 다른 모습이었다. 한위는 문득 어쩌면 죽는 날까지 월롱으로 돌아가지 못할지도 모른다는 생각이 들었다. 그래도 동주는 운명처럼 제 길을 찾아가게 될 것이다.

'그게 우리 가문의 운명이니까.'

거푸집 제작의 모든 걸 맡기던 날 한위는 아버지로부터 가문의 진실을 들을 수 있었다.

봉덕사종을 만든 네 명의 장인이 모두 박가였다. 그들은 모두 한 집안 사람이었으며 실질적인 책임자는 주종대박사인 박항이라는 사람이었다. 그가 바로 한위와 동주의 선조였다. 사람들은 알지 못하지만 그 이름은 삼국사기에도 기록되어 있었다. 한위의 가문은 이미 1300년 전부터 대대로 종을 만들어 왔고, 어느 시대든 중요한 대종 제작에는 반드시 종 제작에 참여했다. 우리나라에 현존하는 조선시대 이전의 종 수천 개가 선조에 의해 만들어진 종이었다. 종에 미쳐 버린 집안. 한위의 가문이 그랬다. 유전자 인식이 박혀 종을 만들지 않아도, 벗어나려고 발버둥 쳐도 결국 종을 만들게 되는 삶을 살아야 하는 운명이었다. 쇠 냄새를 맡으면 턱이 아릿하고 불의 냄새를 맡으면 심장부터 뜨거워졌다. 소리에 민감하고 대부분 고요하게 지낼 수 있는 곳에서 살기를 희망하는 유전자. 그야말로 종의 저주가 걸린 지독한 집안이었다. 무수히 많은 선조가 종을 제작하다 용암처럼 흘러내린 쇳물에 눈을 잃거나 팔을 잃었다. 종에 깔려 죽은 이도 있었다. 때론 제 힘을 감당하지 못해 사람을 죽인 일도 있었고 그 일로 형장의 이슬로 사라진 경우도 있었던 가문이었다.

한 가지 공통적인 게 있다면 주종을 책임진 담당자가 어느 시대에 살았든 저주처럼 괴력과 광기를 지녔다는 사실이었다. 하지만 이 이야기가 담겨 있는 자료는 없었다. 그나마 남아 있는 건 봉덕사종의 종 내면에 은밀하게 적혀 있는 선조들의 이름뿐이었다. 나머지는 자료 없이 아버지에게 전해 들었고 아버지 역시 아버지의 아버지에게서, 그리고 그 아버지는 또 위의 아버지에게 듣고 전해진 것이었다.

버스는 전주터미널에 도착했다. 경주로 가려면 부산을 경유하는 게 가장 빠를 듯했다. 한위는 부산으로 가는 버스표를 끊은 뒤 신문을 고르기 위해 가판대 쪽으로 걸어갔다. 순간 10년 가까이 맡아 왔던 냄새가 한위 앞을 스윽 스쳐갔다. 한순간도 잊어 본 적이 없던 냄새였다. 해원이었다. 한위는 놀라 향기의 흔적을 따라 개찰구 쪽으로 뛰어나갔다. 사방을 둘러보았다. 좀 전에 한위에게 냄새를 남기고 사라진 해원은 보이지 않았다. 아니 해원인지 아닌지 확실하지 않았다. 해원일 가능성은 있었다.

한위는 정류장에 대기 중인 버스에 탑승하고 있는 여행자들을 살폈다. 버스 한 대가 정류장을 빠져나가 출구 쪽으로 움직였다. 정읍행 버스였다. 앞에서 세 번째 좌석에 해원으로 보이는 여자가 앉아 있었다. 버스는 출구를 빠져나가 도로로 진입했다. 한위는 놀라 버스를 따라 뛰었다. 근 1년 사이에 모습이 바뀔 수도 있지 않을까. 그래도 한위는 해원을 알아볼 수 있을 거라고 믿었다.

한위의 뜀박질로 버스를 따라잡을 수는 없었다. 간신히 버스 옆구리를 두드렸지만 기사가 듣지 못했는지 빠른 속도로 달아났다. 대합실로 돌아온 한위는 정읍행 버스 매표구에 돈을 밀어 넣었다. 20분 후에 정읍으로 가는 버스가 있었다. 20분이라면 세상이 뒤바뀔 수도 있는 시간이었다. 그렇다고 해원일지도 모르는 여자가 정읍행 버스를 탔는데 그냥 보낼 수만은 없었다. 하지만 그녀가 정읍에 간다는 사실에는 의

구심이 들었다. 아는 사람도 없을뿐더러 종을 만드는 공장 역시 없었다. 만약 정읍이 분명한 목적지라면…… 내장사나 내소사에 갈 가능성이 높았다. 한위는 정읍행 버스가 정류장에 들어오기를 초조하게 기다리며 담배를 피웠다.

한위는 그렇게 목적지를 향해 가다가 느닷없이 해원 혹은 정화를 닮은 여자들을 만났다. 그때마다 그는 미련한 희망에 기대어 여자의 뒤를 밟았다. 가정주부, 대학생, 회사원, 공무원, 아르바이트생 등 다양한 여자들을 만났다. 하지만 그 여자들의 뒤를 밟고 그녀들이 해원이 아니라는 사실이 확인되면 견딜 수 없이 쓸쓸해졌다. 그래서 그렇게 무턱대고 뒤를 밟지 말자고 다짐하지만 그런 상황이 되면 또 따라가고 말았다.

정읍행 버스가 정류장에 들어왔다. 한위는 제일 먼저 버스에 올라탄 후 버스가 출발하기만을 애타게 기다렸다. 버스는 늙은이처럼 그르렁거리기만 할 뿐 빨리 출발하지 않았다. 한위는 초조한 마음을 달랠 길이 없어 창밖으로 눈길을 주었다. 한 떼의 젊은 여자들이 떼를 지어 어디론가 걸어갔다. 그 여자들 중 왼쪽에 서서 걷고 있는 여자는 살찐 해원 같은 얼굴이었다. 순간 한위는 정읍으로 가는 자신이 무모하다는 사실을 깨달았다. 하지만 어쩌면 이번만은 진짜일 수도 있지 않을까. 그런 기대로 늘 그네들의 뒤를 따랐다. 해원이나 정화를 닮은 여자의 뒤를 따라가면서 못난 추억들을 더듬으며 그녀들이 들르는 밥집에서 밥도 먹고 커피도 마시고 술도 마셨다. 설령 해원이 아니어도 만족했다. 아픈 과거지만 한동안 추억을 즐길 수 있기 때문이었다. 게다가 오늘은 긍정적인 신호들이 있었다. 서설인 양 함박눈이 내렸고 아침이면 늘 뒤를 따르는 복통도 없었다. 금산사에서 전주로 나올 때 탄 버스의 운전기사 얼굴이 후덕해 보였고, 버스는 신호등에 한 번도 걸리지 않고 전주까지 나왔다. 이 정도면 오늘의 일진이 훌륭하지 않은가. 그렇다면 나머지 시간들도 행운이 따르지 않을까.

버스가 출발했다. 차량도 밀리지 않았고 눈마저 그쳤다. 빙판 길이 많아 차가 더디 움직였지만 그건 앞 차도 마찬가지였으리라. 한위는 휴대폰을 꺼내 부재중 전화를 확인해 봤다. 오늘도 동주는 전화를 걸었다. 하루도 빠지지 않고 받지도 않는 전화를 걸어오는 건 동주뿐이다.

한위는 휴대폰을 주머니에 넣고 낡은 전단지를 꺼내 들었다. 해원의 사진과 한위의 사진이 나란히 실린 전단지였다. 그 자리에는 밤마다 가슴 설레게 만들었던 정화가 있었다. 청년 시절 수많은 밤을 지새우게 만들었던 여인. 단 하나의 사랑이고 마지막 사랑이었던 여인. 한위는 전단지를 보다가 자신도 모르게 스르르 잠이 들었다.

2

정읍 버스 터미널에서 내린 한위는 갈 곳이 없었다. 대합실은 좁고 길었다. 그는 대합실에서 멍하니 앉아 오가는 사람들만 구경했다. 해원의 냄새를 풍겼던 여자는 어디에도 보이지 않았다. 한위는 의자에 앉아 행선지를 표시한 시간표만 눈으로 읽어 내렸다. 경주로 가려면 어떻게 가야 하나? 입으로만 말을 굴릴 뿐 머릿속은 텅 빈 채 어떤 말도 채워지지 않았다. 월롱을 떠나온 뒤 이렇게 해원의 꽁무니를 따라 애초 목적에도 없는 여행지를 떠돌았다. 비록이 숨겨져 있을지도 모를 여행지는 늘 뒷전이었다. 돌이켜보니 지금까지 보낸 시간들은 해원을 찾으려는 방황이었다. 오늘도 잔뜩 기대를 품고 여자의 뒤를 따랐지만 결과는 헛수고였다.

하지만 불행하다는 생각이 들거나 미련스럽다는 생각은 해본 일이 없었다. 매번 바보 같은 결정을 내리면서도 후회가 들거나 반성을 한 적도 없다는 게 신기했다.

어느새 터미널 주변에 땅거미가 깔리고 가게들이 불을 밝혔다. 남거나 떠나거나 양단간에 결정해야 하는데 아무런 결정도 내릴 수가 없었다. 떠나든 남든 배는 채워야 할 것 같았다. 터미널에서 빠져나온 한위는 네온사인 간판이 유독 눈에 띄는 한식당으로 들어갔다. 그가 백반을 주문하고 기다리는 동안 방 쪽에서 여자들이 두런두런 이야기하는 소리가 들렸다. 경기가 어렵다, 동생들이 돈을 그만 보래란다, 요즘 가게 내봐야 반년이면 망한다, 한 군데 진득하니 있으며 버텨라, 대학 나와야 말짱 헛일이더라……. 밥이 나왔다. 한위는 숟가락을 들고 밥을 떴다. 그때 방문이 열리며 두 여자가 나왔다.

"언니, 밥 잘 먹었어. 다음엔 내가 살게."

"너나 신경 써."

한 여자가 밥값을 계산했고, 다른 여자는 그 여자 뒤에서 서성거렸다. 한위는 여자를 쳐다보다가 놀라 숟가락을 떨어트렸다. 전주에서부터 쫓아온 여자가 바로 눈앞에 서 있었다. 가까이에서 보니 물론 해원은 아니었다. 그래도 해원을 만난 듯 여자의 얼굴을 보자 반가웠다. 여자들이 식당을 나갔다. 한위도 부리나케 일어나 먹지도 않은 밥값을 계산하고 식당에서 나왔다. 해원을 닮은 여자는 택시를 탔다. 밥값 계산한 여자가 그녀를 배웅했다. 한위도 택시를 탔다. 그리고 해원을 닮은 여자가 탄 택시를 쫓아가 달라고 말했다. 택시 기사가 무슨 생각을 하는지 미소를 지었다.

여자가 탄 택시는 제법 번화한 거리에서 멈췄다. 한위도 거리를 두고 내렸다. 우체국과 상가들이 마주한 거리였다. 아이스크림 전문점도 보였고, 호프집들 그리고 옷가게들도 즐비했다. 금형리가 몰락하기 전의 중심거리 같은 분위기를 풍겨 마음이 편했다.

한위는 일정한 거리를 두고 여자의 뒤를 따랐다. 오랫동안 잊었던 첫사랑을 우연히 발견하기라도 한 듯 마음이 설렜다. 여자는 중심거리에서 벗어나 이면 골목으로 걸어갔다. 골목은 찬바람이 점령하고 있었지만 불빛들이 흘러넘쳐 추위를 잊게 만들어 주었다. 여자는 '갈재'라는 카페로 들어갔다. 한위는 망설였다. 여자가 들어간 카페에 들어가 뭘 할 수 있을까? 하지만 다리는 신들린 듯 여자의 꽁무니를 따라 움직였다.

카페 안은 썰렁했지만 훈훈했다. 테이블마다 벽이 있거나 파티션으로 가려져 독립되어 있는 구조였다. 한위는 출입문 가까이에 있는 자리로 들어가 앉았다. 소파는 편안했다. 갈색의 포마이카가 칠해진 테이블은 고급스러운 느낌이었다. 테이블 위에는 여러 개의 양주잔과 물잔 그리고 음료수가 미리 진열되어 있었다. 싸구려 술집은 아닌 듯했다. 여자가 왔다. 해원을 닮은 여자가.

"혼자세요?"

여자는 스스럼없이 한위 앞에 앉았다. 옅은 화장과 웨이브 진 머리카락이 한위의 눈에 들어왔다. 볼수록 해원을 닮았다는 생각이 들었다.

"제 얼굴에 뭐 묻었나요?"

한위는 여자의 얼굴을 외면하고 추천한 대로 술을 주문했다. 술이 나오고 안주가 나왔다. 여자가 마주 앉아 한위의 잔에 술을 따라 주었다. 나쁘지 않았다. 해원을 닮아 열심히 미행을 했는데 여자들이 집으로 쏙 들어가 버리고 나면 허탈했다. 그런 경우에 비하면 이야기라도 나눌 수 있다는 게 축복처럼 느껴졌다.

여자는 한위에게 여러 가지를 물었다. 직업이 뭔지, 어디에 사는지, 왜 혼자 술을 마시는지. 규철이었다면 이런 미련스러운 여행을 하지도 않았겠지만 혹 해원을 닮은 여자를 만났다고 해서 자신의 속을 속속들이 드러내 보이지도 않았을 것이다. 속은 드러내지만 상처는 감추는 게 한위라면 상처는 드러내고 속을 감추는 건 규철이었다. 한위는 감추지 않고 대답할 수 있는 한 성실하게 대답했다. 종을 만들고 있으며 변산의 월롱에 살고 있고 같이 술 마실 사람이 없어서 혼자 술을 마시게 되었고 자신이 알던 여자와 댁이 빼닮아서 전주에서부터 따라왔다고.

여자는 묘한 표정을 지었다.

"제가 그렇게 많이 닮았나요?"

"거의 비슷해요."

"첫사랑?"

한위는 피식 웃었다. 한위가 대답을 하지 않자, 여자의 관심은 종으로 옮겨 갔다. 종을 어떻게 만드는지, 돈은 많이 버는지 등등에 대해 종알거렸다. 한위는 여자가 궁금해하는 걸 말해 주었다. 흙으로 거푸집을 만든 후 용해로에 녹인 쇳물을 거푸집에 붓고 굳기를 기다리면 종이 된다고. 때론 1년이 걸릴 때도 있고, 성덕대왕신종은 종 하나 만드는 데 34년이 걸렸다는 말도 해주었다. 여자는 눈을 반짝거리며 한위의 이야기를 들었다.

여자의 눈길이 한위의 손등으로 옮겨 갔다. 쇳물에 화상을 입어 숨구멍이 사라진 손등 위에 여자가 손을 얹었다. 피부의 감각이 사라진 손이지만 여자의 차가운 손을 느낄 수 있었다. 여자가 한위의 곁으로 자리를 옮겼다. 해원을 닮은 여자와 이토록 가깝게 앉아 말을 나눌 수 있다니 행운이었다.

"어렸을 때 책에서 본 건데, 성덕대왕신종에 정말 아이를 넣었나요?"

"댁 같으면 종 만드는 데 아이를 넣겠습니까? 옛날 사람들이라고 해도 그런 비상식적인 일은 하지 않아요."

"아이 때문에 소리가 좋은지도 모른다는 글도 본 것 같은데."

"그건 그냥 소문일 뿐이에요. 여운이 길고 맑은 종소리는 종 표면에 그려진 문양의 비대칭에 의해 만들어지는 겁니다. 누구도 종 만들 때 아이를 넣거나 하지 않아요. 그건 살인이니까."

손님은 오지 않았다. 여자는 혼자 안주를 날랐다. 주방에서 또 다른 한 사람이 일하는 것 같았고 가게는 여자 혼자 운영하는 듯했다.

"작년만 해도 아가씨들이 여러 명 있었어요. 그런데 요즘 경기가 안 좋아서 술 마시러 오는 사람들이 드물어요. 더군다나 평일에는 더 그렇고요."

평일인가? 한위는 날짜의 흐름도 계절의 흐름도 잊은 지 오래였다. 추우니 겨울이고 더우니 여름일 뿐. 여자가 따라 준 술을 넙죽넙죽 받아먹었더니 서서히 속이 뜨거워지기 시작했다. 방심한 사이 취기가 터진 화산처럼 올라왔다. 얼굴도 사지도 뜨거워졌다. 미련스러운 이 여행에 종지부를 찍어야 한다고 생각하면서도 좀처럼 매듭을 지을 수 없었다. 감추고 감춰 둔 진실을 누구에겐가 말해야 하는데 그 말을 들어 줄 사람은 다름 아닌 해원이었다. 그녀만이 들을 자격이 된다고 생각했다. 그래야 무거운 죄를 잠깐이나마 내려놓을 수 있을 것 같았다. 한위는 여자가 따라 준 마지막 술잔을 털어 넣은 후 그대로 테이블 위에 엎어졌다.

한위는 꿈인지 현실인지 모를 경계에 서서 기억 속의 자신을 보았다. 밤이면 규철의 작업장 담벼락을 따라 걸으며 정화를 훔쳐보았던 순간들. 혼자였을 땐 늘 웃던 그녀의 웃음소리가 규철과 살기 시작한 이후로는 담벼락을 넘어온 일이 없었다. 몸이 닳도록 혹사하면서 작업을 끝낸 후에도 잠이 오질 않아 밤거리로 나섰던 시간들이 많았다. 밤새도록 규철의 작업장 둘레를 빙빙 돌며 한 번이라도 정화의 얼굴을 보려고 담벼락에 기대어 발돋움을 했다. 규철은 작업장에 처박혀 나오지 않았다. 정화가 쟁반에 음식이나 음료를 들고 오갔다. 간간이 해원이 마루에 나앉아 넋 잃은 눈길로 작업장 쪽을 바라보았다. 사랑을 알지 못하는 인간에게 보내는 정화의 사랑이 한위는 늘 안타까웠다. 어쩌면 사랑하지는 않지만 측은한 마음을 가눌 수 없어 두 여자는 규철의 곁을 떠나지 못하는 건 아닐까.

한위는 순간이동을 한 듯 손바닥만 한 크기의 창문 앞에 섰다. 규철의 작업장 담벼락이 끝나는 자리에 박힌 창문이었다. 안쪽에서는 잘 익은 귤 색깔의 불빛이 흘러나왔고 졸졸졸 물 흐르는 소리가 들렸다. 별조차 뜨지 않는 까만 밤이었으며 여름이 물러가던 어느 날이었다. 규철은 문화관광부의 초청을 받아 서울 나들이를 가고 집에 없었다.

그날도 한위는 작업을 끝내고 나와 밤새 규철의 작업장 둘레를 맴돌았다. 그러다 불빛을 보았고 죽을지도 모른 채 달려드는 나방처럼 불빛으로 다가들었다.

창문이 반쯤 열려 있었다. 한위는 무심코 창문 안을 들여다보았다가 화들짝 놀라 창문 아래로 몸을 숨겼다. 한위가 들여다본 곳은 욕실이었고, 욕실 한가운데에 정화가 벌거벗은 채 서 있었던 것이다. 한 번도 정화의 벗은 모습을 적나라하게 본 적이 없었던 한위였다. 한위의 갈등은 매우 짧았다. 도망치는 대신 훔쳐보기를 선택했다. 한위는 스스로 선택했다기보다 어떤 운명으로부터 선택당한 것이라고 변명했다.

담벼락에 몸을 바짝 밀착시킨 후 조금씩 아주 조금씩 눈을 창문가에 들이밀었다. 정화는 종의 표면처럼 흘러내린 곡선과 종의 상대에 달린 돌기처럼 뚜렷한 유두를 가지고 있었다. 그녀는 아름다운 가슴과 숲도 갖고 있었다. 이젠 가질 수도 가져서도 안 되는 사람이 바로 눈앞에 벌거벗은 모습으로 서 있었다. 한 번은 용서되지 않을까? 사랑하는데 몸을 탐하는 게 죄악인가? 규철은 필시 만취되어 돌아올 텐데……. 이런저런 생각들이 담벼락처럼 한위의 머리를 에워 쌓은 후 그를 조정했다. 손을 뻗으면 가 닿을 곳에 정화가 있었다. 그것도 이제 갓 뽑아 낸 종처럼 싱그러운 모습으로. 한위는 이성의 목소리를 잠재웠다. 조심스럽게 창문을 열자 비누 냄새가 물씬 풍겼다. 등지고 서 있는 정화의 뒤태를 따라 샤워 꼭지에서 내린 물이 곡선을 그리며 아래로 떨어졌다. 한위는 어둠과 빛의 경계를 넘어 창문 안쪽으로 떨리는 손을 밀어 넣었다. 정화의 어깨에 닿을 때까지 깊이 밀어 넣었다고 생각했는데 정화는 너무 멀리 있었다. 인기척을 느낀 정화가 순식간에 뒤돌아섰다.

한위는 놀라 손을 빼내는 것과 동시에 창문 아래 푹 주저앉았다. 샤워 꼭지를 잠그는 소리가 들렸다. 뒤이어 창문 아래 한위가 숨어 있다는 걸 알기라도 한 듯한 회한의 숨소리가 들렸다. 잠시 후 샤워 꼭지에서 다시 물 떨어지는 소리가 들렸다. 한위는 욕망으로부터 도망가지 못했다. 서서히 일어나 다시 창문가에 눈을 들이밀었다. 정화는 뒤로 선 채 샤워 꼭지에서 쏟아지는 물에 몸을 맡긴 채 장승처럼 서 있었다. 한위는 조금씩 과감하게 얼굴을 드러냈다. 동시에 정화 역시 서서히 몸을 돌려 한위를 보았다. 정화는 몸을 가리지 않았다. 한위의 시선에 몸을 맡긴 채 창문가로 서서히 다가왔다. 그녀는 창문턱에 걸린 한위의 손을 잡아들고 자신의 가슴으로 가져갔다. 뜨거운 가슴과 유두가 한위의 손바닥에 닿았다. 너무 생생했다. 한위는 믿어지지 않는 순간을 확인하기 위해 조금씩 손에 힘을 주었다. 정화는 멀리 있지 않고 가까이 있었다. 가슴의 돌기를 도는 뜨거운 피가 느껴졌다.

"그렇게 만지다 부서지겠어요."

한위의 귀에 낯선 여자의 목소리가 들렸다. 꿈과 기억의 경계에서 서성이던 한위는 그제야 정신을 차렸다. 여자가 곁에 있었다. 해원을 닮아 한위가 무작정 뒤를 밟아 왔던 그 여자가 알몸인 채 누워 있었다.

"몸에 무슨 상처가 이렇게 많아요?"

여자는 화상으로 생기를 잃은 피부를 손으로 쓸어내렸다. 여자의 손이 상처의 자리를 지나갈 때마다 강렬한 통증이 뇌리에 전해졌다. 한위는 여자의 손을 잡았다.

"어떻게……?"

"기억 안 나세요? 저를 붙잡고 막 우셨는데……. 그렇게 슬프게 우는 남자를 보는 건 처음이에요. 울면서 취하셨어요. 취해서 정신이 없으셔서 우리 가게에 딸린 방으로 데려온 거예요. 무거워서 아주 혼났어요."

여자는 수줍어하며 말했다. 그랬구나. 여자가 조심스럽게 한위의 가슴을 열었다. 여자는 한위의 허물을 하나둘 벗겼다. 몸 여기저기 쇳물이 앗아가 매끈해져 버린 피부가 드러났다. 빛을 먹지 못하고 빛을 토해 내는 피부를 보고 여자는 놀랐다. 한위의 등을 쓰다듬던 여자의 손이 멈칫거렸다. 여자는 굴곡 없는 절벽처럼 밋밋해져 버린 등을 쓸어내렸다. 차지만 위대한 종의 표면처럼 거친 여자의 두 팔이 한위를 끌어안았다.

한위는 여자를 밀어낼 수 없어 천천히 팔을 둘렀다. 가슴이 아렸다. 여자가 정화를 대신할 수 없지만 그녀가 정화이기를 바란 때문이었다. 바랄 자격조차 없는 자신의 품에 안긴 여자가 정화이기를. 한위는 여자를 끌어안았다.

"고마워요."

한위는 지난밤 여자에게 어떤 말을 했는지 알지 못했다. 평생 쇠를 만진 세월에 대해 말했을 터. 평생을 하루같이 사랑했던 여자에 대해서도 말했을 것이다. 그리고 누구에게도 털어놓을 수 없었던 비밀에 대해서도.

"울지 마세요. 이렇게 큰 남자가 우니까 세상 모든 일이 다 슬퍼지더라고요."

여자의 입에서 뜨거운 숨이 흘러나와 귀로 들어왔다. 그 숨을 타고 그녀가 누구에게도 말하지 못했던 과거들이 넘어오는 듯했다. 여자는 버림받고 외면당해 온 세월을 말했다. 그녀는 몸을 몇 번 뒤채며 한위에게 더 깊이 파고들었다. 한위는 눈을 감은 채 살과 살이 스치는 소리를 들었다. 딱딱한 나무껍질 위를 햇살이 쓰다듬는 느낌이었다.
'정화의 몸도 이렇게 따뜻하고 아름다웠지.'
"말할 수도 없고 말해서도 안 되는 진실이 뭐예요?"
여자가 물었다. 도대체 여자에게 무슨 이야기까지 늘어놓았던 것일까. 자신조차 잊어버려야만 하는 진실은 이제 진실의 가치를 잃어버린 것인지도 모른다. 한위는 입을 다물었다. 여자는 더 이상 묻지 않았다.
여자는 종의 유선보다도 더 아름다운 선을 한위에게 주었다. 용뉴에서 하대로 흘러내리는 부드러운 굴곡의 선 또한 한위에게 선물했다. 그녀의 가슴 중앙에 달려 있는 유두는 상대에 박힌 아홉 개의 유두처럼 검게 빛났다. 한위는 여자를 통해 종을 느끼고 새로운 문양을 머릿속에 새겨 넣었다. 규철은 왜 정화를 통해 문양을 얻지 못했을까.
커튼을 드리우지 않은 창으로 달이 들어왔다. 한위와 여자의 배 사이로 숨처럼 차갑고 푸른 달이 내려앉았다. 한위의 손도 달처럼 찼다. 여자는 굳어 버린 한위의 몸을 서서히 열어 주었고 용해로의 쇳물처럼 끓어오르게 만들어 주었다. 한위는 소리 없이 흐느꼈다. 또 어긋난 길을 걸었고 돌아갈 길은 더더욱 멀어지고 있었다. 월롱의 달이 몹시 보고 싶었다.

3

굽이진 추령고개를 넘자, 기다렸다는 듯이 해무가 밀려들었다. 규철은 운전대를 잡고 있는 동주의 옆얼굴을 쳐다봤다. 각이 진 턱이 한위를 쏙 빼닮은 얼굴이었다. 동주가 고개를 돌리는 바람에 규철은 얼른 눈을 거뒀다. 동주는 이제 10년 전의 소년이 아니었다. 며칠 작업에 몰두하면 턱 밑에 시커멓게 수염이 돋았다. 이제는 손마디도 굵었고 골격도 어른의 것이었다. 세상은 살다 보면 모든 게 저절로 닳아 버리게 되는 게 이치였다. 소년 시절 남아 있던 음감도 닳아 버렸을 것이다. 가지지 못해서 시기하고 질투했던 음감이 이젠 남아 있지 않겠지.

"아예 종은 안 만들 모양이지?"

동주는 규철을 힐끔 쳐다본 후 다시 전방을 주시했다. 변산에서 감포까지 오면서 규철은 처음 입을 열었다. 서쪽 끝에서 동쪽 끝으로 여섯 시간을 넘게 달려오면서 둘은 묵언 수행을 하는 스님들처럼 입을 다물었다. 휴게소에서 쉴 때도 두 사람은 말이 없었다.

"아버지가 돌아오면 마지막으로 꼭 한 번은 더 만들 생각입니다."

동주는 망설임 없이 답했다. 오래전부터 각오를 해온 듯한 말투였다.

"이번에 타종할 때 한번 들어줄 수 있나?"

"잘 만드셨겠죠. 금형리에서 쓰시던 방식이 아니던데……"

동주는 심드렁하게 말했다. 하지만 밀랍주조방식에서 사형주조방식으로 바꾸었다는 걸 알고 있다는 말은 종을 제작하는 방법에 대해 모두 알고 있다는 말이었다. 그리고 어떤 종이 나올지 궁금한 눈치였다. 규철이 종을 손에 놓은 지 10년의 세월이 지났다. 몸으로 익힌 삶의 기술들은 쉽게 잊히지 않는다지만 그 시간의 간극이 너무 길었다. 그에 반해 동주는 종을 만지지 않았을 뿐, 늘 종 곁에 있었던 것이다. 규철은 다시 한 차례 동주의 옆얼굴을 쳐다봤다. 동주가 뭔가를 숨기는 것 같지는 않았다. 그러기에 동주는 여렸다. 규철은 일지에 대해 한 번 더 물으려다 말았다. 그는 아직도 작업일지에 대한 미련을 떨쳐 버리지 못했다. 폐허가 된 금형리를 10년 만에 찾아갔을 때 규철의 관심은 일지였다. 하지만 그 황폐함 속에 일지는 없었다. 그 속에 온전히 남아 있기를 기대한 게 무리였다. 하지만 어딘가에 있을 것만 같았다. 동주나 해원이 챙겨 오지 않았다면 한위라도 가져오지 않았을까? 한위는 작업일지를 달가워하지 않았다. 그렇다면 필요하지도 않은 엉뚱한 누군가의 손에 들어갔거나 소멸되었을 것이다. 그럼에도 규철은 그 일지가 어딘가에 고스란히 살아 있을 거라는 믿음이 가시지 않았다.

해무는 앞서 달리던 자동차의 꽁무니가 보이지 않을 정도로 짙었다. 고개를 경계로 넘어온 길과 지나고 있는 길이 흑과 백처럼 명백하게 구분이 되었다. 능숙하게 운전을 하던 동주의 손길이 주춤거렸다. 아래로 내려가면서 안개가 더 짙어져 백미러에 뒷모습이 담기지 않았다. 규철은 차창을 열었다. 비릿한 바다 냄새가 밀려들어 왔다. 물방울이 맺힌 백미러를 손으로 닦아 봐야 뒤가 보이지 않았다. 동주는 경고등을 켰다. 노란 등이 깜빡일 때마다 안개가 노랗게 젖었다가 지워졌다.

"금형리 안개만큼이나 지독하네."

규철은 혼잣말을 중얼거렸다. 금형리의 안개도 규철의 말대로 깊이가 보이지 않을 정도로 지독했다. 그랬는데 월드컵을 치르던 그해부터 금형리에는 안개가 찾아오지 않았다. 어쩌다 찾아온 안개는 금방 사라졌다. 인근의 바닷길이 바뀌면서부터 그렇게 되었다는 말도 있었고, 수도권을 가로지르는 물길이 새로 생기면서 그렇게 되었다는 말도 있었다. 쇠는 물이 상극인데 잘된 일이라고도 말했다. 하지만 사람들은 금형리에서 살인이 일어난 후부터 안개가 찾아오지 않았고 마을이 몰락하기 시작했다고 믿었다. 살인과 안개가 무슨 상관인지, 또 안개가 사라지면서 마을이 몰락하기 시작했다는 근거가 무엇인지 알 수 없었다. 사람들은 그냥 그렇게 믿고 떠들었다. 정화가 죽고 한위가 동주와 해원을 데리고 월롱으로 내려오기 전까지 그 짧은 시간에 금형리는 급격하게 변했다. 그 사실만큼은 부정할 수 없었다.

"……여기엔 종도 없는데."

이번에는 동주가 중얼거렸다. 한위에 대한 제보를 받은 건 규철이었다. 규철은 한위가 있는 곳에 가면 반드시 해원이 있을 거라고 맹신했다. 그래서 동주 혼자 한위를 찾아가도록 내버려둘 수 없었다. 늘 정화의 주변을 맴돌았던 한위였다. 그런 한위였기에 해원의 주변을 맴돌거라는 맹신도 가능했다. 더군다나 한위는 해원을 딸처럼 10년을 키웠다. 규철은 무엇보다 그 점을 믿지 않았다. 정화가 죽던 그날의 선택을 후회하고 또 후회했다. 한위를 바라보고 해원이 숨어 있을 방을 바라보았던 게 실수였다. 차라리 고아원에 버려졌으면 하고 바란 적도 있었다.

제 딸은 어떻게 됐습니까?

살인 사건에 대한 수사가 거의 마무리될 즈음 규철이 담당수사관에게 그렇게 물었을 때, 한위가 키우기로 했다는 말을 전했다. 그때는 알지 못했다. 그 결정을 당연하게 받아들였다. 10년의 세월을 교도소에서 보내면서 모든 게 잘못된 결정이거나 아니면 모든 게 한위의 뜻대로 결정되었다는 생각이 들기 시작했다.

게다가 해원이 한위의 딸이 되기에는 정화를 너무 많이 닮았고 성숙했다. 규철이 교도소에서 보낸 세월 동안 그를 가장 많이 괴롭힌 사실이었다. 자신의 딸이 한위의 여자가 되는 상상. 그 생각을 하면 밤마다 견딜 수 없이 고통스러웠다. 그 고통이 사실이 아니기를 바랐기에 동주에게 동행하겠다고 억지를 부렸다. 또한 한위에게 들어야 할 말이 있었다. 정화가 죽기 전날 밤의 이야기를. 10년의 세월 동안 그 순간만큼은 단 1초도 기억나지 않았다. 마을 끝 막걸리 집에서 술을 마시고 난 후에 무슨 일이 있었는지, 어떻게 집엘 갔는지, 누구를 만났는지, 월드컵 경기는 어떻게 끝났는지…….

"제보한 사람이 사진까지 찍어 두었다고 했죠?"

동주가 이번 여행길에서 처음으로 규철에게 질문을 던졌다.

"동영상까지 찍어 두었다고 그랬어."

남자였고, 그는 전단지의 남자가 기이한 일을 저지르고 떠났다고 제보했다. 제보자는 말로는 설명하기 힘들다고 했다. 그러면서 동영상을 찍어 두었는데 직접 찾아와서 확인하라고 덧붙였다. 먼저 메일로 보내주지 않는 건 후사하겠다는 문구 때문인 듯했다. 그렇게 동주는 한위를 찾으러 감포까지 내려왔다.

하지만 규철은 한위가 해원을 찾기 위해 떠돌고 있는 게 아닐지도 모른다고 짐작했다. 감은사 터 부근에서 민박집을 운영하는 사람의 제보를 들으며 확신하게 되었다. 한위는 지금 뭔가를 찾고 있었다. 규철은 수십 년 전에 죽은 아버지에게 비록에 관한 이야기를 들은 일이 있었다. 그때는 그 이야기를 무시했었다. 세상이 어려워지면 등장하는 영웅담과 다르지 않다고 여겼다. 그래서 그냥 지나쳤는데 지금 한위는 비록을 찾아 떠돌고 있는 게 분명했다. 하지만 왜 지금이냐는 의문에는 답을 구할 수 없었다. 다만 그 비록이 해원하고도 연관이 있을 거라는 정도였다.

　차가 고갯길을 내려갈수록 미궁 속으로 빠져드는 기분이었다. 차의 속도는 시속 10킬로미터를 넘지 못했다. 차가 완만한 경사로로 접어들면서 안개가 옅어지고 대신 비린내가 진해졌다. 차가 평지로 접어들자 안개는 뒤로 밀려나고 거짓말처럼 해가 나타났다. 그러면서 바다가 얼룩처럼 보이기 시작했다. 민가들도 나타났다가 사라졌다. 고갯마루에 펼쳐져 있던 안개는 바다랑 마을을 숨기려고 그토록 짙었다는 기분이 들었다.

　"해원이를 봤다는 말은 없었나요?"

　동주는 여전히 시선을 전방에 둔 채 물었다. 규철은 동주의 목소리에서 미묘한 감정을 읽었다. 동주도 해원이를 여자로 생각했다? 규철은 심장이 자디잘게 찢어지는 통증을 느꼈다. 해원이 한 늙은 남자와 한 젊은 남자의 여자가 되어 살았다? 규철은 이를 앙다물었다. 해원일 만나면 진실이 밝혀지겠지. 진실이.

　"그런 말 없었어."

　규철은 무심한 척 말했다. 그러자 동주는 눈을 동그랗게 뜨고 규철의 얼굴을 빤히 쳐다보았다.

　두 남자가 탄 차는 두 기의 감은사 탑이 길게 그림자를 드리우고 있는 공원으로 들어섰다. 변산에서 아침 늦게 출발한 탓에 탑의 꼭대기부터 노을이 물들고 있었다. 추령고개를 넘어올 때까지만 해도 해석할 수 없는 미래처럼 날씨 역시 짐작을 할 수 없었다. 그런데 막상 추령고개를 넘어서자 고개 이쪽과 저쪽의 날씨가 달랐다. 고개를 넘어온 감포 쪽은 맑았고 포근했다. 왠지 규철은 한위를 만날 것 같은 두려움이 엄습했다. 차에서 내린 규철은 먼저 감은사 탑 쪽으로 올라갔다. 공원은 아담했다. 그 뒤를 마지못해 동주가 따라갔다.

감은사 터엔 늙은 느티나무와 1300년 전에 세워진 감은사 탑 두 기만이 남아 바다 위에 떠 있는 대왕암을 바라보고 있었다. 규철과 동주는 각자 발길 닿는 대로 주변을 둘러보았다. 최근에 복토라도 했는지 어느 곳은 깔린 흙의 색들이 달랐다. 규철은 의식처럼 이끼를 뒤집어 쓴 채로 먼 세월의 바람에 버려진 삼층석탑에 뺨을 비벼 보았다. 묘한 일이지만 규철은 돌에 밴 땀과 피의 냄새를 맡을 수 있었다. 누군가의 지휘 아래 탑을 세웠을 것이다. 비와 바람과 세월에도 쓰러지지 않을 탑을. 규철은 오랫동안 탑 꼭대기를 올려다보았다.

그동안 동주는 제보를 했던 사내에게 전화를 걸었다.

"아래 민박집으로 오랍니다."

규철은 동주의 뒤를 따라 내려왔다. 사내는 버스 정류장 앞에서 기다리고 있었다. 규철과 동주는 사내의 뒤를 따라 '감포' 민박집이 있는 쪽으로 걸어갔다. 민박집은 'ㄷ'자 형의 한옥이었다. 마당 한가운데 정원이 있고 정원 옆에 너른 평상도 놓여 있었다. 정원을 중심으로 방들이 부채처럼 펼쳐져 있는 구조였다.

"늦었는데 하루 묵으시겠습니까?"

민박집 주인 남자가 빙글빙글 미소를 지었다. 동주는 지붕을 적시기 시작한 노을을 보았다. 풀어지기 시작한 노을이 민박집의 빈 감나무 가지 위에 걸렸다.

"돌아가면 새벽에나 도착하지 않겠어. 하루 묵지."

규철은 이미 마음을 그렇게 굳혔다. 동주는 규철의 속내까지는 알지 못했다. 다만 규철과 한 방을 써야 한다는 게 찝찝했다. 그가 정화를 살해해서가 아니었다. 해원에게로 향한 동주의 비밀스러운 마음이 그에게 들킬까 두려워서였다. 말하지 않아도 남의 속을 꿰뚫어보는 듯한 그의 눈이 싫었다. 완전한 것을 기어이 파괴해 버리고 말 것만 같은 그 눈. 동주는 규철의 눈을 피해 사내의 뒤를 따라갔다.

사내는 규철과 동주를 거실로 안내했다. 주인집 여자가 밥상을 차릴 때까지 거실에는 어둠처럼 침묵이 무겁게 깔린 채 맴돌았다. 여자가 상을 차리고 한구석에 놓인 밥통을 끌어다가 밥을 푸면서 거실을 메웠던 침묵도 흩어졌다. 상 위엔 구운 조기와 여러 나물과 김치, 된장찌개 등이 놓여 있었다. 여자는 수줍어하며 양은 주전자를 들고 왔다. 여자가 밥을 올려놓은 후 주전자를 들었다.

"저희 집에서 담근 막걸립니다. 어쩌다 묵는 손님들이 저희 집 막걸리 맛이 좋다고 사 가시는 분들도 계시더라고요."

여자 곁에 앉아 있던 사내가 헛기침을 뱉었다. 규철은 고개를 끄덕였다.

"그분도 좋아하셨어요."

규철은 눈을 동그랗게 뜨고 여자를 쳐다봤다.

"전단지에 나온 그분 말이에요."

여자가 입을 가리고 웃었다. 여자의 볼이 발그레하니 보기에 좋았다.

"딱 보니까 그분 아드님이시네요. 그분 말술이셨는데. 앉은 자리에서 한 말을 거의 다 비우셨어요."

한위에 관한 이야기가 나오기 시작했다. 규철은 단전 아래에서부터 서서히 몸이 뜨거워지는 걸 느꼈다. 민박집의 남자와 여자는 한위를 대단한 인물로 여기는 듯했다. 여자가 사발에 술을 따랐다. 동주도 사발에 술을 받았다. 둘이 같은 자리에 앉아 술을 마시는 일은 처음이었다.

"살다 살다 그런 분은 처음이에요······."

술 한 사발을 다 비운 후 여자가 입을 뗐다. 남자는 주머니에서 휴대폰을 꺼내 만지작거렸다.

한위가 이곳에 온 건 나흘 전이었다. 낮에는 하루 종일 감은사 터를 배회하다가 밤이 되면 달라졌다고 했다. 부부 내외가 잠든 걸 확인하면 조용히 밖으로 나가 감은사 터로 향했다. 풀숲에 숨겨 두었던 곡괭이와 삽을 찾아 꺼내들고 예전에 전각이 있었을 법한 자리를 차곡차곡 파들어갔다는 것이다. 주인 남자는 술 마시고 새벽녘에 집에 돌아오다가 우연히 그 광경을 목격했다고 말했다. 흙을 파냈다? 규철은 고개를 갸웃거렸다.

뚜렷이 볼 것도 없고 먹을거리도 없는 곳이라 관광객도 없고, 심지어 몇 호 되지 않는 가옥의 사람들은 감포 읍내나 경주로 나가 버리는 통에 저녁이면 터 주변은 늘 지옥처럼 어두웠다. 남자와 여자는 한위의 산책을 처음엔 대수롭지 않게 여겼는데 밤마다 삽질을 하고 곡괭이질을 해대니 기이할 수밖에 없었다. 그런 후 동틀 무렵 녹초가 된 몸을 끌고 들어와 잠을 청했다.

"처음엔 놀랐죠. 삽질을 하는데 보통 사람의 삽질이 아니었어요. 겨울에 어디 곡괭이나 삽이 제대로 땅에 박히기나 하나요. 그런데 한 10분 만에 작은 동산이 생길 정도로 흙을 퍼 올리더라고요. 밤새 흙을 퍼 올려 작은 흙무더기를 만들었다가 그걸 또다시 원래대로 돌려놓더라고요. 처음엔 도굴꾼인가 싶었습니다. 그런데 여기 발굴할 건 다 한 상황이거든요. 그러니 도굴꾼도 아니고 혹시 뭐라도 숨겨 두었나 싶기도 했죠."

남자가 여자의 사발을 끌어다 술을 따른 후 갈증이 난다는 듯 벌컥벌컥 들이켰다.

"우리 이이 말 듣고 저도 나가서 훔쳐봤죠. 흙 파내는 게 꼭 불도저 같았어요."

규철은 한위의 모습이 눈앞에 선했다. 쇠를 떠나서 살 수 없는 인간이 모든 걸 버리고 찾아 나설 만한 건 비록밖에 없었다. 그런데 감은사터 전각 자리에서 흙을 파냈다. 규철은 그의 무모함이 어이없어 저도 모르게 웃음이 쿡 터져 나왔다.

민박집 사내가 밥상 위에 노트북을 올려놓고 휴대폰과 연결시켰다. 사내가 마우스를 몇 번 클릭하자 노트북에 동영상이 떴다. 규철은 자신도 모르게 침을 삼켰다. 10년 동안 얼굴 한번 내비치지 않은 한위였다. 규철은 숨을 죽였다. 곁에 앉은 동주의 눈길도 조금씩 커졌다.

아저씨는 면회 오는 사람도 없습니까?

같은 방을 쓰던 수인들이 간혹 규철에게 그런 걸 물었다. 해원은 찾아오지 않는다고 해도 한위는 한 번쯤 찾아왔어야 하지 않을까? 금형리 작업장은 어떻게 처리되었는지, 해원은 어떻게 지내는지 한 번쯤 소식을 전할 만도 하지 않았을까. 하다못해 편지라도 한 통 보낼 수도 있었다. 하지만 한위는 소식을 끊었다. 수감되던 그해 1년 동안은 한위가 왜 소식을 끊었는지에 대한 궁금증으로 견딜 수 없었다. 이해하고 이해하려고 해도 이해할 수 없었다. 남몰래 사랑했던 정화를 죽여서?

규철은 아직도 자신이 정화를 살해했다는 사실을 믿지 못했다. 아니 믿을 수가 없었다. 거의 매일 교도소의 좁은 운동장을 뺑뺑 돌며 규철은 그날의 순간들을 기억해 내고 분해하고 분석하고 또 분석해 봤다. 정화의 사인은 교살에 의한 질식사였다. 목을 졸라 죽였다는 말이었다. 그날 술에 취해 기억을 잃었다고 해도 정화를 목 졸라 죽일 만큼 그녀에 대한 증오는 크지 않았다. 하지만 사라져 버린 기억은 좀체 돌아오지 않았다. 지금껏 그 기억을 찾지 못했고, 그래서 규철은 살인자라는 확인을 지울 수 없었다. 어쩌면 진짜 자신이 정화를 죽였는지도 몰랐다. 그 진실을 한위만은 알고 있겠지. 아니면 해원이라도. 그런데 그 둘 중 아무도 만날 수가 없었다.

규철은 영상에 나타난 달에 먼저 눈길이 갔다. 노트북 화면 속이었지만 겨울의 달은 맑았다. 그 아래 두 기의 감은사 탑이 세상을 향한 증오인 양 밤하늘을 찌르고 있었다.

"뭔가를 찾으셨던 거 같아요."

몇 번을 봤을 민박집 남자와 여자도 다시 흥분이 되는지 엉덩이를 들썩였다.

한위는 비록의 존재를 믿었지만 규철은 믿지 않았다. 주철장이 되지 못한 한위는 간혹 술에 취하면 비록이 발견되는 순간 모든 관계가 역전되리라고 떠벌리고는 했다. 하지만 입에서 입으로 전해진 비록에 관해서는 자세한 말은 하지 않았다. 그저 존재할 뿐, 어디에서 어떻게 구할 수 있는지에 대해서 말한 적은 없었다. 그래서 괜한 자존심 때문에 허풍을 떠는 거라고 생각했다. 그나마 그건 한위가 금형리를 떠나기 전의 일이었다. 동주와 한 여자를 데리고 다시 금형리로 돌아온 후 한위는 그런 말을 다시는 꺼내지 않았다. 그는 비록을 가슴에 꽁꽁 감추었던 것이다. 한위는 비록을 찾았을까? 만약 찾았다면 월롱으로 돌아왔을 것이다. 하지만 그는 돌아오지 않았다. 인간의 삶이 허약하다는 걸 규철은 교도소에서 깨달았다. 인간은 어떤 타성이나 관성에 젖어 살아갈 뿐 인간의 의지대로 살아갈 수 없다는 걸 절감했다. 한위라고 해서 그런 삶의 굴레를 벗어날 수는 없었을 것이다.

"얼마나 긴장하면서 찍었는지 몰라요. 그래도 휴대폰의 카메라 화소가 좋아서 비교적 선명한 편인데……. 보이시죠?"

어깨가 넓은 한 사내가 감은사 터의 중심에 서 있는 모습이 보였다. 달빛이 탑을 감싸고 있었지만 한위의 얼굴까지는 보이지 않았다. 하지만 걸음걸이나 어깨의 골격만으로도 규철은 그가 한위라는 걸 알았다. 한위는 한동안 달빛 가득한 밤하늘을 올려다본 후 어깨 위에서 삽과 곡괭이를 내려놓았다. 그는 묵념이라고 하듯 땅을 내려다보더니 어느 순간 달빛에 의지해 땅을 파기 시작했다. 삽시간에 큰 무덤 하나가 그의 곁에 생겼다.

"힘이 보통이 아닌 분이셨어요. 저 마당에 절구 보이시오?"

남자가 손가락으로 마당을 가리켰다. 처마 아래 커다란 절구가 보였다. 처마 아래 매달린 노란 백열등이 절구를 따뜻하게 감싸고 있었다.

"저거 옮기려면 장정 대여섯은 있어야 합니다. 저걸 옮겨야 해서 와이프하고 누굴 부를까 고민하고 있는데 이분이 어디다 옮길 거냐고 묻더군요. 그래서 저 자리를 알려 주었죠. 그러자 글쎄, 한 손으로 탁 잡더니 별로 힘도 안 쓰고 가뿐하게 들어서 저 자리에 놓는 겁니다. 어찌나 놀랐는지!"

제5장 _ 순례 241

규철은 화면에 눈길을 준 채 남자의 이야기를 들었다.
"처음에는 미친 사람 아닌가 싶기도 했는데 다 무슨 사연이 있어서 땅을 파겠거니 생각하고 신고를 안 한 거요."
남자가 동주의 곁으로 가까이 다가와 앉았다.
"사실 가져갈 것도 없을 거고 흙 뒤집어 놓은 게 벌 받을 일도 아니잖아요."
규철은 남자가 굳이 민박을 원하고 저녁 밥 자리까지 만든 이유를 알 것 같았다. 남자와 여자는 아무에게도 말하지 못한, 말할 수도 없는 이야기를 털어놓고 싶었던 것 같았다. 동영상은 3분 남짓 되었다. 동주에게는 별 의미 없는 자리일지 모르겠지만 규철에게는 의미 있는 순간이었다. 한위의 행동이 조금씩 이해되었다. 한위의 아버지는 생전 귀물들을 사찰 부처의 복장 속에 감추거나 혹은 전각 아래 영원히 묻기도 했다고 말했다. 한위는 그 귀물을 찾고 있는 게 분명했다.
규철은 천천히 술 사발을 들이켰다.
"뭐하시는 거냐고 안 물어보셨어요?"
동주가 물었다.
"감히 어떻게 물어요. 물었다가 큰일 나라고?"
남자는 들떠 있는 자신을 감추지 못했다. 당나귀 귀를 가진 임금의 귀에 대해 속 시원히 말했다는 안도가 남자의 얼굴에 서렸다. 남자는 계속해서 떠들었다. 옆으로 살짝 기울어진 기둥을 바로잡아 주었다는 둥, 못 쓰게 된 경운기를 반짝 들어서 뒷마당으로 옮겨 주었다는 둥 낮에 방 안에 처박혀 내내 뭔가를 끼적거렸다는 둥…….
"혹시 어떤 여자에 대해서는 말하지 않던가요?"

이번에도 동주가 물었다. 해원에 관한 이야기일 것이다.

"어떤 여자요?"

동주는 전단지를 꺼내 해원일 가리켰다.

"아, 듣긴 들었죠. 그런데 이 아가씨인지는 모르겠어요."

"무슨 이야기를 합디까?"

규철이 몸을 앞으로 내밀며 물었다. 남자가 여자를 쳐다봤다. 여자가 입을 열었다.

"딸을 찾는데 찾을 수가 없다고, 1년 가까이 되셨다는데……. 저희 집을 떠나시기 전날 그런 말씀을 하시며 눈물을 보이시더라고요. 그래서 더 여쭤 보지는 못했습니다."

딸? 규철은 주전자를 들어 자신의 잔에 막걸리를 따랐다. 동주가 그런 규철을 힐끔 쳐다봤다. 규철은 술 사발을 들고 벌컥벌컥 들이켰다. 입가에 넘친 막걸리가 흘러 자국을 남겼다. 결국 이곳에서도 해원이나 한위를 찾을 수 있는 실마리를 잡지 못했다. 하지만 한위가 떠도는 이유를 알 것도 같았다.

"황룡사 터도 누가 헤집어 놓았다고 하던데 혹시 저 양반이 아닐까 싶어요."

"황룡사 터요?"

"여기처럼 전각 자리만 뒤집어 놓았다고 그러더라고요. 거기도 뭐 나올 건 없는 데지만 한바탕 난리가 났었죠. 아마 다시 세밀한 발굴 작업에 들어간다고 그랬던 것도 같아요."

황룡사 터도 갈아엎었다면 한위의 목적은 분명했다. 규철은 그가 안쓰러웠다. 밤이 깊어 가는 동안 주인집 남자와 여자는 괴력의 사내에 대해서만 늘어놓았다.

또 하루의 밤이 찾아왔다. 규철은 조용히 모로 누웠다. 곁의 동주가 눈을 감고 있었지만 잠들지 않은 듯했다. 규철은 가늘게 한숨을 내쉬었다. 오늘밤도 기억 속에서 혹은 꿈속에서 정화와 해원을 만날 생각을 하니 가슴이 욱신거렸다.

아무것도 할 수 없는 교도소의 겨울밤은 길고도 깊었다. 같은 방을 쓰는 여덟 명의 수인들은 깊은 잠에 빠졌지만 규철은 잠들 수가 없었다. 오른쪽으로 누우면 정화의 얼굴이 떠오르고, 왼쪽으로 누우면 해원의 얼굴이 떠올랐다. 차가운 벽에 등을 기대고 꼿꼿이 앉아 있으면 그나마 나았다. 그러다 잠이 들면 정화와 해원은 꿈속을 찾아왔다. 어느 땐 혼자서 어느 땐 둘이 손잡고 규철을 찾아왔다. 동주에게서 해원이 말을 하지 못하게 되었다는 말을 들은 후 꿈속의 해원도 입을 닫았다. 그저 초점 잃은 눈으로 쳐다보았다.

규철은 조용히 몸을 뒤챘다. 동주는 어느새 등을 보이고 누워 있었다. 규철은 눈을 뜬 채 불 꺼진 알전구를 올려다보았다. 커튼이 없는 창문을 통해 달빛이 들어와 길게 자리를 잡고 누웠다. 규철은 결국 잠들지 못하고 일어나 벽에 등을 기대고 앉았다. 10년을 지낸 교도소와 다른 게 있다면 지금 누워 있는 방은 따뜻하다는 정도였다. 눈에 보이지 않을 뿐 세상에도 교도소와 마찬가지로 벽이 존재했다. 그러니 교도소나 지금 앉아 있는 세상 속의 방이나 규철에게는 다를 게 없었다.

규철이 해원이나 정화를 잊을 수 있었던 순간은 명절 때 재소자들이 은밀하게 들여온 담배를 얻어 피울 때가 전부였다. 교도소에서 담배는 음식보다 귀했다. 한 대를 피우면 세상의 경계가 흩어져 버렸다. 현실과 꿈의 경계도 무너져 버리고 몸은 아득한 절벽 아래로 추락했다. 그 순간만큼은 해원과 정화를 잊을 수 있었다. 하지만 고작 1년에 두 차례뿐이었다.

그래서 간절히 돌아가고 싶었다. 돌이킬 수 없는 지점에 와 있다는 걸 알면서도 악마에게 영혼을 팔아서라도 모든 걸 되돌리고 싶었다. 하지만 악마 따위는 없었다. 하루에도 수천 번 정화를 처음 사랑했던 그 시절로 되돌아갈 수 있기를 기원해 봤지만 헛된 공염불이었다. 돌아갈 수 없다는 사실을 깨달을 때마다 절망스럽고 비참했다.

감방 신고식을 하던 때가 떠올랐다.

뭘로 들어왔어?

방장이라는 사내가 물었다. 새파랗게 젊은 남자였다. 규철이 주저하자 사방에서 발과 주먹이 날아왔다. 그쯤이야 간단하게 처리할 수 있었지만 규철은 맞는 쪽을 택했다. 전신에 멍이 들도록 맞고 또 맞았다.

지 마누라 죽이고 들어온 놈이 뭐가 잘났다고 목구멍에 힘주고 지랄이야.

규철은 그 순간 견디지 못했다. 그 순간에도 그랬지만 지금 역시 규철은 정화를 죽이지 않았다고 믿기 때문이었다. 그래서 어떤 죄로 수감이 되었는지 말할 수 없었던 것이다. 규철은 자신에게 달라붙은 사내들을 내동댕이치기 시작했다. 분노와 후회가 실린 규철의 주먹은 벽을 뚫어 버릴 정도로 단단했고 몸을 덮은 슬픔은 규철의 몸을 쇠처럼 만들었다. 규철의 몸부림에 감방의 수인들이 모두 나가떨어졌다. 방장이라는 사내는 규철의 발아래 엎드려 살려 달라고 애원했다. 그 일로 규철은 수감되자마자 독방에 보내지는 신세가 되었다.

제5장 _ 순례 245

규철은 일정한 간격으로 오르내리는 동주의 어깨를 쳐다봤다. 그 위에 달빛이 내려앉아 어깨의 리듬을 타면서 춤을 추었다. 한 번만이라도 동주처럼 깊은 잠을 자고 싶었다. 하지만 해원을 만나기 전까지 그런 순간은 영원히 오지 않을 것이었다. 무수히 많이 세웠던 가설들이 해결되기 전에는 말이다. 규철은 밤마다 가설을 만들었다가 지웠다. 그중에 가장 그럴듯한 가설은, '정화가 이미 죽어 있었다'는 가설이었다. 하지만 그 이상으로 진전시킬 수는 없었다. 그렇다면 누가 정화의 생명을 끊어 버렸단 말인가? 우연히 지나가던 성범죄자가? 집에 숨어든 강도가? 시기하고 질투하던 누군가가? 그 답의 끝에서 규철은 항상 한위를 만났다. 자신을 시기할 만한 사람이 있다면 그건 한위였다. 하지만 한위가? 그럴 리 없었다. 인정하고 싶지 않지만 한위는 자신보다 정화를 더 끔찍하게 위하는 인간이었다. 그래서 해원을 키우며 연락 한 번 하지 않았던 게 아닌가?

규철은 외투를 들고 조용히 방을 빠져나왔다. 사람이 없는 마루는 냉기만 가득했다. 그는 찬 바닥에 앉아 담배를 꺼내 물었다. 담배 연기가 마룻바닥으로 가라앉아 조용하게 흘러 다니다 사라졌다. 담배를 다 피운 규철은 마루에서 나와 동백나무만 가득한 정원 앞에 섰다. 잠은 오지 않고 대신 의문들만 찾아오는 여느 밤들과 오늘도 다르지 않았다. 한 가지 떠올려서는 안 될 의문이 밤마다 규철의 가슴에 칼질을 했다. 해원이 그날 밤 무엇을 보았는지에 대한 의문. 다락에는 언제부터 숨어 있었던 것인지, 그리고 해원이 본 진실이 무엇인지 궁금했다. 만약 아비가 어미를 죽이는 광경을 보았다면 누구라도 용서하지 못했을 것이다. 하지만 규철은 여전히 자신의 살인을 부인했다. 규철이 지금껏 만들어 온 모든 좋은 정화에 대한 헌화가였다. 종이 어느 곳에 걸리든 종을 시작할 때의 마음은 정화에게 바치는 사랑이었다. 결국 그 사실을 정화에게 말해 주진 못했지만.

규철은 민박집을 나와 감은사 탑이 뿌리를 내리고 있는 터로 올라갔다. 두 기의 탑 사이에 달이 걸려 있었다. 달은 파랗고 탑은 검었다. 둘은 고요하게 멈춰 있었다. 그 모양이 마치 대단한 비밀이라도 간직하고 있는 것처럼 보였다.

규철은 두 기의 감은사 탑 사이에 섰다. 바람이 불지 않아 그런지 규철이 서 있는 곳은 따뜻했다. 문득 기이하다는 생각이 들었다. 얼마 전 수도 계량기를 요절낼 정도로 매서운 한파가 지나갔다. 그런데 갑자기 기온이 따뜻해질 수 있는 것일까? 규철은 외투를 벗었다. 전혀 추위를 느낄 수가 없었다. 두 탑이 서로를 갈망하며 온기가 생긴 것일까. 이런 곳이라면 비록을 깊은 땅속에 숨겨 둘 수도 있겠다는 생각이 들었다.

'무모하고 무식한 자식!'

규철은 헛웃음을 웃으며 담배를 피웠다. 그의 웃음소리에 사람의 발소리가 섞여 감은사 터에 고요하게 퍼졌다. 규철은 소리가 나는 쪽으로 고개를 돌렸다. 달빛을 받은 그림자 하나가 규철에게 다가왔다. 동주였다.

"지금 여기서 뭐하시는 거예요?"

"네 아버지가 뭘 찾으려고 했는지 생각하고 있었지."

규철은 다시 허탈하게 웃었다.

"아버지는 세상에 비록 따위는 없다고 했어요. 그런 아버지였는데……."

규철은 새삼 한위가 비록을 찾아 나선 이유가 궁금했다. 평생 가만 있다가 돌연히 왜?

제6장

달의 뒤편

1

　시간은 어김없이 흘러가고 소멸되었다. 앞사람에게서 뒷사람에게로, 밤에서 새벽으로 그렇게 시간은 생성되며 소멸되었다. 늘 시간은 생성되는 순간 소멸되는 것을, 그래서 그 질긴 사슬은 죽음의 형식을 통하지 않고는 끊어지지 않는다는 것을, 아니 그 죽음의 뒤에도 영원히 끊어지지 않을지도 모른다는 것을 동주는 월롱의 달을 올려다보며 절감했다. 그런데 요즘 규철도 밤마다 작업장 앞마당에 나와 달을 구경했다.
　한위와 함께 월롱으로 내려온 후 동주는 밤을 압도하는 달을 통해 버린 날처럼 냉정한 시간을 보기도 했지만 위안도 얻었다. 밤의 한가운데서 어둠을 어둠답게, 빛을 빛답게 만들어 주는 월롱의 달에게서 안식도 얻었다. 규철도 달에게서 위안을 얻기 위해 밤마다 마당에 나오는 것일까? 보름달이 뜰 때면 작업장 철문 입구에 버려진 소파에 앉아 밤을 보내는 눈치였다. 그런 후 새벽녘에 잠깐 눈을 붙이고 일어나 종 작업에 매달렸다. 작업장을 오가다 살펴보니 얼마 전 사형주조공법으로 종의 형틀을 다 만든 듯했다. 종의 표면은 거칠지만 다른 방법에 비해 높은 온도에서 견딜 수 있는 종 제작 방법이었다. 그리고 밀랍주조방법보다는 소리가 맑고 은은한 소리를 내는 장점도 있다고 알려져 있다. 이제 형틀에 쇳물만 부으면 되는데 뭘 기다리는지 그는 쇳물 붓는 걸 미루고 있었다.

동주의 작업도 어느 정도 골격이 완성되어 가고 있었다. 엔진을 연결해 거대한 피리를 만들 계획이었다. 자동차에 있는 팬을 활용해 바람을 넣고 그 바람이 엔진 속에 만들어 넣은 울림판을 지나 각자의 구멍에서 흘러나오면서 하나의 소리를 내도록 만들 작정이었다. 엔진의 크기에 따라 그리고 엔진 속에 쌓인 세월의 때에 따라 소리가 달라지도록 하는 쇠와 쇠의 연결 작업이었다. 하지만 해원의 일기를 발견한 후 작업이 더뎠다. 규철과 감포를 다녀온 뒤에도 동주는 해원의 일기를 펼치지 못했다. 알아서는 안 될 비밀이 해원의 일기 속에 감춰져 있을 것만 같아 두려웠기 때문이었다. 하루하루 폐차장 일꾼들처럼 지냈다. 규철의 배에 칼을 박았던 장수가 돌아오지 않아 동주가 대신 지게차를 잡았다. 유리와 엔진 등이 분리된 자동차의 외형을 들어다 석겸이 작업하는 압축기 위에 올렸다. 간혹 일꾼들과 함께 사고를 당해 끌려온 차 안을 뒤지기도 했다. 그렇게 규철은 규철대로 작업을 진행하지 않았고, 동주 역시 용접기를 잡지 못한 채 시간만 흘러갔다.

어느 날, 동주는 자동차에서 떼어 낸 유리를 공업사에 배달하고 유리 사장과 함께 폐차장으로 들어서고 있었다. 폐차 압축기가 자동차를 압축시키며 그르렁거리며 울었다.

"동주 씨, 기다리는 사람이 있어요."

사무실로 들어서는 동주를 쳐다보며 경리가 말했다.

"누가요?"

"모르겠어요. 작업장 구경한다고 그쪽으로 갔는데요."

"작업장을?"

동주는 부리나케 작업장으로 뛰어갔다. 사람이 드나드는 철문이 열려 있었다. 동주는 서둘러 작업장 안으로 들어갔다. 짧은 머리를 하나로 뒤로 묶은, 제법 큰 골격의 사람이 등지고 서 있었다. 헐렁한 점퍼와 바지 차림이었다. 그는 규철이 제작하고 있는 외형 틀 앞에 뒷모습을 보인 채 서 있었다. 그는 외형 틀을 만져 보기도 하고, 얼굴을 바짝 들이대서 살피기도 했다. 외형 틀에 얼마나 몰두하고 있는지 동주가 다가가도 인기척을 전혀 느끼지 못했다.

"누구십니까?"

그제야 그가 놀라 뒤를 돌아다보았다. 낯선 얼굴이다. 그런데 여자인지 남자인지 잘 구분이 가지 않았다. 동주의 눈길은 자연스럽게 그의 가슴 쪽으로 향했다. 그래도 영 구분이 되질 않았다. 얼굴은 여성적인데 골격은 남성적이었다. 손마디는 굵고 거칠어 보이는데 힙의 선은 날렵했다.

"호, 홍화진이라고 하, 합니다."

여자 이름? 말을 더듬는 데다가 목소리가 굵어 여전히 가늠할 수 없었다. 그 혹은 그녀는 손을 앞으로 모았다. 그 혹은 그녀의 손은 손마디가 굵고 손등에는 빨간 버섯이 잔뜩 피어 있었다. 뭔가에 데인 상처가 데고 또 데어서 생기는 버섯이었다. 쇠를 만지거나 불을 만지는 손이라는 걸 알 수 있었다. 동주는 그 혹은 그녀의 손을 잠깐 쳐다본 후 고개를 들었다.

"저는 누구신지 잘 모르겠네요."

"해,해원 씨한테서 여기를 소,소개받았습니다. 오,오해하실 거 가,같아 미,미리 마,말씀드리자면 저,전 여잡니다."

그녀가 해원 이름을 더듬더듬 들먹였다.

"누가 소개했다고요?"

"가,강해원요."

동주는 자신의 귀를 의심했다. 해원이 사람을 소개했다는 말을 믿기 어려웠다. 그녀의 얼굴이 빨갛게 달아올랐다. 그제야 여자라는 생각이 들었다.

"그러니까 해원이가 아가씨한테 이곳을 소개했단 말입니까?"

그녀가 고개를 끄덕였다. 그래도 믿기지 않았다.

"해원이가 그랬단 말이죠? 그런데 도대체 해원인 어떻게 알게 되신 거죠?"

주머니에 손을 쑤셔 넣고 작업장으로 들어서던 규철이 동주와 화진을 발견했다. 그리고 그녀의 입에서 나온 해원이라는 이름을 들었다. 규철도 그녀의 덩치 때문에 선뜻 다가들지 못했다.

"해원이 이야기하는 거 맞지?"

규철이 동주를 쳐다봤다.

"해원이, 해원이 어딨습니까? 지금 어딜 가면 만날 수 있습니까?"

규철이 화진에게 다그치듯 물었다.

"모,몰라요. 저도 모,못 본 지 하,한 달이 너,넘어서요."

홍화진. 그녀는 짐작했던 대로 종을 제작하던 남도의 한 작업장에서 일하던 여자였다. 남자들도 꺼려하는 일을 여자가 했다는 게 신기했다. 그녀가 있던 작업장은 암자에서나 쓰는 소종을 만들던 작은 작업장이었다. 늙은 주인이 죽은 후 해원일 만났고, 그녀에게서 월롱의 작업장에 대해 듣게 되었다고 했다. 그곳에 가도 되느냐고 묻자 해원이 아마 반겨 줄 거라고 대꾸했다는 것이다.

"해원이가 말을 했습니까?"

그녀가 고개를 저었다.

"저,저는 마,말로 하고 해,해원인 노,노트에 쓰거나 휴,휴대폰 메,메모란에 써서 보,보여 주었어요."

"이봐요, 아가씨 내 이야기는 없었소?"

화진은 규철의 눈길을 피하면서 동주를 쳐다봤다.

"나, 해원이 아빠 되는 사람입니다. 아버지. 내 이야기 안 하던가요?"

화진이 이번에도 고개를 저었다. 해원인 아버지가 출소한 걸 모르고 있을까? 아니면 어머니를 살인한 것에 대한 증오가 아직 가시지 않은 걸까? 규철은 비틀거리며 종틀 앞으로 걸어가 틀에 등을 기대고 털썩 주저앉았다. 해원의 소식을 들으니 기뻤지만 한편으로 마음이 착잡했다. 화진은 봉화에 있는 청량사 인근의 사하촌에서 해원을 만났다고 말했다. 그리고 해원이 건강하다는 말과 월롱을 소개시켜 준 후 또 어디론가 떠났다는 말을 전해 주었다.

동주는 화진에게 예전에 해원이 썼던 방을 내주었다. 규철의 옆방이라는 사실이 께름칙했지만 달리 그녀가 머물 방이 없었다. 방을 새로 수리한 후에 아무도 쓴 적이 없어서 난방이 제대로 되는지 알 수 없었다.

"괘,괜찮습니다. 추,추위에는 이,익숙해요."

그녀가 가방을 방에 두고 나왔을 때 규철은 냉장고에서 꺼낸 막걸리를 벌컥벌컥 들이켜고 있었다. 동주와 화진은 그런 규철을 쳐다봤다.

"다른 말은 없었습니까? 언제 돌아오겠다는 그런 말."

"어,없었어요. 제게 여,여기를 소,소개시켜 준 걸 보,보면 곧 도,돌아오지 아,않을까요."

동주는 그녀에게 한 가지를 더 물었다. 휴대폰을 항상 들고 다니는지에 대해. 그녀는 휴대폰을 사용해 사람들과 소통을 하지만 대부분 전원이 꺼져 있었던 것 같다고 대답했다. 그나마 꾸준히 그녀의 휴대폰 요금을 내준 게 다행이라는 생각이 들었다. 규철은 막걸리 한 통을 더 꺼내 들고 용해로 뒤로 사라졌다. 이제 이 고릴라 같은 덩치의 여자를 어쩌지? 딱히 어떤 복안이 떠오르지 않았다.

"그런데 여기에 왜 오신 겁니까?"

"아,아까도 마,말씀드렸지만 저도 조,종 만들었습니다. 머,먼저 제,제가 있던 작업장을 주,주인아저씨 크,큰아들이 파,팔아 버려서 가,갈 데도 없습니다. 마,마침 해,해원이가 여길 소,소개해 주었고 여,여기 오면 계,계속해서 조,종 마,만드는 일을 하,할 수 있겠다고 새,생각했습니다. 그,그러면 아,안 되나요?"

그녀의 말이 답답하고 느렸지만 말뜻을 알아듣는 데는 문제가 없다. 두 여자가 어떤 이야기를 나누었을지 궁금했다. 그 이야기를 들을 날이 곧 올 것 같았다. 한 가지 더 희망이 생겼다면 머지않아 해원이 돌아올 수도 있겠다는 희망이었다. 그렇다면 한위는?

결국 화진은 규철과 함께 작업장에 머물게 되었다. 규철도 그녀의 등장으로 약간의 위로를 얻은 듯했다. 늘 창백하던 그의 얼굴에 핏기가 도는 걸 보면, 동주의 생활에도 변화가 왔다. 규철과 마주치지 않으려고 작업장 드나드는 걸 자제했는데 화진이 나타난 이후 발길이 잦아졌다. 행여 해원에 관한 소식을 규철만 듣게 될지도 모른다는 시기심도 한몫 거들었다. 그렇게 작업장을 오가며 화진이라는 여자에 대해 조금씩 알게 되었다.

규철은 그녀의 실력을 보겠다며 이암의 문양을 맡겼다. 그녀와 가까워지려는 술수 같았다. 그녀는 거친 손을 가졌지만 섬세했다. 이암을 음각하는 데 있어서도 용의 수염, 여인 옷자락의 실 한 오라기 놓치지 않고 만들어 냈다. 그녀가 따르던 종쟁이가 그녀에게 제대로 가르쳤다는 걸 알 수 있었다. 간혹 규철도 그녀의 솜씨를 보고 놀라는 눈치였다.

그녀는 외형 틀을 바를 때도 먼지 한 점 그냥 지나치지 않았다. 그 모든 일에 몰두했다. 음각하는 일에도 내형 틀을 만들기 위해 파놓은 구덩이를 청소하는 일에도 정신이 팔린 듯 몰두했다. 성전을 청소하기라도 하듯 맨발로 들어가 먼지 한 점 날리지 않고 쓸고 또 쓸었다. 심지어 밥을 먹거나 막걸리를 마시는 일에도 온 정신을 쏟았다. 한 번 몰두하면 담배 불똥이 손등에 떨어져도 느끼지 못할 정도였다. 시간이 지날수록 해원이 그녀를 보낸 이유를 알 것 같았다.

그녀는 쇠를 만지는 인간답게 쇳물받개를 혼자 이리저리 옮길 정도로 힘도 충분했다. 게다가 겸손하고 성실했다. 아무런 욕망도 없이 그저 종 만드는 일만 해온 여자였다. 그녀는 작업장에서 할 일이 없을 때면 폐차장으로 건너가 인부 노릇도 척척 해냈다. 하지 말라고 말렸지만 소용없었다.

"저,저는 모,몸을 아,안 쓰면 모,몸에 스,슬픈 새,생각만 꽉 차서 겨,견딜 수,수가 없어요."

몸을 쓰지 않으면 슬픈 생각이 가득 차는 여자. 자신의 삶의 내력에 대해 말하지 않았지만 그녀의 넓은 가슴 속에 쉽게 꺼낼 수 없는 이야기들이 한 가득 숨겨져 있다는 걸 느낄 수 있었다. 어쨌든 그녀의 등장은 동주와 규철 사이에 흐르던 긴장을 조금씩 풀어 주었다.

누가 오건 오지 않건 시간은 흘러갔고 섭리에 의해 봄을 알리는 햇살은 따뜻해지고 있었다. 화진은 봄을 불러오기라도 하려는 듯 작업장에서 가능한 한 맨발로 걸어 다녔다. 겨울이 남긴 바닥의 살얼음도 신경 쓰지 않았다. 그러면서도 의식을 집전하는 사제처럼 그녀는 조용조용 걸어 다녔다. 동주는 한위가 자신을 두고 천생 종쟁이라고 했던 말은 화진에게 더 어울리는 말이라는 생각이 들었다. 소만 한 덩치의 여자가 움직이면서도 움직이지 않는 듯 움직이는 것도 재주였다. 기이한 여자였다. 많은 이야기를 간직하고 있을 것만 같은 몸의 여자. 하지만 그녀는 말수가 적었다. 그녀에게라면 해원이 월롱을 떠날 수밖에 없었던 이유도 고백했을지도 모른다는 생각이 들었다.

"혹시, 해원이가 왜 그렇게 떠도는지에 대해 말한 적은 없나요?"

"기,기억에서 지,지워야 할 거,것들이 마,많다고만 해,했어요. 그게 뭐,뭐라고 구,구체적으로는 마,말하지 아,않았고."

기억에서 지워야 할 것들. 아버지의 살인과 어머니의 죽음이겠지. 그런데 화진의 말투에 담긴 뉘앙스는 좀 달랐다. 그 이상의 무언가, 한 시절이 아니라 살면서 쌓인 모든 기억을 지워야 한다는 말처럼 들렸다. 동주는 틈이 날 때마다 화진에게 이것저것 물었다. 해원이 밥은 먹고 다니는지, 돈은 있는 눈치인지, 잠은 어떻게 해결하는지.

"도,동주 씨가 여,염려하지 아,않아도 돼요. 해,해원이 새,생각보다가,강한 여,여자예요. 나,나보다도 훨씬 더."

그녀는 규철의 일도 도왔다. 규철도 마다하지 않았다. 어쩌다 둘이 이야기하는 모습을 보면 동주는 불안했다. 그동안 숨겨둔 어떤 비밀을 둘이 나누고 있을지도 모른다는 생각 때문이었다. 하지만 동주에겐 해원의 일기가 있었다. 빨리 봐야 하는데 선뜻 손에 잡히지 않았다. 그녀가 돌아올 때까지 동주는 그저 간직하고만 있어야 하지 않을까. 그녀가 감춘 비밀을 굳이 들춰내 고민할 필요가 있을까? 그렇게 마음을 다잡아도 동주의 호기심은 자꾸만 자라났다.

"요즘 화진 씨랑 무슨 말 나누세요?"

동주는 무심한 척 물었다.

"별말 없어. 종에 관한 이야기니까."

"혹시 해원이 이야기는 안 했나요?"

규철이 동주를 쳐다보며 눈을 흘겼다.

"들은 이야기도 없지만 네가 알 바 아니잖아."

냉랭한 답변만 돌아왔다. 규철이 차가워지면 차가워질수록 동주는 둘 사이에 비밀이 깊어지고 있다는 더러운 기분이 들었다.

2

종은 매번 새로 탄생했다. 종의 크기와는 상관없었다. 종이 크면 소리가 크고 울림이 길어진다는 장점은 있었다. 하지만 규철이나 한위가 얻으려고 했던 근원의 소리를 찾는 데에는 종 크기가 무관하다고 믿었다. 그래서 소리를 찾기 위한 여정이라면 굳이 거종을 만들 이유가 없었다. 종 표면 문양의 미묘한 비대칭. 그게 맥놀이를 결정했다. 길고 아름다운 여운을 남기는 그 비대칭에서만 소리를 얻을 수 있었다. 하지만 한위는 종의 재료인 구리와 쇠의 질에서 소리를 얻을 수 있을 거라고 믿었고, 규철은 종의 틀을 만드는 흙에서 소리가 결정된다고 믿었다. 둘 다 문양의 비대칭이 소리에 미치는 영향에 대해서 알고 있었지만 그 영향은 미미할 거라며 무시했다. 분명 문양은 중요하지만 그보다는 근본이 되는 구리와 흙에 원인이 있을 거라고 생각했다. 사실 동주도 확신할 수는 없었다. 동주는 다만 당좌나 비천상 등 문양이 비대칭인 종에서 깊은 소리를 들었다. 종의 두께나 애초 종을 만들 때 틀로 사용했던 흙에서 얻을 수 있는 소리는 아니라고 믿었다. 그런 동주의 생각에 해원도 동의했었다. 그러니까 그녀는 규철을 부정했던 것이다. 화진도 동주와 생각이 비슷했다.

   해원의 소개로 화진이 월롱에 온 뒤로 동주는 폐차장과 작업장을 오가며 염탐하듯이 두 사람의 작업을 구경했다. 화진은 월롱에서의 생활에 빨리 적응했다. 종에 대한 애착 때문인 듯했다. 동주는 작업장에 일부러 드나든다는 인상을 지우기 위해 작업장에 갈 때마다 목적을 만들어 방문했다. 그날도 목포댁에게 부탁해 감자전과 막걸리를 들고 작업장을 찾아갔다.

   규철이 소각로 쪽에 서서 쓰레기 더미를 뒤적이고 있었다. 순간 동주는 규철이 괜히 쓰레기 더미를 뒤적이는 게 아니라는 생각이 들었다. 그 쓰레기 더미는 해원의 방에서 나온 쓰레기들이었다. 물기가 마른 후에 태우려고 모아 두었는데 소각하는 일을 차일피일 미루고 있었다. 그런데 화진이 이곳에 오기 전까지는 거들떠보지도 않던 쓰레기 더미를 규철이 뒤지고 있었다. 동주는 용해로 앞에 서 있는 화진에게 조용히 다가갔다. 그녀는 용해로 속에서 끓고 있는 쇳물을 들여다보고 있었다.

"아저씨가 뭘 저렇게 뒤지시는 거예요?"

"모,몰라요. 아,아침부터 저렇게 뒤,뒤지시고 계시던데."

동주는 조바심이 났다. 가능한 가정 중에 가장 그럴듯한 것이 화진에게서 일기장에 대한 이야기를 들었을 가정이었다. 동주는 머뭇거리다 지나가는 말투인 척 질문을 했다.

"혹시, 해원이가, 따로 부탁한 게 있나요?"

화진이 고개를 가로저었다. 동주는 자신도 모르게 안도의 숨을 내쉬었다. 동주는 규철에게 슬금슬금 다가갔다.

"목포댁이 감자전을 만들었답니다."

규철이 동주를 힐끔 쳐다봤다. 그는 여전히 쓰레기 더미를 뒤졌다.

"뭘, 그렇게 뒤지세요?"

그는 곧바로 대답하지 않았다. 동주는 그가 쥔 지팡이가 헤집는 곳곳에 눈길을 주었다. 10년 전 사라졌을 작업일지를 찾지는 않을 것이다. 그런 게 있었다면 해원의 집에서 그걸 발견하지 못했을 리 없었다. 옷이며 책들, 잡동사니들이 굴러다녔다.

"혹시 해원이한테 중요한 물건이라도 있지 않나 해서 말이지."

동주는 순간 자신도 모르게 어깨를 움찔 떨었다. 행여 그런 자신을 규철에게 들키지 않았나 싶어 동주는 재빨리 규철의 눈치를 살폈다.

화진에게서 일기에 대해 들었을 수도 있었다. 그리고 화진에게는 동주에게 일절 말하지 말라고 신신당부했을 수도.

"전에 봤을 때 아무것도 없었잖아요."

동주는 범죄 현장을 구경 나온 범죄자가 능청을 떨며 도망치듯 그의 곁에서 멀어졌다. 이대로 있다가는 해원의 일기장을 규철에게 빼앗길 수도 있겠다는 생각이 들었다. 아무리 생각해도 그가 읽을 자격은 없었다. 동주 역시 그럴 자격이 없지만 일기를 읽는 사람이 자신이라면 해원이 용서해 주지 않을까 싶었다. 동주는 규철이 작업대 쪽으로 돌아오기를 기다리며 종들을 구경했다. 잠시 후 규철이 지팡이를 내던지고 작업대 쪽으로 걸어왔다. 막걸리를 따라 비운 후 손으로 전을 찢어 먹었다. 그는 화진과 동주에게도 막걸리를 권했다. 화진도 동주도 그의 잔을 받았다. 그의 표정에는 별다른 변화가 없었다. 잔에 담긴 막걸리를 비운 규철과 화진은 다시 작업에 매달렸다.

바람을 먹은 아궁이의 불이 활활 타올랐다. 장작을 넣던 화진은 회전작업대 위에 올려놓은 용뉴와 음관의 틀에 달라붙었다. 이미 음각한 내용물은 규철이 제작한 종의 틀 위에 달라붙어 있었다. 규철은 용뉴와 음관 제작을 그녀에게 맡겼다. 그건 의외의 결정이었다. 음관 역시 소리에 중요한 역할을 하는데 그 작업을 맡겼다는 건 그녀에게 던진 당근과도 같았다.

종걸이를 대신할 용뉴와 음관만은 여느 문양들과 달리 붓기만 하면 되는 일이 아니었다. 암수로 조각해 놓은 용뉴나 음관을 빈틈없이 맞춰 놓고 접착을 시킨 후에도 삼끈으로 밀랍이 새지 않도록 촘촘히 밀착을 시켜 놔야 한다. 그 후 미리 만들어 놓은 구멍에 밀랍을 부어 하나의 형상을 만들어 낸다. 규철은 종틀에 그것들을 붙여 쇳물을 부을 때 같이 붓는 방식을 취했다. 나머지 비천상이나 유곽, 당좌, 상대나 하대는 종 표면에 붙어 있는 문양이니 그대로 굳기를 기다리면 된다.

그는 날짜를 봐가며 일을 추진했다. 말로는 날씨에 그다지 영향을 받지 않는다고 떠벌렸지만 습기가 많지 않은 날을 택한 듯했다. 추위는 종 제작에 커다란 영향을 미치지 않지만 습기는 달랐다. 종틀의 변형을 초래하기도 하고, 심지어 종 변형의 원인이 되었다. 틀은 흙으로 이루어져 있어 아무래도 스스로 습기를 먹었다. 구리든 쇠든 습기를 먹어 치웠다. 모든 생성의 근본이 물이기 때문에 물을 무시할 수는 없었다. 작업장의 천장이 높은 것도, 오래된 성당처럼 크고 넓은 창을 사방에 만들어 놓은 것도, 사방 구석에 내형 틀을 말리기 위해 쓴 참나무 땔감의 숯을 사방에 늘어놓은 것도 습기를 막기 위한 방책이었다. 그래서 작업장의 겨울은 몹시 건조하고 추웠다. 용해로에 담긴 구리나 쇠가 끓기 시작해야 비로소 온기를 얻을 수 있었다.

쇳물이 끓는 용해로와 종틀을 덥히는 온기로 작업장에는 모처럼 훈기가 돌았다. 동주는 규철이 오늘 쇳물을 부으리라고 예상했다. 규철은 달이 밝은 날을 택했다. 보름달이 뜨기를 기다리며 작업을 시간에 맞춰 진행해 갔던 것이다. 동주도 왜 그런지 오늘은 꼭 해원의 일기를 읽어야 한다고 마음먹고 있었다. 더 늦어지면 영원히 읽지 못할지도 모른다는 생각이 들었다. 만약 읽게 된다면 다시는 일기를 읽기 전의 시간으로 돌아갈 수 없을 터였다. 해원이 일기를 감춘 데에는 그만한 이유가 있을 테니까.

경리와 유리 사장 그리고 다비드가 퇴근한 뒤 석겸과 목포댁이 제사상을 봐왔다.

"큰 사장님은 없지만 오랜만에 쇳물을 붓는데 제사라도 올려야 하지 않겠어."

석겸이 너스레를 떨었다. 목포댁은 내일 아침 식사 준비를 한다며 폐차장으로 돌아갔다. 규철은 상 앞에서 절을 올렸다. 화진이 뒤를 받았고 동주도 마지못해 절을 했다. 석겸이 마무리를 지었다. 드디어 10년 동안 종에서 손을 놓았던 규철이 종의 세계로 돌아온 그 첫 번째 종틀에 쇳물을 붓기 시작했다. 쇳물이 쇳물받개에 옮겨지고 쇳물받개의 쇳물이 다시 종틀에 부어졌다. 1톤 규모의 작은 종이지만 규철에게는 남다른 의미의 종이었을 것이다. 규모가 작은 탓에 쇳물은 순식간에 종틀 속으로 자취를 감추었다. 30톤 가까운 크기의 종을 만들던 규철이었다. 시시할 법도 하련만 그는 입을 다물고 매사 신중에 신중을 기했다. 화진은 그의 뒤를 쫓아다니며 훌륭하게 시중을 들었다. 쇳물이 종틀 속으로 사라지며 알싸한 쇳내를 물씬 풍겼다. 쇳내는 해원에 대한 의문이나 규철 그리고 아버지에 대한 미움이나 증오까지 말려 버렸다. 압탕 구멍으로 어김없이 가스가 피어오르고 붉은 쇳물이 차올랐다. 동주는 그동안 어떻게 이 냄새를 외면하며 살아왔는지 신기할 정도였다.

"……진행하는 방식은 비슷하지만 여러 조건에 따라 다른 결과물이 나오지. 같은 크기와 같은 재료의 종이라도 미세한 두께의 차이에 따라 다른 소리를 내는 거야. 또한 쇳물이 식는 속도에 따라서도 소리는 달라져. 과학이나 통계로는 계산할 수 없는 소리야, 처음에 나는 이 소리를 과학으로 얻을 수 있다고 믿었지. 그런데 이제 생각해 보면 아닌

것도 같아. 물론 지금도 나는 신들린 듯 작업하는 방식에는 반대야. 용해로에 들어가야 할 쇠는 언제나 정확해야지. 종의 두께도 정확해야 하고 말이야."

규철은 강의를 하듯 부드러운 목소리로 화진에게 말했다. 화진은 묵묵히 그의 이야기를 들었다.

"그,그날의 나,날씨에 따라서도 다,달라져요. 조,종을 마,만드는 지역이 어,어디냐에 따,따라서도 다,달라지고요."

화진도 동주나 해원처럼 어려서부터 종을 보고 만들어 왔다고 말하며 그런 이야기를 덧붙였다. 화진이 배웠던 방식과 동주의 방식이 비슷했다. 동주의 어린 시절은 철저하게 기본을 배우는 교육에 집중되었다. 용해로를 끓이는 불의 온도를 몸으로 느끼고, 한 번의 획으로 비천상의 날개를 음각하고, 한 번 쓴 음각 틀은 다시 쓰지 않으며, 종들에 쇳물을 부어야 할 때를 역시 몸으로 알도록 배웠다.

"그럴 수도 있지. 이 작업장 주인은 쇳물을 틀에 붓는 날 비가 오거나 눈이 오면 소리가 약간 처진다고 하더군. 습도가 높지 않고 약간 건조하다 싶은 날씨가 쇳물 붓기는 적당하다고 말하기도 했지. 하지만 쇠가 끓는 정도의 온도라면 그런 것쯤은 무시할 수 있을 거 같은데. 쇳물 끓는 온도만 적당하다면 같은 소리를 내는 여러 개의 종도 만들어 낼 수 있을 거야."

"저,저는 그렇게 새,생각하지 아,않아요. 가,같은 조,조건의 날씨와 사,상황에서 태,태어난 종이더라도 소,소리가 다,달라요. 조,종은 이,인간의 모,몸과 자연과 재,재료가 최적으로 마,만나야만 비,비로소 가,가슴을 뚫는 소,소리를 낼 수 이,있다고 배,배웠고 저,저도 그렇게 미,믿어요."

화진은 소처럼 눈을 끔뻑거리며 전혀 긴장하지 않은 채 말했다. 긴장하는 쪽은 오히려 규철이었다.

"종의 소리는 흙에서 결정되는 거야."

"아,아니에요. 조,종의 소,소리는 무,문양에서부터 쇠의 조,종류와 두,두께 그,그리고 그날의 나,날씨 마지막으로 그,그 종을 마,만드는 이,인간의 자세가 버,버무려져서 겨,결정이 되는 거,거예요."

규철의 얼굴이 뻘겋게 달아올랐지만 더 이상 입을 열진 않았다. 금형리에서라면 멱살이라도 잡았을 규철이었지만 오늘은 달랐다.

"네가 아직 어려서 몰라. 종의 소리는……."

규철이 멀리 서 있는 동주의 얼굴을 바라본 후 입을 닫았다. 그는 가소롭다는 듯 희미하게 웃었다. 더 이상 논쟁하기 싫다는 듯 화진은 불을 때는 아궁이 쪽으로 걸어갔다. 종틀에 쇠를 붓는 동안 쇠가 틀 안에 골고루 스며들도록 틀 바닥에도 불을 땠다. 화진은 아궁이에 말없이 장작을 던져 넣었다. 규철을 등지고 앉은 화진의 등이 단단해 보였다. 불편한 걸 잘 참지 못하는 석겸이 규철과 화진을 꼬드겨 술상 앞으로 끌어 모았다.

"저기 말이야……."

석겸이 동주를 쳐다보며 먼저 입을 열었다.

"장수 형님, 여기 다시 오면 안 되겠나? 얼마 전에 연락이 왔는데, 갈 데가 없다고 하면서 울더군."

석겸이 퇴근하지 않은 이유가 장수 때문이었던 모양이다. 장수라는 이름을 듣자 손가락 마디가 욱신거렸다. 술잔을 받은 규철의 눈썹이 일그러졌다.

"생각해 볼게요."

한위라면 어떤 결정을 내렸을까? 한위였다면 장수가 대들지도 않았을 것이다.

"그래, 그래. 잘 좀 봐주게. 장수 형님이 성질이 좀 욱해서 그렇지 좋은 사람이야. 그리고 장수 형님만큼 우리 폐차장에 대해서 훤한 사람이 또 어디 있나. 안 그런가?"

규철의 얼굴이 밝지 않았다. 그의 판단을 기다릴 이유가 없었다. 그가 불편하다고 해서 동주가 결정을 미룰 이유도 없었다. 동주는 괜히 심술도 났다.

"긍정적으로 생각해 볼게요."

"역시 큰 사장님 아들이라 마음이 태평양이라니까."

석겸이 잔을 들고 건배를 재촉했다. 규철은 석겸의 잔을 외면했다. 석겸은 행여 동주가 말을 물릴까 봐 그런지 서둘러 말머리를 돌렸다.

"화진 씨는 발바닥에 동상도 안 걸려? 아직도 땅이 녹으려면 멀었는데."

화진은 오늘도 맨발이었다. 발바닥은 시커멓고 발톱에는 때가 잔뜩 끼어 있었다.

"저한테 조,종 마,만드는 거 가,가르쳐 주신 스,스승님께서도 그,그렇게 신발을 버,벗고 이,일하셨어요. 그,그래서 저도 그,그렇게 된 건데 하,하다 보니까 그,그게 펴,편해요."

세 사람은 인내심을 갖고 그녀의 이야기를 들었다. 그녀는 어렵게 이야기를 마치고 나면 으레 얼굴이 빨개졌다. 석겸은 그런 그녀가 측은한지 자꾸 그녀 앞으로 고기며 찬을 밀어 놓았다. 그녀는 빨개진 얼굴을 감추려는지 연거푸 막걸리를 들이켰다. 그런 그녀를 보고 있자니 그녀가 여자라는 게 믿어지지 않았다. 책상다리를 하고 앉아 있는 폼이나 규철에게도 지지 않을 정도로 넓은 어깨 그리고 거친 손과 발만 보면 여자일까 싶었다. 그래도 술이 들어가면서 볼이 빨개지자 여자 티가 좀 났다.

"한 2년 만에 용해로에서 쇠가 끓는데 노래라도 한 곡조 뽑아야 하는 거 아닌가?"

석겸이 흥을 돋우었다.

"저, 제,제가 노,노래 하나 해도 될까요?"

술기운 때문이었을까. 그녀의 말 더듬는 빈도가 줄어들었다. 동주는 두 가지 사실에 대해 적잖이 놀랐다. 술을 마시자 말을 더듬는 빈도가 줄어들었다는 것과 낯선 남자들 앞에서 노래를 하겠다고 스스럼없이 자리에서 일어난 점 때문이었다. 얼떨떨해하던 석겸이 우렁차게 박수를 쳤다. 동주도 얼결에 박수를 쳤다. 화진이 목청을 한번 다듬더니 망설이지 않고 몸을 곧추 세웠다. 그러곤 목에 둘렀던 수건을 오른손에 쥐었다. 인간에게는 누구나 짐작할 수 없는 내면이 감추어져 있기 마련인 모양이었다. 떡판처럼 넓은 그녀의 몸에서 구성진 가락의 노래가 흘러나오리라고는 예상치 못했다. 잘 불러야 요즘 아이돌 가수들이 부르는 노래나 흉내 내리라고 예상했다. 아니면 한물 간 발라드풍의 노래나 한 곡 부르려나 싶었다. 그도 아니면 뽕짝 정도. 그런데 그녀는 모두의 예상을 뒤집었다.

우연히 수양버들을 거꾸로 잡아 주르르르 훑어
앞내 강변 세모래 밭에 사르르르 던졌더니
아마 그것 늘어진 버들가지가 수양버들이로구나…….

육자배기였다. 느닷없는 노래에 동주는 가슴에 찬 손이 불쑥 들어온 듯한 충격을 받았다. 그녀의 노래가 시작되자 석겸과 규철 또한 놀란 눈치였다. 노래할 때는 말을 할 때처럼 더듬지 않은 때문이기도 했지만 그녀의 노래는 피를 토하듯 애절하고 눈물이 흐를 것처럼 구슬펐다. 그녀의 노래가 천장 높은 작업장에 메아리가 되어 떠돌았다.

백초는 다 심어도 대는 아니 심으리라
살대 가고 젓대 울고 그리나니 붓대로구나.
어이타 가고 울고 그리는 그 대를 심어 무엇을 할 거나…….

나는 그대를 생각하기를 하루도 열백 번이나 생각하구나
그대는 나를 생각하는지 알 수가 없구나…….
정이라 하는 것을 아니 주려 하였는데
우연히 가는 정을 어쩔 수가 없네…….

그녀의 노래는 동주에게 금형리에서 보낸 세월들을 떠올리게 만들었다. 손가락이나 빨 줄 아는 동주에게 불쏘시개를 집어 주던 한위, 불에 데어 번들거리는 뻘건 동주의 손등을 보고 놀리던 아이들, 학교 담장 아래에서 동주와 싸우던 아이들, 유일하게 남은 어머니의 사진을 용해로에 집어던지던 한위, 용해로 앞에 동주를 세워 두고 불을 견디게 하던 한위, 어머니와 해원 어머니의 주검, 멍한 시선의 해원과 규철…… 등의 순간들을 동주의 망각 속에서 끌어올렸다.

어느 순간 동주는 자신도 모르게 눈시울이 뜨거워졌다. 화진의 노래는 두꺼운 철판 뒤에 꽁꽁 숨겨져 있던 그리움을 깨어나게 만드는, 영원히 녹지 않을 것 같은 얼음 속 깊은 곳에 얼어 있던 눈물을 끌어올리는 노래 소리였다. 노래라는 게, 소리라는 게 그런 것이라는 사실을 동주는 새롭게 깨달았다. 동주는 얼른 고개를 돌려 작업대 쪽을 바라보았다. 쇳물을 모두 비운 쇳물받개와 견고하게 서로 의지하고 있는 크레인 바, 소종을 만들어 내는 작업대와 내형 틀로 닦아 놓은 구덩이, 거대한 용해로, 네 개의 쇳물받개, 한쪽 구석에 산처럼 쌓여 있는 쇠붙이들, 크레인 바에서 내려와 얽히고설킨 쇠사슬들이 그의 눈에 들어왔다.

화진의 노래가 끝났을 때 아무도 입을 열지 않았다. 화진은 그동안 감추고 있던 비밀을 털어놓기라도 한 듯 홀가분한 얼굴이었다. 그녀는 거친 일에 지쳐 목이 마른 노동판의 일꾼처럼 사발 가득 채운 술을 단숨에 들이켰다. 막걸리가 목구멍으로 넘어가는 소리만 들렸다. 이전까지의 갈증은 거짓이었던 것처럼 동주도 심하게 새로운 갈증을 느꼈다. 덩달아 동주도 사발을 비웠다.

"술에 취하거나 노래를 부를 땐 더듬지 않습니다. 왜 그런지 저도 잘 모르겠습니다."

그녀의 얼굴은 빨갛게 익어 가고 있었다. 창밖의 들판은 점점 밤을 머금고 광활해지고 있었다. 적당한 술기운과 화진의 노래와 광활해지는 밤과 천장 높은 작업장은 한순간 진실 같은 걸 떠올리기에 충분한 분위기였다. 하지만 진실이란 고통을 주는 게 아니던가. 동주는 일찍 여읜 어머니와 한순간 꿈처럼 흔적도 남기지 않고 사라져 버린 해원 그리고 어느 순간부터 종쟁이의 삶을 강요하지 않았던 한위에 대해 말하려다 입을 다물고 말았다. 그건 고통을 확인하는, 그 이상의 의미는 없기 때문이었다. 서먹한 분위기는 그리 오래가지 않았다. 말을 더듬지 않게 된 화진이 그동안 말을 더듬었던 세월에 복수라도 하듯 입을 열었다.

"재미없는 얘기지만 들어 보실래요? 해원이에게도 해주었던 이야깁니다."

흐려지려는 정신이 줄을 바짝 당겼다. 느긋하게 몸을 뒤로 물렸던 규철도 몸을 앞으로 내밀고 자세를 고쳐 잡았다. 행여 해원이 남겼을지도 모를 어떤 말을 듣기 위해서. 폐차장 주방에 있던 목포댁이 안주를 만들어 들고 와 자리를 잡고 앉았다. 술상 위에서 동주와 규철의 눈빛이 잠깐 부딪쳤다.

"제가 열 살 때인가 그랬을 겁니다. 그때 고아원으로 내 엄마라는 여자가 찾아왔더군요. 지금도 잊을 수 없지만 전 따라가지 않았어요. 대신 그 여자의 손을 물어서 내가 그녀의 자식이 아니라는 것을 보여 주려고 했죠. 그녀가 울먹이며 떠나더군요. 난 알고 있었습니다. 가슴이 터져 버릴 것만 같은 느낌. 그건 억지로 만들어지는 것이 아니라 그런 날이 되면 터지는 것이라는 걸 알았죠. 하지만 따라가지 않았어요. 울지도 않았어요. 가슴에 커다란 구멍이 생겨서 내 가슴으로 철쭉꽃이 피어 있는 길을 걸어가는 그 여자의 모습이 보이더군요. 제가 그때 왜 그랬는지 모르겠어요. 지금 생각해 보면 아마 그 여자가 나를 또 버릴 것이라는 생각 때문에 그랬던 것 같아요. 그런 건 한 번으로 족하잖아요. 그 후에도 몇 차례 찾아왔지요. 저는 그 여자 얼굴에 침을 뱉었습니다. 그 여자는 울면서 돌아갔지요. 그 일로 저는 원장에게 죽도록 맞기도 했습니다. 독한 년이라면서 매를 때렸죠. 너같이 고릴라처럼 생긴 년을 찾아가겠다고 온 엄마한테 침을 뱉었다고 말이죠. 그걸 증명하듯 고아원에서 도망 나올 때 원장실에 불을 지르고 나왔어요. ……제가 이런 이야기를 해원이 말고 다른 사람에게도 하게 되리라고는 한 번도 상상하지 못했어요. 먼저 있던 공장 아저씨한테도 털어놓지 못했던 이야기예요. 사실 그분은 저의 내력 따위를 묻지도 않으셨고요. 그런데 오늘 가슴에서 넘쳐흘러 버렸어요. 저로서도 어쩔 수 없었습니다. 죄송합니다. 이렇게 저렇게 굴러먹다가 종을 만드는 아저씨 공장에 들어가게 되었고, 그분 돌아가시던 달 해원이를 만났던 거예요."

덩치는 당할 남자가 없게 생겼지만 시간이 흐를수록 그녀의 말투에서는 여자의 체취가 물씬 풍겨 나왔다. 그녀의 얼굴이 서서히 흙빛으로 변했다.

"나는 처음부터 화진 씨가 고생하며 살았을 거라고 짐작했지. 훤하구먼. 고아원 도망 나와서 어떻게 살았을지 말이야."

석겸이 혀를 차며 그녀의 말에 추임새를 넣었다. 동주는 엉거주춤 자리에서 일어났다.

"해원이랑 있으면서 했던 말 중에 우리한테 안 한 말 없어?"

규철이 마른세수를 하며 화진에게 물었다.

"언젠가는 돌아가야 한다고 했어요. 그러니 꼭 돌아올 거예요. 그리고 쇠 냄새가 그립다는 말도 했어요."

그 말을 듣자 동주는 가슴이 뭉클했다. 해원은 태어날 때부터 거의 평생을 쇠의 곁에서 살아온 아이였다. 어머니가 살해당하고 아버지가 수감되었어도 쇠의 곁을 떠나지 못했던 여자였다. 규철도 자리에서 일어나 등을 보인 채 쇠가 식고 있는 종틀 쪽으로 걸어갔다.

동주는 작업장 밖으로 나와 훤한 달빛 때문에 거대해진 밤하늘을 올려다보았다. 작업장에서 두런두런 말소리가 들렸다. 멀리 불을 밝힌 자동차 한 대가 굽이진 길을 지나가는 모습이 보였다. 달 곁에는 차가운 별들이 가득했다. 어느새 석겸이 동주의 곁에 다가와 섰다. 그의 입에서 달큼한 술 냄새가 났다.

"애를 낳은 적이 있다는 걸 보니 여잔 여자였네."

"애를 낳은 적이 있다고 그래요?"

"그러네. 저런 여자를 좋아하는 놈도 있었던 모양이야."

"애는요?"

"1년 만엔가 죽었대. 폐차장이 인생 막장인 인간들이 드나드는 곳이긴 하지만, 저 여자도 어지간해. 그리고 말이야 동주, 장수 형님에 대한 건 긍정적으로 생각 좀 해줘. 장수 형님도 오갈 데 없는 불쌍한 인생이니까. 여기 아니면 올 데가 없다는 말 진심이었어."

동주는 석겸의 말에 대답하지 않았다. 장수가 다시 폐차장에 돌아오면 동주와 규철이 불편해질 수 있었다. 하지만 떠돌고 있다니 마음이 흔들렸다. 정작 돌아와야 할 사람은 돌아오지 않고 반갑지 않은 사람은 돌아오려고 한다. 문득 해원이나 한위도 서서히 월롱으로 돌아오고 있는 중이라는 기분이 들었다.

동주는 석겸을 어둠 속에 세워 둔 채 폐차장으로 향했다. 폐차장에 고여 있던 적막이 흔들렸다. 작업장 쪽에서 흥겨운 말들이 오가는 듯했다. 하지만 동주는 더 이상 흥미가 없었다. 화진에게서도 해원에 관해서 더 이상 들을 말은 없을 것 같았다. 그는 폐차장 작업실로 들어가 전등불은 켜지 않고 전기 히터를 켰다. 히터의 불빛이 얼굴에 퍼졌다. 동주는 해원의 일기를 감추어 둔 엔진 쪽으로 눈길을 주었다. 해원의 일기장을 작업하는 구조물의 맨 아래에 있는 엔진 속에 감추어 두었다. 동주의 작업실에 드나드는 사람도 없겠지만 막연하게 누구의 손길도 닿지 않는 곳에 은밀하게 두어야 한다는 생각에 그곳에 감추어 두었던 것이다. 그곳에서 해원의 일기장이 영원히 잠들기를 바랐다. 그렇게 밤마다 동주는 해원의 일기를 두고 고민했다. 읽어야 하는지 말아야 하는지. 읽기에는 너무 두려웠고 읽지 말자니 해원이 월롱을 떠난 이유가 너무나 궁금했다. 어떤 결정도 내리지 못한 채 시간은 속절없이 흘러갔다. 그 안에 감추어진 글자들이 펼쳐지는 순간 동주에게 어떤 말들을 하게 될까? 하지만 동주는 아직 진실에 부딪혀 깨질 용기가 부족했다.

3

훌쩍 입춘이 지났다.

규철의 종은 식어 가고 있었다. 내일이면 틀을 벗고 종소리를 들을 수 있을 것이다. 하지만 동주의 작업은 한 발짝도 앞으로 나아가지 못했다. 해원의 일기에 마음이 쏠린 뒤로 동주는 다른 일을 손에 잡지 못했다.

동주는 작업을 하는 대신 다비드와 같이 폐차로 들어온 자동차에서 부품들을 뜯어내는 일에 매달렸다. 다들 말렸지만 그렇게라도 일하지 않으면 미칠 것만 같았다. 몸을 쓰지 않으면 슬픈 생각만 꽉 차 견딜 수 없다던 화진처럼. 화진이 들어온 뒤로 한위나 해원이 곧 돌아올 것이라는 기대를 품었지만 근래에는 두 사람을 봤다는 제보조차 없었다. 부품 뜯는 일이 끝나면 몸이 녹초가 되어 지칠만도 하련만 오히려 정신은 맑았다.

일을 끝내고 작업실로 들어오자 후드득 비가 내리기 시작했다. 봄을 재촉하는 비였다. 동주는 간이침대 위에 누워 텔레비전을 봤다. 창문 너머로 작업장 벽이 한눈에 들어왔다. 벽 바깥으로 뻗어 나간 작업장 천장이 비에 젖고 있었다. 봄비치고는 빗줄기가 거셌다. 비가 오고 나면 어김없이 다음 날 부서지고 일그러진 자동차들이 견인차에 끌려왔다.

작업실의 양철지붕을 두드리는 빗소리가 거세 텔레비전 볼륨을 높였다. 지난주 방영했던 드라마를 재방영하고 있었다. 남자가 여자를 사랑해 결혼했는데 아이를 낳고 살 만하니까 암으로 죽어 간다는 삼류 드라마였다. 그래도 시청률이 높다는 기사를 읽은 적이 있었다. 아무런 생각을 할 수 없게 만드는 세속적 재미가 있었다.

동주는 텔레비전을 보다 잠들었다가 새벽에 깨어나 또 하릴없이 텔레비전을 봤다. 새벽까지 비가 오는 통에 산책을 나갈 수도 없었다. 비 오는 날은 개들도 짖지 않았다. 사람 발소리가 들렸다. 식당에 귀를 기울였다. 아무 소리도 들리지 않았다. 시계를 보니 아직 목포댁이 출근할 시간이 아니었다. 동주는 매운 고추를 잔뜩 썰어 넣은 칼국수가 먹고 싶다는 생각을 했다.

텔레비전을 그대로 켜놓은 채 창가에 섰다. 숙소에서 새어 나간 불빛 언저리에 빗줄기가 모습을 드러냈다. 규철도 깨어 있을까? 틈을 비집고 새어 나온 작업장 불빛이 지붕에 몰려 있는 어둠을 조금씩 밀어 냈다. 동주는 폐차장 마당으로 시선을 돌렸다. 어둠 저편에서 은밀하 게 내리는 빗속에 불빛들이 형체를 잃고 섬처럼 떠다녔다. 어깨가 싸 늘하고 다리가 쑤셨다. 담요를 어깨에 두르고 비에 젖은 어둠을 바라 보았다. 물에 젖은 어둠을 바라보고 있자니 엉뚱한 상상들이 꼬리를 물고 일어났다. 그중 한 가닥이 동주를 붙잡고 놓지 않았다. 혹시 이른 새벽 해원이 화진처럼 불쑥 나타나지 않을까 하는 상상. 그런 상상을 하다 보면 동주는 얼굴이 굳어졌다. 엔진 속에 처박혀 있는 해원의 일 기가 떠오르고 규철과 한위가 연이어 나타나 동주의 상상의 끝을 장 식했다.

"기적 같은 건 일어나지 않아. 그냥 나를 편하게 보내 줘."

텔레비전 속의 여자가 품에 안긴 남자의 머리를 쓰다듬고 있었다. 남 자의 말이 새삼스럽게 다가왔다. 그래, 세상에 기적 같은 건 없다. 모든 사람이 한순간에 화해하는 일 따위는 일어나지 않는다. 미움이 한순간 에 사랑으로 바뀌지 않고, 사랑이 찰나에 미움으로 바뀌지도 않는다.

어둠 저 먼 곳에서 미명이 비에 섞인 어둠을 밀어내고 있었다. 폐 차장 담을 따라 터를 잡은 플라타너스들의 형체가 어렴풋이 드러났 다. 빗줄기가 가늘어졌다. 동주는 바지 주머니에 손을 찔러 넣고 먹 구름을 걷어 가는 하늘을 구경했다. 바지 주머니 속에서 종잇조각이 만져졌다. 돈이었다. 만 원짜리 다섯 장. 물에 푹 담가 두었는데도 돈 에 배었던 핏물은 여전했다. 그제 사고로 폐차가 되어 끌려온 외제차 에서 나온 돈이었다. 견인차를 모는 석겸이 재수 좋은 돈이라며 동주 에게 들고 왔다. 동주는 피가 묻은 돈이 재수가 좋다는 그의 논리를 반박하지 않았다. 그는 피 꿈을 꾸면 재수가 좋다고 생각했다. 버릴 수 없어 가지고 있었는데 하필이면 갈아입은 바지 속에 들어 있었던 모양이었다.

지폐를 코 가까이 대고 냄새를 맡았다. 흐리게 핏자국이 남아 있는 지폐에서는 냄새라기보다 선지의 맛이 느껴졌다. 피만큼 진하게 자국을 남기는 것도 드물었다. 교통사고로 아스팔트에 물든 피는 새로 보수를 할 때까지 눈에도 비에도 쪼아 대는 폭양에도 몽고반점처럼 지워지지 않고 오래 남았다.

동주는 이런저런 사념 속을 돌아다니느라 누군가 노크를 하고 있다는 걸 뒤늦게 깨달았다. 문을 열자 우산을 든 규철이 서 있었다.

"종 식을 때까지 가볼 데가 있어서 말이야. 모레쯤 돌아올 거야. 좀 더 늦을지도 모르고."

어디를 가냐고 묻는다면 주제넘은 짓일까. 한위가 가 있으리라고 짐작되는 곳을 뒤지거나 아니면 해원이 있을 법한 곳을 다녀오겠지. 어쩌면 동주 모르게 누군가로부터 제보를 받았을지도 몰랐다. 동주는 더 이상 그의 행보가 궁금하지 않았다. 지금 그의 손에는 해원의 분신이랄 수 있는 일기장이 있었다. 제보자를 만나 이미 사라져 버린 해원이나 아버지에 관한 소식을 듣는 것보다 지금은 일기장이 더 소중했다.

"다녀오세요. 종은 오시면 꺼낼 거죠?"

"그래야겠지. 그리고 만약 내가 늦어지면 화진이랑 종 꺼내서 타종 좀 해보겠어?"

"싫습니다. 아저씨 종을 제가 왜 타종을 합니까? 돌아오실 때까지 기다릴게요."

규철이 무슨 말인가 더 하려다 말고 입을 다물었다. 빗속으로 들어갔던 그가 걸음을 멈추고 뒤를 돌아다보았다.

"그런데 작업장 말이야."

동주도 작업실에서 나와 처마 아래에 섰다.

"늘 작업장 규모가 크다고 생각했는데……, 넌 그런 생각 안 들었어? 그리고 크레인이 불필요할 정도로 복잡하게 설치되어 있잖아. 한위가 왜 그랬을까? 너도 알겠지만 한위는 깔끔한 성격이잖아."

동주는 늘 대수롭지 않게 생각했던 일이었다.

"그리고 모아 놓은 쇠붙이에 몇 년치 먼지가 쌓여 있는 거 같아. 쓰고 다시 모으고 그런 흔적이 없어. 이상하지 않아?"

규철은 그 말을 남기고 새벽의 빗속으로 들어갔다. 그런가? 동주는 작업장을 떠올려 보았다. 크기만 클 뿐, 예전의 작업장과 별로 달라진 건 없었다. 동주는 문득 규철이 사라진 지금이 해원의 일기를 읽어야 할 때라는 생각이 떠올랐다. 폐차장의 쪽문이 열렸다가 닫히는 소리를 들었다. 동주는 마당까지 나가 규철의 모습이 사라질 때까지 지켜봤다. 서서히 비가 걷히면서 동이 트고 있었다.

작업실로 뛰어 들어가자마자 동주는 용접기에 불을 붙였다. 해원의 일기장을 엔진 속에 감춘 후 손이 드나들 수 있는 공간을 철판으로 막고 용접을 해놓았던 것이다. 용접기의 불길이 용접되어 있는 자리를 지나갔다. 가볍게 용접을 해두었던 터라 철판은 금방 떨어졌다. 불이 닿은 자리에 물을 뿌렸다. 마법의 약처럼 수증기가 피어올랐다. 손을 넣어 한 달 가까이 잠자고 있던 해원의 일기장을 꺼냈다. 일기장에서 기름 냄새와 범벅이 된 쇠 냄새가 났다. 동주는 표지를 조심스럽게 쓸어 보았다.

4

 탁한 결과 물컹한 질을 가진 늪 속에서는 무슨 일이 벌어지는지 아무도 몰랐다. 그래서 강이나 바다보다 결코 얕지 않았다. 늪은 스스로 자신을 내보이기 전에는 누구도 들여다볼 수 없는 깊이를 지니고 있었다. 한위가 늪 위에 폐차장을 올린 게 그렇게 깊은 곳에 뭔가를 감췄어야 했기 때문이었을까. 하지만 늪은 때론 숙명처럼 속을 드러냈다. 가뭄에 혹은 장마에 속에 감추었던 것들을 폭로했다.
 아무리 달리 생각하려고 해도 해원의 일기장은 늪이 토해 낸 게 분명했다. 너무 깊이 숨겨 버렸기에 드러날 때는 파장이 클 수밖에 없는 것들이 우연을 가장해서 드러난다. 동주에게 해원의 일기장이 그랬다. 동주는 단전에서부터 끌어올린 호흡으로 마음을 진정하고 물에 퍼진 글자들을 살폈다.
 일기장의 어떤 페이지의 종이들은 서로 달라붙어 떨어지지 않았다. 형체를 잃은 글자들과 살아 있는 글자들이 만나 뒤엉켜 의미를 상실한 단어들이 많았다. 어떤 페이지는 아예 글자가 모두 풀어져 버려 알 수가 없었다. 그래도 드문드문 살아 있는 글자들이 숨을 쉬었다.

8월 9일
 내가 본 건 환상일지도 몰라. 어쩌면 난 태어날 때부터 혼자였을 거야. 하지만 땀 냄새, 숨 막히는 듯한 신음, 지독한 쇠 냄새, 달빛에 번

들거리는 것들. 이 생생한 기억들은 뭐지? 나는 그날 다락 안에서 뭘 하고 있었지. 나는 왜 축축한 다락 속에 있었던 거지?

잉크가 번져서 처음에는 무슨 글자인지 알아볼 수가 없었다. 동주는 살아 있는 글자들을 중심으로 앞뒤의 단어와 조사를 어림잡아 조립해 가며 읽어 나갔다. 서서히 문장들이 보이고, 그 속에 뜻이 보였다. 동주는 첫 페이지도 제대로 읽지 못하고 그만 일기장을 덮고 말았다. 자음의 각진 모서리가 둥글고 가끔 문장을 마무리 짓지 않고 맺는 걸 보니 해원의 글이 확실했다.

동주는 먼저 날짜들을 확인해 보았다. 해원의 일기는 내용으로 추측해 보면 금형리에서 월롱으로 내려온 뒤부터 썼던 것 같았다. 하지만 매일 쓴 게 아니라 어느 땐 일주일 만에 또 어느 땐 열흘 만에 한 번씩 썼다. 하지만 어느 해에 쓴 것인지는 알 수 없었다. 해원의 일기에는 연도가 적혀 있지 않았다. 그런데 8월 9일자의 짧은 일기 속에서 해원은 정화나 규철이 자신에게 어떤 의미인지 헤아리지 못하고 있는 듯했다. 부모에 대해 잊어버린 걸까? 충격이었다.

8월 11일

탄자니아에서는 피부와 눈 그리고 털에 백색 증상이 나타나는 희귀병의 아이들이 산 채로 사지가 잘린다고 한다. 간혹 누군가 그런 아이들의 목을 베어 피를 받아 마신다고 한다. 끔찍한 일이다. 흑인으로 태어나야 하는데 백인이 되어 버려 저주받은 영혼이라고 불리는 아이들. 곁에 버젓이 형제가 보고 있는데도 광신도들은 복면을 하고 들어와 백색 증상이 나타난 아이의 다리를 아무렇지도 않게 잘라 간다고 한다. 부적으로 쓰기 위해. 소름이 끼친다. 나도 어쩌면 저주받은 영혼인지도 모른다.

해원은 어디선가 주워들은 이야기를 그대로 일기에 적었다. 그리고 그 아이들과 자신을 동일시했다. 해원의 일기에 적힌 이야기는 끔찍했고, 해원이 그런 생각을 하며 지냈다는 사실 또한 끔찍했다.

9월 20일

아저씨 이름은 박한위, 오빠 이름은 박동주, 내 이름은 강해원. 가족이라지만 우린 가족이 아님. 아저씬 종에 매달려 있다. 지긋지긋한 종. 세상의 모든 종은 없어져야만 한다. 다들 미쳤다. 동주 오빠는 몰래몰래 공부를 한다. 아저씨에게서 탈출할 거라고 말하곤 한다. 나는 믿음. 하지만 벗어날 수 있을까. 오빠도 사실은 종에 미쳐 있다. 모두 종에 미친 인간들이다. 아저씨가 없을 때면 오빠는 몰래 공부하는 것처럼 작업장으로 들어가 종들을 쓰다듬거나 종을 만진다. 월롱으로 내려온 뒤 아저씨가 첫 번째 종을 만들었다. 나는 소리가 듣기 좋았지만 동주 오빠는 인상을 찌푸렸다. 종소리를 가까이에서 들으면서 내게도 아빠와 엄마가 있었다는 걸 깨달았다. 하지만 두 분이 어떻게 되었는지, 아저씨나 동주 오빠는 말해 주지 않는다. 한 가지 뚜렷하게 기억나는 건 아빠도 엄마도 종에 미쳐 있었다는 정도다. 엄마가 무지 보고 싶다. 아빤 보고 싶지 않다. 아빠가 조금 더 미쳤었던 것 같다.

글은 짧았지만 내용은 길었다. 동주에 대해 종에 미쳐 있다고 표현한 것도 놀라웠지만, 무엇보다 놀라운 건 규철이 정화를 죽인 후 살인죄로 교도소에 수감 중인 사실을 모른다는 점이었다. 그렇다면 동주에 대한 이미지도 그녀 식대로 해석한 건 아닐까. 월롱으로 내려온 뒤 동주는 대입 시험에만 몰두했다. 그랬던가? 한위가 종을 만들 때마다 귀 기울여 소리를 들었다. 그 이상은 아니었을 것이다. 하지만 동주가 알지 못하는 자신을 해원은 보았을지도 모른다. 그녀의 일기를 보고 있자니 혼란스러웠다. 해원의 일기 속에 등장한 동주는 누구보다 동주 자신에게 낯설었다. 몰래 종을 구경하러, 종틀을 만지러 작업장에 드나들었다는 게 믿어지지 않았다. 동주에겐 그런 기억이 없었기 때문이다.

누군가 문을 두드렸다. 목포댁이 출근한 모양이었다. 그녀가 노크를 하는 바람에 동주는 깜짝 놀라 해원의 일기를 바닥에 떨어트리고 말았다. 목포댁이 살며시 문을 열더니 아침밥이 준비되었다고 전했다.

식당에는 석겸과 유리 사장 그리고 다비드와 경리가 앉아 있었다. 화진은 동주 뒤에 들어왔다.

"왜 그렇게 얼굴이 벌게? 새벽부터 술 마셨어?"

유리 사장이 물었다. 화진이 동주의 얼굴을 물끄러미 쳐다봤다.

"술은요."

동주는 슬쩍 식당 벽에 붙어 있는 거울 속의 자신을 보았다. 그의 말대로 얼굴이 빨갛게 익어 있었다. 얼굴이 달아오르면 왼쪽 뺨에 화인처럼 나타나는 자국이 도드라져 보였다. 동주 몸에 있는 흔적이었지만 한동안 잊고 지냈던 자국이었다.

"규,규철 아,아저씨는 어,어디 가셨어요?"

화진이 물었다. 목포댁이 동주를 대신해 대답해 주었다. 문득 해원이 화진에게 자신의 부모에 대해 이야기를 했을지 궁금했다. 일기를 더 읽어 보면 알겠지.

10월 1일

국군의 날이다. 어렸을 때는 노는 날이었던 것 같은데 요즘은 안 논다. 오늘이 노는 날이어도 나랑은 상관이 없다. 학교도 가지 않으니까. 학교를 가지 않아도 어차피 나는 놀지 못한다. 나는 언제부터 입이 열리지 않았던 것일까. 세상의 모든 소리는 들리는데 말은 못 한다. 엄마 아빠는 나 같은 벙어리를 두고 어디로 사라진 것일까? 동주 오빠가 반에서 1등을 했다고 한다. 축하해 주고 싶은데 말이 나오질 않는다. 서울로 대학을 갈 수 있다고 한다. 그럼 오빠는 머잖아 서울로 올라가는 걸까? 나 혼자 심심할 텐데, 그땐 뭘 하며 지내지?
수화를 배워 볼까? 벙어리들은 모두 수화를 하던데. 아저씨나 오빠는 내게 수화를 배우라고 하지 않는다. 언젠가 나아질 거라고만 말한다. 아저씨가 검정고시를 준비하라며 책을 사왔다. 동주 오빠가 공부하는 건 싫어하면서 나더러는 공부를 해야 한단다. 그런 아저씨를 보면 이해가 안 된다. 어렴풋하지만 금형리에 살 때에 아저씨가 동주 오빠를 때리던 기억이 선명하기 때문이다. 오빠 등짝에 혁대 버클 자국이 선명했다. 그래, 나도 기억난다. 나의 예쁜 엄마, 술에 취했다 하면 종 틀 구덩이에 들어가 자던 아빠. 엄마, 아빠는 어디 있지? 그런데 왜 이렇게 가슴이 아프지? 왜 가슴이⋯⋯.

그 일기는 동주가 고등학교 3학년을 다니던 해에 쓰인 것이었다. 금형리에서 월롱으로 전학 온 뒤 동주가 반에서 1등을 한 건 수능시험을 앞둔 한 달쯤 전이었으니까. 어쨌든 그때까지 해원은 규철과 정화의 행방에 대해 모르는 것 같았다. 단기기억상실이었다. 일시적으로 입을 닫은 것 역시 충격에 의한 현상일 거라고 말했다. 아빠가 엄마를 죽이는, 이해 불가능한 광경을 목격했으니 그럴 수도 있겠지. 그런데 해원이 일기에 적은 동주에 관한 일은 기억이 나지 않는다. 자주 맞았지만…… 가물가물했다. 문득, 혁대라는 단어가 형체가 없던 기억의 방을 순식간에 완성해 냈다.

금형리에서 있었던 사건이었다.

그날은 동주 어머니 제삿날이었다. 규철이 종 작업에 들어가 한위도 덩달아 바빴다. 밤 10시가 되기 전에는 집에 돌아오지 못할 거라고 믿었다. 동주는 마음 놓고 책을 봤다. 아베 코보라는 일본 작가의 《모래의 여자》라는 소설이었다. 도무지 헤어 나올 수 없는 운명의 굴레 같은 걸 느꼈던 듯했다. 그날 동주는 책에 빠져 아버지가 오는 걸 알아차리지 못했고, 책을 빼앗기기 전까지 그 속에 빠져 있었다. 여느 날처럼 한위는 술에 취해 있었고, 그날 처음으로 허리에서 혁대를 칼처럼 뽑았다. 그러곤 무작정 휘둘렀다. 종에 미쳐도 모자랄 판에, 쓰레기 같은 소설을 읽어? 비가 왔었던가. 해원이 부침개를 들고 왔었다. 우산은 썼었는지 기억이 나지 않았다. 아무튼 그날 해원인 부침개 담긴 접시를 들고 집 대문 앞에 서서 개처럼 혁대로 매를 맞던 동주를 봤던 것이다. 그날의 디테일한 부분들까지 생생하게 떠올랐다.

매를 때린 사람도, 맞은 사람도 지쳐 쓰러졌다. 얼마나 시간이 흘렀을까. 동주는 싸늘한 한기를 느끼고 겨우 눈을 떴지만 몸은 깨어나지 못했다. 사방이 어두워 눈을 떴는지 감았는지 분간이 되질 않았다. 동주는 팔에 힘을 주려고 정신을 집중했지만 손가락 하나 마음대로 움직일 수 없었다. 몸이 거대한 납덩이로 변해 아득한 깊이의 물속에 처박힌 듯했다. 문득 어머니의 제사를 치러야 한다는 생각이 들었다. 해체되었던 뼈들을 추스르고 흩어져 있던 힘을 모으기 위해 근육에 조금씩 힘을 주었다. 손가락 끝에서 미세하게 힘이 느껴지기 시작했다. 동주는 몸을 깨우기 위해 입술을 깨물었다. 입안에 비릿한 피 맛이 도는 순간 잃어버렸던 힘이 돌아왔다. 끊어졌던 숨도 돌아온 듯 숨쉬기도 한결 가벼웠다. 방바닥을 더듬어 방문 쪽으로 기어 나갔다. 상체에만 머물던 힘이 아래로 내려가 채워지기 시작했다.

　방문을 열었다. 달이 가득한 밤이었다. 동주는 숨을 한 번 크게 몰아쉰 뒤 몸을 일으켜 세웠다. 몸이 휘청거렸지만 버틸 만했다. 의지하느라고 붙잡은 문틀이 삐걱거렸다. 벽의 전등 스위치가 만져졌지만 불을 켜지 않았다. 동주는 잠에서 깨어났다는 걸 아버지에게 알리고 싶지 않았다. 문턱을 넘어 마루에 걸터앉았다. 숨을 고르고 발에 맞춤한 신발 하나를 꿰어 신고 마당에 섰다. 찌그러지고 깨지고 녹은 종들의 무덤 위로 달빛이 내려와 부서졌다. 달은 만월이었다. 한낮에는 폭풍 같은 사건이 일어났지만 어머니 오시기에 좋은 날이라는 생각이 들었다.

　동주는 발을 끌며 작업장 쪽으로 걸어갔다. 어쩐 일인지 별로 힘들지도 두렵지도 않았다. 한위의 매질을 견뎌 낸 때문만은 아니었다. 예전 같았다면 방에서 숨죽인 채 아버지를 원망하거나 증오하며 아침을 맞이했을 것이다. 몸이 자라듯 두려움을 견디는 힘이 강해졌고, 하루가 다르게 몸에 힘과 근육이 붙었다. 그러면서 동주는 서서히 깨달아 가고 있었다. 몸에 차오르는 신선함이 억압을 깨고 알에서 나오려 한다는 것을.

한위의 방에서 희미하게 불빛이 새어 나왔다. 지금 몇 시일까? 동주는 밤하늘을 올려다보았다. 달이 흐르는 길과 밤바람에 흩어지는 별을 보며 시간을 가늠해 보았다. 계절에 따라 조금씩 차이가 나지만 만월이 머리 위에 떠 있으면 자정 무렵이었다. 어머니가 오실 시간이었다.

동주는 조심스럽게 한위의 방 쪽으로 걸어갔다. 문이 살짝 열려 있었고 한위의 방에서 빠져나온 불빛이 어지럽게 팔랑거렸다. 작은 소음들도 보태졌다. 동주는 조금씩 앞으로 걸어 나갔다. 어둠이 쌓여 식어 버린 바람이 따라 들어왔다. 동주는 발소리를 죽이며 한위의 방 앞으로 다가갔다. 쇠를 얻기 위해 끌어 모은 쇳덩어리들도 잠이 들었는지 쇳내를 풍기지 않았고, 뜨겁게 끓어 대고 있을 작업장의 용해로도 멈추었는지 불빛이 없었다.

동주는 열린 문틈으로 얼굴을 들이밀었다. 좁은 틈으로 후끈한 열기가 얼굴에 확 끼쳤다. 더욱 호기심이 발동했다. 전신을 찔러 대는 통증은 잊어버렸다. 불 꺼지지 않은 방 안에 번들거리는 몸이 보였다. 그런데 하나가 아니었다. 또 다른 하나. 한위가 내리누르고 있는 상대가 여자인가? 그 행위가 뭘 의미하는지 알 만한 나이였다. 하지만 금형리에서 한위와 그런 짓을 할 만한 여자는 없었다. 한위는 동주의 등장을 아는지 모르는지 계속해서 허리를 움직였다. 어느 순간 한위와 동주의 눈이 마주쳤다. 마치 달의 기운을 받아 늑대로 변한 인간처럼 한위의 눈은 붉게 빛났다.

　동주는 황급히 대문 쪽으로 달려갔다. 멀리 서울로 나가는 대로에 자동차들이 오가는 불빛이 보였다. 그는 불빛을 보고 달렸다. 가슴이 터질 때까지 달렸다. 중앙로를 지나고 마을로 들어오는 간선도로 너머 도시의 불빛이 눈에 들어오기 시작했다. 밤하늘로 솟아오른 마천루들이 내뿜는 불빛이 그가 가 닿아야 할 이정표처럼 반짝거렸다.

　더러워지지 않은 영혼만이 맑은 소리를 만들 수 있어. 맑은 소리를 만들어 내야 하는 게 네 운명이다.

　동주에게 행해지는 모든 억압과 고통은 맑은 소리를 만들어 내야 할 운명 아래 하찮은 것이었다.

　다시 달렸다. 숨이 턱 끝을 넘고 무릎이 시큰거렸지만 동주는 계속 달렸다. 그래도 불빛은 가까워지지 않았다. 달려가면 갈수록 도시의 불빛은 멀어지는 느낌이었다. 어느 순간 금형리로 흘러드는 적여울의 물길을 만났다. 더 이상 앞으로 나가지 못했다. 도시의 불빛에 물들어 흐려진 별들이 보였다.

　흐릿했던 그날의 기억이 오늘처럼 선명하게 떠오르기는 처음이었다. 아버지 아래 있던 여자가 누구였는지 궁금하지도 않았다. 그랬는데, 그날의 앙금이 해원의 일기를 통해 다시 부유했다. 영원히 잊혔을지도 모를 기억이. 동주는 그렇게 해원의 일기를 통해 잊었던 자신을 다시 만나는 슬픔도 맛보아야 했다. 동주 자신과는 또 다른 자아, 동주가 아는 해원과 또 다른 해원 그리고 동주가 아는 것과 또 다른 그녀의 부모와 아버지를 만나는 일이 즐겁지만은 않았다. 모두가 가면을 쓰고 살았다는 말처럼 보인 때문이었다. 하지만 이제 일기 읽기를 그만둘 수 없었다. 동주가 원하지 않아도 운명의 신은 충동질을 멈추지 않았다.

10월 7일

……그래, 기억이 나. 우리나라와 스페인의 월드컵 경기가 있던 그날. 분명 그날 무슨 일이 일어났어. 승부차기에서 이겨서 동네 사람들이랑 모두 좋아했는데. 동주 오빠랑 끌어안고 감격의 눈물을 흘리기도 했지. 그런데 동네 사람들 속에 엄마랑 아빠는 없었어. 한위 아저씨도. 그들은 어디에 있었지? 캄캄한 어둠, 짐승의 울부짖음. 그래, 그런 게 기억나. 그런데 왜 동주 오빠도 아저씨도 내게 아무 말도 안 해주는 거지? 왜 금형리에서 월롱으로 이사를 왔는지, 엄마와 아빠는 어떻게 된 건지? 내가 뭘 기억 못 하는 거지? 금형리도, 동주 오빠가 맞고 자란 것도. 동주 오빠 엄마가 죽은 것도 기억나는데. 기억나는데…….

해원이 잃어버린 기억을 조금씩 회복하고 있는 듯했다. 차라리 기억하지 못하는 게 나을까? 해원은 한위가 월롱으로 이사를 오며 유독 텔레비전만은 새로 장만하지 않았다고 적었다. 동주 역시 그 이유를 궁금해했다. 동주도 처음에는 그 이유에 대해 알지 못했다. 대학에 들어간 후에야 혹시라도 해원이 금형리에서 일어난 사건을 알게 될지도 모른다는 염려 때문이었을 거라고 짐작했다. 작업장에 텔레비전이 들어온 건 동주가 대학에 들어가면서 서울로 올라간 뒤 처음 맞이한 여름 방학 때였다. 그러니까 금형리에서 살인사건이 일어난 지 거의 5년 만의 일이었다.

10월 20일

오빠는 또 언제 오는 걸까? 이번에는 작업이 있다며 2주째 내려오지 않고 있다. 외롭고 쓸쓸하다. 친구라고는 경리 언니와 목포댁 아줌마 그리고 장수 아저씨랑 석겸이 아저씨가 전부다. 유리 사장님은 나를 답답해한다. 노트에 뭔가를 적어 써 보일 때까지 기다려 주질 않는다. 오빠가 와야 내 눈빛만 보고도 내 뜻을 알아차려 줄 텐데. 아저씨는 종 만들 때 나 같은 건 안중에도 없다. 엄마가 보고 싶다.

동주는 콧날이 시큰해 일기장을 덮었다. 해원이 언제 사건의 전말에 대해 알게 되었을까 궁금했지만 더 이상 펼쳐 볼 수가 없었다. 시간이 흐르면서 점점 더 강한 고통이 그녀의 어깨를 눌러 왔다는 걸 실감했다. 눈물이 나오려 해 공연히 기지개를 켰다. 동주는 더 이상 해원의 일기장을 읽지 않겠다고 다짐했지만 소용없었다. 동주는 마약에 중독이라도 된 듯 어느새 다시 일기장을 펼치고 있었다.

11월 3일

가을이 깊어지고 있어. 하지만 같이 외로워해 줄 사람은 없네. 학교엘 다녔다면 고등학생인데. 요즘은 어른의 강요가 필요하다는 생각이 들어. 아저씨가 학교를 다니겠냐고 물었을 때 내가 고개를 저었다고 해도, 아저씨가 강제로라도 학교에 다녀야 한다고 말했다면 다녔을지도 모르지. 하지만 잘 다녔을까? 벙어리 주제에, 엄마 아빠도 없는 주제에. 아저씨가 사다 준 검정고시 대비용 책들 위로 먼지만 뽀얗게 쌓여 있네. 공부를 해서 뭐하지? 영원히 입이 열리지 않을지도 모르는데. 그럼, 난 세상에서 가장 불행한 여자가 될 텐데. 엄마랑 아빠가 어떻게 된 건지 물어볼까? 요즘 들어 아저씨는 금형리에 있을 때보다 더 미친 듯 종에 매달리는 거 같아. 가끔 장수 아저씨가 와서 도와주는데 그 아저씨의 눈길이 기분 나빠. 고향 친구들은 잘 지낼까? 요즘 애들은 무슨 노래를 듣지? 노래 들어 본 지도 오래됐다. 심심해 죽을 것만 같아.

두서없었다. 동주가 월롱으로 내려오지 못할 때 해원은 홀로 텅 빈 시간을 견뎌야만 했다는 사실을 알았다. 아무리 빨리 다녀가야 일주일에 한 번 내려왔다. 어쩌다 과제라도 있으면 2주일이나 3주일 만에 다녀갔다. 해원은 항상 그 자리에 있었다. 그래서 동주는 해원의 외로움을 알지 못했다. 자신이 외롭거나 고독할 시간이 없었기에 해원이 외롭거나 고독할 거라고 생각하지 못했다. 그럼, 무엇으로 10년의 세월을 견딘 것일까? 단지 외롭고 고독해서 흔적도 남기지 않고 월롱을 떠난 것일까? 동주는 답답한 마음을 달랠 길 없어 해원의 일기장을 들고 작업실을 빠져나왔다.

겨울이 채 물러가기도 전에 노란 복수초가 담벼락을 따라 봄의 발자국처럼 줄을 지어 피어 있었다. 아직 깨어나지 않은 대지와 썩은 낙엽들을 뚫고 올라와 주변과의 대비를 뚜렷하게 만들었다. 동주는 바닷가 쪽으로 걸어갔다. 규철은 어디를 떠돌고 있는지 오늘도 돌아오지 않았다. 동주는 길이 끝나는 곳에 불쑥 솟은 바위 위에 걸터앉았다. 썰물 때인지 광활한 뻘이 드러나 햇살에 번들거렸다.
 동주는 한동안 먼 바다를 바라보면서 담배 한 대를 다 피운 후 해원의 일기장을 꺼내 펼쳤다. 일기장 속의 해원은 여전히 그날의 사건에 대해 알지 못했다. 차라리 모른 채 살아가는 것도 나쁘지 않을 수 있다. 때론 진실을 외면한 채 사는 게 나을 때도 있으니까.

4월 19일
아저씨는 집요했다. 종을 완성한 후인데도 동주 오빠가 내려올 때까지 타종을 하지 않았다. 종을 완성해 놓고 타종을 할 때면 늘 두려워하던 아빠와 너무 닮았다. 그래, 아빠도 그랬지. 종을 완성할 때까지 엄마를 끝없이 괴롭히고 닦달하던 아빠가 생각난다. 아빤 종에만 미쳤던 게 아니었는지도 모른다. 엄마한테도 미쳤던 것 같다.
"한위랑 서울에 같이 다녀왔다면서?"
"응. 한위도 서울에 볼 일이 있다고 해서 같이 갔지."
"인사동 다녀오는 데 시간이 그렇게 많이 걸려?"
"대중교통 이용해서 다니면 그 정도 걸리지. 밥도 먹어야 하고."
"밥만 먹었어?"
"무슨 소리 하는 거야?"
"한위 이 자식이 치근대지 않더냐 이거야?"
"한위가 언제 그랬어?"
"아니, 내 말은 별일 없었냐고."
아빠는 그런 식이었다. 엄마를 어디 나가지도 못하게 했고 어쩔 수 없이 나가면 꼬치꼬치 캐물었다. 금형리 안에서도 아빠는 엄마의 행선지를 알고 있어야만 했다. 그러면서도 작업장에 틀어박혀 나오질 않았다. 엄마는 언제부턴가 외출을 하지 않았다. 어쩌다 밖에 나갔다 와도 아빠한테 말하지 않았다. 사랑한다고 하지만 아빠의 사랑은 병적인 것 같았다.

그날도 그랬다. 까마득하게 잊고 있었는데…… 스페인과 우리나라가 승부차기를 하던 날. 아빠는 엄마에게 어디를 다녀왔냐고 다그쳤다. 더러운 년이라고 욕도 했다. 엄마는 울었다. 내가 보고 있다는 사실을 아빠나 엄마는 몰랐다. 그런데 한위 아저씨만 나타나면 아빠는 양반 행세를 했다. 너그러운 척, 모든 걸 이해하고 있다는 척 굴었다. 야비해.

그래도 이른 새벽 책상 앞에 단정히 앉아 머리카락을 쓸어 올리며 일지를 적던 아빠의 모습이 생각난다. 맨발인 채 고요하고 차분하게 가라앉은 호수 위를 걷고 있는 듯했지. 그 아빠는 지금 어디에 있지?

나의 마지막 기억. 축구 경기가 있었고, 엄마를 닦달하는 아빠의 목소리를 들었고, 술집에서 취해서 우는 아빠를 보았고, 그런 아빠가 날 찾지 못하게 다락 안에서 잠이 들었다. 그런 후 기억은 끊어졌다가 월롱에서의 생활로 이어졌다.

아저씨는 요즘 뭘 하는지 밤마다 작업장에서 보낸다. 종을 완성했는데도 또 다른 종을 만드는 걸까? 그런 것 같지 않다. 낮에는 빈둥거리다가 밤에만 일한다. 두더쥐가 굴을 파듯, 거의 반년 동안 매일 밤 뭔가를 파내는 소리가 들린다. 도무지 알 수가 없다. 아침에 보면 아저씨는 녹초가 되어 있다. 희한한 건 동주 오빠가 내려오면 밤일을 하지 않는다는 점이다. 뭔가를 감추려고 그런 것 같다.

그날 해원의 일기는 길었다. 동주는 적잖이 놀랐다. 규철이 그의 아내를 의심하고 다그치고는 했다는 사실을 해원의 일기를 통해 처음 알았다. 규철이 다른 사람들 앞에서만 너그러운 척 굴었다는 것도 동주에게는 놀랄 일이었다. 욕까지 했다니.

그 내용을 쓴 날짜는 글자들이 날아가 버린 앞 뒷장의 일기를 바탕으로 추론해 보면 동주가 본격적으로 금속공예를 전공으로 정한 3학년 무렵이었던 듯했다.

새로운 사실을 알아가게 된다는 건 흥미로운 일이지만 한편으로는 고통스러운 일이었다. 지금은 어디론가 여행을 떠나고 없는 규철이 이중적인 인물이었다는 게 믿어지지 않았다. 그가 작업장에서 보인 조용한 행동들은 다른 꿍꿍이가 있을지도 모른다는 뜻일 수도 있었다. 그래서 규철은 그의 아내를 자신이 살해하지 않았다고 떠벌리는 것일까.

동주가 알고 있던 세상과 전혀 다른 세상의 이야기를 해원은 늘어놓았다. 종 만들 때면 해원도 아랑곳하지 않고 일에만 몰두했다던 아버지에 관한 이야기 역시 이해할 수 없었다. 동주가 아는 한 월롱으로 내려온 아버지는 조용히 종을 만들었기 때문이었다. 그리고 무엇보다 이해할 수 없는 건 밤마다 들려왔다던 그 소리였다. 동주가 서울에서 내려올 땐 밤일을 하지 않았다는 말 또한 이해가 가지 않았다. 아버지가 밤마다 특별한 어떤 일을 모색했다는 이야기인데 그걸 짐작할 수 없었다. 규철은 물론 아버지 역시 이해할 수 없는 음흉한 인간임에는 틀림없었다.

해원이 쓴 다른 페이지들에는 남자에 대한 호기심과 자신의 존재에 대한 궁금증으로 가득했다. 감수성이 예민해져서인지 죽어 버리고 싶다는 글도 수없이 적혀 있었다. 해원이 월롱에서 보낸 그 시절 그녀는 소녀였다. 하나의 불행이 세상의 모든 불행인 양 인식되고 하나의 고통을 세상의 모든 고통인 양 받아들이는 나이였다.

12월 5일

오빠는 졸업하면 월롱으로 내려온다고 약속했다. 하지만 이 월롱에 내려와 오빠가 뭘 할 수 있을까? 오빠가 내려올 때마다 반가운 얼굴로 맞이하는 것도 지쳤다. 내가 대학엘 들어가면 나를 데리고 서울로 올라가겠다고도 약속했다. 너무도 비현실적이다. 나와 오빠가 서울에서 생활할 수 있을까? 두 명의 대학생을 아저씨가 감당해 줄 수 있을까? 모르겠다. 당장은 월롱을 떠나고 싶지 않다. 월롱의 달과 안개는 내 마음에 쏙 든다. 말문이 터진다면 모를까, 지금으로서는 월롱에서 벗어나고 싶지 않다. 오빠가 나를 사랑하는 걸까? 나는 잘 모르겠다. 오빠가 없으면 보고 싶지만 같이 있으면 별 다른 감정이 들지 않는다. 사랑이라는 게 아빠가 엄마에게 하듯 그렇게 뜨겁고 열정적이어야 하지 않을까. 그런 마음은 들지 않는다. 엄마가 아빠에게 그랬듯이, 나도 오빠에 대한 마음이 밋밋하다. 그런데 엄마는 왜 아빠와 같이 살았던 것일까? 혹시 엄마는 아빠의 염려대로 한위 아저씨를 좋아했던 건 아닐까?

해원의 엄마, 정화가 한위를 좋아했다? 동주는 자신도 모르게 몸이 부르르 떨렸다. 그렇다면 아버지도 해원의 엄마를 좋아했을까. 동주는 해원의 일기장을 탁 덮었다. 그는 바다를 바라보았다. 뻘에 물이 들어오고 있었다. 물이 들어오면서 끝없이 햇살을 반사시켰다. 그 반짝임은 뻘을 만나러 오는 바다가 흘리는 눈물 같았다. 어쩌면 한위는 규철의 등장을 알고 사라진 것인지도 모르겠다는 생각이 들었다. 해원이 혼자 감내했어야 할 시간들이 느껴졌다. 왜 한 번도 그런 말들을 하지 않았던 것인지 알 수가 없었다. 세상에서 가장 친한 사이라고 생각했는데, 사랑한다고 말은 안 했지만 사랑하고 있다고 믿었는데. 한위나 규철만큼이나 해원 역시 동주에게는 미스터리 같은 존재가 되어갔다.

5.

  동주는 해원의 마음을 알게 된 뒤로 모든 게 시들해졌다. 그저 곁에 없으면 보고 싶은 정도였다는 그녀의 표현은 지금까지 해원만 보고 살아왔던 동주에게는 고통이었다.
  동주는 대학에서 만난 여자들과는 오래가지 못했다. 누군가를 만나도 해원에 대한 생각이 떠올라 금방 시들해졌다. 어쩌면 동주 역시 해원을 사랑한 게 아니라 연민하고 있었던 건 아닐까? 하지만 사랑이든 연민이든 동주의 마음 중심에는 늘 해원이 있었다. 해원에게 적지 않은 배신감이 들었다. 해원의 마음이 담긴 일기는 읽지 말았어야 했는지도 모른다. 규철은 며칠째 소식이 없었고 화진은 폐차장 인부처럼 지냈다. 하루는 화진이 사고 차에서 나온 거라며 DVD 한 장을 가져왔다. 〈스모크〉라는 영화 DVD였다. 동주는 일기를 읽는 대신 영화를 봤다.
  뉴욕 브루클린의 한 담뱃가게를 중심으로 벌어지는 삶의 자잘한 일상들을 그린 영화였다. 인상적인 건 담뱃가게 주인이 10년이 넘도록 한 장소에서 똑같은 시간에 사진을 찍었다는 내용이었다.

그 사진엔 망각된 시간이 담겨 있었다. 마치 인간의 오만함을 조롱이라도 하려는 듯이 말이다. 매일의 날씨가 다르고 그 똑같은 거리를 지나는 사람이 달랐다. 그 사진 속에는 이미 죽은 사람이 있고, 유모차에 실려 가던 아이가 벌써 담배를 물고 지나가는 소년이 되어 있기도 했다. 사라진 사람도 있고 새로 나타난 사람도 있었다. 사진은 한결같이 같은 장소를 찍었지만, 사진을 찍는 주인공도 늙어 점점 백발이 되어 갔고 담배 가게를 드나드는 손님들도 같이 늙어 갔다. 많은 인간들이 광기와 오만으로 몸부림치지만 결국 그렇게 시간 앞에 무력하게 늙어 버리고 만다는 이야기.

〈스모크〉를 본 뒤 동주는 다시 해원의 일기장을 펼쳤다. 무심하게 흘러가는 시간은 변하지 않는다. 변하는 건 시간 속에 사는 사람과 그를 둘러싼 세상이다. 세월이 흘러 해원도 변했을지 모른다. 게다가 일기장에는 해원이 월롱을 떠날 수밖에 없었던 진실이 숨겨 있을 것이다. 동주는 그렇게 스스로에게 변명하며 다시 해원의 일기장을 펼쳤다.

일기장의 중간은 글자들이 번져 전혀 알아볼 수가 없었다. 펜이 꽂혀 있던 페이지를 중심으로 앞뒤의 이야기가 사라지고 없었다. 해원의 일기는 겨울에서 갑자기 여름으로 건너뛰었다.

8월 14일

방학이라 내려온 동주 오빠는 폐차장에서 지낸다. 아저씨와 얼굴도 마주치지 않는다. 금형리에서 우리 작업장을 물려받아 종을 만들 거라고 했던 동주 오빠는 더 이상 종을 만들지 않을지도 모른다. 종 같은 거 만들지 말라고 말했지만 용해로 앞에 서 있던 오빠가 좋았다. 붉은 불빛을 마주하고 서서 땀을 흘리고 있는 오빠의 모습을 못 본지 여러 해가 된 듯하다. 오빠는 대입검정고시에 합격한 축하 선물로 교보문고에서 백팩을 사다주었다. 색깔도 디자인도 마음에 들었다. 돈을 어디서 났냐고 물었다. 학교에서 틈틈이 풍경을 만들어 인사동에 내다 판다고 했다. 오늘 오빠는 서울 이야기를 많이 해주었다. 오빠 이야기를 듣고 있으면 나도 서울에 가고 싶어진다. 말을 하지 못해 힘들기는 하겠지만 오빠가 있으면 어렵지 않게 견딜 수 있을 것도 같다.

오늘 밤에도 오빠가 나를 보러 올까? 거울 앞에 성숙한 여자가 서 있다. 가슴도 허리와 힙 라인도 곡선이 두드러진 여인이 있다. 나도 여자가 되어 가고 있다. 어젯밤 오빠가 나를 훔쳐보고 있다는 사실을 알았을 땐 놀랐지만 점점 시간이 지나며 나도 모르게 짜릿했다. 그 순간부터 내가 여자임을 깨달은 듯하다. 오빠가 내 몸을 보고 있다는 생각을 하면 지금도 흥분이 된다. 어쩌면 난 동주 오빠를 사랑하고 있는 게 아닐까? 유리 사장 아저씨나 다비드도 나를 보는 눈길이 음흉해졌다. 한위 아저씨는 나와 제대로 눈도 마주치지 못한다. 내가 팔짱이라도 끼면 쩔쩔맨다. 늘 근엄하기 짝이 없던 아저씨가 안절부절못하는 모습을 보니 재미있다. 아저씨도 날 좋아하긴 하는 모양이다.

동주는 얼굴이 빨갛게 달아올랐다. 자기가 해원을 훔쳐보고 있다는 사실을 알았다니. 적잖이 놀랐지만 몇 개월 사이에 일어난 반전에 흥분도 되었다. 그 무렵 해원은 봄처럼 싱그러웠고 가을처럼 풍성했다. 지나갈 때면 막 베어 낸 자리의 풀 냄새가 났고 미소를 지을 때면 주변이 다 환했다. 누구라도 그녀를 훔쳐볼 법했다. 시간이 흐르면서 그녀는 점점 정화를 닮아 갔다. 어쩌면 아버지도 해원을 사랑하게 되었던 것인지도 모른다.

그날 이후 일기의 글자들이 거의 사라졌다. 드문드문 단어들이 살아 있었지만 무의미한 단어들뿐이었다. 음악, 서울, 사랑, 욕망, 엄마……. 이 단어들로는 도무지 어떤 문장도 조합할 수가 없었다. 그녀의 일기는 어느새 가을이었다.

10월 7일

내가 과연 대학 생활에 적응할 수 있을까? 거울을 보고 입을 벌려 보았지만 여전히 소리는 나오지 않아. 내게 왜 이런 형벌이 주어진 걸까? 살면서 크게 잘못한 일도 없는데. 오빠는 작품 준비한다며 몇 주째 내려오지 않는다. 오빠가 보고 싶다. 밤마다 오빠가 나를 훔쳐보는 꿈을 꾼다. 지난밤 욕실에서 누군가 나를 훔쳐보는 것 같았다. 오빠가 돌아온 줄로 알았는데 오빠는 아니었다. 아저씨? 그럴 리가 없어. 그럼 누구였지? 나도 내년이면 대학에 갈 수 있다. 서울에 올라가면 월롱의 이 적막함에서 벗어날 수 있을 거다. 더 이상 외롭지 않아도 될 거야.

해원일 훔쳐본 사람이 있다? 그게 아버지였다면 동주는 용서할 수 없을 것 같았다. 다른 누구라도 용서할 수 없다. 해원을 돌볼 수 있는 사람은 단 한 명이면 족했다. 다른 누구여서도 안 된다. 해원이 서울로 올라올 수 없다면 동주가 월롱으로 내려와 살 각오를 했었다. 동주는 꿈 따위 그다지 중요하지 않다고 생각했다. 다시 종을 만들 수도 있었다. 해원이 원하기만 한다면. 그런데 지금 해원은 1년이 넘도록 소식이 없다.

11월 23일

……화상으로 반들거리던 그 어깨, 누구의 것인지 모를 손등의 화인…… 분명 보았어……. 그날……. 엄마를…… 훔쳐보던 그날. 그건…… 아빠의 것이…… 누구지……? 그날…… 무슨…… 일이……. 왜 이제야……. 아저씨는 왜 놀랐을까? 오빠…… 문자…… 보내 볼까? 내가…… 본 게…… 뭔지 오빤…… 진실을……. 그날 내가 알지 못하는 누군가 있었어.

그게 읽을 수 있는 해원의 마지막 일기였다. 일기장에서 동주가 읽을 수 있었던 건 겨우 10분의 1쯤이었다. 그 마지막 일기 뒤에서 스무 페이지 정도 더 기록이 되어 있었지만 읽을 수 없었다. 연필로 쓰거나 수성펜으로 쓴 일기들은 모두 얼룩만 남았다. 그나마 읽을 수 있었던 건 볼펜으로 쓴 부분들이었다.

마지막 일기에서 해원은 무슨 말을 적었던 것일까? 그 등이라니? 엄마를 훔쳐보았다니? 한위가 놀랐다는 건 또 무슨 의미일까? 동주로서는 풀 수 없었다. 해원을 만나지 않는다면 영원히 풀지 못할 숙제였다.

마지막 일기 뒤에 쓰인 이야기들은 해원이 그날의 기억을 모두 찾은 후에 기록된 것이리라. 그녀만 알고 있을지도 모를 진실이 기록되었을 일기. 동주는 멍하니 앉아 봄 노을에 젖는 폐차장을 내다보았다. 규철에게서는 여전히 소식이 없고 제보 또한 없었다. 대신 다른 전화 한 통이 왔다. 작업이 잘되어 가냐고 묻는 황철주 교수의 전화였다.

제7장

늪

1

 규철은 종 앞에 섰다. 한위를 봤다는 제보를 받고 선운사로 내려가기 전에 완성시켜 놓은 종. 평생을 기록해 온 일지 없이 10년의 세월을 허망하게 흘려보내면서 행여 종에 대한 감각이 모두 소진해 버렸을지도 모른다는 두려움에 젖어 완성한 종이었다. 과거와는 다른 사형주조공법으로 완성한 종이지만, 규철이 그동안 만들어 왔던 밀랍주조공법과 재료의 차이만 있을 뿐 흙으로 틀을 완성하는 일은 다르지 않았다. 종은 흙으로 완성되는 일, 한위가 찾아 헤매고 있을지도 모를 비록 따위는 애초에 필요 없었다. 설령 비록에 다른 방법이 존재한다고 해도 규철은 그만의 방식으로 종으로부터 소리를 얻고 싶었다.
 규철은 끝이 오그라든 담배에 불을 붙였다. 사흘을 버텼지만 역시 한위를 만나지는 못했다. 제보를 받고 한위를 만날 수 있을 거라고 기대한 것부터가 허망했다. 사하촌을 메운 수많은 관광객들 속에서 한위를 발견하는 일은 처음부터 불가능했다. 어쩌면 제보자도 그저 돈 욕심에 전단지와 비슷한 인물을 보고 제보를 했던 것인지도 몰랐다. 허망한 줄 알면서도 그 허망함에 기대지 않을 수 없는 자신이 야속했다. 규철은 담배를 땅바닥에 뱉은 후 발로 비벼 껐다.

미세한 기포가 생긴 종틀을 어루만졌다. 종은 조용히 숨을 쉬고 있었다. 일부러 인기척을 냈지만 동주도 화진도 나타나지 않았다. 배낭을 방에 벗어던진 규철은 종에 달라붙었다. 틀을 벗겨 내고 돌처럼 굳어 버린 흙을 걷어 내기 시작했다. 흙들이 덩어리가 되어 바닥으로 떨어지며 마른 먼지를 피워 올렸다. 10년 동안 하루도 멈추지 않았던 허망한 의심과 그리움도 그렇게 흙처럼 쉽게 떨어져 버리면 좋으련만. 정화가 죽던 그날의 기억마저도. 살인자라는 오명도, 어쩌면 누명을 쓴 것인지도 모른다는 억울함도 벗어 버리면 후련하련만. 마른 먼지는 포화처럼 피어올라 작업장 안을 부유하기 시작했다. 나무망치를 두드리고 틈에 박힌 흙들을 끌로 걷어 냈다.

언제 나타났는지 화진이 그라인더를 들고 규철의 곁에 서서 종의 얼굴을 다듬기 시작했다. 규철은 규철대로 화진은 화진대로 땀에 흠뻑 젖도록 종에서 돌이 되어 버린 흙을 거둬 내는 일에 몰두했다. 1톤 남짓한 소종이었기에 작업은 수월했다. 종은 서서히 거무튀튀한 몰골을 드러냈다. 내형은 쉽게 빠졌다. 음관을 확보하고 구멍을 통해 하늘을 보았다. 아무도 등 떠밀지 않았던 길을 가며 흘렸던 눈물과 고통이 말끔하게 씻어지는 기분이었다.

규철은 용뉴에 종을 걸고 크레인을 조작해 움통이 있는 쪽으로 이동시켰다. 천장에서 내려온 당목이 종을 노려보았다. 당좌의 위치와 당목의 위치를 맞추기 위해 크레인을 몇 번 조작한 뒤 멈추었다. 화진은 마른침을 삼키며 규철을 지켜보았다. 규철은 흠뻑 젖은 머리칼을 쓸어

올리며 당목 쪽으로 다가갔다. 해원과 정화에 대한 그리움 그리고 한위에 대한 원망과 증오, 의심이 모두 끊어지기를 기원하며 당목을 힘껏 뒤로 잡아당겼다. 당목은 놀란 듯 뒤로 바짝 올라갔다가 하늘에서부터 땅으로 내려왔다. 당목은 처음 세상에 모습을 드러내 수줍은 듯 입을 다물고 있던 당좌를 힘껏 내려쳤다. 종에 달라붙어 채 떨어지지 않았던 흙먼지들이 날리며 종이 울었다. 월롱 작업장에서 오랜만에 울리는 종소리였다.

규철은 당목을 멈춘 뒤 화진을 쳐다봤다. 순간 규철과 눈길이 마주친 화진이 얼른 종으로 시선을 돌렸다. 규철은 다시 한 차례 종을 쳤다. 그런 후 다시 화진의 얼굴을 살폈다. 그녀는 입을 다문 채 소리를 듣는 게 아니라 구경하듯 종을 뚫어지게 바라보았다. 규철은 한 차례 더 종을 쳤다. 10년 만에 만든 종의 소리는 가늘고 가냘팠다. 소리는 모이지 않고 흩어진 채 날렸다. 규철은 다시 종을 쳤다.

'당목에 아직 익숙하지 못해서 그런 거야. 종이 작아 그럴 수도 있어.'

규철은 종을 미친 듯 타종했다. 월롱에 울린 종소리는 폐차장에 있던 동주를 불러들였다. 동주 뒤로 석겸과 목포댁, 다비드와 경리가 작업장의 철문을 열고 들어왔다. 규철은 그들 중 동주에게만 눈길이 갔다. 동주의 얼굴은 창백하게 굳어 있었다. 규철이 수감되기 전 마지막으로 만들었던 종소리는 귀 먼 사람들에게만큼은 감동을 주었다. 하지만 이번 종은 지붕에 앉은 새들조차 쫓아 버렸다. 규철은 당목을 놓고 무릎을 꿇고 말았다. 몸으로 익힌 배움은 결코 잊히지 않을 거라고 믿었다. 하지만 규철이 잊어버리지 않은 건 종을 만드는 작업의 순서와 기술일 뿐 그 이상은 아니었다. 10년의 세월 동안 소리로부터 더 멀어지고 말았다는 사실을 깨달았다. 그는 흙먼지 위에 앉아 흐느꼈다.

규철은 목구멍이 갈라지는 지독한 갈증 속에서 깨어났다.
술에 취해 잠이 들었고 규철은 잠 속에서 어김없이 정화를 만났다. 그는 자신이 꿈꾸고 있다는 사실을 알았다. 꿈속에서 시간은 무의미했다. 정화는 겨자색 원피스를 입고 있었고 얼굴에는 주름 한 점 없었으며 손등도 거칠지 않았다. 막 소녀에서 여자로 성장한 모습이었다. 그녀는 화사하게 웃었다. 그녀 뒤로 극장의 대형 포스터가 눈에 들어왔다. 한 여자와 남자가 아름답게 입을 맞추고 있는 장면이었다. 주세페 토르나토레가 감독한 〈시네마 천국〉의 포스터였다.
한위는? 연락했어?
오겠지.
상영시간 다 되어 가는데…….
그날 규철과 한위 그리고 정화는 영화를 보기로 약속했다. 하지만 규철은 한위를 부르지 않았다. 그러니 한위가 나타날 리 없었다. 영화 상영 시간이 임박해 규철과 정화는 영화관으로 들어갔다. 영화를 보고 나와 저녁을 먹고 맥주도 마셨다. 규철의 꿈속에서는 영화의 장면들처럼 그가 보고 싶어 하는 장면들만 등장했다.
두 사람은 저녁 10시쯤 버스를 타고 금형리로 돌아왔다. 오랜만에 서울로 나들이를 다녀왔다는 흥분과 아름다운 영화가 만들어 준 감동 그리고 적당한 술기운이 두 사람을 악미산으로 오르게 만들었다. 달빛, 풀밭, 암놈을 찾는 수컷 뻐꾸기의 울음. 그 순간 규철은 정화가 간직해 온 꿈을 무너트렸다.

한위가 너한테 꼭 필요한 건 아니잖아.

난 한위를 사랑해.

정화는 얼굴 가까이 다가온 규철을 밀어내려고 했지만 규철은 밀리지 않았다. 오히려 얼굴을 정화 가까이 들이밀고 악을 쓰듯 말했다.

나도 널 사랑해. 날 사랑해 줄 수 없어? 나라서 안 될 이유는 없잖아.

규철은 강제로 정화가 지키고자 하는 선을 넘어 버렸다.

내가 널 사랑한다는 거 알고 있었잖아.

알아. 하지만…….

날 싫어하지는 않잖아. 나는 너도 한위도 잃을 수 없어. 너랑 내가 같이 살면 한위도 곁에 둘 수 있겠지만, 네가 한위랑 살면 난 너희들 곁에 머물 수가 없어. 내가 견딜 수가 없을 거 같아. 견딜 수가……. 한위의 사랑보다 내 사랑이 더 뜨겁다는 걸 너도 알잖아. 난 한위처럼 느긋하지 못해. 내가 버림받으면 난 그 불에 나 자신마저 잃고 말 거야. 그렇게 되면 난 종도 만들 수 없어. 아니 아무것도 할 수 없을 거야. 평생 쇠만 만진 내가 종을 영원히 만질 수 없게 될지도 모른단 말이야. 이런 나를 이해해 줄 수 없겠니?

그날 규철은 정화의 치마에 얼굴을 묻고 고백하며 눈물을 흘렸다.

그래서 오늘 한위한테 연락도 안 했던 거야?

한위 자식은 너한테 고백조차 못 하잖아. 내 눈치만 보면서 네 주위를 맴돌기만 했어. 그런 인간에게 너를 보낼 수 없어. 네가 행복해야만 내가 행복할 수 있으니까. 너를 행복하게 만들어 줄 수 있는 사람은 바로 나야. 바로 나라고.

눈물은 힘이 되었다. 정화의 손이 규철의 머리를 가만가만 쓰다듬었다.
내가 어떻게 해야 할지 잘 모르겠어.
그날 정화가 한 말은 그 말이 마지막이었다. 그런데 며칠 뒤 한위가 훌쩍 금형리를 떠났다. 규철은 그 모든 순간을 꿈으로 보았다. 그동안 서로 사랑해서 연인이 되었다고 믿었던 사실이 진실이 아니었다는 걸 그의 꿈이 가르쳐 주었다. 다시 정화가 꿈에 나타났다. 늙고 추레한 몰골이었다. 그녀는 맨발이었고 머리도 풀어헤쳐져 산발이었다. 그녀는 쇳물이 펄펄 끓고 있는 용해로 앞으로 걸어갔다. 규철이 정화를 불렀다. 하지만 그녀는 뒤돌아보지 않았다. 그녀는 망설이지 않고 욕조에 발을 담그듯 용해로 속에 발을 담갔다. 규철이 비명을 지르자 그제야 정화가 뒤를 돌아다보았다. 그녀는 미소를 짓고 있었다. 규철이 앞으로 달려 나가려고 했지만 몸이 말을 듣지 않았다. 순간 누군가 규철을 밀치고 앞으로 뛰어나갔다. 한위였다. 하지만 정화의 몸은 이미 용해로 속으로 잠겨 들고 있었다. 한위는 거침없이 용해로로 뛰어들었다.

규철은 머리맡에 놓인 주전자를 들고 물을 들이켰다. 동주와 화진 그리고 폐차장 식구들이 모두 작업장에서 사라진 뒤 규철은 냉장고에 채워져 있던 모든 술을 꺼내 비웠다. 절대자에게 10년의 세월을 돌려 달라고 욕을 하고 그날의 진실을 밝히라고 술주정을 하다 잠이 들었다.
밖에 나가 보니 크레인에 걸려 있던 종이 바닥에 떨어진 채 쓰러져 있었다. 지난밤 술김에 종을 쓰러트렸던 기억이 났다. 서서히 주변의 소음이 규철의 귀를 파고들었다. 차를 일그러트리는 압축기의 굉음과 생명을 다한 폐차들을 이동시키는 지게차의 날쌘 움직임. 폐차장 소각로에서 피어오른 검은 연기가 몸을 배배 꼬며 하늘로 올라가는 것도 보였다.

규철은 냉장고를 뒤져 물병을 꺼냈다. 물을 들이켜며 하늘로 향하는 검은 연기의 행렬을 바라보았다. 어쩌면 한위가 한동안 입버릇처럼 말했던 비록이 필요한 인간은 바로 자신일지도 모른다는 생각이 들었다. 그때 어디선가 폐차장에서 들리는 소음과는 질이 다른 소리가 상념에 빠진 규철을 깨웠다. 무심한 눈으로 소리의 근원을 찾아 사방을 더듬었다. 전화벨 소리였다. 규철은 전화가 제 풀에 지쳐 끊어지도록 내버려두었다. 두 차례, 세 차례 전화는 끈질기게 울었다.

"거기 월롱 작업장이죠?"

목소리가 낯설지 않았다.

"혹시 박동주와 통화를 좀 할 수 있을까요?"

"지금 여기 없습니다."

폐차장으로 동주를 부르러 가기도 귀찮고 동주가 폐차장에 없을 수도 있었다.

"폐차장으로 전화를 하세요. 아님 휴대폰으로 하시던가."

규철은 귀에서 수화기를 떼어 냈다.

"여보세요. 그럼, 폐차장 전화번호 좀 알려 주세요. 휴대폰은 연결이 잘 안 되던데."

규철은 폐차장 직원들이 휴대폰을 들고 도로 쪽으로 나가 통화를 하던 풍경이 기억났다. 휴대폰이 잘 안 터진다고 그랬다. 전파까지도 잡아먹는 늦인 듯했다.

"저는 모릅니다."

"휴대폰도 잘 안 터지고 이거 참. 그럼 말씀 좀 전해 주세요. 저 황철주 교수라고 합니다. 제가 택배를 하나 보냈는데, 받으면 전화 좀 해달라고 전해 주시겠습니까? 동주한테는 종에 관한 귀중한 자료니까 택배 받으면 꼭 전화하라고 좀 전해 주세요."

규철이 퉁명스럽게 대꾸한 후 전화를 끊고 마당으로 내려서는데 누군가 철문 안쪽을 들여다보며 동주의 이름을 불렀다.

"혹시 박동주 씨 되십니까?"

규철은 대꾸 없이 다가갔다. 남자는 택배 직원이었다.

"택뱁니다."

남자는 규철에게 내던지듯 물건을 건네고 떠났다. 서류봉투였다. 수신인은 박동주였고 발신인은 황철주였다. 규철은 봉투를 태양에 비추어 보았다. 그때 철문을 열고 동주가 들어왔다. 규철은 얼결에 등 뒤로 택배를 감추었다.

"목포댁이 북어국 끓여 놨답니다."

동주는 쓰러진 종에 눈길을 준 후 머뭇거리다 작업장을 빠져나갔다.

동주가 사라지자 규철은 잘 벼린 칼을 봉투의 틈에 밀어 넣었다. 종에 관한 귀중한 자료라면……? 반듯하게 삼등분으로 접힌 편지지 그리고 복사해 묶어 놓은 서류였다. 괜한 짓을 했다는 생각을 하면서 규철은 편지를 펼쳤다.

동주의 편지를 읽는 일에 죄의식을 느낄 필요는 없었다. 자신에게는 충분히 그럴 만한 자격이 있다고 변명했다. 규철이 금형리를 떠나며 해원을 한위에게 맡겼듯, 한위가 그런 상황이었다면 동주를 그에게 맡 겼을 터였다. 게다가 동주는 이제 종 일에서 멀어지지 않았는가.

"한 달 전 경주에서 한 도굴꾼으로 추정되는 인물이 황룡사 터를 파헤친 일이 있었네."

순간 규철은 한위를 찾아 감은사 터를 다녀왔던 일이 떠올랐다. 그 때 묵었던 민박집 주인 남자가 황룡사 터도 누군가 헤집어 놓았다는 말을 전했다. 황 교수가 말한 도굴꾼이 어쩌면 한위일지도 몰랐다. 하지만 거긴 이제 아무것도 없을 텐데.

규철은 말초신경을 바짝 조인 채 황철주의 편지를 입안에서 굴리며 읽어 보았다.

"······학교 고미술학과 담당 학과장이 책임자였네. 경주에는 아직 파내지 못한 유물들이 많이 있다는 거 자네도 잘 알고 있겠지. 그런데 나도 좀 의외였네. 황룡사 터에 뭐가 남아 있다고 땅을 다 파헤쳤을까 싶었던 게지. 그런데 고미술학과 학과장이 새로운 사실을 하나 발견해 냈네. 황룡사 터에 기록에는 없던 전각이 하나 있다는 '전각진열도'를 발견했다네."

'전각진열도?'

규철은 한 차례 작업장 안을 둘러보았다. 창을 뚫고 들어온 햇빛조차 숨을 죽이고 규철을 은밀히 지켜보고 있었다.

"그런데 그 기록에 황룡사 대웅전 부근 오른편으로 20미터쯤 되는 지점, 그러니까 전각을 두 개 정도 옆으로 지나간 지점에 작은 사당이 하나 있었다는 걸세. 그 기록을 바탕으로 그곳에도 전각이 하나 있었 다는 걸 발견해 냈지. 그런데 학과장 말이 그 지점은 돌로 다져 놓은 마당처럼 되어 있다는 걸세. 발굴 작업이 이미 모두 끝난 상황이라 문화재청에 발굴 허가 내기가 쉽지 않았는데 이번에 갑자기 발굴 허가가 났다지 뭔가. 그런데 거기서 뭐가 나왔는 줄 아나?"

규철은 침을 삼켰다. 황 교수의 편지 위로 달라붙어 있던 햇살이 놀라 뒤로 달아났다.

"아이의 유골이야. 여덟 살이나 아홉 살 정도 되어 보이는 아이라더군. 돌을 걷어 내고 나니까 석관이 하나 나오고, 석관 뚜껑을 열어 보니까 뼈 형체가 그대로 있는 아이의 유골이 나왔어. 왜 아이의 유골이 거기에 들어 있었는지 모르겠지만 석관을 쓴 걸 보면 귀족이나 왕족 집안의 아이였을 가능성이 크다고 보고 있네. 그 아이가 누구인지 알아내려고 백방 노력하고 있는데 쉽지 않겠지. 그리고 시대를 측정해 봐야 알겠지만 한 1300년 정도는 되었을 거라네. 그런데 중요한 건 그 아이가 손을 깍지를 끼고 있었는데 그 손 안에 옻칠 입힌 긴 함이 들려 있었네. 그 함에서……"

규철은 심장이 뛰는 걸 진정시키느라 길게 호흡을 내뱉었다.

" '종주해실험기록'이라는 이두문자로 쓰인 실험일지가 나왔지."

종주해실험기록? 규철은 재빨리 출입문 쪽을 살폈다. 출입문 앞을 오가는 사람은 없었다. 폐차장 쪽에 귀를 기울였다. 압축기와 중장비들의 소음이 벽을 넘어왔다. 규철은 마음의 소리로 편지를 읽기 시작했다.

"일지를 남긴 인물이 박항이라는 인물이더군."

박항? 규철도 익히 들었던 이름이었다. 한위의 시조, 그러니까 동주의 시조인 사람이었다. 그렇다면 한위가 입버릇처럼 이야기하던 비록이 실제로 존재했다는 것일까?

"언젠가 나랑 고미술학과 담당 학과장을 같이 본 적이 있었을 거야. 진 교수라고 자네도 알 걸세. 그 교수가 그 이두문자 기록 내용을 내게 전해 주었는데 그야말로 허무맹랑한 이야기더군. 원본을 손으로 베끼고 해석을 덧붙인 것을 복사해서 주었는데 믿지 못할 말만 들어 있더군. 당장이라도 월롱으로 내려가 전해 주고 싶네만, 공예전 관계로 짬을 내기 힘들어 이렇게 택배로 보내네. 신빙성이 있는지는 장담할 수 없지만 아무튼 그 비록이 적어도 천 년은 넘었다는 점은 확실하네. 그리고 자네 가끔 전화 좀 하고 그러시게. 깊은 오지도 아닌데 휴대폰도 안 터지고 말이야. 이래서 어디 연락이나 제대로 하고 지낼 수 있겠나. 아무튼 작업은 잘 진행되고 있지? 조만간에 유럽 쪽에서 전시회 관계자들이 들어올 모양인데 혹시 그때 시간이 나면 서울에 한 번 올라오게. 좋은 친구들이라 소개도 시켜 줄 겸해서 얼굴 한 번 보면 좋겠네. 내가 보낸 비록 읽는 대로 전화 주게. 읽어 보면 알겠지만 만약 이 기록이 사실이라면 실험을 했던 인간은 희대의 살인마인 셈이니까. 아직 신문 지상에는 발표를 안 했으니까 행여 말 나가지 않게 조심해 주게. 내 진 교수한테 특별히 부탁해서 자네에게 보내는 거니까. 그리고 언제 진 교수가 자네를 만났으면 하네."

규철의 가슴이 뛰기 시작했다. 눈가리개로 좌우를 가린 채 트랙을 달리는 경주마처럼 심장이 달리기 시작했다.

규철의 입에서 자신도 모르게 탄식이 터져 나왔다. 결국 한위가 찾아 헤맨 것이 비록이었고, 한위는 그 비록을 찾지 못한 것이었다. 언 땅을 삽 한 자루로 파헤치며 그토록 얻고자 갈망했던 비록의 내용이 신의 장난처럼 너무 간단하게 규철의 손에 들어왔다. 그는 한 권으로 묶여 있는 종이들을 들고 부들부들 떨었다. 비록은 존재했었다. 그는 작업장 안쪽 구석진 곳으로 자리를 옮겼다. 그런 후 책처럼 만들어진 서류를 한 장 한 장 넘겼다. 그 안에는 받아들이기 힘든, 허무맹랑한 이야기들이 적혀 있었다.

2

　대웅전 마당으로 들어서자 먼저 왼편 숲의 푸른 동백이 눈에 들어왔다. 푸른 동백 숲은 쌓인 눈을 무색케 만들었다. 왜 그런지 알 수 없지만 동백 숲을 보자 작업장에 유일하게 걸려 있는 고흐의 그림이 떠올랐다. 바람에 이리저리 흔들리는 밀밭과 동백이 하나인 것처럼 여겨졌다. 어느 폐차에서 구한 걸 그가 작업장에 걸어 놓았다. 한위는 처음에 그 그림의 제목을 알지 못했다. 월롱 폐차장을 오가는 손님 중 하나가 작업장을 폐차장으로 잘못 알고 들어왔다가 혼잣말로 그림의 제목을 말해 알게 되었다. 그래서 그 그림이 〈갈가마귀가 나는 밀밭〉이라는 걸 알았다. 그림은 모조품이지만 작업장에 꽤 잘 어울렸다.
　동백 숲을 둘러보던 한위는 바람을 먹은 풍경 소리를 좇아 대웅전 처마를 올려다보았다. 처마 밑에선 눈 밑에 썩지 못한 낙엽들이 밟히며 소리를 냈다. 발에 밟히는 낙엽들의 소리를 듣고 있자니 괜히 허무해졌다. 봄눈치고는 제법 많이 내렸다. 한위는 비질을 하지 않은 눈밭 위의 발자국을 따라 걸음을 옮겼다. 지금 한위는 도솔암의 여래상을 찾아온 길이었다.

도솔암 3km.

이정표 뒤에 대웅전 쪽으로 기운 배롱나무 한 그루가 보였다. 동백과 갈참나무 일색인 곳에 배롱나무라니. 누군가 일부러 가져다 심은 듯했다. 겨울부터 봄까지는 매끈한 껍질만 보이다가 한여름이 되면 어머니 모시저고리 같은 분홍빛 꽃을 피우는 나무였다. 한위는 이정표가 가리키는 길로 한 걸음 내디뎠다. 이곳에서도 비록을 발견하지 못하면 더 이상 미련을 버릴 생각이었다.

도솔암 뒤 바위에 암각되어 있는 여래상은 아버지가 말한, 비록이 감춰져 있을지도 모를 마지막 장소였다. 열 군데를 모두 돌았지만 한위는 비록을 구하지 못했다. 암각여래상의 돌서랍에 비록이 없다면 세상에 비록은 존재하지 않는다는 말이었다.

비록이 없다면……. 문양의 비대칭과 종의 구조, 당좌의 위치나 움통이 종합적으로 맞아떨어져야 비로소 절대자의 목소리를 낼 수 있다는 말도 들었다. 아버지는 비록에 대해 알려 주었으면서도 그런 건 필요 없다고 말했다. 그건 모순이었다. 하지만 한위의 생각도 아버지와 같았다. 문양의 절묘한 비대칭, 쇠의 두께와 재질 그리고 쇠의 양이 절대자의 목소리를 결정짓는다고 믿었다. 지금껏 한위가 찾아다니고 있는 건 그걸 기록한 비록이었던 것이다. 어떤 과정을 거치면 그 모든 게 완성이 되는지 궁금했다.

한위는 부도밭 곁을 지나며 멈춰 섰다. 아버지가 살아 계실 때 함께 부도밭 앞에 서서 피보다 붉은 꽃무릇을 본 기억이 떠올랐다. 아주 오래된 기억인데도 선명했다.

한위는 오늘도 안타깝고 후회스러웠다. 그날 규철과 함께 술만 마시지 않았어도 어쩌면 정화는 지금까지 살아 있을지도 몰랐다. 그랬다면 지금 이런 순례의 길을 걷지 않아도 되었을 텐데. 부질없는 생각들. 한위는 걸음을 재촉했다.

부도밭을 지나자 본격적으로 얕은 오르막이 시작되었다. 한위는 부지런히 걸었다. 사념들 때문에 몸이 중심을 잃을 때도 있었다. 다락 안에 숨어 해원이 보았을지도 모를 광경들. 미친 인간들과 죽어 가는 정화를 보았을 해원의 고통이 가파른 산길을 향해 한 발 한 발 내디딜 때마다 온몸에 전해졌다. 해원을 만나야 하는 건 순리이지만 만나게 되면 그날의 순간을 물어볼 수 있을지 자신할 수 없었다.

한위는 걷는 일에만 몰두하고 싶었다. 한 발씩 앞으로 내디딜 때마다 되돌리고 싶지만 돌이킬 수 없는 시간들을 잊고 싶었다. 10년 전의 일들은 모두 기억에서 지워 버리고 싶었다. 하지만 존재했던 사실들은 변할 수 없었다. 쇠를 만지지 않는다면 혹시 망각할 수 있을까? 해원이 존재하는 한 불가능했다. 땀이 흘러 속옷을 적시고 가슴을 적시고 마음을 적셨다. 슬픔은 살에 스며들고 뼛속 깊이까지 파고들었다. 눈만 뜨면 지난 세월을 모두 지우고자 몸을 혹사했지만 오히려 기억을 먹은 회한이 더 깊어지기만 할 뿐, 어떤 기억도 한 움큼조차 지워지지 않았다.

한위는 햇살이 점령한 도솔암 동암 마루에 걸터앉았다. 도솔암은 산의 바위와 바위를 의지해 절묘하게 걸터앉아 있는 암자였다. 암자를 맴도는 바람이 한위의 얼굴을 닦아 주었다. 서글픈 감정들이 누그러들었다. 그는 마루 끝으로 자리를 옮긴 후 주변을 살폈다. 사람의 그림자는 보이지 않아 담배를 한 대 꺼내 물었다. 깨끗하게 비질이 되어 있는 마당을 보니 작업장 앞마당이 떠올랐다.

한위는 담배 불똥을 손가락으로 끊어 떨어트린 후 발로 비벼 껐다. 담배를 한 대 더 피우고 마당에서 서성거렸지만 딱따구리가 나무를 파는 소리만 들릴 뿐 누구도 내다보는 사람이 없었다. 어차피 한위의 목적은 도솔암이 아니었다.

한위는 암각여래상을 찾아 바위 길을 올라갔다. 10분 남짓 오르자 암각여래상이 나타났다. 칠송대의 남쪽에 하늘로 치솟은 벼랑, 그 벼랑을 깎은 자리에 여래상이 암각으로 조각되어 있었다. 저 바위 너머에서는 비라도 왔던 것일까. 세상을 내려다보고 있는 듯한 얼굴 위의 벼랑 끝에 해가 걸려 그 암각여래상 부근에 무지개가 피었다.

한위는 암각여래상의 가슴 밑 복장을 쳐다봤다. 여래상의 가슴 한복판에 슬픔이 담겨 있을지, 기쁨, 아픔, 고통 어쩌면 비극이 담겨 있을지 모를 신비의 서랍이 회칠에 덮인 채 굳게 입을 다물고 있었다. 칠장사를 들러 운주사에 관한 이야기를 들었고, 운주사에서 도솔암까지 오는 데 열흘은 걸린 듯했다.

조선말에 동학도가 실제로 도솔암 위의 암각여래상의 서랍을 연 적이 있었다고 그러던데 정작 그 안에서 뭐가 나왔는지는 밝혀진 게 없습니다. 처사님이 궁금해하는 비록 같은 게 들어 있을지도 모르죠.

그 뒤로 아무도 그 서랍을 열어 보지 못한 겁니까?

바위에 박혀 있기도 해서 그렇지만 무엇보다 서랍을 은밀하게 열어 보기에는 천하에 다 드러나는 자리라……. 누군들 부끄러워하지 않겠습니까? 어쩌면 그냥 상징일 수도 있습니다. 실체 없는 희망이라도 주어야겠다고 중생을 측은하게 여긴 한 스님이 그런 걸 만들어 두었다는 이야기도 있습니다.

한위는 여래상의 가슴 밑을 뚫어지게 바라보았다. 백 년여 전에 누군가 열어 봤다면 지금은 아무것도 남아 있는 게 없을 터였다. 죽은 아버지도 열어 보았을지도 몰랐다. 하지만 진실을 밝히지 않고 죽었다. 암각여래상 곁에 동백처럼 푸른 소나무 한 쌍이 그 여래상을 보좌하듯 산바람에 춤을 추고 있었다.

기록에는 동학도가 사다리를 만들어서 올라가 서랍 속의 비록을 꺼냈다고 합니다. 그 일로 동학도 세 명이 사형을 당했지요. 엄연히 기록에 있는 이야기입니다. 만약 그때 뭔가를 꺼냈다면 지금은 텅 비어 있지 않겠습니까? 그런데 처사님께서도 그 비록이 필요하십니까? 모든 건 마음에서 비롯됩니다. 처사님이 찾는 그 비록은 마음속에 있을 겁니다.

마음속에는 없다. 실존하건 실존하지 않건 둘 중의 하나일 뿐이다. 그로선 해원을 찾을 실마리와 비록이 동시에 필요했다.

한위는 일단 여래상의 두상에서 가슴 한복판까지 내려오는 길이를 가늠해 보았다. 자일이 필요했다. 서랍을 밀봉하고 있는 회를 깨고 열려면 돌끌과 돌망치도 필요했다. 그리고 돌을 깨기 위한 작업을 하려면 최소한 카라비너와 너트, 프렌드, 하강기도 있어야 할 것 같았다.

한위는 필요한 품목들을 머리에 새겨 넣고 도솔암으로 내려갔다. 무심히 도솔암 마당으로 걸어가다가 한위는 깜짝 놀랐다. 소년인지 청년인지 나이를 가늠할 수 없는 스님 한 분이 귀에 이어폰을 끼고 손에는 휴대폰을 들고 엷은 미소를 지은 채 정물처럼 앉아 있었다. 흰 고무신을 신은 스님의 발이 리듬을 타고 있는지 일정한 간격으로 까닥거렸다. 스님은 눈만 돌려 한위를 한 번 힐끔 쳐다봤다. 스님의 다리 밑에 황구 한 마리가 앉아 있다가 고개를 번쩍 들었다. 한위는 머뭇거리다 스님의 곁에 앉았다. 마지막으로 떠도는 풍문에 대해 확인하고 싶었다. 설령 풍문에 지나지 않는다는 답을 들어도 직접 서랍을 깨고 열어서 확인할 참이었다.

한위는 먼저 헛기침을 하고 날씨가 좋다며 너스레를 떨었다.

"그런데 스님도 음악을 듣는 모양이지요?"

그제야 스님이 귀에서 이어폰을 떼어 냈다.

"뭐라고 하셨습니까?"

한위의 눈에 스님의 얼굴이 환히 들어왔다. 동주나 해원보다 어렸으면 어렸지 나이가 더 들어 보이지 않았다. 휴대폰도 요즘 유행하는 스마트폰인 듯했다.

"스님도 음악 같은 걸 들으시냐고 했습니다."

"중은 음악을 들으면 안 되나요?"

스님이 미소를 지으며 말했다. 코 밑과 턱 밑에 수염 한 올 나지 않은 애송이였다. 이런 애송이가 뭘 알까 싶었다. 설령 뭘 안다고 해도 머리로나 인식하고 있을 나이였다. 머리로 뭘 아는 것과 마음으로 아는 것 그리고 몸으로 아는 세계는 달랐다. 한위가 보기에 어린 스님은 마음이나 몸으로 뭔가를 헤아릴 만한 나이는 아니었다.

"한번 들어 보실래요? 라틴재즈인데 불경만큼 듣기 좋습니다."

스님이 불쑥 이어폰을 내밀었다. 한위는 급하게 손을 내저었다.

"좋은데……. 처사님도 돌서랍 속이 궁금해서 여기까지 온 거죠?"

스님이 간격을 두었다 히죽 웃으며 말했다. 그의 볼에 장난기가 담긴 듯했다. 순간 한위는 마음을 들킨 것 같아 무안해졌다. 어린 중이 얼마나 알까 싶으면서도 한위는 입을 열었다.

"그렇기는 한데…… 혹시 주지 스님 안 계십니까?"

"주지 스님이 아시는 건 저도 알고, 주지 스님이 모르시는 건 저도 모릅니다."

스님은 다시 이어폰을 귀에 꽂을 태세였다.

"그게 아니라, 여래상 돌서랍에 진짜……?"

"진짜 비록 따위가 들어 있는 거냐? 그거죠? 사람들이 수도 없이 다녀갔습니다. 하지만 제가 아는 한 돌서랍을 연 사람은 없었습니다."

"그걸 어떻게……?"

한위는 어린 중에게 휘둘리고 있는 기분이 들었다.

"전 어려서부터 여기서 생활했거든요. 돌서랍에 비록 같은 건 없습니다. 있으면 욕심 많은 중생들이 가만히 내버려뒀겠습니까? 어쨌든 제가 아는 한……."

스님은 도솔암 암각여래상의 돌서랍을 연 사람은 아무도 없었다고 말했다. 동학도가 열었다는 건 돌서랍을 열지 못하게 하려는 술수였다는 것이다. 세 명이 사형당하고 수백 명이 검거되었다는 이야기 역시 당시 정권을 유지하기 위해 만들어 낸 풍문이었다고 했다. 한위는 피식피식 웃으며 스님의 이야기를 들었다. 그런 이야기는 이미 오래전 들었던 터였다.

"……검단선사라는 분이 저 안에 비결을 넣었다고는 전해지지만 사실 저 안에는 좀 더 특별한 문서가 들어 있었다는 말도 있었죠. 신라 때 거종을 만든 박항이라는 사람이 남긴 기록이 들어 있을 거라고 말한 사람도 있었죠. 하지만 그런 걸 뭐하러 여기까지 와서 저 돌서랍에 넣었겠어요. 주지 스님께서는 다 무지한 민중들을 사로잡으려고 만든 풍문이라고 말씀하셨어요."

박항의 기록. 아버지로부터 진실과 실체를 확인하지 못한 채 듣기만 했던 이야기. 한위의 미소가 멈췄다.

"호, 혹시 주지 스님께서 박항이라는 인물이 실존 인물이라던가요?"

스님의 눈이 반달 모양으로 그려졌다.

"실존 인물이겠죠. 역사책에도 기록되어 있는 분이니까. 하지만 족보에서 그 어른의 이름이 삭제되었다는 이야기가 있는데 그 이유까지는 저도 잘 모르겠습니다. 그 진실을 아는 건 그 양반뿐이겠지요. 1300년 전에 살았던 그분만이."

스님은 할 말을 다 했다는 듯 이어폰을 귀에 꽂았다. 족보에서 시조의 이름을 지웠다는 게 무슨 뜻일까? 죽음으로도 갚지 못할 만큼 큰 죄를 지었다는 뜻일 게다. 그 이야기만큼은 한위도 처음 듣는 이야기였다.

스님은 귀에 이어폰을 꽂은 채 말을 계속 이어 갔다.

"옛날 황룡사 터에서 나온 목간(木簡)이 하나 있었습니다. 그 목간에 쓰인 내용이 의미심장했죠. 글자가 흐릿해서 잘 안 보였는데 어느 처사가 그걸 들고 주지 스님을 찾아온 일이 있었습니다. 그 목간에 쓰인 내용이 '천인의 종을 만들기 전에는 광기의 저주는 풀리지 않으리라'는 거였습니다. 혹시 처사님도 종 만드십니까?"

스님은 잔잔한 수면 같은 눈으로 한위를 바라보았다. 어려 보인다고 깔보지 말라는 뜻 같았다. 돌서랍에서 비록을 꺼내는 일도 부질없는 짓이라고 나무라는 듯했다. 한위는 구름을 몰고 가는 하늘을 올려다보았다. 스님의 말은 해원을 영원히 찾을 수 없다는 말처럼 들렸다.

"주지 스님이 묻더군요. 인생에 있어서 가장 좋은 게 뭔 거 같으냐고."

스님은 음악을 들으며 시선을 숲에 둔 채 말했다.

"한 왕이 말입니다. 인생에 있어서 가장 좋은 게 뭔지 알고 싶어서 신을 쫓아다녔다는군요. 그런데 신은 차마 말해 줄 수가 없어서 도망 다녔고, 쫓고 도망 다니는 세월이 흘러서 결국 왕이 죽음에 이르는 순간에 도달했습니다. 그래도 왕은 궁금했던 겁니다. 인생에 있어서 가장 좋은 게 뭔지 말입니다. 결국 신이 말해 줬죠. 모든 것들 중에서 가장 좋은 것은 태어나지 않아 존재하지 않는 것이라고요. 즉, 허무가 되는 것이라고 말이죠.* 주지 스님은 돌서랍을 찾아 올라오셨던 처사님들에게 그렇게 말씀하셨습니다. 욕망이란 게 부질없는 놀음이라고. 뒤져 보신 분이 있는지 없는지 모르겠지만 돌서랍을 열어 보던 열어 보지 않던 그건 처사님 업대로 갈 겁니다."

스님은 눈을 감고 리듬에 몸을 맡긴 듯 발을 까닥거리고 콧노래를 흥얼거렸다.

스님의 이야기는 인생에 있어서 가장 좋은 것이라기보다 인생에 있어서 가장 끔찍한 진실처럼 들렸다. 부질없는 짓이라고 하더라도 한위는 돌서랍을 열어야만 했다. 어린 중이 알면 뭘 알겠는가. 그는 돌서랍을 뒤져야겠다는 생각을 버리지 못했다.

---

* 니체의 저서 《비극의 탄생》, 〈비극 3절〉 중에서

한위가 장비를 갖추고 도솔암에 다시 올라온 건 산봉우리에 달이 걸린 후였다. 법당에 불이 밝혀져 있었지만 사위는 고즈넉했다. 법당에선 흔한 목탁 소리도 불경 소리도 들리지 않았다. 법당 마루 앞에 앉아 있던 황구도 짖지 않았다. 낮에 나무를 쪼던 딱따구리도 이미 집을 다 만들고 잠이 들었는지 조용했다.

'더 이상 미련스런 짓은 하지 않겠어.'

한위는 다짐했다. 이번을 끝으로 여행은 종지부를 찍을 것이다. 그런 후 월롱으로 돌아가 해원이 돌아오기를 무작정 기다릴 작정이었다. 설령 해원이 돌아오지 않는다고 해도 후회하지 않을 자신이 있었다. 해원이 돌아오지 않으면 진실은 영원히 묻히겠지. 규철 역시 돌아갈 곳을 잃고 말 것이고. 어쩌면 두 사람은 세상에서 가장 끔찍한 진실을 찾아 영원히 방랑할 수도 있었다.

한위는 법당을 등지고 암각여래상 쪽으로 도둑고양이처럼 발소리를 죽인 채 조용히 걸어갔다. 두상 부근으로 올라가 뿌리가 깊은 소나무에 자일을 걸었다. 여래상의 복장까지 8미터 남짓 되었다. 앉을 수 있는 매듭을 만들고 하강기를 걸었다. 그리고 배낭을 앞으로 멨다. 망치와 끌, 카라비너와 너트, 프렌드를 쉽게 꺼내 쓸 수 있게 배낭 앞 지퍼를 반쯤 열어 두었다.

자일에 몸을 실었다. 한쪽 줄을 당기며 여래상 두상의 턱에 내려섰다. 밤하늘을 마주보고 섰다. 아래는 금경사였다. 금형리를 떠나 서울에서 생활할 때 한 철공소에서 한위는 카라비너와 너트, 프렌드 등을 만들었다. 쇠가 그리워 찾아간 공장이었지만 그건 쇠가 아니라 그저 상품일 뿐이었다. 그래도 미친 듯 일했다. 그러면 고향을 잊을 수 있을 거라고 믿었던 때문이다.

　로프를 조금씩 풀어 주며 로프에 의지해 아래로 조금씩 내려갔다. 다행히 달빛이 한위의 발이 닿는 곳을 비춰 주었다. 그렇게 여래상의 복장까지 내려오는 데 불과 1분 남짓 걸린 듯했다. 로프를 허벅지에 몇 번 감고 하강기에 매듭을 지어 주었다.

　한위는 배낭에서 돌끌과 망치를 꺼내들고 회칠로 밀봉되어 있는 부분들을 쪼기 시작했다. 석회암이라 이음 부분은 어렵지 않게 떨어져 나갔다. 차가운 봄바람이 불었다. 하지만 한위의 얼굴에서 흐르는 땀을 식혀 주지는 못했다.

　달이 지고 동편의 산으로부터 미명이 밀려 올 무렵 돌서랍을 밀봉했던 석회암을 모두 떼어 낼 수 있었다. 돌서랍을 흔들어 보았다. 순간 미친 짓이라는 생각이 들었지만 이제 물릴 수도 없었다.

　서랍을 좌우로 흔들어 보았다. 끝 부분이 여래상과 달라붙어 있는 듯했지만 수십 차례 흔들자 떨어졌다. 한위는 조심스럽게 서랍을 앞으로 잡아당겼다. 서랍은 밖으로 빠져나오며 세상의 소리가 아닌 소음을 내며 조금씩 앞으로 나왔다. 밖으로 나온 서랍의 틈에서 퀴퀴한 냄새가 물씬 풍겼다. 한위의 손이 떨렸다. 뭔가가 부패하는 냄새도 아니고 삭은 냄새도 아니었다. 신 냄새가 났다. 세상의 냄새가 아니었다. 문득 돌서랍에 대한 걸 풍문으로 여겨 누구도 열어 보지 않았을지도 모른다는 생각이 들었다.

　서랍이 절반쯤 빠져나왔을 때 한위는 망설이다가 손을 서랍 안으로 집어넣었다. 아무것도 만져지지 않았다. 대신 세상의 공기와는 질이 다른 느낌의 허공이 느껴졌다. 마치 블랙홀 같은. 안쪽으로 손을 더 밀어 넣으면 손이 다른 차원으로 건너가 버릴 것만 같은 그런 기분이 들었다. 기분이 썩 좋지 않았다. 주저했지만 손을 뺄 수도 없었다. 운명이 밀어붙이는 대로 밀고 나가는 수밖에 없었다. 한위는 손을 안쪽으로 더 깊이 넣고 이리저리 더듬었다. 역시 아무것도 없었다. 서랍 안쪽의 막다른 벽에 손이 닿았지만 손에 잡히는 건 허공뿐이었다. 몸에 퍼져 있던 긴장이 발끝으로 빠져나갔다. 마지막 희망이 물거품처럼 사라졌다.

한위는 돌서랍을 원래의 자리에 밀어 넣고, 석회가 담긴 비닐봉투를 꺼내 생수병의 물을 부었다. 석회를 개서 파낸 자리에 밀어 넣었다. 석회를 모두 밀어 넣고 매듭져 놓았던 자일을 풀었다. 몸의 긴장이 빠진 탓에 한위는 가늠 없이 아래로 내려갔다. 그 바람에 고르지 않은 바닥에 착지를 하면서 왼쪽 발목이 꺾이고 말았다. 발목에 끊어질 듯한 통증이 몰려왔다. 종소리를 얻고 더불어 그 소리를 통해 해원의 용서를 이끌어 낼 수도 있을 거라는 허무맹랑한 믿음에 주어진 훈장이었다.

그는 암각여래상의 벽에 등을 기대고 앉아 동이 트는 걸 구경했다. 칠송대의 벼랑이 봄으로 옷을 갈아입고 있었다. 먼 산에 철쭉들이 봄의 전령처럼 달려오고 있었고, 바람에도 꽃 냄새가 실려 있었다. 한위는 비로소 참회의 첫 번째 관문을 넘은 듯한 기분이 들었다. 어떤 근거가 있는 건 아니지만 머잖아 해원을 만날 수도 있으리라는 기분이 들었다.

배낭 안에 있던 수건을 꺼내 찢은 후 왼쪽 발목을 동여맸다. 걸을 만했다. 근처 숲을 뒤져 맞춤한 막대기도 하나 찾아냈다. 한위는 도솔암 마당을 지나 산기슭으로 내려가는 숲길로 접어들었다. 그때 법당 문이 열리고 낮에 본 스님이 나왔다. 낮에 보았을 때와 달리 스님에게서 득도에 이른 듯한 기개가 느껴졌다.

한위는 스님 앞을 지나다 발목이 시큰거려 마루에 털썩 주저앉았다. 종으로부터 소리를 얻지 못해도 좋았다. 하지만 종을 완성시켜 10년 동안 그의 가슴을 짓눌러 온 죄를 구해야만 한다. 사라져 버린 해원도 찾아야만 하고 증오로 굳은 아들 녀석의 미움도 풀어 주고 싶었다. 스님이 한위의 몰골을 한 차례 살핀 후 헛기침을 했다.

"제가 아직 어리지만…… 주지 스님께서는 세상 모든 일이 오로지 마음에서 비롯되는 일이라고 하시더군요. 저도 그리 생각하고요. 설령 비록 같은 게 있었다고 해도 천 년 훨씬 이전의 비록이라면 누가 가져가도 진즉 가져가지 않았겠습니까?"

그래, 그럴지도 모른다. 하지만 종을 완성시켜야 하지 않는가. 지금껏 종으로 소리를 완성하지 못했기에 규철에게 뒤지고 마는 인생이지 않았던가. 정화도 빼앗기고 주철장의 자리도 그에게 선수를 빼앗기고 말았는데, 만약 규철이 비록을 얻었다면 종소리마저……. 그런데 규철은 어디에서 종을 만들고 있는 걸까? 여러 사념들이 머릿속에서 서로 충돌하면서 얽히고 말았다. 한위는 머리를 쥐어뜯었다. 젊은 스님의 그림자가 한위의 머리 위로 드리워졌다.

"처사님, 10년쯤 전 봄이었을 겁니다. 속세 나이로 제가 열다섯 살쯤 먹었을 땝니다. 그때 주지스님을 쫓아 서울 나들이를 간 적이 있었습니다. 종 제작을 의뢰하러 갔었죠. 그런데 그곳에서 우연히 주지 스님이 아는 분을 만났습니다. 물론 저도 아는 분이었죠. 지금이야 그분이 절 기억하실런지 모르겠지만. 아무튼 그분도 한때 처사님처럼 여기를 다녀가시기도 하셨었어요. 그런데 그분을 주지 스님하고 서울 영등포 문래동에서 만난 겁니다. 서울 문래동 철공단지 아시죠? 쇠로 된 물건은 뭐든 만들어 내는 곳이라고 하더군요. 아무튼 그분이 한 철공소에서 종을 만들고 계셨습니다. 그 양반이 기연이라고 좋아하더군요. 그런데 주지 스님께서는 중생의 삶에 우연은 없다시며 반기셨죠. 주지 스님께서도 전혀 모르고 문래동에 종을 의뢰하러 가셨는데, 마침 그분을 만난 거였거든요. 결국 주지 스님은 그분께 종을 의뢰하고 돌아왔습니다. 서울에서 이곳으로 내려오는 기차 안에서 주지 스님께서 그러시더군요. 그분이면 이제 제대로 된 종소리를 얻을 수 있을 것 같다고요. 그땐 그 소리가 무슨 소린지 몰랐습니다. 10년이 지나니까 이제 좀 알겠더라고요. 어쩌면 처사님이 찾고자 하는 걸 그분한테 가면 얻으실 수 있을지도 모르겠습니다. 살아만 계시다면 말이죠."

　어린 스님이 히죽 웃었다. 그런 후 한위에게 할 말을 다했다는 듯 돌아서서 산봉우리에 걸린 아침 해를 바라보았다. 한위는 돌아섰다. 스님이 말한 그 종쟁이는 아버지가 말한 몇 안 되는 장인 중의 한 명일지도 모르겠다는 생각이 들었다. 하지만 아버지와 비슷한 또래라면 지금 살아 있을 가능성은 적었다. 그래도 그를 만나면 아버지에게서 얻지 못했던 비법을 얻을 수도 있지 않을까. 비록 없어도 가능한 방법을 말이다.

　아침 산길은 축축하고 상쾌했다. 걸을 때마다 발목이 시큰거렸지만 발을 내딛는 데는 무리가 없었다. 한위는 두 시간 남짓 걸려 선운사 사하촌까지 내려왔다. 이른 아침이지만 상가 거리에는 사람들이 물고기처럼 떼를 지어 몰려 다녔다. 한위는 소란스러움을 피해 사람들이 없는 식당을 골라 들어갔다. 국밥과 소주를 주문했다.

식당의 종업원들이 텔레비전 앞에 모여 앉아 넋을 놓고 있었다. 뉴욕에 때 아닌 폭설이 내려 몇 사람이 죽었다, 서울 대림동에서 희대의 살인범이 잡혔다, 악성 댓글을 단 한 네티즌을 유명 연예인이 고발했다, 모 정치인이 뇌물을 받은 일로 사퇴를 했다, 전국적인 음주 단속에 수백 명이 걸렸다……. 국밥이 나올 동안 한위는 세상의 이야기를 들었다. 세상에서 일어나는 수많은 일들이 한위와는 무관하게 흘러갔다.

한위는 천천히 국밥을 입에 퍼 넣으며 술잔을 비웠다. 국밥을 다 비우고 출입문 밖을 내다보았다. 해원과 비슷한 덩치를 지닌 여자가 종종걸음으로 정류장 쪽으로 달려가는 게 보였다. 한위는 습관처럼 자리에서 일어났다가 도로 의자 위에 주저앉았다. 비슷하기만 할 뿐 여자는 해원이 아니었다. 문득 종이란 상처 입은 인간들이나 빚어 낼 수 있는 물건일지도 모른다는 생각이 들었다.

상가 앞 광장에 교복을 입은 한 무리의 여학생들이 지나갔다. 유행인 듯 여학생들의 교복 치마가 미니스커트처럼 짧았다. 저희들끼리 치마를 들치는 장난이 불량스러워 보이지 않았다. 한위는 밥값을 계산하고 천천히 밖으로 걸어 나왔다. 적당한 술기운과 포만감 때문인지 발목은 더 이상 아프지 않았다. 지팡이를 버렸다. 그렇게 모든 걸 간단하게 버릴 수 있으면 좋으련만……. 한위는 아무것도 버리지 못했다.

얼마 못 가 그는 몸이 휘청거려 더 이상 걸을 수가 없었다. 가장 먼저 눈에 띄는 모텔로 들어갔다. 열흘 가까이 떠돌며 몸에 쌓였던 긴장이 천근의 무게로 한위의 어깨를 내리눌렀다. 배낭에 든 장비들이 서로 부딪히며 요란을 떨었다.

'비록 같은 건 부질없다. 세상이 변하면 진실도 변하는 게 아닌가. 1300년 전에는 그 비록이 필요했지만 지금은 그때와는 다른 흙과 공법이 필요할 게다. 그게 진실인지도 모른다.'

한위는 해원을 만나기 위해서든 아니면 새로운 종을 완성시키기 위해서든 월롱으로 돌아가야 한다는 사실을 절감했다. 이렇게 찾아 헤매다 보면 언젠가 해원을 만나기야 하겠지만 그렇지 않더라도 해원은 결국 월롱으로 돌아올 것이라고 믿었다. 어쩌면 규철도.

모텔방 안으로 들어온 한위는 배낭 속에 넣어 두었던 장비들을 꺼냈다. 장비들을 모두 쓰레기통에 버렸다. 몸도 영혼도 심지어 고독까지 잃어버렸던 서울 시절 한위는 등산장비들을 지겹도록 만들었다. 자르고 갈고 구부리고 상표를 붙이고 포장을 하고……. 가장 왕성하게 종을 만들었어야 할 시간에 여자의 살집처럼 부드럽기만 한 금속을 만지며 쇠에 대한 감각을 잃었었다. 그에 반해 규철은 그 세월 동안 착실하게 종을 만들고 주철장이 되기 위한 노력을 했다. 한위가 금형리로 돌아왔을 때 규철은 종 틀에서 방금 만든 종을 꺼내고 있었다. 소리는 흔한 소리였지만 종은 아름다웠다. 그저 막연히 고향으로 돌아간 것이었는데 그 종을 보고 한위는 깨달았다. 자신의 운명은 종에게 빼앗겼다는 사실을.

한위는 욕조에 뜨거운 물을 가득 받은 후 물속으로 들어갔다. 관절마디마디가 모두 해체되는 것처럼 풀어졌다. 전신으로 온기가 스며들면서 잠이 밀려왔다. 한위는 꿈속에서 해원을 만났다. 해원은 무표정한 얼굴이었다. 옷은 남루했고 얼굴색은 창백했다. 한위는 꿈인 줄 알면서도 그런 해원이 안타까웠다. 한위가 손을 뻗어 해원의 손을 잡으려 했지만 그가 손을 뻗는 만큼 해원의 몸이 뒤로 멀어졌다. 다시 손을 뻗으면 또 그만큼 멀어지고 다시 또 멀어지고.

잠에서 깬 한위는 식어 버린 물 때문에 한기를 느꼈다. 그런데도 이마에는 땀이 송골송골 맺혀 있었고 심장은 뜨거웠다. 그는 욕조에서 나와 거울 앞에 섰다. 상처투성이인 몸이 거울에 나타났다.

창백한 얼굴의 해원이 꿈에 나타난 건 처음이었다. 불길하고 기분이 나빴다. 왜 그런지 자신이 월롱을 비운 사이에 해원이 돌아와 동주를 만나고 있을 것만 같은 기분이 들었다. 지금껏 왜곡되어 왔을지도 모를 진실이 또 다른 왜곡을 거쳐 버리고 나면 진실은 영영 찾을 수 없다. 진실은 결국 드러난다지만 시간은 진실을 감추는 힘도 있었다. 때론 진실도 영원히 망각된 채 인간들에게 잊힐 수 있었다. 굳이 드러낼 필요가 없다고 느끼는 진실이라면 더더욱 깊이 감추고 숨길 것이다. 거기에 무정한 시간까지 합세를 하면 진실은 영원히 묻히고 말 수도 있었다. 한위는 갑자기 마음이 급해졌다.

3

한위는 결국 서울행 버스승차권을 끊었다. 월롱으로 돌아가 봐야 아무것도 할 수 없다는 걸 알았다. 그보다 여러 두려움들이 한위가 월롱으로 가는 길을 막았다. 해원이 월롱으로 돌아왔을지도 모른다는 두려움, 규철이 나타나 지난 세월에 대해 분노를 터트릴지도 모른다는 두려움 그리고 숨길 수밖에 없었던 진실에 대해 알게 되었을지도 모를 동주가 나타낼 증오에 대한 두려움. 무엇보다 두려운 건 지금 월롱 작업실 지하에 조용히 잠자고 있는 거종의 틀을 종으로 완성할 수 없을지도 모른다는 사실에 대한 두려움이었다. 종으로 절대자의 목소리를 담는다는 것은 불가능한 일일까. 인간이 만들 수 있는, 세상의 일이 아닐 수도 있었다. 하지만 듣는 순간 모든 걸 비우게 만들었던 성덕대왕 신종의 종소리는 분명 존재했다. 한위를 괴롭혀 온 소리였고 한위를 존재하게 해준 소리였다.

한위는 요람처럼 흔들리는 버스 안에서 잠들지 못했다. 지난밤 어깨에 쌓인 피로는 새로운 긴장을 만들어 주었다. 버스 창밖으로 산과 들 그리고 도시의 풍경들이 휙휙 지나갔다. 결국 한위는 아무것도 얻지 못한 채 1년 반의 세월을 허송하고 말았다. 버스가 서울에 가까이 다가갈수록 과거에 대한 미련만 자꾸 커가는 자신을 견디기 힘들어 그는 숨을 푸푸 몰아쉬었다.

정화가 규철과 밤을 보내지만 않았다면 지금까지 흘러 버린 30년의 인생이 달라졌겠지. 한위의 인생이 뒤틀어진 건 규철이 정화를 취한 그날 밤부터였다. 규철이 술에 취한 척하며 그날의 정사를 고백하던 날 한위는 금형리를 떠나기로 결심했다. 아버지가 남긴 작업장에도 미련을 두지 않았다. 다시는 돌아오지 않겠다고 다짐하고 도시로 나가 수년을 떠돌았다. 문래동의 철공소에서 잡부로도 살았고 신도시 공사 현장의 인부로도 지냈다. 그리고 여자를 만났고 동주를 낳았다. 하지만 정화가 보고 싶어 견딜 수가 없었고 쇠의 냄새가 그리워 잠을 이루지 못했다.

버스가 서울에 도착했다. 한위는 서둘러 지하철을 타고 문래동으로 향했다. 더 이상 정처 없이 떠돌 수는 없었다. 비록을 구할 수 없다면 비법이라도 얻어야 한다. 그런 후에야 월롱으로 돌아갈지 말지를 결정할 수 있을 것이다. 만약 해원이 월롱으로 돌아갔고 규철마저 월롱을 찾아왔다면 더더욱 돌아갈 수 없었다. 결국 한 번 뒤틀린 운명 때문에 죽는 순간까지 떠도는 삶을 살 수도 있었다. 그렇다고 소리를 얻는 길을 포기할 수는 없었다.

한위가 문래동에 도착한 건 도시의 마천루가 노을에 젖어들 무렵이었다. 도솔암의 스님이 가르쳐 준 상호 하나만 들고 문래동 철공소 거리로 들어섰다. 하지만 예전의 번화하던 철공소 거리가 아니었다. 철공소였던 가게들 담장에 곧 철거에 들어간다는 안내문들이 붙어 있고, 이른 저녁임에도 문을 닫아건 철공소들이 많았다. 어느 철공소는 이사를 간 지 오래된 듯 쇠로 가득 차 있어야 할 공간이 텅 빈 채 뽀얀 먼지만 날렸다. 어느 아파트 담벼락에는 철가루가 날려 아이들 건강을 해친다는 플래카드가 붙어 나부꼈다.

길지 않은 그 거리와 골목을 걸으며 한위는 낙담했다. 스님의 10여 년 전 기억만 믿고 문래동까지 찾아온 자신이 한심했다. 도로변과 골목을 샅샅이 뒤졌지만 스님이 가르쳐 준 상호의 철공소는 보이지 않았다. 딱히 어디로 가야 할지 몰라 발걸음을 멈추었는데 젊은 여자들이 다가와 한위의 팔을 잡았다.

"오빠, 어디가? 우리 가게 조오긴데, 놀다 가. 잘해 줄게."

여자에게서 향수 냄새가 짙게 풍겼다. 또 다른 여자가 다른 팔에 달라붙었다.

"내사 서비스 확실하게 해줄게, 우리 가게로 가."

여자들이 서로를 쳐다보며 으르렁거렸다. 멀리 빨간불을 밝힌 홍등가가 보였다. 그마저도 버려진 무인도처럼 드문드문 켜져 있었다. 한위는 여자들의 팔을 떼어 내고 발길을 돌렸다. 철공소 거리와 홍등가가 얼굴을 마주하고 있었다는 사실이 그제야 기억났다. 문득 해원도 이런 짓을 하며 살아가고 있지 않을까 싶었다. 여자들이 끈질기게 달라붙었지만 한위는 대꾸조차 하지 않았다. 여자들이 한위의 뒤통수에 대고 욕을 해댔다. 세상이 뒤집힐 정도로 바뀌었지만 아직도 몸으로 살아 내야 하는 여자들이 거리에 있다는 게 씁쓸했다.

한위는 골목을 벗어나기 전 막 문을 닫으려는 철공소 앞으로 다가갔다. 가게 문을 닫고 있는 남자는 백발의 노인이었다.

"저, 말 좀 물어보겠습니다."

노인이 한위를 쳐다보았다. 노인에게서 쇠 냄새가 물씬 풍겼다. 괜히 반갑고 마음이 편안했다. 한위에게서도 미세하게 쇳내를 맡았는지 노인의 눈에서 경계심이 사라졌다. 노인은 바지 주머니 속에서 담배를 꺼내 물고는 불을 붙였다.

"혹시 상생철공소라고 아시는지요?"

"상생철공소요?"

"네, 10여 년 전쯤에 여기에 있었다고 하는데 지금은 그런 간판의 철공소가 없네요."

"상생철공소라……."

"이 동네에서 오랫동안 종을 만들면서 사셨을 거라고 하던데."

"아, 상생철공소! 의붓딸이랑 둘이 종 만들던 그 사람!"

노인이 몇 번 담배 기침을 하더니 한위를 살폈다.

"기억납니다. 이 골목에서 종 만드는 인간이 하나 있긴 있었죠. 다들 돈 못 벌어서 안달인데 그 인간은 종 만든다고 유난을 떨었지."

노인은 가게 앞에 내놓은 낡은 의자에 앉았다. 일말의 희망이 생겼고 찾아갈 곳이 생겼다는 생각이 들자 한위의 불안과 두려움이 조금은 가셨다.

"그분 아직도 이 동네에 계시나요?"

"웬걸, 그 양반 이 동네 떠난 지 오래됐죠. 남도에 종 만드는 작업실 만들었다며 떠난 게 아마 8, 9년쯤 됐을 겁니다."

남도라? 살아만 있다면 만날 수 있을 것 같았다. 전국에 종 작업장은 그리 많지 않았다. 수소문해 보면 금방 알아낼 수 있을 것 같았다.

"남도 어디쯤인지 알 수 있을까요?"

"기억이 가물가물하긴 하지만 남해라고 그랬던 것 같소만."

노인은 비교적 상세하게 기억을 하고 있었다.

"상생철공소의 주인 남자가 살아 있다면 팔십 중반은 됐을 겁니다. 그 사람 이름은 기억이 나지 않지만 의붓딸이 하나 있는데 이름이 아마…… 화진이라고 했던 거 같소. 말을 더듬고 꼭 선머슴처럼 생겨서 기억이 나네요. 그래도 힘 하나는 장사였는데. 그나저나 그 사람은 왜 찾소? 혹시 댁도 종 만드시우? 그렇지 않은 다음에야 그 사람을 찾을 리가 없을 텐데."

노인이 그제야 한위의 손등을 살폈다.

"그 사람 혼자 이 바닥에서 종을 만들었던 터라 이 동네에서 쇠 장사 한 인간들은 다 알지. 그 사람은 몰라도 화진이라는 처자라면 다 알거요. 남해로 내려간 뒤에는 소식이 끊어졌지. 하지만 남해 내려가 수소

문하면 금방 찾을 수 있을 거요. 그 사람이나 화진이나 하는 일도 그렇고 둘 다 독특한 인간들이니까."

다시 또 남해까지 가야 하는 것인가? 한위는 노인이 건네주는 담배를 사양하지 않고 받았다.

"그 사람 종을 참 잘 만들었어. 그래, 그랬던 거 같아."

노인의 입에서 흘러나온 연기가 어둠 속으로 스며들며 도시의 한복판이라고는 믿을 수 없을 만큼 캄캄한 골목의 어둠을 더 깊게 만들었다. 한위는 이제야 방황의 마지막에 이르고 있다는 기분에 조금씩 사로잡히기 시작했다.

철공소 거리에서 나온 한위는 영등포 기차역 쪽으로 길을 잡아 나갔다. 남해로 가려면 기차를 타고 진주로 내려가는 게 낫겠다는 생각이 들었다. 도로는 빠져나가지 못한 차들로 주차장이나 다름없었다. 차들은 제자리에서 물결처럼 출렁거렸다. 한위는 문 닫힌 철공소를 둘러보며 여의도 쪽으로 이어지는 인도를 따라 걸었다. 인도도 사람들로 넘쳤다. 백화점 부근은 사람과 차들로 뒤엉켜 아수라장이었다. 백화점과 철공소 그리고 홍등가가 버무려진 곳. 세상은 점점 질서를 잃고 혼란스런 세상이 되어 가고 있다는 생각이 들었다.

도로 건너편에 사람들이 한 줄로 길게 늘어서 있는 모습이 눈에 들어왔다. 추레한 몰골의 사람들이 한 줄로 늘어서서 어느 건물로 들어가기를 기다리고 있었다. 급식소였다. 길게 늘어선 줄이 50여 미터는 족히 될 듯싶었다. 한위는 바쁘게 오가는 사람들 사이에 서서 길 건너를 무심히 쳐다봤다. 건물 옆 골목에 젊은 여자가 급식소에서 나온 그릇들을 설거지하는 모습이 보였다. 여자는 설거지를 끝낸 식판들을 건조대 위에 쌓아올렸다. 대야에 담긴 식판을 모두 닦은 모양인지 여자는 앉은뱅이의자에 앉아 옷소매로 이마를 훔쳤다. 여자도 무심결에 길 건너편의 한위를 쳐다보았다. 그런데…….

"해원이, 해원이구나. 해원아!"

한위는 눈을 동그랗게 뜨고 여자를 보았다. 그리고 차가 느리게 오가는 도로를 살폈다.

"해원아!"

분명 해원이었다. 한위는 두 손으로 나팔을 만들어 해원을 불렀다. 길 건너편에 앉아 있던 여자가 앉은뱅이의자에서 천천히 일어나 한위 쪽에 세심하게 눈길을 주었다. 여자는 손으로 차양을 만든 다음 인도 쪽으로 걸어 나왔다.

"해원아, 나야 나. 한위 아저씨라고."

한위는 인도에서 도로로 내려섰다. 자동차가 클랙슨을 눌러 댔다. 도로 가까이 나와 한위의 행동을 살피던 여자는 뒤로 주춤 물러나더니 급하게 급식소 안으로 사라졌다. 한위는 좌우를 살피지도 않고 정신없이 도로를 가로질렀다. 사방에서 자동차들이 빵빵거렸다.

한위는 급식소 옆 골목으로 뛰어 들어갔다. 건물 외벽에 달라붙어 있는 가로등이 물이 가득 담긴 설거지 대야와 건조대를 외롭게 비추고 있었다. 한위는 여자가 들어간 쪽을 쳐다보았다. 허술하게 생긴 문이 삐죽 열려 있었다. 한위는 문을 와락 열어젖혔다. 안은 주방이었다. 사람들이 음식을 준비하느라 여념이 없었다. 한위는 주방으로 들어가 사람들을 일일이 확인했다. 음식을 준비하던 사람들이 한위를 쳐다봤다.

좀 전에 보았던 여자는 보이지 않았다.

"배식 받으시려면 밖으로 나가서 줄서야 해요."

나이 지긋해 보이는 여자가 한위에게 말했다.

"난 밥 먹으러 온 게 아닙니다."

한위는 계속해서 봤던 사람의 얼굴을 보고 또 봤다. 그는 급기야 식당으로 이어진 문 쪽으로 다가갔다. 덩치 좋은 신부가 그를 막아섰다.

"무슨 일이시죠?"

한위는 식당 쪽에 눈길을 둔 채 말했다.

"사람을 찾는데…… 좀 전에 여기서 설거지하던 여자 어디 갔죠?"

식당 안은 밥을 먹거나 서빙을 하는 사람들로 붐볐다. 한위가 식당으로 들어가려 하자 신부가 그의 팔을 잡았다.

"누굴 찾는 겁니까?"

그제야 한위는 신부를 쳐다봤다.

"사람을 찾는다고요. 좀 전에 밖에서 설거지하던 여자가 내 딸이랑 닮았단 말이오."

한위는 해원을 딸이라고 생각했다. 가끔 마음속에서 연인이 되긴 했지만 친구의 딸이니 자신에게도 딸과 다르지 않다고 믿었다.

"딸이라뇨?"

한위는 신부를 밀치고 식당으로 들어갔다. 밥을 먹는 사람들은 대부분 노숙자이거나 노인들이었다. 그들의 몰골은 후줄근했다. 그 속에 해원이 섞여 있을 리 없었다. 한위는 서빙하는 여자들을 일일이 붙잡고 얼굴을 확인했다. 한위의 소란에 식당 안이 어수선해졌다.

"이봐요!"

신부가 한위의 팔을 잡았다. 한위가 순간 신부의 팔을 홱 뿌리쳤다. 그 바람에 신부가 옆으로 쓰러지면서 테이블 하나가 엎어졌고 밥을 먹던 사람들이 일제히 자리에서 일어났다. 테이블 위에 있던 식판이 모두 엎어지며 바닥에 나뒹굴었다. 밥을 먹던 사람들이 일제히 한위를 쳐다보았다.

"이 사람이!"

신부가 달려들고 밥을 먹던 몇몇 사람들도 달려들어 한위를 제압하려고 둘러쌌다.

"놔, 난 딸을 찾으러 온 거야, 내 딸을 말이야."

한위가 몸부림치자 그에게 달려들었던 사람들이 일제히 떨어져 나갔다. 몇 개의 테이블이 더 엎어지면서 삽시간에 식당 안이 난장판이 되고 말았다. 그런 와중에도 한위는 눈을 부라리며 해원을 찾았다. 하지만 해원은 보이지 않았다. 사람들이 그의 주위를 둘러쌌다.

'해원이가 맞다면 왜 나를 보고 도망간 거지? 왜?'

한위는 고개를 푹 떨구고 말았다. 그제야 사람들이 달려들어 한위의 팔을 꺾어 제압했다. 충분히 뿌리칠 수도 있었지만 한위는 그들에게 순순히 끌려갔다.

한위는 음식을 실어 나르는 봉고차 안으로 짐짝처럼 부려졌다. 그래도 한위는 반항하지 않았다. 그는 의자에 앉은 채 머리를 감싸 쥐었다.

"이보세요."

식당에서 한위를 말리던 신부가 그의 곁에 앉으며 입을 열었다. 봉고차 밖에는 급식을 받으러 온 사람들과 일하는 사람들이 한위와 신부를 지켜보았다.

"더 이상 소란 피우지 않으실 거죠?"

한위는 머리를 떨군 채 침묵했다. 신부는 사람들을 돌려보냈다.

"무슨 이유인지 모르지만 사람들이 한 끼 밥을 해결하기 위해 모인 곳에서 그렇게 행패를 부리시면 안 됩니다."

한위는 그제야 고개를 들고 신부를 쳐다보았다. 한위의 눈은 붉었다.

"신부님, 제가 그만 흥분해서 그렇게 되었습니다. 죄송합니다. 그런데 분명 골목에서 설거지를 하던 여자 아이는 제 딸이었습니다."

"따님의 이름이 어떻게 되는데요?"

신부는 흥분을 가라앉혔는지 차분한 목소리로 물었다.

"강해원요, 강해원."

"강해원이라……."

"듣을 수는 있지만 말을 못 합니다."

"그럼, 그 아가씨가 강해원?"

"맞아요. 해원이, 해원이가 내 딸입니다. 1년 반 전에 집을 나가서 소식이 끊어져서 전국을 돌아다니며 찾고 있었죠. 오늘 우연히 이 옆 골목에서 본 겁니다."

"댁의 딸이 맞는지 어떻게 보장을 하죠?"

한위는 점퍼 속주머니에서 전단지 한 장을 꺼냈다. 해원의 사진만 따로 잘라 낸 후 코팅을 해놓은 것이었다. 한위는 신부의 눈앞에 해원의 사진을 들이밀었다.

"이 아입니다."

신부는 금방 사진의 주인공을 알아차렸다.

"해원이라는 이름의 아가씨가 맞군요. 이름은 알지 못했는데……."

"우리 해원이 어디 간 거죠? 어딜 가면 만날 수 있는 거죠? 왜 해원이가 여기서 설거지를 하고 있는 겁니까? 신부님, 제발 찾아주세요. 부탁합니다, 제발!"

한위는 두서없이 질문했다. 그가 신부를 끌어안을 듯 바짝 다가앉자 신부가 한 발 물러나며 측은한 눈길로 한위를 바라보았다.

4

빛에도 소리가 있었다. 해원은 따갑게 쏟아지는 폭양을 올려다보며 빛의 소리를 들었다. 10년 전 해원은 목소리를 잃었다. 하지만 그 뒤 축복인지 저주인지 모를 능력을 얻었다. 남들은 들을 수 없는 소리. 소리를 가질 수 없다고 생각했던 것들의 소리를 들었다. 오늘처럼 폭양이 쏟아지는 소리, 눈이 내리는 소리, 바람이 귀를 스치고 지나가는 소리, 미움이 전해지는 소리, 마음에 감춰 둔 울음소리, 버리지 못한 욕망의 소리, 소리, 소리…….

처음에는 그 소리들이 이명인 줄로만 생각했다. 시간이 흐르면서 차츰 소리가 구분이 되었고, 그게 이명이 아니라는 사실을 알게 되었다.

해원은 벽에 기대 있는 갈색 백팩을 바라보았다. 동주가 선물해 준 가방이었다. 백팩은 작은 창을 뚫고 들어온 햇살 아래 앉아 있었다. 해원은 가방의 맨 앞 지퍼를 열고 대학수능시험 수험표를 꺼내 보았다. 수험표는 닳고 닳아 귀퉁이가 너덜너덜했다. 사진 속의 해원은 미소를 짓고 있었지만 그다지 밝아 보이지 않았다. 웃는다는 게 엄마에게 죄송해서 웃을 일이 있어도 웃지 못하고 살아왔다. 그날 한위 아저씨의 벗은 어깨를 보지 못했다면 금형리에서 일어났던 일에 대한 기억이 영원히 떠오르지 않았을 것이다. 일부러 알려고 노력하지 않아도 진실은 언젠가 스스로 드러나는 법일까. 하지만 그 기억은 진실일까? 그 어깨의 주인이 한위 아저씨가 아닐 수도 있지 않을까? 그 기억 뒤에 남은, 어지럽게 흩어지던 낯선 발자국 소리들과 비탄은 한위 아저씨 것이 아니었는데. 그리고 찢어진 연꽃 같은 무늬가 박힌 그 손등…….

누군가 해원의 방문을 두드렸다. 해원은 깜짝 놀랐다. 혹시 한위 아저씨일지도 모른다는 두려움 때문이었다. 지난밤 영등포 급식소 앞에서 한위 아저씨를 보고 도망쳤다. 그를 만나는 게 무섭고 두려웠다. 한위 아저씨의 벗은 등을 본 이후 밤마다 그녀의 방문 앞에서 서성이던 아저씨의 발걸음을 들었던 순간들이 새삼 기억났다.

해원은 조심스럽게 방문을 열었다. 문 앞에는 급식소에서 같이 일하는 장미 아줌마가 서 있었다. 그녀의 손에 도시락이 들려 있었다.

"어제는 무슨 일이 있어서 그렇게 급하게 간 거야? 신부님이 생맥주도 한잔 사주고 그랬는데."

장미 아줌마는 큰 덩치를 접으며 해원의 방으로 들어섰다. 그녀는 한때 장미 농장을 경영했다고 말했다. 그래서 사람들은 그녀를 장미라고 불렀다. 장미 아줌마 역시 근처 쪽방에 살았고, 구청에서 시행하는 허드렛일을 하거나 급식소에서 설거지를 하면서 생활했다. 해원이 처음 가리봉동에 쪽방을 구하러 다닐 때 그녀의 도움을 받았다. 쪽방 촌 골목 초입에 있던 슈퍼에서 막걸리를 사던 그녀가 방을 구하는 해원에게 지금 방을 소개해 주었다. 자신의 딸도 말을 하지 못한다며 언젠가 해원의 손을 잡고 눈물을 흘리던 그녀였다. 그녀가 왜 가리봉동 쪽방

촌에 사는지는 말하지 않았다. 해원이 왜 서울의 가리봉동에까지 흘러 왔는지 말하지 못한 것처럼 그녀에게도 말할 수 없는 사연이 있을 터였다.

장미 아줌마는 좁은 방바닥에 도시락을 풀어 놓았다.

"어제 배식하고 남은 것들이야. 어젠 왜 말도 없이 일찍 들어온 거니?"

해원은 지난밤 한위 아저씨를 보고 놀라 영등포에서 택시를 탔다. 택시를 타고 가리봉동 쪽방에 도착한 게 저녁 8시 무렵이었다. 해원은 가능한 한 택시를 타지 않았다. 행선지를 말해야 한다는 부담감 때문이었다. 하지만 어제는 그런 걸 생각할 겨를이 없었다. 한위 아저씨를 피해야 한다고 생각했다. 더 이상 진실을 알아서는 안 되고 진실에 접근해서도 안 된다는 두려움 때문이었다.

해원은 휴대폰 문자 화면을 띄운 후 그곳에 전할 말을 적고 아줌마의 눈앞에 들이밀었다.

"그냥?"

해원은 처음엔 일상적으로 쓰는 단어나 문장들을 노트에 적어 보여 의사소통을 했다. 그러다 휴대폰 문자로 뜻을 전하게 됐다. 익숙해지니까 휴대폰으로 문자를 써 보이는 게 빨랐다.

"어떤 놈팡이가 또 달라붙은 거지?"

아줌마는 플라스틱 일회용 용기에 담긴 밥을 해원 앞으로 내밀었다.

"그런 일 있으면 나한테 말하라니까."

해원은 희미하게 미소를 지어 보였다. 해원은 고맙다는 단어를 적어 보였다.

"밥이나 먹자."

김치와 단무지 그리고 밥이 전부였지만 해원에게는 훌륭했다.

"오늘도 점심때부터 배식이 있다고 하던데."

해원은 오늘부터 나갈 수 없다고 말했다. 장미 아줌마는 왜 그러느냐고 더 이상 묻지 않았다.

"그럼, 앞으로 뭐해서 먹고 살려고?"

해원은 젓가락을 내려놓았다.

"산 입에 거미줄이야 치겠냐만…… 그래도 술집에는 나가지 마, 알았지? 너처럼 반반한 애는 술집에 나가는 순간 인생 종치는 거야."

장미 아줌마는 해원이 남긴 밥까지 깨끗하게 먹어치웠다. 숟가락을 놓는 순간 그녀는 마지막 밥을 문 채 울음을 삼켰다. 무슨 사연인지 모르겠지만 해원도 그렇게 느닷없이 눈물이 터질 때가 있었다. 해원은 그녀를 위로하는 말을 노트에 적으려다 말았다.

"이게 무슨 주책이람, 아침부터."

장미 아줌마는 옷소매로 눈물을 훔친 후 활짝 미소를 지었다.

"무슨 일 없는 거지?"

해원은 급식소에 나가면 자신에 대해 모른 척해 달라고 부탁했다. 신부님이 물어도 모른다고 대답해 달라고 부탁했다.

"그래, 알았어. 내가 둔해 보이긴 해도 여자는 여자야. 훌쩍 어디론가 사라질 거지? 갈 때 가더라도 오늘은 있어. 그냥 보낼 수는 없잖아. 안 그래? 오늘 저녁에 보자고."

장미 아줌마가 도시락을 챙겨 일어났다. 해원은 그녀를 쪽방 건물 앞까지 배웅했다. 그녀의 뒷모습을 보면 화진 언니가 생각났다. 법당 바닥에 엎드려 흐느끼고 있던 자신의 어깨를 다독여 주던 언니였다.

화진 언니가 오랜 세월 종을 만들어 왔으며 지금은 어디로 가야 할지 모르겠다는 말을 했을 때 해원은 월롱을 소개했다. 종에 미친 인간들에 대해서도 이야기해 주었다. 화진 언니는 같이 월롱으로 돌아가자고 청했지만 해원은 갈 수 없다고 말했다. 그 이유에 대해서도. 그러니까 화진 언니만은 해원이 가슴에 감춘 비밀을 유일하게 알고 있는 셈이었다. 대신 한 가지 부탁을 했다. 월롱을 빠져나오며 가지고 오지 못한 일기장을 없애 달라고 말했다. 책상 서랍 밑에 두어서 누가 읽을 리 없지만 그래도 찾아서 없애 달라고 부탁했다.

화진 언니와 헤어진 지도 반년이 흘렀다. 그녀가 월롱을 잘 찾아갔는지 그리고 찾아갔다면 일기장을 찾았는지, 찾았다면 없앴는지 해원으로서는 알 수 없었다. 만약 그 일기장이 동주 오빠나 한위 아저씨의 손에 들어갔다면 자신은 월롱으로 영원히 돌아갈 수 없을 거라고 생각했다.

해원은 공원을 향해 걸어갔다. 공원에는 꾀죄죄한 몰골의 아이들이 모여 모래놀이를 하고 있었다. 해원은 벤치에 앉아 아이들을 구경했다.

'한위 아저씨가 어떻게 나를 찾아낸 걸까? 우연히?'

해원은 마음속으로 다음 목적지를 생각해 봤다. 이곳에 있다가는 한위 아저씨를 만나게 될 게 뻔했다. 종을 만드는 인간들의 집착과 끈기는 상상을 초월했다. 아빠가 그랬고 한위 아저씨와 동주 오빠 역시 다른 사람들은 흉내조차 낼 수 없는 그런 끈기를 지닌 인간들이었다. 이대로 쪽방에 머문다면 머잖아 한위 아저씨를 만나게 될 것이었다. 그런 순간은 만들고 싶지 않았다. 한위 아저씨를 만나는 순간 그동안 혼자 감당하려고 했던 모든 게 무너지고 말리라는 사실을 해원은 잘 알고 있었다.

장미 아줌마가 돌아온 건 늦은 밤이었다. 그녀는 노크도 없이 방문을 와락 열어젖혔다.
"해원아."
그녀의 입에서 술 냄새가 진동했다. 그녀의 손에는 라면과 소주가 들려 있었다. 그녀는 그렇게 가끔 술을 들고 찾아왔다. 해원은 그녀가 오기 전에 이미 짐을 모두 정리해 둔 상태였다. 조용히 떠나고 싶었지만 그녀와의 약속을 지키고 싶었다. 비록 얼마 안 되는 기간이었지만 해원을 딸처럼 보살펴 준 여자였다.
오늘도 장미 아줌마는 해원의 잔까지 가져왔다. 그동안은 잔만 받아놓고 술은 마시지 않았다. 그녀는 라면 봉지를 뜯은 후 라면을 조각내고 그 위에 스프를 뿌렸다.
"이건 가져가."
그녀는 라면 두 봉지를 해원에게 건넸다. 그런 후 해원의 잔에 술을 따랐다.
"오늘 빚쟁이가 급식소까지 찾아왔더라. 개 같은 놈들! 내가 성실히 갚겠다고 그렇게 말했는데."
그녀는 홀짝 잔을 비웠다.
"딸 못 본 지도 10년이 넘은 거 같아. 말 못 하는 년이 잘 사는지."
해원은 처음으로 그녀의 딸에 대해 물었다. 그녀는 딸 이야기를 꺼내기 전에 눈물부터 흘렸다.

"태어날 때부터 말을 못 했어. 그래도 얼마나 예뻤다고. 신랑이 교통사고로 죽었을 때도 딸아이 보고 살아야겠다고 다짐하고는 했는데. 지금? 나도 어디에 있는지 몰라. 엄마한테 맡겨 뒀었는데. 어느 날 고향에 내려가 보니까 엄마는 죽고 딸아이는 고아원에 보내졌더라고. 나도 복 없는 년이지만 그년도 지지리 복이 없는 년이었어. 고아원에 달려갔는데 프랑스로 입양을 갔다는 거야. 지 아빠 닮아서 정말 예뻤거든."

그녀의 소주잔 위에 눈물이 후드득 떨어졌다. 그녀는 눈물을 한 번 쓰윽 훔친 후 해원의 얼굴을 빤히 바라보았다.

"오늘 급식소에 네 아빠라는 사람이 찾아왔었어. 신부님 앞에 무릎을 꿇고 너를 찾아 달라고 사정을 하더라. 너랑 아빠랑 무슨 일이 있었는지 모르겠지만 그만 용서해야 하지 않겠니? 난 누구보다 네 아빠 심정을 잘 알아."

해원은 휴대폰에 문자 화면을 띄우려다가 말았다. 어차피 떠나는 마당에 한위 아저씨가 아빠가 아니라는 사실을 말해 무슨 소용이 있을까 싶었다. 장미 아줌마가 술을 권했다. 해원은 그녀 앞에서 처음으로 잔을 비웠다.

"부모와 자식은 결코 끊어지지 않는 끈이야. 용서하고 살다 보면 살아지게 돼."

해원은 자신의 심정을 한마디로 설명할 수 없는 게 안타까웠다.

짧으면 보름, 길면 두 달쯤 시간이 지나면 엄마와 아빠가 어김없이 꿈에 찾아왔다. 그리고 꿈의 마지막에는 한위 아저씨와 동주가 등장해 해원의 꿈을 점령했다. 그럴 때면 잊으려고 노력했고 잊어야만 한다고 믿었던 기억들이 머릿속에 독버섯처럼 자라나 해원의 가슴에 뿌리를 내렸다. 그러면 밤새 잠을 들 수 없었다. 그러다 하루를 보내고 지쳐 잠이 들면 어김없이 다시 나타났다. 그래서 발길이 닿는 대로 절을 찾았고 그곳에서 절을 하며 몸을 혹사시켰다. 그러다 지치면 마루에 엎드려 울음을 삼켰다. 빈방이 있으면 며칠 묵기도 했다. 아침저녁으로 예불을 알리는 종소리를 듣고 있다 보면 꿈을 점령했던 그들이 슬며시 떠났다. 하지만 이번에는 꿈이 아니라 현실에 나타났다. 비록 엄마나 아빠가 아니지만 그들과 떼려야 뗄 수 없는 사람이 나타났다. 그렇다면 앞으로 영원히 도망 다녀야만 할까? 마음에서 혼자 지키고자 했던 비밀이 모두 삭아 문드러질 때까지?

문득 아빠의 얼굴이 떠올랐다. 하지만 해원이 기억하는 아빠, 규철의 모습은 10년 전의 모습이었다. 그냥 그때의 모습으로만 기억하고 살아가는 게 나은지도 모르겠다. 월롱에서 도망 나온 해원은 갈 곳을 정하지 못해 아버지가 수감되었던 교도소를 찾아갔던 적이 있었다. 죽는 날까지 다시는 얼굴 보는 일이 없을 거라고 다짐했지만 규철은 결국 해원이 만나야 할 사람이었다. 다시 만나지 못하더라도 엄마를 그리고 자신을 사랑은 했었느냐고 묻고 싶었다.

'아빠, 나를 왜 낳은 거야?'

그 말도 묻고 싶었다. 그런데 해원이 교도소를 찾아갔을 때 규철은 이미 특사로 출감한 후였다. 규철이 어떻게 변했을지, 지금 어디에서 살아가고 있을지 궁금했지만 걱정은 되지 않았다. 종 만드는 일만 한다면 아내든 딸이든 별로 중요하게 생각하지 않는 인간이었으니까.

"그 남자가 신부님 앞에서 눈물을 줄줄 흘리는데 하마터면 내가 너 있는 데를 가르쳐 줄 뻔했어. 사실 인간이라는 게 한 번 봐서는 그 속을 모르지만, 내가 보기에 네 아빠라는 그 남자는 법 없이도 살 만한 사람 같았어. 그건 나만큼 살아 보면 그냥 저절로 알 수 있는 거야."

그녀의 말이 맞을지도 모른다. 하지만 삶이 돈과 얽히기 시작하면 한위 아저씨는 물론 아빠나 동주 역시 광인으로 변했다. 심지어 엄마까지도.

어느새 해원도 세 잔이나 술을 마셨다. 늘 긴장해서 살아온 탓에 그동안 술은 마시지 않았는데, 오늘의 술은 가슴을 아프게도 했지만 상처를 닦아 주기도 했다.

"오늘 나 여기서 좀 잔다. 그놈들이 내 방까지 쳐들어올 태세였거든."

그녀는 해원을 찾아오기 전에 이미 술에 취해 있어서 그랬는지 모로 눕자마자 곧 잠이 들었다. 해원도 기분 좋은 어지럼을 느꼈다. 그녀 옆에 누워 눈을 감았다. 엄마와 같이 누워 있는 기분이 들었다. 잠이 스르르 밀려오면서 동주 오빠와 자전거를 타고 적여울까지 달리던 기억이 떠올랐다. 여름이었을 게다. 한사코 반바지를 입지 않는 동주 오빠를 꼬드겨 적여울에 발을 담근 일이 있었다. 그때 무심결에 바지를 걷는 오빠의 종아리를 보며 놀란 일이 있었다. 양쪽 종아리가 모두 시퍼렇다 못해 까맣게 멍들어 있었다. 하루치 문양 그림을 채우지 못했다며 한위 아저씨에게 맞았다는 것이었다. 그 말이 기억나는 순간 해원은 가슴이 아릿했다.

옆에서 장미 아줌마가 코를 곯았다. 기억과 꿈과 현실이 범벅이 되어 해원의 머릿속에 떠올랐다. 욕실 문 구멍으로 자신을 훔쳐보던 동주 오빠의 눈동자도 기억났다. 그러다 꿈의 화면이 바뀌며 누군가 방문을 와락 열어젖혔다. 불 꺼진 방에 들어선 검은 물체가 엄마를 올라 탔다. 어디선가 축구 경기를 응원하는 환호성이 들렸다. 검은 물체의 벗은 등이 짐승의 등처럼 출렁거렸다. 그리고 두려움에 젖은 수십 개의 발자국 소리의 주인이 뭔가를 휘둘렀고 누군가 엄마 곁에 쓰러졌다. 그게 아빠인지 한위 아저씨인지 아니면 또 다른 인물인지에 대한 기억은 희미했다. 발자국들은 아빠의 일지가 들어 있는 옻 상자의 자물쇠를 부셔 버렸다. 아니 부서지는 소리가 들렸다. 다락을 가득 채웠던 습기 먹은 열기와 엄마의 생명이 꺼져 가는 걸 보며 해원은 서서히 정신을 잃어 갔다. 기억인지 환영인지 알 수 없었다. 다만 기억들이 앞뒤 없이 조립되어 다시 나타난 건 그러니까 최근의 일이었다. 어쩌면 그 모든 게 한 사람으로부터 시작된 기억인지도 몰랐다.

해원은 화들짝 놀라 잠에서 깨어났다. 온몸이 땀으로 흠씬 젖어 있었다. 두 개의 검은 물체가 등장하는 꿈은 처음이었다. 그리고 낯선 발자국 소리들. 기억의 저편에 숨어 있다가 우연히 떠오른 그 기억들 혹은 소리들은 점점 자라나 더 강렬하게 해원의 목을 조였다.

옆을 더듬었는데 장미 아줌마는 보이지 않았다. 손바닥만 한 창으로 골목의 가로등 불빛이 구렁이처럼 넘어오고 있었다. 휴대폰을 꺼내 시간을 확인해 보니 이제 막 10시를 넘기고 있었다. 해원은 목이 말랐다. 잠자리에서 일어나 방의 불을 켜고 주전자를 찾아 물을 마시며 방 안을 둘러보았다. 그런데 백팩의 입구가 활짝 열려 있었다. 해원은 서둘러 가방을 뒤져 보았다. 그동안 급식소에서 일하며 모아 두었던 돈이 봉투째 보이지 않았다. 대신 백팩 아래 노트가 펼쳐져 있었다.

해원아, 미안해. 나도 이러고 싶지 않았어. 돈을 가져오면 딸아이가 어디로 누구한테 입양이 되었는지 알려 준다는 거야. 그런데 너도 알다시피 나는 쥐꼬리만큼 받는 돈도 모두 그 저승사자 같은 놈들이 가져가 버리잖아. 미안해. 내가 성공하면 꼭 열 배로 갚을게. 아니 그보다 더 크게 갚아 줄게. 내가 너한테 이러면 안 되는데……. 어디에 가서 살든 잘살고. 그리고 아빠 용서해 드려. 그리고 나 용서해 줘. - 장미.

해원은 풀썩 주저앉았다. 하지만 금방 다시 정신을 차렸다. 불행은 불행을 몰고 다녔다. 그녀는 서둘러 가방을 쌌다. 방에서 나와 운동화를 신고 끈을 단단히 맸다.

해원이 도로 쪽으로 난 골목을 막 벗어나기 전에 낯익은 목소리가 들렸다.

"이 골목 끝 집이 확실하죠?"

"그래요."

"분명히 자고 있다고 하셨죠?"

"술 안 마시던 애가 마셨으니 지금 곯아떨어졌을 겁니다. 그런 눈으로 보지 마세요. 내가 억지로 먹인 게 아니니까."

한위 아저씨와 장미 아줌마의 목소리였다. 해원은 가슴이 철렁 내려앉았다. 장미 아줌마만큼은 믿었는데. 라면과 술을 들고 왔던 그녀에게 다른 속셈이 있었다는 걸 안 후 해원은 진저리를 쳤다. 그녀는 서둘러 왼편 골목의 어둠 속으로 몸을 숨겼다. 눈앞으로 한위 아저씨와 장미 아줌마가 지나갔다.

"돈은요?"

장미 아줌마의 목소리. 돈을 받고 해원의 거처를 알려 주기로 했다는 사실 때문에 그녀는 서글펐다. 해원은 제 손으로 입을 막았다. 두 사람이 골목 안쪽으로 깊이 들어갔다. 발소리가 멈추었다. 두 사람이 대문을 열고 들어가는 소리가 들렸다. 해원은 골목에서 나와 도로변으로 뛰었다.

택시를 탄 해원은 영등포역을 휴대폰 문자 화면에 써서 기사에게 보여 주었다. 기사는 말없이 택시를 영등포역으로 몰았다. 택시는 잠들지 않는 도시 거리를 달려 10분 만에 역에 도착했다. 역사 안으로 뛰어 들어간 해원은 서울에서 가장 멀리 도망갈 수 있는 기차를 찾았다. 바로 출발할 수 있는 기차는 진주행 열차가 있었다. 지갑을 뒤져 봤다. 장미 아줌마는 급식소에서 받은 돈만 챙겨 갔다. 그나마 다행이었다. 해원은 일단 종착역까지 표를 끊었다. 문득 화진 언니를 만났던 민박집이 떠올랐다. 서울 문래동으로 올라가 쇠 만지며 살기로 마음을 먹고 있었지만 떠나려니 막상 발길이 떨어지지 않아 떠나지 못하고 있었다고 말했다. 그녀는 아마 지금쯤 월롱에 가 있을 테지. 해원이 영등포로 흘러든 것도 화진 언니의 영향 때문이었다. 해원의 삶을 지배해 온 쇠 냄새를 쫓아온 것인지도 몰랐다.

해원은 막연히 먼 남쪽까지 내려가면 한위 아저씨가 더 이상 찾아오지 못할 거라는 생각이 들었다. 그녀는 기차 탑승이 시작되기 전까지 대합실 구석진 자리에 앉아 오가는 사람들을 살폈다. 행여 한위 아저씨나 장미 아줌마가 나타나지 않을까 싶어서였다. 구내방송이 진주행 열차의 탑승을 안내했다. 해원은 주변을 살피며 서둘러 탑승구를 지나갔다. 열차 탑승을 위해 사람들 뒤에 서 있는데 대합실에 한위 아저씨가 나타났다. 그는 눈을 크게 뜨고 주위를 두리번거렸다. 순간 해원은 주저앉았다. 주위에 서 있던 사람들이 그런 해원을 쳐다봤다. 에스컬레이터가 아래로 내려가면서 해원은 조금씩 몸을 일으켰다.

해원은 기차가 달리기 시작한 후에야 긴장의 끈을 놓았다. 다시는 한위 아저씨를 우연하게라도 마주칠 일이 없을 거라고 믿었다.

기차는 다시는 오지 않을 것만 같은 밤 사이를 달렸다. 해원은 창밖으로 밤이 지나가는 걸 하염없이 바라보았다. 세월이 지나면 모든 걸 잊을 수 있는 것일까. 이대로 진실을 혼자만 간직한 채 살아가도 되는 것일까. 해원은 답이 없는 질문을 자신에게 끝없이 해댔다. 언제까지 떠돌며 살 수도 없는데…….

해원은 깜빡 잠이 들었다가 놀라 깨어났다. 잠깐 존 듯한데 기차는 어느새 진주역에 들어서고 있었다. 기차에서 내려 진주역으로 나와 보니 역 광장에는 새벽이 비단처럼 깔려 있었다. 해원은 다시 택시를 타고 시외버스터미널로 향했다. 남해가 최종 목적지였다.

남해로 가는 첫 버스를 탔다. 얼마 지나지 않아 남해의 바다가 창밖으로 펼쳐졌다. 크고 작은 섬들이 강렬한 햇살을 뚫고 어디론가 끝없이 달리고 있었다. 해원도 끝 모를 곳을 향해 달리고 있다는 기분이 들었다. 멈춰야 하는데 어디에서 멈춰야 하는지 알 수 없었다. 해원은 휴대폰을 꺼내 마지막으로 저장된 문자를 보았다.

고마워요.

장미 아줌마에게 써 보인 문자였다. 문자를 지우고 수신된 문자함을 보았다. 확인하지 않은 수백 통의 문자가 그대로 보관되어 있었다. 대부분 동주 오빠에게서 온 문자였다. 하지만 해원은 그동안 한 번도 문자의 내용을 확인하지 않았다. 확인해 봐야 그리움만 더 깊어질 게 뻔했기 때문이었다. 월롱과의 인연을 끊으려면 휴대폰도 버려야 한다고 생각했다. 버리기 전에 동주 오빠의 마음을 읽어 보고 싶었다. 마지막 인사를 하듯이 해원은 문자를 한 통 한 통 열어 보기 시작했다.

어디에 있니, 잘 지내고 있니, 무슨 이유인지 묻지 않을 테니 돌아오면 안 되겠니? 보고 싶다, 새로운 작업에 들어갔어, 국제적인 전시회에 출품하게 되었어, 어디쯤이라고 말해 줄 수 없니, 건강하다는 답 문자라도 한 번만 보내 줘, 휴대폰 비용은 계속 내니까 행여 휴대폰 중지하거나 그러지는 마, 추운데 따뜻하게 입고 다니는 거야? 돈은 있니…….

걱정과 염려 일색인 문자들이었다. 아빠에 대한 언급은 없었다. 한위 아저씨에 대한 말도 없었다. 해원은 눈물이 나는 걸 참았다.

버스가 남해에 도착했다. 해원은 모든 문자를 지우고 동주 오빠에게 마지막 문자를 보냈다.

"더 이상 문자 보내지 마. 그리고 요금도 내지 마. 이제 휴대폰 없앨 거야. 그리고 부디 잘 지내."

해원은 문자를 보낸 후 전원을 껐다. 그런 후 쓰레기통에 휴대폰을 버렸다. 이제 월롱과의 인연을 끝낼 수 있을 것 같았다. 해원은 터미널 앞 정류장에서 고현으로 가는 시내버스를 탔다. 살짝 열린 창문으로 바다 비린내가 바람과 함께 밀려 들어왔다. 버스가 고개를 돌 때마다 바다가 품은 알 같은 작은 섬들이 하나둘 나타났다가 사라졌다. 해원은 하나둘 남해에 정착해 나갈 계획을 세우기 시작했다. 거처를 구하고 일을 구하고 홀로 산다면 남은 인생 물처럼 흘러서 살아갈 수 있을 것도 같았다. 욕심도 부리지 않고 욕망도 버리면 조용히 비밀을 간직한 채 죽어갈 수 있을 것이다. 더 이상 한위 아저씨나 동주 오빠 그리고 아빠가 찾지 않는다면 그렇게 살아갈 수 있을 것 같았다. 살다 보면 누군가와 눈이 맞을 수도 있지 않을까? 그럼 그 남자와 결혼해서 아이들 낳고 살다 보면 모든 게 잊히지 않을까?

버스에서 내린 해원은 가장 먼저 화진 언니가 일했던 종 작업장을 찾아갔다. 화진 언니가 나올 때 이미 철근 공장으로 바뀌었는데 다시 종 작업장으로 돌아갔을 리 만무했다. 해원은 공장 앞에서 기웃거렸다. 공장에는 철근이 쌓여 있었고, 크레인이 트럭 위에 분주하게 철근을 싣고 있었다. 체격 좋은 남자들이 웃고 떠들며 일을 하고 있었다. 해원은 작업장을 등지고 바닷가 쪽으로 걸었다.

화진 언니와 함께 묵었던 민박집 주인 여자는 해원을 반갑게 맞아주었다. 불과 반년쯤 전에 묵었던 곳이라 그녀는 해원과 화진을 상세하게 기억하고 있었다. 해원이 예전에 묵었던 방은 그대로 비어 있었다. 규모가 크지 않은 민박집이라 찾는 손님이 별로 없다는 게 해원의 마음에 들었다. 무엇보다 방 안에 앉아 손수건만 한 크기의 창문을 열면 바로 바다가 내다보인다는 게 좋았다. 해원은 이곳에서 새로운 삶을 시작해야 한다고 마음을 다잡았다. 그게 모두를 위해 행복한 결정이라고 믿었다.

해원은 마루에 앉아 끝없이 펼쳐진 마늘 밭을 내려다보았다. 해원이 정착하기로 마음먹은 남해 고현에는 마늘 농사를 많이 지었다. 마늘 농사는 사람이 직접 심고 마늘쫑을 뽑고 수확을 해야 하는 수작업이라 작은 마을에선 늘 일손이 부족했다. 화진 언니와 같이 묵었을 때 보았던 풍경이 선명하게 떠올랐다. 벼 익기 전 논을 보는 듯한 푸른 마늘 밭의 정경.

해원은 대접에 물을 떠오는 민박집 주인 여자에게 어떤 일이든 할 수 있게 해달라고 부탁했다. 단순한 노동이야말로 말이 필요 없으니까. 몸을 혹사하는 일일수록 망각의 속도 또한 빠르니까.

해원은 마늘을 심는 일부터 따라다니기 시작했다. 그녀는 다음 날부터 힙이 넓은 몸빼를 입고 넓은 챙의 모자에 수건으로 목까지 두르고 민박집 주인 여자를 따라 나갔다. 아주머니 열 명쯤이 마을회관 앞에 나와 해원을 반겼다. 젊은 것들은 모두 도시로 나가는 판국에 농사를 지으며 살겠다고 남해로 내려온 해원을 두고 기특하다고들 말했다. 그저 사람을 피해 도망 내려온 것이라는 말은 할 수 없었다. 정착하게 된다면 결과적으로는 그들 말대로 되리라고 생각했다.

해원은 아주머니들 틈에 끼여 그들이 가르쳐 준 대로 마늘 종자를 심었다. 땅 위에 쪼그려 앉아 종자를 심고 있으면 바닷바람이 오름을 타고 올라왔다. 대지 위에 내리꽂히는 햇살은 제법 따가워졌고 잡초들의 여린 새순들이 손과 발이 가지 않은 곳에 수줍게 피어났다. 이곳에는 도시의 소음이 없었다. 거리를 주차장으로 만드는 자동차의 행렬도 없었고 밥 한 끼를 해결하기 위해 아귀다툼하는 사람들도 없었다. 밤마다 골목을 채우는 주정꾼들의 고함과 추태도 들리지 않았다. 오로지 자연 그대로의 소리만 존재했다. 바람이 길을 따라 지나가는 소리, 대지에 깔리는 햇살의 소리, 여린 새순들이 자라는 소리, 퍼질러 앉은 아주머니들이 가슴에 감춘 소리들. 이곳에서 듣는 소리들은 날카롭지 않았다. 소리의 음역이 너무 낮거나 높지도 않았고, 귀에 상처를 주는 소리 또한 아니었다.
 어쩌면 아빠나 한위 아저씨가 찾아 헤매는 소리가 그런 소리일지도 모른다는 생각이 들었다. 노동에 순수하게 매달리다 보면 얻을 수 있는 소리. 어떤 재료나 문양의 모양이나 위치, 종의 두께 따위가 아니라 아무런 욕심 없이 그저 종을 만드는 데 필요한 노동에 몰입하다 보면 저절로 얻어지는 게 아닐까?
 해원은 한 골 한 골 앞으로 나아가며 마늘 종자를 심었다. 쪼그려 앉는 일도 헐렁한 작업복을 입고 높낮이가 고르지 않은 땅 위를 걷는 일도 수월하지 않았지만 충분히 견딜 만했다. 오전 일을 끝내고 국수를 먹었다. 아줌마들이 해원을 두고 며느리 삼고 싶다며 수다를 떨었다. 해원은 미소를 지었다. 일상 속에 행복이 있는 것 같은데……. 해원은 1년 반 동안 전국을 떠돌며 그렇게 별다른 욕심 없이 사는 사람들을 보았다. 영등포의 급식소 사람들, 사하촌 주변에서 노점으로 삶을 연명하는 사람들, 생활비를 벌기 위해 식당에서 일하며 만난 사람들, 사찰에서 만난 사람들, 성당에서 만난 사람들, 여행을 하며 거친 터미널이나 역사에서 만난 사람들…….
 '왜 아빠와 엄마, 한위 아저씨는 이런 소소한 일상을 즐기지 못하고 살았을까.'
 해원은 그들이 부러웠다. 아줌마들이 다시 일을 시작했고 해원도 그녀들의 뒤를 따라 밭으로 들어갔다. 종아리나 허리가 아프면 일하던 자리에 앉아 바다를 내려다보기도 하고, 햇살이 지나고 바람이 지나는 소리를 들으며 쉬었다. 골과 골을 지나다 마주치는 아주머니들은 해원이 부모에게 버림 받았다고 생각하는지, 도시로 나가 소식 끊어진 자식이나 가슴에 묻은 자식들 이야기 등 자식에 대한 이야기를 유독 많이 들려주었다. 그래도 그들의 이야기 속에는 행복이 있었다. 그리움이 배어 있었고 사랑이 애틋하게 물들어 있었다. 그게 사람이 살아가는 방식이라고 말했다. 하지만 해원에게는 아무리 달려가도 가닿을 수 없는 나라의 이야기였다. 그래도 그들 사이에 섞여 있는 것만으로도 충분했다. 비록 감당할 수 없는 진실을 간직한 채 살아야 하는 운명이지만 다시 금형리 사람들과 만나지 않는다면 충분히 견디며 살 수 있을 것 같았다.

일은 오름 밭에 여린 햇살이 드러누울 때까지 이어졌다. 밭 주인에게 일당을 받고 해원은 민박집 주인 여자와 집으로 돌아왔다.

"전에도 느낀 거지만 젊은 아가씨가 참 손이 야무져, 속도 깊은 거 같고 말이야. 딸 같아서 하는 말인데 여기서 야무지게 일하믄 돈 모을 수 있어. 돈 모을 땐 특히 사내놈들 조심해야 혀. 내 말 알아들었지? 여기까지 내려와서 고생하겠다고 마음먹었을 때는 다 그만한 사연이 있으니까 그렇겠지만 아무튼 사내놈들 믿지 말고 돈만 열심히 벌어. 여자가 혼자 살려면 돈이 있어야 해. 아무렴 돈이 있어야지."

해원은 민박집 아줌마에게 그런 이야기를 들으며 민박집으로 들어서고 있었다. 해원과 주인 여자가 집 대문 앞에 이르렀을 때 마당에 서성이는 한 남자가 보였다. 해원은 집 안으로 들어서려다 걸음을 멈추었다.

"뉘시오?"

주인 여자가 마당으로 들어서며 묻자 남자가 고개를 돌렸다. 그는 놀랍게도 한위였다. 해원은 대문가 담벼락 쪽으로 몸을 숨겼다.

"주인도 없는 집에 들어와서 실례인 줄 압니다만 뭐 좀 여쭐 게 있어서요."

해원의 심장이 격렬하게 뛰기 시작했다. 한위 아저씨가 어떻게 이곳을 알고 찾아온 것일까? 갑작스럽게 어디론가 달아나는 게 더 이상할 것 같다는 생각이 들었다. 해원은 담벼락을 따라 뒤란 쪽으로 천천히 걸어갔다. 낮은 담벼락 때문에 한위의 머리가 보였다. 해원이 쓴 모자와 수건 탓에 한위는 다행히 그녀를 알아차리지 못했다.

"뭐요?"

주인아줌마의 목소리가 퉁명스러웠다. 해원이 집으로 들어서지 않는 걸 눈치 채고 한위를 경계하는 듯했다.

"화진이라는 아가씨를 찾는데 혹시 이곳에 가면 알 수 있을지도 모른다고 해서요."

"화진이요?"

"네. 언덕 쪽 종 작업장에서 일하던 화진이라는 여자 말입니다."

한위 아저씨가 화진 언니를 안다? 해원은 담벼락 모서리에 서서 마당 쪽으로 귀를 열어 두었다. 마당에서는 해원의 모습이 보이지 않았다.

"그 아가씨는 왜 찾습니까?"

"종을 만들었다고 하던데요. 그 종 작업장 어르신이 돌아가신 후에 여기서 묵었다고 해서요."

"그러니까 내 말은 그 아가씨를 왜 찾느냐는 거요."

"저도 종 만드는 사람인데……, 돌아가신 그분께 배울 게 있어서 여기 남해까지 찾아온 겁니다. 그런데 그분이 돌아가셨다고 해서……. 혹시 그 아가씨가 어르신한테 배운 걸 제가 알 수 있을까 해서요."

한위가 주섬주섬 늘어놓았다. 그런 이유 때문에 남해를 찾아 내려왔다? 해원은 화진 언니가 살아온 내력에 대해 들려주었던 이야기를 떠올려 보았다. 그녀는 서울 문래동에서 종을 만들었다. 종 만드는 사장을 따라 남해로 내려왔다는 말도 기억났다. 그런데 한위 아저씨가 어떻게 문래동까지 가게 된 걸까? 화진 언니가 월롱으로 가기 전에 한위 아저씨가 월롱을 떠난 것일까? 한 가지 다행이라면 자신을 찾아온 게 아니라는 것이었다.

민박집 주인아주머니는 화진이 지금은 어디서 살고 있는지 모르겠다고 하고서, 하루 묵겠다는 한위에게 이제 사람을 받지 않는다며 집에서 내몰았다. 해원은 한위가 언덕길을 올라가는 모습을 멀리서 지켜보았다. 한위가 한 차례 뒤를 돌아보았지만 지켜보고 있는 해원이 누구인지 알아차리지 못한 채 멀어져 갔다. 이제는 이곳까지 다시는 찾아오지 않을 것이다.

해원은 한위가 시야에서 완전히 사라진 뒤 집으로 들어갔다.

"한눈에 봐도 종쟁이드만. 화진이가 떠난 게 언젠데 이제 와서 찾누. 아는 사람이지?"

해원은 고개를 끄덕였다.

"내 눈치가 아직은 안 죽었어."

주인아주머니가 마루에 걸터앉았다. 해원도 곁에 앉았다. 일을 나갈 때는 보이지 않았던 신문이 돌돌 말린 채 마루 기둥 옆에 놓여 있었다.

"그 어른도 종에 미쳐 있다가 돌아가셨는데 저 양반도 종에 미친 양반 같드만."

해원은 무심결에 신문을 펼쳐 보았다. 신문 광고 지면 쪽이 펼쳐졌다.

세기의 거종 타종식

신라 전통 주법인 밀랍주조공법으로 제작한 30톤 규모의 타종식이 이번 하지에 있을 예정입니다. 특히 이번 공법은 과거 신라시대의 장인이 남긴 비법을 바탕으로 마음과 영혼이 상처 입은 중생들의 해원을 염원하며 제작하는 거종이오니, 부디 타종식에 많은 분들이 참석하셔서 자리를 빛내 주시기를 기원합니다.

타종 행사 주소:전라북도 부안군 변산면 월롱리 477번지 월롱 작업장

- 배상 강규철

해원은 너무 놀라 마루에서 벌떡 일어났다. 아빠가 월롱에 있다니? 신문을 살펴보니 어제 날짜로 발행된 신문이었다.

"와 그라노?"

주인아주머니가 해원의 얼굴을 살피며 걱정스러운 목소리로 물었다. 해원은 거실 벽에 걸려 있는 달력 앞으로 달려갔다. 하지는 6월 21일이었다. 6월 21일에 타종식을 한다면 적어도 쇳물을 부은 후 보름의 시간이 걸리는 걸 감안한다면 쇳물은 6월 5일이나 늦어도 6월 7일경 붓게 될 공산이 컸다. 그래야 종이 식은 후 표면을 다듬고 예비 타종을 한 후에 공개를 할 시간이 될 터였다.

30톤의 규모라면 종틀 작업은 이미 진행되었다는 말이었다. 최소 반년이 걸리는 작업임을 감안한다면 아빠는 지난해 겨울 월롱에 들어갔다는 말이었다. 최근까지 문자를 보내 온 동주 오빠는 아빠의 등장에 대해 언급한 적이 없었다. 일부러 감추었다는 뜻이었다. 반면 한위 아저씨도 한동안은 그 사실을 모르고 있을 수도 있었다.

쇳물은 더 빨리 틀에 부을 수도 있었다. 하지만 이 광고에 다른 어떤 의도가 숨겨져 있다면 6월 5일경 쇳물을 부을 가능성이 높았다. 불과 보름도 남아 있지 않았다. 해원은 날짜를 가늠해 보다가 그날이 엄마의 제삿날이라는 걸 깨달았다. 월드컵이 열리던 그해 우리나라와 스페인이 경기를 벌인 날이 하지 다음 날이었고 엄마는 그날 돌아가셨다. 그러니까 아빠는 그 전날을 제삿날로 잡아 타종식을 준비하고 있다는 생각이 들었다.

해원은 사색이 된 얼굴로 열린 대문 밖에 펼쳐져 있는 바다를 내다보았다. 먼 지평선 쪽부터 피를 풀어 놓은 듯한 노을이 바다를 적시고 있었다.

"와 그라노?"

해원은 아주머니를 쳐다보며 입을 그저 달싹거렸다. 결국 모든 게 이렇게 흘러가고 말았다는 생각이 들었다. 하지만 여러 의문들이 해원의 머릿속에서 뒤죽박죽이 되어 도무지 종잡을 수가 없었다. 왜 아빠가 월롱에 들어간 건지, 동주 오빠는 어떻게 된 건지, 30톤 규모의 거종이라면 1년보다는 훨씬 더 많은 시간을 필요로 했을 텐데 아빠에게 그럴 만한 시간이 있었던 것인지, 신라 시대 장인이 남긴 비법은 또 무슨 이야기인지……. 모든 게 의문이었다.

"야가 아무래도 충격 먹었는갑다. 어여 들어가 쉬어라. 여린 게 볕에 나가 하루 종일 일하느라 힘들었을 기라. 봄볕이라지만 원래 봄볕이 가을볕보다 무서운 기라. 어여 방으로 들어가라."

주인아주머니는 해원을 방으로 몰고 들어갔다. 그녀는 키 작은 서랍장 위에서 배게까지 내린 후 기어코 해원을 눕혔다.

"쉬어라."

주인아주머니가 나갔지만 해원은 눈을 감을 수가 없었다. 왜 그런지 월롱에서 불길한 일이 벌어지고 있다는 기분이 들었다. 신라 시대의 비법이 발견되었다는 사실도 불안했다. 그리고 월롱에 아빠가 있다는 사실도.

하지만 해원은 선뜻 짐을 꾸리진 못했다. 월롱으로 돌아가는 순간 영원히 헤어 나오지 못할 늪에 빠질지도 모른다는 두려움 때문이었다. 아직은 그럴 각오가 서 있지 못했다.

해원은 월롱에서 벌어지고 있는 일을 무시하고 싶었다. 그냥 하루하루 민박집 아주머니 뒤를 따라 밭으로 일을 다녔다. 월롱에서 어떤 일이 벌어지든 이제는 상관이 없다고 생각했다. 하지만 그렇게 마음을 먹을수록 금형리와 월롱에서 보낸 시간들이 두서없이 떠올라 해원을 괴롭혔다.

일을 끝내고 민박집으로 돌아오면 멍하니 앉아 저녁 시간을 보냈다. 먹지 않아도 배고프지 않았다. 주인아주머니가 억지로 권하는 밥을 먹기는 했지만 해원은 음식물을 위에서 전혀 소화시키지 못했다.

날짜는 하루하루 지나갔다. 일주일째 마늘을 심고 돌아온 저녁 해원은 바다를 바라보다가 문득 자신이 썼던 일기장에 생각이 미쳤다. 어쩌면 아빠가 그 일기장을 발견한 것인지도 모르겠다는 생각이 들었다. 화진 언니가 발견하기 전에 먼저 아빠가 발견했을 수도 있었다. 화진 언니에게 연락을 해볼 수도 없었다. 그녀에게 휴대폰이 있는 것도 아닌 데다가 작업장이나 폐차장으로 전화를 걸어서 그녀를 바꿔 달라고 할 수도 없었다.

"무슨 일인지 모르겠지만 사람이라는 게 먹지 않으면 버티지를 못해. 낮에 그렇게 일을 해놓고 끼니를 안 먹으면 어쩐다냐."

주인아주머니가 바구니에 고구마를 쪄왔다. 해원은 그녀에게 부탁을 하기로 마음을 정했다.

"그러니까 변산에 화진이가 있다고?"

해원이 노트에 쓴 글씨를 펼쳐 보이며 고개를 끄덕였다.

"친척처럼 전화를 걸어서 일기장 어떻게 했냐고 물어보란 말이지? 뭐가 이래 복잡하노. 내 전화는 걸어 줄 수 있지만 이기 어떻게 돌아가는 사단이고. 꼭 화진이가 받았을 때만 물어보라 이 말이제? 내도 오래되어서 그 아 목소리를 기억 몬 하는데. 아, 말을 더듬었지."

주인아주머니가 마지못해 작업장에 전화를 걸었다. 해원은 전화기 쪽에 귀를 대고 초조하게 기다렸다.

"여보세요."

남자였다. 그 남자는 규철이었다. 해원은 가슴이 철렁 내려앉았다. 10년 전 그 시절의 목소리를 그대로 가지고 있다는 사실이 믿어지지 않았다. 어떤 반성의 시간도 보내지 않은 듯한 목소리였다. 해원은 전화를 끊으라는 행동을 취해 보였다.

한 시간의 터울을 두고 다시 작업장에 전화를 걸었을 때 화진 언니가 전화를 받았다.

"내 기억하겠나? 여기 남해다. 너그 어른 돌아가시고 우리 집에 한 달인가 묵지 않았드냐? 그래 맞다. 여러 소리 할 거 없고. 해원인 잘 있

제7장 _ 늪 363

다. 해원이가 그러는데 일기장 어떻게 했냐고 묻더라."
 전화기에서 들려오는 목소리는 분명 화진 언니였다. 말을 더듬는 것은 여전했다. 그녀의 말이 고스란히 해원의 귀에 들려왔다.
 "그러니까 물난리가 나서 방을 새로 싹 바꿨다고? 그 전에 있던 물건들은 모두 어디로 갔는지 모르고?"
 주인아주머니가 해원을 쳐다봤다.
 "앉은뱅이책상에 대해서 안 물어봤고?"
 주인아주머니가 화진 언니의 말을 전했다. 폐차장 직원들에게 슬쩍 슬쩍 물어봤는데 워낙 정신이 없어서 어떻게 된 건지 대부분 모른다고 답변했다고 한다. 그중 석겸 아저씨가 앉은뱅이책상을 소각했다는 말을 전했다.
 해원은 얼른 노트에 전할 말을 적었다.
 "너가 거 들어가기 전에 해원이 아빠가 먼저 들어가 있었노?"
 맞아요. 저보다 먼저 들어와 있었어요. 그리고 해원이가 말한 앉은뱅이책상은 없었어요. 모두 소각했다고 하더라고요. 해원의 얼굴은 점점 사색이 되었다. 일기장이 어디에 있는지 그리고 그 내용을 읽은 사람이 누구인지 알 수 없었다. 마지막 몇 장은 아무도 읽어서는 안 될 내용의 일기였다.

11월 24일
 그래, 그날 엄마가 죽었구나. 누군가가 아주 밉다는 느낌 때문에 다락에 숨어 있다가 잠이 들었는데, 이상한 소리가 나서 깨어 보니까 아빠가 엄마를 누르고 있었어. 아니, 어둠에 휩싸여 있는 그 형체가 아빠였는지 잘 모르겠어. 하지만 왜 아빠가 두 번이나 엄마를 올라타 괴롭혔을까. 두 사람이 모두 아빠였나? 나는 무서워서 눈을 감았고, 남자랑 여자랑 그렇고 그런 일을 벌이는 줄로만 알았는데……. 아냐, 누군가 엄마의 품에서 흐느꼈어. 엄마의 손이 흐느끼는 남자의 머리를 쓰다듬어 주었지. 그게 아빠였을까, 다른 남자? 또 누가 있었어. 그래, 내가 정신을 잃어 가는 사이 누군가 들어왔어. 발자국 소리……. 천장을 향해 높이 치켜든 손과 몽둥이, 엄마의 손과 낯선 손등. 그래, 그날 엄마가 죽었어. 누구지? 아니, 아빠였는지도 몰라.

해원은 어느 날 잃어버렸던 기억을 한순간에 되찾았다. 하지만 많은 게 불분명했다. 아빠와 한위 아저씨는 덩치가 달랐다. 그럼에도 어둠과의 경계가 무너져 구분할 수 없었고 좁은 틈으로 내다본 그 형체들은 여럿이었다. 하지만 어둠에서도 빛나던 등은 분명 한위 아저씨의 것이었다. 한 가지 분명한 건 그날 밤 적어도 두 명 이상의 남자가 안방엘 들어왔다는 점이었다. 아빠의 작업일지가 담긴 옻 함도 부서졌다. 2002년 6월 22일에 일어난 일이었다.

왜 다락 안에 들어가 있었는지도 어렴풋이 기억났다. 그날 저녁 술집 테이블 위에 엎어져 울고 있던 아빠를 보았다는 것, 반라의 차림으로 거리를 휘젓고 다닐 아빠가 창피했다는 것, 상한 몰골로 들어와 해원은 안중에도 없다는 듯 엄마에게 독설을 퍼부을 아빠가 미웠다는 것, 바보같이 항변 한마디 못 하는 엄마도 미웠다는 것. 그래서 아빠와 엄마가 보고 싶지 않아 다락에 숨었었다. 그러다 잠이 들었고 달빛도 없는 까만 어둠 속에서 엄마의 옷을 벗기고 짓누르는 물체들을 보았다. 두 물체는 몇 분 간격을 두고 방으로 들어왔다. 그중 먼저 들어왔던 물체는 어둠 속에서도 반들거리는 등을 가지고 있었다. 화상을 입어 피부가 모두 말라 버린 등이었다. 그중 하나는 엄마의 품에 안겨 흐느꼈다. 엄마는 그런 그의 머리를 쓰다듬어 주었다. 그게 아빠였는지 다른 누구였는지는 알 수 없었다. 달빛마저 비껴갔다. 달빛의 바깥은 더 어두웠고 어둠 속으로 들어간 방의 어둠은 밀도가 더 짙었다. 어슴푸레한 형체와 반짝이는 등만 겨우 구분할 수 있을 정도였다. 다락의 어둠은 그보다 더 깊었다. 어둠의 경계가 허물어지면서 방의 어둠과 다락의 어둠은 몸을 섞었다. 그러니 다른 한 남자가 한위 아저씨라는 가정은 틀린 가정일 수도 있었다. 하지만 그처럼 반짝이는 등을 가진 인간은 그리 흔하지 않았다. 다만 소리 없이 몰려온 밤처럼 은밀하게 움직이던 발자국의 주인은 기억에 없었다. 이어서 들린 포대 자루 터지는 듯했던 소리 역시 어쩌면 환영인지도 몰랐다. 까무룩 정신을 잃어 가며 느낀 기억이고 소리였기 때문이었다. 그날 몽둥이를 들고 천장을 향해 올라갔던 손과 엄마의 목 위에 올라가 있던 흙 진 손등 역시 환영이 만들어 낸 기억인지도 몰랐다. 그날의 기억은 등과 발자국과 손등 그리고 소리만 빼고 나머지는 그렇게 모호했다. 하나일 수도 여럿일 수도 있었다.

12월 2일

한 번도 그런 실수를 한 적이 없었어. 한위 아저씨가 외출한 줄로만 알고 있었는데 욕실에 있었던 거야. 문도 잠겨 있지 않았어. 문을 와락 열고 안으로 들어갔는데 그만 한위 아저씨가 등지고 서서 샤워하는 모습을 보았어. 그런데 그 등, 너무 낯익고 무서웠던 그 등을 본 기억이 났어. 그날 엄마의 방에 들어왔던 또 한 사람이 한위 아저씨? 그럴 리 없을 거야. 엄마는 정숙한 여자야. 아저씨는 엄마와 아빠의 친구잖아. 만약 아저씨라면 엄마가 가만히 있었을 리가 없어, 그럴 리가 없을 거야. 엄마의 품에서 울던 남자가 한위 아저씨였을까? 내가 알지 못하는 다른 뭔가가 있는데. 왜 가슴이 이렇게 답답하지. 그날 아저씨도 흠칫 놀라는 눈치였어. 내가 노크도 없이 문을 열어서 놀랐나? 아냐. 그런 놀람이 아니었어.

그게 해원이 쓴 마지막 일기였다. 그 후의 기억은 머릿속에 남아 있었다. 더 이상 일기를 쓰지 않았다. 글자로 적다 보니 그날의 일들이 더 선명하게 머리에 박혔다. 생각으로만 머물다가 어느 순간 사라지기를 바랐다.

"해원이? 잘 지내고 있지. 여기서 농사꾼 다 됐다. 얼마나 야무진지 모른다. 동주라카는 오빠는 어째 지내느냐고 묻네?"

화진 언니는, 폐차장 작업실에서 전시회에 출품할 작업을 하고 있다고 하는데 딱히 열심히 하는 것 같진 않다고 답했다.

"하지에 타종한다는 건 무슨 이야기고? 해원이가 요즘 그거 고민하느라 잠도 잘 못 자는 눈치……. 이게 뭐꼬?"

누구야? 비겁한 자식, 여자를 시켜서 작업장에 전화를 걸어? 규철의 목소리였다. 아빠는 전화를 건 사람이 한위 아저씨인 줄로 착각하는 모양이었다. 주인아주머니가 해원을 멀뚱히 쳐다보았다.

"내가 전통의 방식으로 종을 완성하겠어. 그러니 너무 늦지 않게 오는 게 좋을 거야. 좋은 구경을 할 수 있을지도 모르니까."

그 말을 끝낸 후 전화기를 내팽개치는 소리가 들렸다. 비명 소리가 이어졌다. 주인아주머니와 해원은 동시에 놀라 뒤로 물러났다. 해원은 지금 월롱에서 뭔가가 잘못되어 가고 있다는 기분에 사로잡혔다.

"도대체 무슨 일이고?"

다시는 돌아가고 싶지 않은 곳인데, 가서는 안 될 곳인데. 해원은 방문 벽에 등을 의지했다.

"무슨 일인지 몰라도 묵어야 버틴데이. 한 개라도 어서 묵어라."

주인아주머니는 그 와중에도 해원의 얼굴 앞에 고구마를 내밀었다. 해원은 고구마를 받아들고 눈물을 흘렸다.

"내사 마, 신랑 바다에 잃고 산전수전 공중전 안 겪은 일 없이 살아보니 인생 별거 읎다. 그냥 용서하고 살믄 된다. 용서가 안 되믄 잊고 살면 되고. 잊히지 않으면 그냥 괴로워하면서 살아도 된다. 무슨 사연인지 내 모르지만 행여 엉뚱한 생각 같은 거 먹지 마라 그 소리다."

주인아주머니가 다가와 거친 손으로 해원의 눈에 맺힌 눈물을 닦아주었다. 그녀의 손에서 마늘 냄새가 풍겼다. 이제 진실을 내려놓아야 할 시간인가?

해원은 주인아주머니를 부추겨 시내 목욕탕을 찾았다. 오랜만에 목욕탕의 온수에 몸을 담갔다. 문제를 해결할 수 있는 곳은 그 문제가 시작된 곳이라는 사실을 새삼 절감했다. 해원은 눈을 감고 오랫동안 탕 안에 앉아 그날의 순간부터 한위 아저씨의 등을 보았던 순간까지 되새겨보았다. 그 등을 보았던 기억에서 벗어나려면 원점으로 돌아가야만 할까. 그런 후 어깨를 짓누르는 진실을 내려놓으면 된다. 진실이 무엇인지 명확하지 않지만 그 진실의 중간에 아빠와 한위 아저씨가 있는 것은 분명했다. 그 진실을 안 다음은? 동주 오빠 혹은 아빠에게 다가갈 수 있을까? 그다음은 그곳에 가서 결정해도 늦지 않을 것 같았다. 해원은 오랜만에 머리를 정성들여 감았다. 주인아주머니는 그런 해원을 보며 그녀가 머잖아 남해를 떠날 것이라는 사실을 짐작했다.

5.

　한위는 무릎이 닳고 닳도록 절을 했다. 며칠째인지 알 수 없었다. 시간은 하루하루 흘러가는데 면벽한 채 하루 종일 앉아 있거나 벽을 앞에 두고 무릎을 꿇었다. 그래도 죄를 씻을 수는 없었다. 절하는 횟수가 더 많아지고 면벽하고 앉아 있는 시간이 더 늘어날수록 그날의 그 순간은 점점 더 선명해졌다. 세월이 흐르면 조금은 잊힐 줄 알았는데.
　한위는 다시 절을 했다. 무릎이 시리고 몸이 휘청거렸지만 멈출 수가 없었다. 다리를 시작으로 전신에 고통이 번졌지만 고통은 죄의식을 더 강화시켜 줄 뿐, 희미해지지 않았다.
　"이보시오. 그러다 몸 상합니다. 뭐든 적당히 해야지."
　방석 위에 풀썩 주저앉으며 그대로 옆으로 쓰러진 한위를 곁에 앉아 면벽하던 남자가 일으켜 세웠다. 남자는 한위를 억지로 끌고 법당 밖으로 나왔다. 새들이 짖고 날벌레들의 울음소리가 들렸다.
　"며칠째 보니까 끼니도 거의 거르던데. 그랬다간 몸 작살납니다. 나도 여기에 처음 왔을 땐 그랬어요. 죽을 만큼 절을 해댔지. 그런다고 지난 잘못이 없어지는 게 아닙디다. 참회를 한다고 용서가 되는 게 아니더군요."

남자는 한위의 속내를 꿰뚫어 보고 있기라도 한 듯 말했다. 그는 한위를 식당으로 끌고 갔다. 다리가 허공을 밟는 기분이었다. 몸이 휘청거렸지만 남자의 부축 덕에 겨우 식당까지 걸어갈 수 있었다. 수백 명이 식사를 할 수 있게 되어 있는 식당은 텅 비어 있었다.

"여기 앉아 계시오."

남자는 한위를 의자에 앉힌 후 배식구 앞으로 다가갔다. 며칠째 절만 해대는 사람이 있다. 지금 뭐든 먹지 않으면 쓰러질 판이다. 식사 시간이 아니지만 밥을 좀 달라. 남자가 애원하자 배식하는 아주머니들이 식판 위에 밥과 반찬 그리고 국을 올려 주었다. 남자가 식판을 들고 돌아왔다. 단 한 끼도 먹을 수 없을 것 같았는데 한위는 갑자기 허기를 느꼈다. 한위는 허겁지겁 식판 위의 밥을 먹기 시작했다. 반찬과 국도 남김없이 먹어 치웠다. 남자가 물까지 떠왔다.

"사람들은 여기 와서 절하고 면벽하고 돌아가면 생활에 활기를 얻는다고들 하는데……."

그러고는 남자는 뒷말을 잇지는 않았다. 한위는 남자와 같이 걸었다. 두 사람은 산 속으로 이어진 산책로로 길을 잡아 나갔다. 사찰에서 멀어진 후 나타난 벤치에 두 사람이 앉았다. 남자는 담배를 꺼내 물었다. 그는 한위에게도 담배를 권했다.

"무슨 사연 때문인지 모르겠지만 그렇게 자신을 혹사시키지 마세요. 참회도 몸이 건강해야 가능하니까."

참회를 하러 구인사까지 찾아온 것은 아니었다. 시간이 더 흐르기 전에 마음의 결정이 필요했다. 월롱으로 돌아갈 것인지 말 것인지를. 규철이 무슨 근거로 거종을 제작하겠다고 광고를 한 것인지 모르겠지만 그가 헛소리를 지껄일 인간은 아니었다. 더군다나 며칠째 계속해서 광고를 내고 있었다. 그가 그렇게 광고를 하는 건 한위에게 월롱으로 돌아오라는 뜻이었다. 해원을 만나지도 못했는데, 해원이 알고 있는 진실이 무엇인지 모르는데. 만나면 그날에 대해 용서를 구해야 하는데. 이대로는 돌아갈 수 없었다.

하지만 며칠 뒤 하지면 타종식이 거행된다. 6월 5일쯤 쇳물을 부을 가능성이 컸다. 자로 잰 듯 작업을 하는 규철의 성격상 6월 5일에 쇳물을 틀에 부을 것이었다. 게다가 규철은 그가 그토록 찾아 헤맸던 비록을 어디선지 구한 모양이었다. 규철을 마주해야 한다는 두려움보다 어떤 틀을 만들고 어떻게 문양을 그려 넣고 쇳물을 부을지, 쇳물의 재료는 무엇인지, 온도와 습도는 어떻게 생각하고 있는지, 신라시대의 비법대로 작업을 진행한다는데 비록에 적힌 내용은 무엇인지 등등에 대한 궁금증과 호기심이 앞섰다. 그럼에도 선뜻 월롱으로 돌아가기로 결정을 내리지 못했다. 지금 이 시점에서 한위가 월롱으로 돌아간다는 사실은 규철에게 그날의 일에 대해 고백해야 한다는 의미였다.

"형씨도 고생 많이 한 사람 같은데……. 저는 이곳에 다섯 번째 옵니다. 그런데 이제야 제대로 참회가 됩니다. 미움과 증오만 가득했었는데 비로소 참회에 이릅니다. 그러니까 느긋하게 마음먹고 지내세요. 지은 죄가 한순간 지워지지 않듯이 참회 역시 한순간에 이루어지는 게 아니니까."

남자는 담배를 다 피운 후 벤치에서 일어났다.

"그리고 욕심과 미움과 증오, 모두 용서하세요. 그래야 문이 열리는 것 같습디다."

남자는 산속으로 이어진 산책로 쪽으로 걸어 들어갔다. 한위는 벤치에 혼자 앉아 갈참나무를 올려다보았다. 나뭇잎들 사이로 조각난 하늘이 보였다.

규철이 그동안 종을 만들지 못했던 서러움을 달래려고 서둘러 종 작업을 했나 싶었다. 하지만 타종식 날짜를 보고는 그런 게 아니라는 사실을 깨달았다. 타종식 날짜는 정화의 제삿날이었다. 그 광고는 자신과 해원에게 보내는 메시지였다. 만약 이때 가지 않는다면 앞으로 월롱으로 영원히 돌아가지 못할 것이다. 그들이 찾지 못하는 먼 곳으로 도망가 풍경이나 만들며 조용히 살아가야 할 터였다. 그런 인생을 살 수는 없었다. 평생 소리 하나를 얻기 위해 살아온 삶이었다. 용서받지 못하고 참회할 수 없다고 해도 결국에는 월롱으로 돌아가야 한다. 애초 금형리를 떠날 때부터 한위에게 주어진 운명이었다.

산책로에서 내려온 한위는 법당으로 들어갔다. 수많은 사람들이 면벽을 한 채 앉아 있었다. 어떤 이는 흐느끼고 있었고 어떤 이는 입가에 환한 미소를 품고 있었다. 한위는 자신이 앉아 있던 자리로 돌아가 짐을 챙겼다. 한위는 배낭을 메고 법당에서 나와 마당 앞에 섰다. 한위를 부축했던 남자가 산책에서 돌아와 마당에 서 있었다. 남자는 한위에게 말없이 미소를 지은 후 법당으로 들어갔다.

해원을 만나지 못했지만 이젠 더 이상 세상을 떠돌 명분이 없어지고 말았다. 그날 영등포에서 결정적으로 해원을 만날 수 있는 기회를 놓친 게 두고두고 아쉬웠다. 하지만 해원만은 진실을 알고 있다는 사실을 명확하게 깨달았다. 그날의 기억을 해원이 되찾았고 그날 정화의 방에 드나든 사람이 규철만이 아니라는 사실을 알게 된 게 확실했다. 그리고 다락 안에 숨어 모든 걸 지켜보았다는 사실도 알았다. 한위의 생각에 해원이 월롱을 떠나 끝없이 떠도는 건, 진실을 밝히지 않겠다는 뜻이었다.

그런데 규철은 한위를 월롱으로 불러들이고 있었다. 해원은 진실로부터 도망가고 있는데, 규철은 진실의 중심으로 뛰어들고 있었다. 하지만 결국 벗어날 수 없다는 걸 한위는 알고 있었다. 그날 정화의 방에 들어간 또 다른 한 사람이 자신이었다는 사실을 부정할 수는 없었다.

사찰에서 내려온 한위는 버스 정류장 매점에서 신문을 샀다. 오늘 신문에도 규철은 광고를 냈다. 한위가 돌아가지 않아도 거종의 타종을 진행한다는 뜻이었다. 하지만 월롱에는 그럴 만한 공간이 없었다. 그럴 만한 시간도 부족했다. 그게 아니라면 한위가 작업장 지하에 마련해 놓은 틀이 발견되었다는 것일 수도 있었다. 그건 규철의 종이 아니었다. 규철이 그 틀을 발견했을 가능성이 크고, 타종 행사를 강행하겠다는 광고를 냈다면 한위가 만들어 놓은 틀에 규철이 쇠를 붓겠다는 뜻이었다. 한 번도 남의 틀에 쇠를 부은 적이 없는 규철이었다. 그렇다면 이유는 뻔했다. 둘은 이제 만나야 할 때가 되었다.

6

규철은 한위가 모아 놓은 쇠붙이를 모두 옮긴 후 드러난 공간을 노려보았다. 오래전부터 뭔가 감춰져 있을 거라고 의심을 해왔던 공간이었다. 가로 세로 10미터는 넘는 공간이었다.

폐차장에서 하루 일을 끝내고 작업장으로 돌아온 화진이 새로 생긴 공간을 보고 놀란 얼굴로 물었다.

"이,이게 뭐,뭐죠?"

규철은 월롱으로 돌아온 뒤부터 작업장 구조를 뒤지며 돌아다녔다. 동주나 화진과도 별다른 말을 하지 않았다. 동주에게 온 황철주 교수의 비록 복사본에 대해서도 언급하지 않았다. 다만 한위가 작업장 어딘가에 거종을 제작할 수 있는 환경을 갖춰 놨을 거라는 가정 하에 작업장을 뒤지고 다녔다. 지나치게 많은 크레인 쇠줄이 단서를 제공했다. 쇠붙이를 모아 두던 공간을 치우자 아니나 다를까 숨겨져 있던 장소가 드러났다. 규철의 얼굴은 기름 때로 절어 번들거렸다.

"거종의 틀이지."

규철은 입가에 희미하게 미소를 지으며 혼잣말처럼 중얼거렸다. 그때 작업장 철문이 와락 열리며 동주가 신문을 들고 들어왔다.

"아저씨, 정말 미친 거 아닙니까? 왜 이런 광고를 또 내는 겁니까?"

동주도 갑자기 나타난 공간을 둘러보며 의아한 눈길을 보냈다.

"30톤 규모라면 혼자서 하려면 적어도 2년은 시간이 걸리는데 어쩌자고 이런 짓을 벌이는 겁니까? 도대체 그날 가서 어떻게 수습하려고요?"

규철은 동주의 이야기를 들으려 하지 않았다. 대신 갑자기 나타난 공간 위의 크레인 바 쪽으로 쇠사슬을 옮겼다. 쇠사슬은 맞춤인 듯 드러난 중앙에 모두 여섯 개의 고리가 있었다. 그동안 쇠붙이에 감추어져 있어서 드러나지 않았던 고리였다. 규철은 중앙으로 뛰어 들어가 발을 굴러 보았다. 땅속이 빈 듯 텅텅 울렸다. 규철은 쇠사슬을 고리에 걸었다. 그런 후 크레인 조작 기어를 작동시켰다. 그러자 두 개의 철판이 굉음을 내며 양옆으로 들렸다. 동주도 화진도 놀라 입을 다물지 못했다.

구조는 철판이 문처럼 열려 다시 땅속으로 내려가게 되어 있었다. 크레인을 다시 작동시키자 철판은 잠에서 깨어난 듯 강렬한 기지개를 켜며 스르르 땅속으로 사라졌다. 그러자 땅속에 숨겨져 있던 거대한 틀이 나타났다. 먼지가 뽀얗게 일었다. 먼지가 걷히며 서서히 틀의 외형이 나타났다. 이미 모든 문양이 완성되어 달라붙어 있는 듯, 외부 틀까지 완벽하게 흙으로 덮여 있었다. 음관과 종걸이가 될 용뉴도 완성이 되어 있었다. 용뉴를 장식한 용의 형상이 좀 기이했다. 뱀이 똬리를 틀고 알을 품고 있는 듯한 형상이었고, 용의 얼굴은 왠지 슬퍼 보였다.

"이,이런 걸 어,언제 마,마련하,하신 거,거죠?"

화진이 틀 앞으로 다가가며 규철에게 물었다.

"내가 마련한 게 아니지. 능구렁이 같은 한위 놈이 만들어 놓았던 거야. 10년 동안 이곳에 숨어서 이런 걸 만들어 놓은 거지. 자, 이제 이해하겠어? 내가 그 광고를 낸 이유를."

동주는 할 말이 없었다. 쇳물만 끓여 부으면 종이 완성될 수 있도록 준비가 되어 있었다. 한위가 언제 이런 틀을 만들어 두었는지 알 수 없었다.

"자식한테도 숨기는 음흉한 놈이야. 틀을 완성해 놓고 불안했겠지. 그래서 전국을 떠돌아다니며 비록을 찾아 헤맸던 거야. 혼자서는 자신이 없었겠지."

하지만 동주는 그런 한위에 대해 이해가 되지 않았다. 종을 만드는 사람인데 왜 굳이 이렇게 은밀하게 감춘 채 작업을 해왔단 말인가. 또 규철이 말한 비록은 뭐란 말인가.

화진은 계단을 타고 내려가 종의 외형 틀을 살폈다. 쇳물을 부을 경우 틀을 덥힐 바닥 공사까지 끝난 후였다.

"네 아버지가 이렇게 음흉한 인간이야. 왜 이렇게 감춘 채 작업을 했겠어?"

"그야, 실패를 하면……."

"아니, 그 인간은 너도 나도 모르는 뭔가를 숨기고 있어. 이 틀을 숨긴 데에는 실패에 대한 두려움 때문이 아니라 아무 때나 울리면 이 종이 울려야 하는 의미를 부여할 수 없었기 때문이지."

"종이 울려야 할 의미라뇨?"

규철의 눈은 광기로 번득거렸다.

"어쩌면 해원과도 관계가 있겠지."

규철의 말에 동주와 화진이 동시에 몸을 움찔했다.

"광고를 냈으니 한위가 돌아오겠지. 그때 한위의 입으로 왜 이걸 숨겼는지 들을 수 있게 되겠지."

동주는 손에 들고 있던 신문을 접었다. 규철이 처음 광고를 냈을 때에도 미친 짓이라고만 생각했다. 하지만 규철은 한위의 10년 세월을 꿰뚫어 보았다. 완성하지 못한 거종을 혼자의 힘으로 완성해 보고 싶어 한다는 걸 알았다. 하지만 작업장 바닥에 굳이 감춰야 했던 이유에 대해서는 규철도 알지 못했다. 다만 그렇게 대지 위로 드러나서는 안 될 비밀이 있을 거라는 정도의 가정만 가능했다. 거종 만드는 일에 자신이 없었던 것일까. 그래서 틀을 만들어 놓고 비록을 찾아 헤맨다?

"이 월롱엔 비밀이 너무 많아."

규철은 며칠 전 화진이 전화를 받던 모습을 떠올렸다. 단 한 번도 화진에게 전화가 걸려 오는 걸 본 적이 없었는데 누군가 그녀에게 전화를 걸었다. 처음에는 한위로 착각했지만 화진은 한위가 아니라고 항변했다. 그렇다면 해원일 가능성이 컸다. 하지만 해원인 말을 못 했다. 누군가에게 부탁했을 가능성이 높았다. 화진은 해원에게서 걸려온 전화가 아니라고 해명하면서도 누구라고 밝히지도 않았다. 하지만 화진의 눈에 서린 불안을 보았다. 뭔가를 부탁받았고 그 부탁을 이루지 못했다는 사실도 느꼈다. 폐차장 직원들에 대해 언급하며 행여 누가 들을세라 목소리를 죽여 이야기를 했다. 규철은 더 이상 묻지 않았다. 지금은 한위가 그동안 숨겨 놓았던 거종의 틀을 세상에 드러낸 것만으로도 족했다.

'늘 정화의 주변을 맴돌며 내가 죽기만을 바랐던 놈이야.'

규철은 생각을 입 밖으로 내뱉지는 않았다. 한위는 금형리로 돌아온 뒤 규철의 집 주변을 벗어나 본 적이 없었다. 동주는 홀로 밥을 먹게 해도 한위는 대부분 규철의 집에서 밥을 먹었고, 특별한 일이 없어도 마실 삼아 놀러 왔다. 동주보다는 해원과 더 많이 놀아 주던 한위였다. 정화와 마주하면 더없이 밝은 미소를 짓던 인간이었다. 무엇보다 2002년 규철이 중심이 되어 제작된 거종은 소리에서 실패한 종이었다. 한위는 누구보다 그걸 잘 알았다. 종의 상대에 붙이는 연꽃돌기의 두께나 문양의 크기, 당좌의 위치나 비천상의 구름의 위치 그리고 하대를 차지하는 연꽃의 수 등을 결정한 건 한위였다. 종에 있어서 가장 중요한 건 흙이지만 장중한 소리를 담아내려면 분명 문양의 위치나 모양에서도 영향을 받았다. 한위는 규철이 그 부분에 대해서 자신 없어한다는 점을 잘 알았다. 이미 소리를 얻을 수 없는 문양을 거종에 붙였던 것이라고 생각했다. 그래서 규철은 한위를 늘 경계했다. 하지만 그마저도 10년 전의 일이었다. 한위가 변했으리라고 짐작했지만 그는 변하지 않았다. 한위가 감추었던 공간을 찾아냄으로써 한위의 음흉함을 드러낸 것 같아 통쾌했다. 한위가 돌아오기 전에 그의 주변을 둘러싼 비밀들을 하나둘 밝혀낼 생각이었다.

규철은 외출 채비를 했다.

"이제 어떻게 하실 거예요?"

"한위가 돌아오면 알게 되겠지. 만약 돌아오지 않는다면 계획대로 5일부터 쇳물을 붓기 시작해야 할 거야."

"이건 아버지의 종인데. 아저씨가 함부로 할 수는 없는 거잖아요."

"자신이 있었으면 이대로 땅속에 묻어 두었겠어? 그리고 이 거종이 완성되어도 내 이름은 드러내고 싶지 않아. 네 말대로 한위의 종이니까. 하지만 한위는 반드시 와. 너보다는 내가 한위를 더 잘 아니까."

한위는 반드시 올 것이다. 만약 한위의 실종이 해원과 관계가 있다면 해원까지도 돌아올 것이다. 규철은 모처럼 활기를 느꼈다. 작업장에서 나온 규철은 전화국으로 달려갔다. 확인해야 할 게 있었다.

전화국에서 나온 규철은 내역서를 들고 화진이 통화했던 그날 찍힌 전화번호로 전화를 걸었다. 오랫동안 통화음이 들렸지만 전화를 받지 않았다. 규철은 해수욕장으로 향하는 버스에 몸을 실었다. 자신의 모든 짐작이 하나둘 맞아 들어가고 있다는 사실에 흥분이 되었다. 전화국을 찾아가면서 세운 규철의 가정은 단순했다. 화진이 통화를 한 그 지역에 해원이 있을 거라는 사실이었다. 통화가 가능해진다면 그동안 보고 싶었다는 말을 꼭 전하고 싶었다. 한위는 월롱으로 돌아온다고 해도 해원은 돌아오지 않을 가능성도 있었다. 제 어미인 정화를 닮아 고집이 세고 자존심이 강한 아이였다.

말을 못 하게 된 뒤로 학교에도 나가지 않았다는 게 규철의 마음을 아프게 만들었다. 정화의 죽음으로 가장 크게 상처를 받은 사람은 해원이었다. 하지만 하나의 의문이 여전히 규철을 괴롭혔다. 아무리 정화를 죽인 살인범으로 살았다고 하더라도 왜 10년의 세월 동안 단 한 번도 소식을 전하지 않은 것인지. 지금도 규철은 해원 앞에서 제 엄마를 죽이지 않았다고 말할 자신이 있었다. 하지만 그 한마디로 10년의 세월 동안 쌓인 상처가 씻어질 리 만무했다. 그 상처를 씻으려면 한위의 거종이 필요했다. 1300년 전의 방식으로 제작되어 태어나야 할 거종이.

버스는 어느새 해수욕장에 도착했다. 버스에서 내려 해변가로 걸어갔다. 해변을 거니는 사람들 몇이 있을 뿐 해변은 한적했다. 규철은 소나무밭 벤치에 앉아 점점 하늘을 붉게 물들여 가는 노을을 바라보았다.

규철은 공중전화를 찾아 다시 전화를 걸었다.

"뉘신교?"

그날 들었던 목소리의 주인공이었다. 규철은 일단 전화를 끊었다. 그런 후 해변의 상가를 둘러보았다. 무료한 시선으로 규철을 바라보던 젊은 여자와 눈이 마주쳤다. 규철은 여자에게 다가가 전화를 걸어 달라고 부탁했다. 여자는 농담 반 진담 반으로 규철에게 조건을 걸었다. 가게에서 저녁을 먹는 조건이었다. 규철은 넉살 좋게 웃으며 그렇게 하겠다고 답했다. 괜히 심각한 얼굴로 경계심을 살 이유가 없었다. 여자는 자신의 가게로 들어가 가게 전화기로 전화를 걸었다. 규철은 전화를 걸어 물어볼 말들을 적은 쪽지를 여자에게 건넸다.
"경상도네요."
주방에 있던 여자가 나와 규철과 전화를 거는 여자를 쳐다봤다. 규철은 갑오징어 요리와 소주를 주문했다.
"안녕하세요. 저 화진이 친군데요. 화진이가 다쳐서 대신 전화 드리는 거예요. 해원이 좀 바꿔 주세요."
"당신 누구요? 해원인……"
저편의 목소리가 규철의 귀에도 선명하게 들렸다. 잔뜩 긴장한 목소리였다. 규철은 노트에 서둘러 메모를 적어 보였다.
"해원이가 말 못 하는 거 알죠. 그래도 들을 수는 있잖아요."
"지금 해원이 없는데……. 잠깐 며칠 어디 다녀온다며 어제 여기를 떠났소."
"어쩌지……?"
가게 여자는 규철이 기대한 이상으로 연기를 훌륭하게 해주었다.
"그나저나 화진이가 어디를 다쳤수?"
"종 만들다가 좀 다쳤다는데 저도 지금 병원에 있거든요. 그런데 무슨 말인가 하는데 알아들을 수가 없었어요. 의사가 당분간은 말하기 힘들 거라는데."
"크게 다친 모양이네."
"그래서 그런데 화진이한테 들어보니까 해원이가 뭘 부탁했다고 그래서. 아파서 죽겠다면서도 해원이가 뭘 부탁했다는 말을 하는데 그 이상은 알아들 수가 없어서요."
저편에서 잠시 침묵이 흘렀다.

"해원이 지금 없다고 그랬잖소. 그나저나 여기 전화번호는 어떻게 알았수?"

경계의 목소리였다.

"해원이 연락이 안 된다고 하니까 화진이가 자기가 지내던 민박집에 전화를 해보면 될 거라고 그랬다니까요."

"그래요? 아가씨가 화진이 친구인지 내가 어떻게 알지……?"

"화진이랑 해원이랑 왜 친해진 건 줄 아세요?"

짧은 침묵이 이어졌다. 규철은 어서 노트에 적힌 내용을 전하라고 재촉했다.

"해원이는 말을 못 하고 화진이는 말을 좀 더듬잖아요. 그래서 저도 해원에 대해서 잘 알고 있었어요."

민박집 주인 여자는 여전히 머뭇거렸다.

"정 그러시면 나중에 화진이가 병원에서 퇴원하면 말씀하시던가요. 언제 퇴원할 줄도 모르는데. 만약에 나중에 화진이가 아주머니 원망해도 전 어쩔 수 없어요. 아셨죠?"

"아니, 그게 아니고……."

민박집 여자가 규철의 의도대로 넘어왔다

"뭐 달리 부탁한 건 없고 앉은뱅이책상 서랍 아래 일기장 어떻게 했냐고 물어봐 줬지. 화진이가 말하는 게 아마 그걸 거요."

"일기장요? 아, 그거였구나. 잘 알았어요. 화진이가 퇴원하면 전화 한번 드리라고 할게요."

"그래요. 몸조리 잘하라고 전해 주시우. 그리고 한번 다녀가라고도 전해 줘요. 오래 한동네 사람으로 살았는데 어찌 사나 궁금하기도 하고. 화진이한테는 여기가 친정이나 마찬가지기도 하고. 아시겠수?"
 민박집 여자와의 통화가 끝났다. 일기장이라.
 규철은 음식이 차려진 테이블 앞에 앉아 소주병을 잡았다.
 '일기장이라……. 해원이의 일기장이 있었는데 화진이가 치웠다? 아니면 동주? 일기장이라…….'
 규철은 분노가 치밀어 올랐다. 자신도 모르게 소주병 쥔 손에 힘이 들어갔다. 소주병이 그대로 박살이 나고 말았다. 그 소리에 가게 여자들이 규철을 쳐다봤다.
 "오메, 아저씨 뭔 힘이 그렇게 넘친다요! 어머, 피 좀 봐."
 전화를 걸어 주었던 여자가 호들갑을 떨며 소독약과 붕대 등을 준비해 규철의 앞으로 달려왔다.
 "살다 살다 소주병을 한 손으로 부수는 사람은 처음 봤네요."
 여자는 규철의 오른손에 소독약을 붓고 지혈약도 뿌리고 붕대로 상처를 감아 주었다. 다행히 상처는 크지 않았다. 그사이 규철은 자꾸 웃음이 나왔다. 화진이나 동주 그리고 한위가 자신을 농락해 왔다는 생각이 들었다. 특히 한위는 은밀하게 거종 작업을 해오면서 규철의 지난 시절을 생각하며 얼마나 비웃었을까 싶었다. 규철은 맥주 컵에 소주를 따른 후 단숨에 비웠다.
 "장사는 장사인 모양이네요. 술 마시는 폼도 꼭 장사 같아요."
 전화를 걸어 주었던 여자가 젓가락으로 갑오징어를 집어 규철의 눈앞으로 내밀었다. 여자의 눈매가 서글서글했다. 규철은 덥석 여자가 건네준 안주를 받아먹었다. 여자가 술을 따르고, 규철은 또 술을 마셨다. 오늘처럼 삶의 활기를 느끼는 건 오랜만이었다. 10년 만인 듯했다.

분노로 몸은 뜨거웠지만 기분 좋은 뜨거움이었다. 정화를 잃기 전에 몸에 가득 찼던 뜨거움과도 비슷했다. 게다가 오로지 종으로 향해 있던 그 시절의 열정이 위를 채우는 술처럼 꾸역꾸역 몸에 차오르고 있었다. 여자가 규철의 옆에 앉았다. 규철은 여자를 마다하지 않았다. 10년 동안 금욕의 자물쇠를 걸어 두었던 몸이 둑 무너지듯 한순간에 무너지고 말았다.

월롱으로 돌아온 규철은 틀을 점검하기 시작했다. 그리고 어김없이 광고도 냈다. 한위와 해원이 월롱으로 돌아올 거라고 짐작하지만 둘 다 나타나지 않을 수도 있었다. 동주가 작업장을 뻔질나게 오갔다. 하지만 규철은 그런 동주를 무시했다. 규철이 비록을 찾아 떠나기 전에 완성해 놓은 작은 종은 비닐에 덮힌 채 먼지를 뒤집어쓰고 있었다. 그건 그저 잃어버린 감각을 다시 찾기 위한 작업이었을 뿐이었다. 규철은 하나씩 차분하게 일을 진행했다. 한위가 모아 놓은 쇠붙이에서 불순물을 떼어 내고 구리도 모았다.

종은 외형 틀과 내형 틀을 맞추고, 용해로에 구리를 넣고 녹여 네 개의 쇳물받개에 쇳물을 받아 진정시킨 후, 틀에 쇳물을 붓기만 하면 완성될 수 있도록 거종의 틀 위에 쇳물받개를 고정해 놓았다.

규철이 마음으로 정한 날이 오려면 아직 닷새가 남아 있었다. 그날, 6월 5일이 되면 해원은 몰라도 한위는 나타나리라고 믿었다. 그러려면 틀 속에 들어 있는 밀랍을 녹여 내야 했다. 한위는 밀랍에 쇠기름을 섞어 바른 듯했다. 전통의 방법을 그대로 재현해 보려고 노력한 흔적들이 틀을 담고 있는 구덩이 안에 역력하게 남아 있었다.

"아버지가 오면 해야 하는 거 아닌가요?"

동주는 작업장을 오가며 규철의 작업에 자꾸만 딴지를 걸었다.

"걱정하지 마. 닷새 후면 한위는 반드시 나타날 테니까. 그리고 전에도 내가 말했잖아. 이건 한위의 종이지 내 종이 아냐. 나는 그저 쇳물만 부어 줄 뿐이야."

"그래도 아버지가 이 작업을 해야 맞는 거 아닙니까?"

"내가 이렇게 하지 않으면 한위는 돌아오지 않아. 어쩌면 영원히 월롱으로 돌아오지 않을지도 모르지."

"무슨 근거로 그렇게 자신하죠?"

동주는 무엇보다 한위의 작업장에서 주인 노릇하는 규철이 못미더웠다.

"누구보다 네가 잘 알잖아. 나도 미친놈이지만 한위 역시 종에 미친놈이라는 걸. 이 틀을 만드는 데 얼마나 걸린 건지 모르겠지만 적어도 2년은 걸렸을 거야. 그 틀에서 종이 나온다는데 안 나타나고는 못 베길 걸. 한위는 반드시 와."

"언제요?"

"쇳물을 붓기로 결정된 날."

"그게 언젠데요?"

"6월 5일."

규철은 더 이상 동주를 상대하지 않았다. 규철은 화진을 불러 틀 안으로 내려갔다. 틀을 얹은 화로에 불을 지피기 전 마지막 점검을 위해서였다. 그리고 화진을 다그치기 위해서. 동주는 지상에서 틀 아래를 내려다보았다. 한동안 맥없이 돌아다니던 동주의 눈에도 광채가 났다.

이 거종의 작업에 참여하고 싶어 안달이 나 있을 터였다. 한위가 돌아오면 마지막으로 한 번 종 제작을 해보고 싶다던 동주였다. 하지만 삶은 늘 아무리 사소한 실마리라고 하더라도 그 실마리가 실마리를 물고 돌아가는 법이다. 한 번 종을 만든 인간은 죽을 때까지 종의 굴레에서 벗어날 수 없다. 어린 동주가 아직은 깨닫지 못한 진실이었다. 규철은 동주를 철저하게 무시함으로써 동주의 심연 속에 잠들어 있던 열망을 깨웠다.

"불을 피우자."

화진이 규철을 쳐다봤다.

"제,제사라도 지내야 하,하는 거 아,아닌가요?"

"그렇지. 절차라는 건 있는 거니까. 제사는 나중에 이 작업장의 주인이 나타나면 하지. 그때 해도 늦은 건 아니니까."

규철은 위를 올려다보았다. 동주의 모습이 보이지 않았다.

"그런데 요즘 해원이와 통화한 적 없어?"

틀 바닥의 아궁이 쪽으로 걸어가던 화진이 몸을 움찔했다.

"어,없었는데요."

화진이 걸음을 멈추었다. 본래 한 우물만 파는 인간들은 거짓말이 서툰 법이었다. 규철은 화진을 아궁이 쪽으로 서서히 몰아갔다.

"그래, 혹시 해원이가 여기서 지내면서 일기장 같은 거 남기지 않았을까?"

"네,네? 이,이,일기장요?"

화진은 말을 몹시 더듬었다.

"그래, 일기장. 해원이 여기서 보낸 10년이 적혀 있을 일기장 말이야."

규철은 아궁이 앞에 늘어놓은 여러 개의 불쏘시개 중 가장 단단해 보이는 불쏘시개를 들었다. 쇠로 만든 불쏘시개였다. 화진은 규철의 눈길을 피하면서 아궁이 안으로 장작을 밀어 넣었다.

"며칠 전에 말이야. 남해의 어느 집에서 여기 작업장으로 전화가 걸려 왔어. 처음에는 내가 받았는데 아무 말도 안 하더군. 그래서 며칠 뒤 내가 그곳으로 직접 전화를 걸어 봤지."

장작을 넣던 화진의 손길이 멈췄다.

"해원이가 그곳에서 잠깐 지냈던 모양이야. 그리고 너도……."

화진이 고개를 돌려 규철을 쳐다보았다. 규철의 손에 들린 불쏘시개가 화진의 턱을 향해 날아갔다. 화진은 턱이 부서지는 통증과 함께 정신을 잃었다.

정신을 차린 화진이 사방을 둘러보았다. 규철이 앞에 앉아 있었다. 화진은 자신의 몸에서 피비린내를 맡았다. 입에는 테이프가 붙어 있었고 온몸은 쇠사슬로 감겨 있었다. 몸부림을 쳐봤지만 쇠사슬은 꼼짝도 하지 않았다. 말을 할 수도 없었다. 규철은 빨갛게 달궈진 불쏘시개를 들고 있었다.

"내가 묻는 말에 진실을 말해. 진실만 말하면 더 이상 고통을 받는 일 따위는 없을 거야. 알았지? 해원이가 찾아 달라고 부탁한 게 일기장이었어?"

화진은 느리게 고개를 저었다.

"다시 말하지. 나는 내가 듣고 싶은 진실을 듣기를 원해. 해원이가 일기장을 찾아 달라고 부탁했지?"

화진이 다시 고개를 저었다. 그러자 규철은 망설이지 않고 불쏘시개로 화진의 허벅지를 쑤셨다. 삽시간에 살이 타들어가는 노린내가 퍼졌다. 화진의 비명은 새어 나오지 못했다. 대신 그녀의 관자놀이를 타고 땀이 흘러내렸다. 눈은 빨갛게 충혈이 되었고 머리카락이 모두 땀에 젖고 말았다.

"다시 물어볼게."

규철의 목소리는 소름이 끼칠 정도로 다정했다.

"해원이 일기장을 찾아 달라고 부탁했지?"

화진은 눈에 힘을 주고 규철을 쳐다보았다.

"네가 아직 쇳물의 고통을 모르는 모양인데. 쇳물은 살을 파고들면서 오랫동안 고통을 주지. 쇳물은 인간의 살을 좋아해서 한 번 살에 달라붙으면 웬만해선 떨어지지 않아. 너는 아직 그런 정도의 고통을 겪어 본 적이 없는 모양이네."

말을 끝낸 규철이 이번에는 반대편 허벅지를 빨갛게 달궈진 불쏘시개로 쑤셨다. 이를 다문 채 기를 쓰고 고통을 참던 화진이 그대로 기절하고 말았다. 세상에 존재하지 말아야 할 냄새가 진동했다. 규철은 불쏘시개를 아궁이로 내던진 후 위를 올려다보았다. 아무도 보이지 않았다. 화진을 묶은 쇠사슬이 풀리지 않았는지 확인한 후 그는 지상으로 올라갔다.

규철은 지상에 올라오면서 동주를 보았다. 동주는 누군가와 통화를 하고 있었다. 규철은 느긋한 걸음으로 동주에게 다가갔다.

"……글쎄, 그건 저 혼자 결정할 수 있는 문제가 아니라고 말씀드렸잖아요. 만에 하나 종이 만들어지지 않을 수도 있어서 그러는 겁니다."

규철은 마루에 걸터앉아 틀을 바라보며 담배를 물었다. 동주는 계속

통화를 했다.
"……네, 맞아요. 하지만 이 기본 틀은 아버지가 완성시켜 놓은 겁니다. 네, 박한위 씨가 제 아버지입니다. 그 이름은 그냥 광고에 넣은 것뿐입니다."

동주가 규철의 눈치를 살폈다. 왜 광고를 규철의 이름으로 올렸냐고 묻는 질문인 듯했다. 규철은 갑자기 세상이 복잡해지고 뜨거워지는 게 좋았다. 비로소 종쟁이다운 질서 속으로 들어서고 있다는 기분도 들었다.

"두 분이 친굽니다. 친구라고요. 좋아요. 오는 걸 말리지는 않겠지만 그날 종이 나오지 않을 수도 있다는 건 분명하게 말씀드리겠습니다."

동주가 전화를 끊었다.

"도대체 어쩔 작정이세요?"

"뭘? 틀 아궁이에 불도 지피기 시작했는데. 이제 쇳물만 부으면 돼."

"그게 아니라는 거 아시잖아요. 아버지가 없잖아요."

"솔직하게 하나 물어볼까? 한위 없이 이 종을 완성하겠어, 아니면 한위가 나타날 때까지 이대로 그냥 두겠어?"

동주는 선뜻 대답하지 못했다.

"그래도 아버지가……."

"너는 한위를 증오했어. 그렇지 않아? 그래도 핏줄이니까 한위를 두둔하겠지. 하지만 종 작업이 진행되지 않으면 한위는 영원히 나타나지 않을 수도 있어. 이 종은 지금 만들어지도록 운명 지어진 거야. 모르겠어? 그리고 한위는 종이 만들어지고 있다는 사실을 알게 되면 분명히 나타나."

동주가 여러 차례 마른세수를 했다. 한위와 판박이로 닮은 얼굴이었다.

"좀 전에 방송국에서 촬영 오겠다며 허락을 구하더군요. 안 된다고 해도 막무가내로 오겠답니다."
"좋잖아. 한위 이름을 알릴 수 있는 좋은 기횐데."
"그래도 아저씨 이름으로……."
"난, 진실만 알면 돼. 그리고 해원이만 만날 수 있으면 돼."
"아저씨 아직도 모르시겠어요? 해원이가 왜 월롱을 떠났는지? 엄마를 죽인 아빠를 보고 싶어 할 거 같아요?"
규철이 동주의 얼굴 앞으로 바짝 다가들었다.
"전에도 말했지만 난 정화를 죽인 적이 없어."
"그럼 왜 정화 아줌마가 죽은 거예요? 그리고 왜 아저씨가 죽였다고 시인을 했냐고요?"
"그건, 그러니까…… 그날 밤 일어난 일에 대해서 모르기 때문이야. 그리고 정화는 어쩌면 나의 무관심 때문에 죽은 것인지도 모르기 때문에 그렇게 시인할 수밖에 없었지."
"잘도 둘러대는군요. 저도 이제 모르겠어요. 방송국에서 나오든 말든 아저씨가 알아서 해결하세요."
"세상에 알려진다는 건 너나 한위한테 좋은 일이야. 안 그래?"
동주는 무슨 생각을 하는지 눈동자가 텅 비어 있었다.
"너 역시 어떤 종이 나올지 궁금하지 않아? 너는 나나 한위보다 종에 대해서 더 강렬한 열망을 가지고 있어. 너는 운명적으로 그렇게 태어났지."
"전 종 일에서 손 뗀 지 오래되었어요."
"자신을 속이지 마. 넌 처음부터 종이 전부였어. 지금도 그렇고. 공예를 한답시고 까불고 있지만 넌 결국 종으로 돌아오게 되어 있어. 네게만 소리를 들을 수 있게 허락된 건 나나 한위에게 주어진 운명과 다르다는 말이야."

"뭐가 다르죠?"

"우리에게 허락된 건 종을 만드는 운명이지만 네게는 종을 완성시키는 운명이 주어진 거야. 아직 어려서 모르겠지만 머잖아 인정하게 될 날이 오겠지."

규철은 작업장 쪽으로 걸어갔다. 운명의 화살은 활시위를 떠난 지 오래였다. 동주가 규철의 뒤를 따라왔다. 화진이 깨어나면 소란을 부릴 테지만 규철은 개의치 않았다. 어차피 진실을 밝히려면 거쳐야 하는 과정이었고 피가 필요하다면 피를 부를 작정이었다.

"화진이는요?"

동주는 틀을 내려다보며 물었다.

"틀 바닥에 불을 지피고 있지. 벌써 냄새가 나지 않아? 달콤하면서도 슬픈 냄새 말이야."

동주는 피식 웃으며 돌아섰다. 그 순간 규철이 동주의 팔을 잡았다.

"한 가지만 물어보지. 혹시 해원이 일기장 어디에 있는 줄 알아?"

규철은 순간 동주의 팔이 떨리는 걸 느꼈다.

"무슨 일기장요?"

"해원이 일기장. 해원이가 일기를 썼다고 하던데."

규철은 무심한 척 말했다. 동주는 규철의 손에서 팔을 빼내며 멀찌감치 떨어졌다.

"금시초문이에요."

동주는 서둘러 작업장을 빠져나갔다. 동주 역시 일기장에 대해 알고 있는 게 분명했다. 지난겨울 수도관이 동파됐던 날이 떠올랐다. 그때 물에 젖은 해원의 물건들이 소각되었다. 소각될 때 규철은 분명히 보았다. 그 물건들 중에는 노트나 일기장 따위는 없었다. 그렇다면 누군가 가지고 있거나 누군가 없앴다는 말이었다. 왜?

틀 아래로 내려온 규철은 화진을 살폈다. 코끝에 손을 대보았다. 숨을 쉬었다. 규철은 아궁이 속에서 활활 타오르고 있는 숯을 골고루 펼쳤다. 밀랍이 천천히 녹아내리면서 틀이 완성될 것이다. 밀랍이 배수통로로 흘러나오기 시작했다. 흘러나오는 밀랍이 한 방울도 남지 않을 때까지 불을 때야만 했다. 달착지근한 냄새가 구덩이 안에 퍼지기 시작했다. 기절했던 화진이 꿈틀거렸다. 하지만 깨어나지 않았다. 규철은 한위가 모아 놓은 쇠붙이와 구리를 계산해 봤다.

모아 놓은 구리를 녹이면 각각의 쇳물받개에 10톤 가까이 들어갈 듯했다. 모두 40톤으로 유실될 분량까지 감안하면 거의 30톤 내외의 거종이 나올 것이었다. 금형리에서 규철이 제작했던 바로 그 규모의 크기였다. 아궁이를 들여다보는 규철의 얼굴이 빨갛게 달아올랐다. 비록 한위의 종이라고 하더라도 규철 역시 완성하고 싶었다. 준비에 빠짐이 없는지 생각해 봤다. 주석과 탈산제도 준비되어 있다. 특히 청동으로 주조한 종은 산소가 빠지는 탈산이 어려워 주조에 실패하는 경우가 많았다. 탈산의 영향으로 종의 균열이 발생하거나 기포가 생겼다. 지금까지는 탈산제로 인동을 썼다. 그러나 이번만큼은 과거의 방식을 따르기로 결정했다. 생목과 순수한 인을 쓰기로. 인을 구할 수 없었던 시절, 동물의 뼈 등을 용해로에 넣기도 했던 것이다. 여기에서 봉덕사종에 아이를 인주(人柱)세웠다는 말이 나온 것이었다. 아이를 용해로에 넣었다는 말은 그만큼 탈산하는 데에 어려움이 따른다는 말을 표현한 것이었다. 그러나 상식적으로 아이가 지닌 인의 양이 탈산의 역할을 하기에는 너무 미량이었다. 그러니까 그건 어디까지나 전설일 뿐이었다.

반드시 주석도 필요한데 주석은 종소리와 그 생명에 영향을 미치는 재료였다. 화로의 열을 받은 용해로가 작업장 안을 서서히 덥히기 시작했다. 이제 용해로에 구리와 주석을 넣고 쇳물이 끓어오르면 젓다가 탈산제를 넣으면 준비는 다 된 것이다. 그다음 네 개의 구멍을 지면으로 나오게 매설을 할 것이다. 그리고 끓는 쇳물을 네 개의 쇳물받개에 나누어 담고 진정시킨 후 1000도 내외의 온도를 유지할 때 틀에 붓기만 하면 그다음은 하늘의 몫이었다.

규철은 담배를 피며 구덩이 안에 앉아 있는 거대한 틀을 망연히 쳐다봤다. 생목과 순수 인을 써서 종을 만들겠다고 계획한 건 처음이었다. 그건 규철의 생각이었다. 그러다 틀을 만들어 놓은 한위의 기록 속에서 생목과 순수 인을 쓰겠다는 기록을 보고 적잖이 놀랐다. 10년의 세월이 흐른 뒤 규철과 한위는 비슷한 생각에 도달하고 있었다. 종의 내형은 통기성을 좋게 하기 위해 이암을 섞은 거친 모래와 점토를 사용해 벽을 발라야 한다는 생각도 일치했다. 내형이 완전히 마를 때가지 온돌에 불을 지펴 은근하면서도 천천히 말려야만 한다. 속까지 완벽하게 마르려면 꼬박 사흘의 시간이 필요했다. 내형이 마르면 다시 표면을 매끈하게 하기 위해 흑연분말과 점토를 걸러 만든 물과 혼합한 흑연수를 바르고 건조시킨 후 다듬질한다. 이렇게 종의 내형을 완성한다. 문제는 종의 외형이었다.

　규철은 수도 없이 외형의 틀을 그렸다. 종이에도 그리고 운동장에서도 그랬다. 가장 흔한 3단 방식이 종의 완성에 더 적절한가. 하지만 아무리 정교하게 3단을 붙인다고 해도 이음새가 남을 수밖에 없었다. 그 이음새가 소리에 영향을 미칠 수도 있었다. 그런데 한위는 이음새 없이 통으로 외형을 완성해 내형을 덮어 놓은 상태였다. 내형을 기준으로 종의 두께를 염두에 두면서 쇠기름 섞은 밀랍을 벽돌 쌓듯 바르며 쌓아올리는 방식으로 외형을 완성해 나가는 것. 그 점 역시 규철과 한위의 생각이 맞닿은 점이었다.

　수감되어 있는 동안 규철이 끝없이 상상으로 틀을 만들고 쇳물을 부어 왔던 그 방법의 완성이 월롱에 있었다.

　어쩌면 한위가 만들어 놓은 이 거종의 틀은 규철이 상상하는 이상의 종을 만들어 낼지도 모른다는 두려움이 생겼다. 규철은 한위의 종이 성공하기를 바라면서도 실패하기를 바랐다. 그래서 더더욱 억울했다. 10년의 세월 동안 한위는 무수히 많은 실험을 통해 오늘에 이르렀을 것이기 때문이었다. 하지만 지금은 진실이 무엇인지 알 수 없었다. 규철은 자신이 찾고자 하는 진실이 해원의 일기장에 적혀 있을 것만 같았다. 세상 사람들이 알아서는 안 될 이야기가 그 일기장에 적혀 있는 게 분명했다. 그것만이 규철이 잃어버린 그날의 기억과 진실을 말해 줄 터였다. 규철은 동주의 것인 비록을 펼쳐 보았다. 놀라운 기록이었고, 존재해서는 안 될 기록이었다.

　화진이 눈을 떴다. 불쏘시개가 닿았던 살은 굳은 피와 타버린 살로 까맣게 변해 있었다.

"이 책이 뭔 줄 알아?"

규철이 비록의 표지를 화진에게 보여 주었다.

"종쟁이들이 그토록 찾기를 열망했던 비록이지. 성덕대왕신종을 만든 인물로 알려진 사람이 적은 비록. 뭐라고 적혀 있을지 궁금하지? 너도 종쟁이니까."

비록을 읽어 내려가는 규철은 처음 비록을 읽었을 때의 흥분을 그대로 느꼈다.

춘추 무열왕에서 법민 문무왕, 종 주조 실험 – 박항

주해 : 서기 연도로 654년에서 681년까지의 기록

첫 번째 실험 : 진흥왕 1년 음 2월 21일 을해. 몸 시주자 주공. 나이 32세. 키 5척 반. 무게 300근. 기공 발생이 적어진 반면 쪼개짐이 개선되지 않음.

두 번째 실험 : 진흥왕 2년 음 11월 9일 기사. 몸 시주자 작사. 나이 7세. 키 4척. 무게 150근. 탈산 작용을 전혀 하지 못함.

"짐작했겠지만 이건 1300년 전의 종 제작 실험일지야. 너도 가봤는지 모르겠지만 이 실험은 명주사라는 곳에서 했었어. 명주사에 실험한 터가 그대로 남아 있지. 그곳에 가보면 알겠지만 돌로 조각한 지장보살이 널려 있지. 사찰에는 물론 근방의 바위, 심지어 사찰을 끼고 흐르는 개울 속에도 지장보살이 조각되어 있단 말이야. 처음엔 지장보살이 지천에 널려 있는 이유를 몰랐지. 이 비록을 보면서 알게 된 거야. 아이 어른 할 것 없이 무수히 많은 인간들이 재물로 바쳐졌던 거야. 알아?

제물로 바쳐졌다고."

　스물두 번째 실험 : 진흥왕 4년 음 7월 22일 을해. 몸 시주자 금주. 여. 나이 16세. 키 5척. 무게 200근. 자연균열현상 유발.
　(…)
　서른일곱 번째 실험 : 진흥왕 5년 음 12월 13일 병술. 몸 시주자 장화. 여. 나이 20세. 키 5척. 무게 220근 / 몸 시주자 격수. 남. 나이 25세. 키 5척 반. 무게 250근. 비로소 기공 현상 완화. 깨짐 완화. 자연균열 현상 약화 - 1인으로는 10만 근 이상의 종 주조는 불가.

"이게 사실이 아니라고? 하지만 너도 알다시피 범종을 만들 때 동물 뼈가 많이 들어가 소리가 더 좋아졌다는 건 인정하겠지. 그래, 그건 동물의 뼈지 사람이 아니라 이거지. 하지만 인간에게는 동물과 다른 게 있어. 정신, 영혼 같은 거 말이지. 그 무형의 것들을 이 양반은 물질로 본 거야. 한마디로 미쳤다고 생각하지. 내가 보기에도 진짜 미친 인간이었어."
　규철은 마지막 페이지를 펼치고 읽었다.

　마흔 번째 실험 : 진흥왕 8년 음 8월 13일 병진. 몸 시주자 설주. 신미년 기축월 임자일 오시생 여. 나이 23세. 키 5척 반. 무게 220근 / 동년 동월 동일. 몸 시주가 박항. 경진년 을사월 신해일 신시생 남. 나이 31세. 키 6척 반. 무게 300근 - 미완성.

"모든 게 사실이었어. 이 무렵의 목간이 하나 발견되었는데 그 목간에는 박항이라는 인간이 유언을 남겨 검단선사에게 이 기록을 부탁한다는 내용이 담겨 있었지. 그리고 지금은 흔적조차 없는 황룡사에 걸렸던 종이 바로 그 두 사람이 들어간 종이지. 기록에 보면 설주의 집안에서 종을 녹여 버렸다는군. 너는 이 기록을 믿겠어?"

"그게 무슨 말이죠? 화진인 어떻게 된 거예요?"

규철의 등 뒤에서 느닷없이 동주의 목소리가 들렸다. 비록을 읽는 동안 흥분해 있어서 동주가 내려오는 소리를 듣지 못한 모양이었다. 규철은 쓰러져 있는 화진과 동주를 번갈아 쳐다보았다.

"한위가 그동안 이 기록을 찾아 헤맸다는 거지. 어쩌면 이 기록은 진실인지도 몰라. 그동안 내가 완성시키지 못한 그 실패의 원인을 기록한 진실."

동주의 눈이 규철의 손으로 향했다.

"좀 전에 황 교수님과 통화를 했는데 소포를 받았냐고 묻더군요. 그게 그 소포죠?"

동주는 부들거리는 다리를 애써 진정하며 규철에게 물었다.

"그래. 경주 황룡사 터 잊혀진 전각 아래에서 발굴된 비록의 내용을 복사한 책이지."

"그런데 당신이 왜 그걸 가지고 있죠? 왜 제 걸 당신이 가지고 있냐고요?"

규철이 피식 웃었다.

"종 작업에서 손을 뗐다면서? 그럼 이런 건 필요 없잖아. 이게 필요한 사람은 나나 한위야. 안 그래?"

규철이 제자리에서 일어났다. 그는 거대한 어둠 같았다.

"당신은 비열하기까지 해요. 제 걸 당신 마음대로 할 수는 없는 거예요."

"너도 내 걸 가지고 있잖아!"

규철은 무너지는 벽처럼 동주에게 다가갔다. 화진이 꿈틀거렸다.

"다,당신은 미쳤어. 처음부터 당신을 받아들이지 말아야 했어. 도대체 화진 씰 어떻게 한 거야? 설마……"

"그래, 나는 미쳤다. 완성하지 못한 종에 미치고, 세상이 내가 죽었다고 믿는 정화에 대한 사랑 때문에 미치고, 스스로 쇳물 속으로 뛰어 들어가 종을 완성했다는 이 기록에 미쳤다. 그리고 나를 조롱하는 너희들에 미쳤다!"

동주는 주춤거리며 화진이 쓰러진 쪽으로 다가갔다. 순간 규철이 동주의 팔을 잡았다.

"해원이 일기장, 그거 어딨어?"

"모,몰라요."

"시치미 떼지 마! 다 읽었지? 그 안에 어떤 이야기가 적혀 있는지 너는 알지? 진실이 뭔지 너는 알지! 내 작업일지도 한위나 네 놈이 없앤 거야! 그렇지!"

규철의 분노에 찬 고함에 벽이 떨고 가루들이 부서져 내렸다. 동주가 뒷걸음질 쳤다.

"나는 몰라. 모른단 말이야!"

순간 규철은 들고 있던 불쏘시개를 휘둘러 동주의 턱을 올려쳤다. 쇠꼬챙이가 바람을 가르는 소리가 들리고 살이 찢어지는 끔찍한 소리

제7장_늪 397

가 이어졌다. 갑작스러운 공격에 동주는 미처 피하지 못하고 그대로 쓰러졌다.

제8장
돌이킬 수 없는

1

 사위는 고요했다. 동주의 귓속에 모기 한 마리가 들어앉아 있는 듯 이명이 끊이지 않았다. 팔과 목이 저렸다. 어디선가 뜨거운 쇳내가 물씬 풍겼다. 몸을 비틀어 봤지만 결박되어 있는지 꼼짝도 하지 않았다. 고개도 제대로 돌릴 수가 없었다. 왼쪽에서 오른쪽으로 겨우 고개를 돌렸는데 피비린내가 풍겼다. 순간 동주는 눈을 떴다.
 동주는 팔이 묶인 채 크레인에서 내려온 고리에 걸려 있었다. 곁에 화진이 보였다. 화진도 동주와 같은 모양새로 결박당한 채 대롱거리고 있었다. 뜨거운 쇳내가 발아래에서 느껴졌다. 아래를 내려다보았다. 발아래 거대한 용해로가 보였다. 용해로 속에는 쇳물이 끓었다. 상황이 파악되자 두려움이 전신을 훑고 지나갔다. 동주는 힘껏 몸부림을 쳤다. 하지만 팔과 손목만 고통스러울 뿐, 벗어날 수는 없었다.
 "어,어떻게 되,된 거예요?"
 화진이 울먹거리며 물었다. 동주가 그녀에게 해줄 수 있는 말은 없었다.

"아저씨가 미쳤어요."

"이, 일기장 때, 때문인가요?"

일기장? 화진도 그것 때문에 이런 궁지에 몰렸단 말인가. 동주는 그녀에게도 일기장의 존재를 감추었다.

"일기장이라뇨?"

"해, 해원이가 쓴 이, 일기가 있었어요. 제, 제게 어, 없애 달라고 부, 부탁을 해, 했는데 전 차, 찾지 모, 못했어요."

화진을 월롱까지 이끈 게 해원의 일기장이었을까. 하지만 그 일기장에는 결정적인 말들이 물에 녹아 버려 사라지고 없었다. 그 일기장 때문에 두 사람을 쇳물이 끓는 용해로 위에 매단 것인가? 문득 비록을 읽던 규철의 모습이 떠올랐다. 규철은 어디에도 보이지 않았다. 창밖은 어스름했다. 귀를 기울였다. 폐차장에서 돌아가고 있을 압축기나 지게차 소리가 들리지 않았다.

"화진 씨는 어떻게 된 거죠?"

"저, 저도 잘 모, 몰라요. 저, 정신을 차리고 보, 보니까 아, 아저씨가 비, 비록을 이, 읽어 주고 이, 있었어요."

"미친 인간, 아버지도 아저씨도 모두 미쳤어."

동주는 어려서부터 한위에게 비록에 대한 이야기를 들었다. 한위는 비록이 어딘가에 감춰져 있고 그게 발견되는 순간 완벽한 종을 만들어 낼 수 있을 거라고 믿었다. 그런데 그 비록을 규철이 갖고 있었다.

"비록에 어떤 내용들이 있던가요?"

"저, 저도 모, 모르지만 도, 돌아가신 스승님께서 그, 그런 비, 비록이 있다는 마, 말씀은 해, 해주셨어요. 그땐 내, 내용까지는 저, 정확하게 모, 몰랐는데. 끄,끔찍한 내,내용이었어요."

화진은 흐느끼기 시작했다. 하지만 뜨거운 쇳물 때문인지 눈물은 흐르지 않았다.

"사,사람을 제,제물로 바쳤다는 기,기록이었어요. 사람을 시,실제로요,용해로에 넣고 시,실험했다는 기,기록이었어요. 아이도 이,있었고 어,어른도 이,있었어요."

그래서 그 비록을 근거로 실험을 하겠다는 뜻일까? 아내를 죽인 사람이니 두 사람쯤 죽인들 무슨 죄의식을 느끼겠는가. 해원이 없다는 게 그나마 다행이었다. 하지만 신문 광고를 보고 해원이 월롱으로 돌아올지도 모른다는 생각이 들었다. 지금 동주는 해원이 돌아오지 않기를 바랐다. 규철이 월롱으로 내려올 때부터 이런 계획을 세웠던 게 분명했다. 동주는 10년을 살면서도 한위가 작업장에 지하를 파고 틀을 만들었다는 사실을 알지 못했는데 규철은 알고 있었다. 그리고 찾아냈다. 게다가 진실인지 모를 비록을 갖고 있다.

"우,우리는 어떻게 되,되는 거,거죠?"

화진이 몸을 흔들어 보았지만 시계추처럼 흔들리기만 할 뿐이었다. 어떡하든 이 이해할 수 없는 상황에서 벗어나고 싶었다. 크레인을 작동시켜야 하는데 작동시킬 수가 없었다. 누군가를 부를 수 있을까. 폐차장 직원들이 모두 퇴근했다면 소용없는 짓이었다. 화진은 몸을 흔들며 마른울음을 울었다. 동주는 그만두라고 그녀에게 말했다. 소용없는 짓이었다. 한동안 소란을 떨었지만 규철은 나타나지 않았다.

"아,아저씨한테 잘 마,말해 보,보세요. 해,해원이 이,일기장 동주 씨도 모,모르잖아요."

"우리를 바로 용해로에 넣지 않는 건 누군가를 기다린다는 뜻일 겁니다."

"누,누구요?"

"제 아버지겠죠."

"도,도대체 아,아저씨가 왜 이,이러는 거죠?"

"자신의 부인을 자신이 죽이지 않았다고 믿고 있으니까요."

"그,그럼 동주 씨 아,아버님이 그,그랬다고 미,믿고 이,있다는 건가요?"

"믿고 있는지 짐작만 할 뿐인지 모르겠어요. 가끔 자신이 저지른 일을 망각하는 수도 있다는데, 너무도 충격적이어서 어쩌면 아저씨가 그 기억을 잊고 있는지도 모르죠. 그러니까 계속해서 자신이 죽이지 않았다고 믿고 있는 것일 테고."

동주는 용해로 온도계 쪽을 살펴봤다. 1000도가 넘고 있었다. 머잖아 쇳물을 쇳물받개에 옮길 터였다. 그 전에 동주와 화진은 용해로 속으로 빠지게 될 것이다. 1500도의 온도에서 끓는 쇳물에 들어가면 연기조차 남기지 않고 사라지고 만다. 완벽한 살인이 된다. 규철이 바라는 게 그것일까? 하지만 동주가 아는 한 규철은 살인을 저지를 정도로 잔혹한 인간은 아니었다. 실수로 저지른 살인과 의도적으로 저지른 살인은 달랐다. 그런데 지금 규철은 의도적으로 동주와 화진을 살해하려는 것 같았다. 해원의 소식을 숨겼다는 이유로. 받아들일 수 없었다.

"오늘이 며칠이죠?"

동주는 문득 오늘 날짜가 궁금했다.

"이,이 파,판국에 그게 주,중요해요?"

"글쎄, 며칠인 줄 알아요?"

"어, 어제가 3일이었어요. 그, 그러니까 오, 오늘은 4일이고."

"확실해요?"

"네, 화, 확실해요. 어, 어제 아, 압축된 폐차를 트, 트럭들이 시, 실어 가는 나, 날이었거든요."

동주는 그동안 시간의 흐름을 인식하지 못한 채 살았다. 해원이 존재하지 않는 월롱의 시간은 무의미했기 때문이었다.

오늘이 6월 4일이 맞다면 하루는 더 살아 있을 수 있겠다는 희망이 생겼다. 그동안 작업장에 누가 찾아올 수도 있었다. 동주가 폐차장 사무실에 나타나지 않으면 경리나 석겸, 그가 아니면 목포댁이라도 찾아오겠지. 그런데 규철이 그런 사실을 몰랐을까? 그래서 더 두려웠다. 그래도 희망은 남아 있었다. 규철의 바람대로 한위가 나타날 수도 있었다. 황철주 교수도 비록 관련 자료가 담긴 택배를 받지 못했다고 하자 6월 초쯤 내려오겠다는 말을 남겼다. 작업의 진척도도 보고 작품을 전시할 공간에 대한 의견도 나누고 변산 구경도 할 겸 다녀간다고 말했다. 다른 사람은 몰라도 그가 나타나 용해로 위에 매달려 있는 동주를 보면 어떤 표정을 지을까.

밤이 깊어 갔지만 규철은 나타나지 않았다. 그가 어디서 뭘 하는지 알 수가 없었다. 창을 넘어 들어온 바람이 차가웠다. 밤이 늦었거나 아니면 새벽이 다가오고 있는 모양이었다. 조금 전까지 부들부들 떨던 화진은 매달린 채 잠이 들었는지 꼼짝도 하지 않았다. 용해로 속의 쇳물은 계속해서 용암처럼 끓어올랐다. 용해로 속에 빠지지 않는다고 해도 탈수 때문에라도 죽을 수도 있었다. 규철이 그처럼 느닷없이 돌변

할 거라고 예상하지 못한 잘못이었다. 하지만 누구라도 그가 사람을 용해로 위에 매달 것이라곤 짐작하지 못했을 것이다.

　동주는 지금도 그의 분노가 이해되지 않았다. 다만 해원의 소식을 전하지 않았을 뿐이다. 어쩌면 해원과 관계된 일은 빌미일 뿐, 규철에게 다른 의도가 숨겨져 있을지도 몰랐다. 살인을 넘어서 인간의 도덕적 한계를 넘어서보겠다는 오만함 같은 것. 종을 완성시키기 위해 사람을 제물로 삼겠다는 건 종의 완성이 쇠의 재질과 문양에 있다고 믿는 한위라면 가능했다. 그날의 종에 섞인 쇠의 성분이나 그날 그리게 된 문양의 모양이나 배치가 운명에 의해 결정된다고 믿는 한위라면 인간을 제물로 삼겠다고 덤벼들 수도 있었다. 하지만 규철은 종의 완성이 흙의 재질과 과학에 있다고 믿는 인간이었다. 종의 두께도 자로 잰 듯 일률적이어야 하고 문양의 비대칭에 있어서도 계산된 비대칭을 완전하다고 보았다. 종 속의 음이 빠져 나갈 음관의 넓이나 위치 역시 소리의 파동이 흩어지는 것까지 계산해서 넣은 자료를 바탕으로 넓이를 정하고 위치를 정했다. 종의 재료로 인(P)이 필요하면 순수 인을 구해다 쓰는 인간이 사람을 제물로 삼을 리 만무했다. 그래서 더더욱 규철을 이해할 수가 없었다.

　멀리서 개 짖는 소리가 들려왔다. 하지만 인근을 지나다니는 자동차들의 엔진 소리조차 들리지 않았다. 동주는 몸의 수분이 빠져나가면서 모든 감각을 잃어 갔다. 까무룩 시야가 흐려지기 시작했다. 이대로 정신을 잃으면 모든 게 끝이라는 생각을 하면서도 정신을 차릴 수가 없었다. 목의 힘이 풀리고 고개가 떨어질 즈음 갑자기 물이 날아왔다. 흐려지던 정신이 깨어났다. 화진도 깨어났다. 크레인을 조작하는 기계실에서 규철이 호스로 물을 뿌렸다. 용해로보다 높은 곳에 있는 기계실의 위치 때문에 규철의 얼굴이 환히 보였다. 용암과도 같은 불길 근처에 있다는 게 믿어지지 않을 정도로 그의 얼굴은 차가웠다. 동주와 화진은 물을 받아먹으려고 물줄기를 따라 얼굴을 움직였다. 두 사람의 몸에서 용해로 쪽으로 흘러내린 물은 순식간에 수증기가 되어 사라져 버렸다. 규철은 계속해서 동주와 화진에게 물을 뿌렸다.

"아직은 정신을 잃으면 안 되지. 손님을 초대했는데 그 손님을 실망시킬 수는 없잖아."

그제야 흐려지던 시야가 조금씩 맑아졌다. 그의 모습이 명확하게 보였다. 한 손으로 호스를 들고 있고 다른 한 손에는 노트가 들려 있었다. 해원의 일기장? 동주는 마른침을 삼켰다. 규철이 그동안 나타나지 않은 건 일기장을 찾기 위해서였던 모양이었다.

"아,아저씨, 도,도대체 왜,왜 이,이러는 거예요? 왜?"

"내가 보이지 않으면 폐차장 직원들이 나를 찾을 거예요."

동주는 그에게 더 이상 운명을 뒤틀리게 해서는 안 된다고도 덧붙였다.

"애초 네 놈들이 나와 해원이 그리고 정화의 운명을 뒤틀어 버렸어, 알아? 폐차장 직원들 아마 안 나타날걸. 폐차장은 상중이라 영업을 안 한다는 안내문을 붙여 놨지. 석겸이 자식과 다비드는 한위가 찾는다며 부산으로 보냈고, 경리와 목포댁은 휴가를 보냈지. 네 놈은 서울 갔고 네 년은 고향에 갔고. 다들 돌아올 때까지 휴가나 가라고 한위가 그랬다고 전했지. 네 놈과 네 년이 용해로 속으로 사라지기 전에는 누구도 나타나지 않을 거야. 헛된 기대는 하지 마. 여긴 지나다니는 사람도 없는 무인도 같은 곳이니까."

"뭐 때문에 그러는 거야! 이러지 말아요, 제발!"

규철이 일기장을 들어 보였다.

"이것 때문만은 아니지. 해원인 내 딸이야. 너희는 내가 딸을 만날 수 있는 길을 원천적으로 차단했어."

규철의 눈이 매섭게 빛났다.

"그건 다른 누구의 잘못이 아니라 아저씨의 잘못이잖아요. 그날 그 일만 없었어도 이런 지경에까지 오지 않았어요."

동주는 더 이상 팔에 감각을 느낄 수 없었다. 규철에게 맞은 자리는 더 이상 욱신거리지 않았다.

"터진 입이라고 함부로 놀리지 마. 이 일기장을 잘도 숨겼더구나."

규철은 호스를 내려놓고 일기장을 양손으로 들고 빠르게 넘겼다.

"그건 그럴 수밖에 없었어요. 해원이가 은밀하게 숨긴 데에는 그만한 이유가 있었을 테니까."

"있었겠지. 진실을 숨기고 있었을 테니까."

"아,아저씨 이,일기장을 차,찾았으니까 저는 자,잘못이 어,없잖아요."

화진이 애원하다시피 말했다. 하지만 규철은 들은 척도 하지 않았다. 대신 그는 해원의 일기를 읽어 내려갔다. 태초부터 혼자였을지도 모른다는 의심, 저주받은 영혼이라는 탄식, 규철과 정화가 자신의 부모라는 사실과 그들이 왜 곁에 존재하지 않는지에 대한 의문들. 규철은 멈추지 않고 일기를 읽어 내려갔다. 화진은 해원이 일기 속에서 기억을 조금씩 찾아갈 때마다 흠칫거리며 놀랐다. 규철은 정화가 죽던 그날의 일기를 읽어 내려가면서 흐느꼈다. 곁에 매달려 있던 화진도 눈물을 흘렸다.

규철은 읽은 일기를 한 장 한 장 찢어 용해로 위로 날렸다. 종이는 용해로 안에 닿기도 전에 불타올라 재가 되어 천장으로 날아올랐다. 10년 전 정화가 어떻게 되었는지 해원에게 알려주지 않은 동주와 한위에 대한 원망을 읽을 때면 규철의 눈은 광기로 번득였다. 해원이 규철의 사랑을 병적이라고 표현한 부분에서는 털썩 무릎을 꿇었다. 동주의 사랑을, 해원의 나신을 엿보았던 시간을 써놓은 부분에서는 분노로 치를 떨며 일기장을 찢어 버렸다. 그리고 해원의 일기에서 마지막으로 쓰인 누군가의 등의 존재를 읽었을 때 규철은 짐승처럼 소리를 지르더니 일기장을 통째로 용해로 속으로 내던졌다.

그는 갑자기 크레인의 레버를 잡아당겼다. 순간 화진과 동주의 몸은 쇳물이 끓고 있는 용해로의 쇳물 가까이 떨어졌다가 멈추었다. 그 반동에 신발이 떨어져 용해로 속으로 떨어졌다. 용해로는 흔적 하나 남기지 않고 신발을 삼켜 버렸다.

"해원의 방에 물이 찼던 날. 네 놈이 일기장을 꺼내 갔지? 내가 월롱에 내려올 때까지는 해원이와 너와 심지어 한위에게까지 용서를 빌고 참회를 해야 한다고 생각했었지. 하지만 처음부터 모든 게 뒤틀어져 버렸던 거야. 한위가 있어야 할 자리에 한위가 없었지. 오늘까지도 한위가 이 거대한 종의 틀을 만들어 놓고 왜 월롱을 떠났는지 이해하지 못했어. 내가 생각지 못한 최악의 방식으로 너와 한위는 해원이를 농락했어."

동주는 뜨거운 열기가 피어올라 입을 제대로 열 수도 눈을 뜰 수도 없었다. 발이 녹아들고 있는 느낌이었다. 화진의 몸은 축 처진 채 미동도 하지 않았다.

"나, 나는 그런 적 없어요."
하지만 동주의 말은 소리가 되어 입 밖으로 흘러나오지 못했다.
"뭐라고?"
"나는……."
규철은 크레인 레버를 당겨 사슬을 천장 꼭대기까지 끌어올렸다. 그런 후 동주와 화진에게 또다시 물을 뿌렸다. 죽음과 삶의 경계를 오가던 동주는 다시 정신을 찾았다. 화진은 막다른 골목에 선 여린 짐승처럼 부들부들 떨기 시작했다.
"나는 해원이를 농락한 적 없어요. 그리고 아버지도."
"밤마다 내 딸을 훔쳐본 자식들이 농락을 하지 않았다고?"
"사, 사랑했을 뿐이에요."
"너 같은 새끼가 어떻게 해원이를 사랑해? 너는 한위의 자식이야! 한위의 자식하고 내 딸이 맺어질 수는 없어. 왜인 줄 알아? 해원이도 살인자의 자식을 사랑할 수는 없을 테니까. 그래서 이 월롱에서 도망간 거니까."
"아니에요, 아냐! 해원인 아저씨를 피해 도망간 거예요. 아줌마를 죽인 아저씨를 피해 도망친 거란 말이에요!"
동주는 남은 힘을 다해 소리를 질렀다. 하지만 규철은 피식피식 웃었다.
"그날 밤 정화가 잠든 방에 들어온 인간은 나 혼자가 아니었어. 그래, 그날 정화에게서 그라인더로 종을 다듬은 후에 풍기는 쇳가루의 냄새가 났어. 나는 그날 종도 쇠도 만지지 않았지."
"금형리 사람들은 모두 쇠를 만져요. 아버지나 아저씨만 만지는 게 아니라."

"좋아. 하지만 어느 날 해원이 한위를 보고 놀랐다고 말했어. 해원은 그제야 그날의 기억을 되찾은 거야. 너도 일기장을 수도 없이 읽어 봤을 테니 알 거야. 그 등 그리고 그 손……. 그건 한위의 등이고 손이야. 해원인 정화가 죽던 그날에, 그리고 월롱에서 그 등을 보았어. 너는 한위의 등을 본 적이 없는지 모르겠지만 말이야."

한위의 등? 동주는 순간 처음으로 깨달았다. 한위는 한 번도 자신에게 벗은 모습을 보인 적이 없었다. 목욕도 샤워도 옷을 입고 들어가 입은 채로 나왔다. 그런 등을 해원이 보았다.

누군가 철문을 여는 소리가 아득하게 들렸다. 규철이 출입문 쪽을 쳐다보았다.

"나와 화진이를 아버지와 아저씨 문제에 끌어들이지 마세요."

고개를 돌린 규철의 눈은 용해로의 쇳물처럼 붉게 빛났다.

"난 10년을 어둠의 늪 속에서 살았어. 내가 저지르지 않은 죄로 말이야. 해원이도 볼 수 없었어. 그 고통을 알기나 해? 이건 운명이야. 한위 자식이 좋아하는 운명. 너와 해원이 그리고 나와 한위. 이렇게 되게 되어 있는 운명이야."

발소리를 들은 것 같았는데 사람의 모습을 보이지 않았다. 규철은 자신 이외의 시간과 공간에 대해서는 전혀 신경을 쓰지 못하는 눈치였다. 동주는 천장 높은 곳에 뚫린 창문 쪽으로 시선을 보냈다. 미명이 서서히 창문을 넘어오고 있었다. 드디어 6월 5일의 새벽이 오고 있는 것일까? 하지만 시간은 흐르지 않고 멈춰 있는 듯했다.

"아저씨, 화진이라도 놔줘요. 화진이는……."

"그럴 순 없지. 너도 들어서 알겠지. 비록의 마지막 실험. 한 남자와 한 여자가 필요해. 너희들이 그 제물이 되는 거야. 제물! 그게 너희들의 운명이야. 평생 종을 만들었으니 그쯤은 이해할 수 있겠지."

규철이 느닷없이 웃음을 터트렸다. 1300년 전에 이미 인간을 제물로 삼아 종을 만든 인간이 있었으니, 규철 역시 미친 인간이라고 말할 수 없었다. 그 이후에도 많은 종쟁이들이 역사에 남기지 못했을 뿐 수많은 인간들을 용해로 속에 밀어 넣었을 것이다. 하필이면 그 선조가 가문의 시조라는 사실을 뿌듯해해야 할까, 아니면 부끄러워해야 할까?

팔을 타고 내려오는 고통은 더 이상 고통이 아니었다. 발아래에서 피어오르는 열기 또한 더 이상 뜨겁지 않았다. 동주는 이제 누군가를 설득할 힘도 없고, 자신을 변명할 기운도 없었다. 의식 속의 감성과 이성은 물속에 풀린 물감처럼 흐려지고 경계 또한 사라졌다. 규철이 말한 운명을 되돌릴 수 없다는 생각이 들었다. 다만 안타까운 게 있다면 동주와 화진이 제물이 되어 완성될 종의 소리를 들을 수 없으리라는 것이었다. 동주는 그 와중에도 피식 웃었다. 어머니가 죽어 가는 시간에도 용해로 앞에서 쇳물을 살피던 한위나 규철과 자신 역시 다르지 않았다. 한 가지 더 아쉬운 게 있다면 해원의 얼굴을 보지 못한 채 죽음의 경계를 넘어가야 한다는 점이었다. 이대로 영원히 해원을 보지 못할 것 같았다.

정신은 점점 더 흐려지고 몸은 뼈가 녹아 버린 것처럼 흐물거렸다. 이대로 손목을 묶은 고리에서 빠져 용해로 속으로 흘러내릴 것만 같았다. 돌이켜보니 동주는 단 하나의 열망만을 간직한 채 살아왔던 듯했다. 부정하고 무시해 왔지만 그 열망에서 동주는 한 치도 벗어나지 못했고 자라지도 못했다는 걸 인정했다. 그렇다면 동주는 용해로의 제물이 되는 걸 받아들일 수도 있겠다는 생각이 들었다. 어쩌면 동주의 열망은 그렇게 완성될 운명이었는지도 모른다.

정신을 붙잡고 있던 마지막 실오라기가 끊어지려는 듯 나풀거렸다. 이제 살아야 한다는 동주의 의지는 선택의 선을 넘어서고 말았다. 해원에게 고백도 하지 못했는데…….

뿌연 안개처럼 희미해져 가는 시야와 정신을 뚫고 쌓여 있던 쇠붙이들이 무너져 내리는 소음이 들렸다.

"……미친놈, 10년 동안 네 놈이 궁리한 게 기껏 사람을 제물로 삼겠다는 거였어?"

흐려져 가는 동주의 귀에 갈라지고 뜨거웠지만 낯익은 목소리가 들렸다.

"네가 바라던 거였잖아. 네 놈이 찾아 헤맨 이 비록에 적힌 방법대로 재현하려는 거야. 니가 해원이를 거둔 것도 그런 속셈이었잖아."

끊어지려던 실오라기가 다시 당겨졌다. 간신히 눈을 뜨자 기계실 위에 두 사람이 뿌옇게 보였다. 한 사람은 한위였다. 제때에 나타나 주었다. 동주의 마른 눈에서 싱싱한 눈물이 흘러내렸다. 한위가 월롱에 나타난 이유가 종 때문인지 아니면 동주 때문인지 알 수 없었지만 감격스러웠다. 동주는 다시 팔에 통증을 느꼈고 갈증으로 목이 말랐다.

"금형리에는 해원일 거둘 사람이 없었어. 고아원에 보낼 수도 없었고."

둘은 서로의 멱살을 잡은 채 노려보았다. 한위는 간간이 용해로 위에 매달린 동주에게 시선을 주었다.

"말이 안 돼. 네 놈은 해원이가 어렸을 때부터 늘 해원일 탐했어. 그래서 지금까지 나와 해원이가 연락하지 못하도록 막아 왔잖아. 해원인 내 딸이야. 내 딸!"

"해원이가 엄마를 죽인 아빠를 보고 싶어 했을까?"

규철의 눈에 불길이 일었다. 규철의 손이 한위의 옷을 잡더니 순식간에 찢어 버렸다. 한위의 상체가 드러났다. 그는 이어 잽싸게 한위의 흉터로 일그러진 오른손을 들어올렸다. 한위가 당황해서 물러났다.

"네 등과 손, 거북이 등 껍데기 같은 네 등! 그리고 이 손!"

규철은 한위의 손목을 잡고 흔들었다.

"손은 그렇다 쳐, 정화도 동주도 보지 못했던 네 놈의 등을 본 또 한 사람이 있었어. 정화가 죽던 그날 해원이가 봤지. 네 놈은 모르겠지만 해원이가 네 놈의 등을 본 후에 월롱에서 사라졌던 거야. 네 놈의 등을 보기 전까지는 나를 살인자로 알았겠지만 네 놈의 등을 본 후에 진실을 본 거야. 살인자 새끼!"

"미친놈, 네 놈의 살인을 나한테 덮어씌우지 마. 네 놈은 이 세상의 법이 심판한 살인자야, 살인자!"

규철이 한바탕 웃어젖혔다.

"해원이가 일기를 썼다는 건 몰랐겠지? 그리고 그 일기를 동주 새끼가 감췄었지. 해원인 진실이 드러나는 걸 원하지 않아서 화진이라는 저년을 이곳으로 보내 일기를 없애 달라고 부탁까지 했지."

"화진이……?"

한위의 눈길이 화진에게로 향했다.

"아버지, 아저씨는 미쳤어요. 미쳤다고요."

동주는 마른 걸레에서 물을 짜내듯 힘을 짜내 말을 뱉었다.

"그래, 나는 미쳤어. 한위 새끼도 미쳤지. 네 놈이 완성하려고 했던 저 종은 필연적으로 사람을 제물로 기다리고 있었어. 네 놈도 그걸 부정하지는 않겠지. 그렇게 네 놈이 찾아다녔던 비록……."

규철이 품에서 비록의 복사본을 꺼내 들었다.

"네 놈이 파헤치고 간 황룡사 터에서 발굴된 비록. 동주 놈 덕에 이 복사본이 내 손에 굴러 들어왔지."

한위는 규철이 흔들어 대는 비록과 동주를 번갈아 보며 눈을 동그랗게 떴다.

"이 비록 안에 든 내용이 뭔지 알아? 네 놈은 대충 알겠지. 네 놈이 파헤치고 갔던 황룡사 터에서 나온 거야. 미련스러운 놈. 이건 인간을 제물로 삼았다는 기록이야. 네 놈은 해원이와 동주를 제물로 삼으려고 했겠지. 그래도 마지막으로 자신의 의지를 인정받기 위해 이 비록이 필요했던 것뿐이야. 안 그래? 그런데 일이 틀어진 거야. 해원이가 네 놈의 흑심을 알고 도망친 거지. 정화를 죽인 인간이었으니까 자기도 충분히 죽일 수 있다고 생각했던 거야."

"아냐. 나는, 나는 그런 방법이 아닌 다른 방법이 있기를 간절히……."

한위는 무릎을 꿇었다. 규철의 말이 사실이었다는 뜻일까. 동주는 분노가 치밀어 오르고 살아야 한다는 의지가 죽순처럼 쑥쑥 자라기 시작했다.

"아버지, 사실인가요? 아저씨 말이 사실이에요?"

"아냐, 내가 아무리 미쳤어도 자식을 용해로 속에 넣지는 않아."

"너는 정화를 죽였어. 네가 가지지 못한 것에 대한 질투와 시기에 눈이 멀어 정화를 죽인 놈이야."

"아니야! 나는 네 놈보다 정화를 더 사랑했어. 그런 내가 정화를 죽일 리 없잖아. 정화는 매일 네 놈 때문에 힘들어했어. 내가 할 수 있는 건 그런 정화를 위로해 주는 것밖에 없어서 안타까웠을 뿐이야."

"그럼, 도대체 누가 정화를 죽였단 말이야!"

규철의 절규가 작업장을 처절하게 맴돌았다.

"네 놈은 위로를 한 게 아니라 정화를 탐했어. 그래서 정화를 데리고 자기도 한 거였고. 네 놈의 더러운 욕망을 채우려고 말이지. 나의 부인이고 해원이의 엄마를. 정화가 내 아내가 된 후 지금까지 내가 겪은 고통. 너도 고스란히 겪어야 해."

규철이 느닷없이 크레인을 조작하는 기계로 달라붙었다. 한위가 순간 놀라 규철에게 달려들었다. 규철이 레버를 중간쯤 내렸을 때 한위가 그의 손을 잡았다. 동주와 화진의 몸이 천장과 용해로 사이에서 대롱거렸다. 그 바람에 화진이 정신을 차렸다. 그녀는 비명을 지르기 시작했다.

"놔! 너도 바랐던 거잖아. 네가 열망했던 거잖아. 네 가문에서 대대로 물려 내려왔던 진실이잖아!"

"아냐, 아니란 말이야. 나, 난 그 운명을 끊고 싶었어. 끊고 싶었단 말이야!"

한위가 규철을 끌어안아 팔로 결박을 지었다. 규철은 레버를 잡아당기려고 기를 썼다. 화진은 계속 비명을 질러 댔다.

누군가 작업장의 철문을 와락 열어젖히더니 기계실 쪽으로 달려왔다. 급하지만 가볍고 사뿐한 발소리. 해원이었다. 그녀는 기계실 계단 아래 서서 올라가지도 못한 채 빠르게 주변을 살폈다. 기괴한 풍경에 그녀는 눈물을 흘리고 발을 굴렀다. 그녀의 얼굴은 사색이 되어 동주의 가슴을 더 아프게 만들었다. 해원은 터지지 않는 입을 원망하며 눈물을 흘렸다.

"해원아."

반가움과 원망이 섞인 동주의 목소리는 용해로의 열기에 녹아 해원에게 전달되지 못했다. 마지막 소원은 이루었으니 더 원망은 없었다. 해원이 계단으로 발을 내디뎠다. 그녀는 제 가슴을 손으로 쥐어뜯었다. 얼굴이 일그러지고 빨갛게 상기되어 갔다.

"아, 아, 아, 아빠!"

놀랍게도 10년 동안 막혀 있던 그녀의 입이 터졌다. 동주와 한위는 물론 뒤늦게 정신을 찾은 화진도 놀라 눈이 휘둥그레졌다.

"아, 아빠 하지 마."

"말을 하다니……."

규철의 눈이 잠깐 젖었다가 말랐다.

"해원아, 다가오지 마. 이건 이미 정해진 길이야. 이건 너와 내가 잃어버린 세월에 대한 복수고, 정화에 대한 나의 최소한의 배려야. 한 가지 위로가 되는 건 네가 진실을 알게 되었다는 거야."

해원이 한 발 더 계단으로 올라섰다. 한위는 규철의 몸을 결박하면서도 그가 레버를 잡아당기지 못하게 막느라 손을 레버가 오가는 구멍 안으로 밀어 넣었다. 동주와 화진의 몸은 쇳물이 튀어 오르는 용해로

제8장 _ 돌이킬 수 없는 417

위에서 대롱거렸다. 레버에 박힌 한위의 손이 동주와 화진의 생명을 유지하고 있었다.

"아, 아빠가 아는 진실이 뭔데?"

해원이 소리를 질렀다. 그토록 듣고 싶어 했던 그녀의 목소리가 들렸다. 화진은 계속해서 몸부림쳤다. 동주는 손목을 타고 흘러내리는 피를 보았다. 레버를 잡은 규철의 손이 멈추었다. 규철과 한위가 동시에 해원을 내려다보았다.

"모두 미쳤어. 아빠도 아저씨도 엄마도……."

해원이 흐느꼈다.

"말해, 네 입으로 진실을 말해. 네가 그날 봤던…… 네 엄마를 올라탔던 이 한위 새끼의 거북이 등에 대해 말하란 말이야. 말해, 네가 아는 진실을 모두에게 말하란 말이야!"

해원은 몸을 떨면서 한 계단씩 올라갔다.

"더 이상 올라오지 마. 규철이가 무슨 짓을 할지 몰라."

규철은 한위를 쳐다보고 한위는 규철을 쳐다봤다. 둘은 서로 끌어안은 채 땀을 뻘뻘 흘리고 있었다. 두 마리의 짐승이 하나의 몸으로 섞였다. 서로의 팔이 서로의 몸을 뚫고, 서로의 다리가 서로의 다리 속으로 녹아들었다. 악마는 천사를 농락하고 천사는 악마를 농락하고 있었다. 하지만 누가 악마인지 천사인지 알 수 없었다.

해원은 멈추지 않고 기계실 상판까지 올라왔다. 세 사람이 같은 공간에 섰다.

"아빠, 하지 마. 난 엄마 잃은 것만으로도 가슴 아파. 날 더 이상 아프게 하지 마."

"널 아프게 하는 건 내가 아냐. 바로 이놈들이지. 진실을 말해. 진실을 말하란 말이야!"

 규철의 눈이 이상한 빛으로 번득였다. 그사이 한위는 규철을 레버에서 떼어 내리려고 노력했지만 그는 꼼짝도 하지 않았다. 오히려 규철은 레버를 더 아래로 잡아당겼다. 레버 구멍 안에 들어가 있던 한위의 손이 으깨졌다. 하지만 한위는 땀을 흘릴 뿐 비명을 지르지 않았다.

 "진실? 진실을 듣고 싶어?"

 해원의 입에서 감정이 정리된 듯 차가운 말이 흘러나왔다. 바람처럼 흘러가던 시간이 멈춰 섰다. 작업장에 모인 사람들이 경직된 채 해원의 입을 바라보았다.

2

 2002년 6월 22일 저녁, 규철과 한위는 함께 정신을 잃을 정도로 술을 마셨다. 잃어버린 권위나 잃어버린 자존심은 상관없었다. 종을 완성시키지 못한 사실에 대한 괴로움이 가장 컸다. 마을 사람들은 마을에 맴도는 기이한 일들도 거종의 실패로부터 시작되었고 마을이 몰락하기 시작한 것도 거종 실패의 탓으로 돌렸다. 하지만 규철과 한위는 그런 세상에 대응하지 않았다. 거종의 실패와 그 실패의 원인이 서로에게 있다는 원망만 가슴에 가득 차 있었다.

 우리나라가 스페인과 승부차기를 하던 그 순간, 한위는 집으로 돌아가지 않고 규철의 집 쪽으로 걸어갔다. 규철을 남편으로 둔 정화를 위로하겠다며 집으로 들어섰다. 그날 정화는 규철을 보살피느라 기력을 다한 데다가 심한 몸살에 시달리고 있었다. 하지만 한위는 정화의 몸이 뜨거워진 게 자신을 받아들이기 위해 몸을 연 것이라고 오해했다. 본능으로 몸을 떨던 한위는 이내 정화의 몸속에 찬 열이 고통 때문이라는 걸 알았다. 욕망의 속을 보인 것과 끝까지 지키지 못했던 순수가 부끄러워 한위는 고개를 들 수 없었다. 해원은 어두운 다락 안에 숨어 어둠이 깔린 방 안을 서성이는 한 남자를 훔쳐보았지만 화상으로 일그러진 등만 보았을 뿐 그게 누구인지 알아차리지 못했다. 해원이 정화의 눈을 보았다. 정화도 그제야 해원이 다락에 몰래 숨어 있었고 자신을 훔쳐보고 있다는 사실을 깨달았지만 되돌리기에는 너무 많은 시간이 흘렀다는 걸 알았다. 정화가 할 수 있는 건 한위의 눈길과 해원의 시선을 외면하는 것. 정화는 결국 자신의 가슴 위에 엎어져 흐느끼는 한위의 머리를 쓰다듬었다.

"우리 다음에 만나면 그때……."

정화는 한위의 귀에 대고 속삭였다. 하지만 한위는 고개를 저었다. 세상에 다음이란 없다. 다음이 존재한다고 해도 이 세상에서 평생을 사랑했던 사람을 만날 수 있다는 가능성도 없다. 사랑은 지금이어야 하고 현재진행형이어야만 했다. 비록 어쩔 수 없는 선택에 의해 정화가 규철의 아내가 되었지만 그런 형식쯤은 무시할 수 있었다.

정화는 고개를 모로 돌렸다. 정화가 아프면 누구보다 가슴 아파하던 한위를 외면했다. 정화가 눈물 흘리면 적여울로 달려가 밤새 울던 한위였다. 규철에게는 따뜻한 미소를 보내지 않았지만 한위에게는 따뜻한 미소를 지어 보였던 정화였다. 하지만 완성할 수 없는 소리처럼 그의 사랑은 완성될 수 없다는 걸 그는 깨달았다. 한위는 정화의 가슴 위에 몇 방울의 눈물을 흘린 후 그녀의 몸에서 떨어져 나왔다. 한위에게 맡겨졌던 정화의 손이 스르르 흘러내렸다. 규철이 미쳐 있는 지금 정화와 해원을 지켜줄 수 있는 인간은 자신밖에 없다는 걸 한위는 누구보다 잘 알았다. 한위는 달빛 속으로 걸어 나갔다.

　본능과 고통으로 열뜬 열기가 잦아들고 방 안에 다시 차가운 어둠이 몰려들 무렵 해원은 다락 문을 슬며시 밀기 위해 문 손잡이를 잡았다. 순간 규철이 방문을 와락 열어젖히고 들어왔다. 규철은 선 채로 옷을 모두 벗어 버린 후 정화의 몸 위로 달려들었다. 정화의 옷을 거칠게 벗기고 그녀의 몸으로 파고들었다.

　"껍데기만 있는 년, 네 년 마음속의 불순함이 종을 망치고 있어. 나를 병들게 하고 나를 의심과 질투의 골짜기로 몰아넣고 있어. 말해 봐. 나한테서 원한 건 이 짓뿐이라고. 말해 봐."

　규철은 정화의 목을 잡았다. 그리고 흔들어 댔다. 눈가에 방울방울 맺혀 있던 정화의 눈물이 흘러내렸다. 해원은 그대로 굳은 채 규철의 말을 들었다. 그제야 지금의 남자가 아빠이며 먼저 다녀간 남자는 다른 남자라는 걸 깨달았다.

　"말해! 네가 믿는 남자는 나뿐이라고 말하란 말이야!"

　정화의 목을 잡은 규철의 손은 멈추지 않았다. 엄마의 목을 조이는 아빠의 손, 아빠의 돌처럼 단단한 팔뚝을 긁어내리는 엄마의 여린 손. 해원은 충격으로 숨이 멎고 심장이 찢어지는 듯한 통증을 느꼈다. 있어서도 안 되고 일어나서는 안 될 광경이 달빛 아래에서 태연스럽게 일어나고 있었다. 해원은 다락 속의 더 깊은 어둠으로 도망가면서도 꺼져 가는 뇌리 속의 불을 살리려고 손을 뻗었다. 하지만 불은 서서히 꺼져 갔다. 해원의 기억이 망각의 마지막 문턱을 넘는 순간 어둠을 비집고 들어오는 음침한 발걸음 소리를 들었고, 아빠의 머리를 누군가 가격하는 둔탁한 소리가 거의 동시에 들렸다. 그리고 거대한 벽이 무너지듯 엄마 옆으로 어두운 등의 아빠가 굴러떨어지는 소리가 이어졌다. 해원은 실낱같은 불빛을 살리려고 손을 뻗어 봤지만 손은 앞으로 나가지 않았다. 운명의 물길을 막아야 하는데 물살이 너무 거세 막을 힘이 없었다. 마지막 남은 흰색과 어우러지던 검은색. 해원은 가늘게 열린 문틈으로 누군가의 발목을 잡는 정화의 하얀 손목과 그녀의 목을 누르는 화인 박힌 검은 손등을 보았다. 그 마지막 광경이 기억인지 해원은 자신할 수 없었다. 한위 아저씨와 아빠에 대한 증오가 만든 환상이었을지도 몰랐다.

3

해원은 무릎을 꿇었다. 10년의 세월 동안 죄의식에 시달려 왔던 한위는 넋을 잃은 채 해원을 쳐다보았다.

"맞았어. 누군가 내 뒤통수를 후려쳤어. 그게 술집에서 일어난 시비 때문에 얻어맞은 게 아니었어. 그래, 누군가 있었어. 우리 집 안방을 그렇게 자유롭게 들어올 수 있는 놈은……."

규철은 한위를 노려보았다.

"바로 한위 이 자식이야. 정화를……. 미련이 남아 돌아왔는데 연민이 일었겠지. 그렇지? 그래, 네 놈이 내 머리를 후려친 거야! 네 놈이 살인자라는 걸 이제 알겠지? 그게 미안해서 해원일 거둬 키워 준 거고.

비열한 새끼! 이제 모든 게 아귀가 맞네."

규철은 흐느끼면서 한위의 손을 박살낼 듯 레버를 잡아당겼다. 한위는 그제야 다시 정신을 차렸다.

"아냐, 난 다시 돌아가지도 네 놈의 머리통을 후려치지도 않았어!"

"세월이 흐르니까 거짓말도 늘었군."

"아냐, 난 다만 다만……."

한위는 절규했다.

"아빠, 제발. 엄마는 이런 걸 바라지 않을 거야. 아빠도 아저씨도 엄마를 그렇게 하지 않았어. 그날 아빠랑 아저씨와는 다른 사람이 있었어. 나는 알아."

"아냐, 그럴 리가 없어. 정화는 한위가 넘봐선 안 되는 여자야. 정화가 용서하고 말고 할 것도 없어. 모두 죽어야 돼. 정화도 원할 거야. 정화를 위해서라도 종은 완성되어야 해. 종은……."

규철은 해원의 이야기를 듣지 않았다. 자신이 믿는 진실이 오염되는 걸 바라지 않았다. 자신이 믿으면 그게 곧 진실이라는 듯 눈을 붉혔다. 규철은 이 비극을 끝내야 했다. 두 손에 들어간 힘을 크레인 손잡이에 퍼부었다. 순간 해원이 갑자기 두 사람에게로 달려들었다.

모든 일은 찰나에 일어났다. 규철이 레버에서 손을 놓쳤다. 그러자 한위는 규철의 손을 잡아챈 후 자신의 팔로 규철의 몸을 결박했다. 해원이 둘을 밀어낸 힘과 규철의 손이 더 이상 레버로 향하지 않게 결박하면서 중심을 잃은 한위 때문에 두 사람은 기계실 상판 난간 쪽으로 밀려났다. 규철이 한위의 결박에서 벗어나려고 몸부림을 쳤다. 그 과정에서 규철의 발이 난간의 지주를 걸어찼다. 난간이 떨어져 나가면서 용해로 속으로 떨어졌다. 그리고 규철의 격렬한 몸부림의 반동에 의해 그와 한위의 몸도 난간 밖으로 떨어지고 말았다. 그 짧은 순간 한위는 레버의 구멍 속에서 으깨져 버린 손으로 겨우 난간 모서리를 잡았다. 하지만 두 명의 장사를 손 하나로 버티기에는 역부족이었다.

"아빠!"

해원이 규철을 불렀다.

"오지 마!"

"오지 마!"

두 사람이 동시에 난간 쪽으로 달려오던 해원을 말렸다. 하지만 해원은 손을 뻗어 한위의 손을 잡았다. 난간 모서리를 잡고 있던 한위의 손이 쇳물이 펄펄 끓는 용해로 쪽으로 점점 미끄러졌다. 해원이 한위의 손을 잡고 같이 딸려 갔다.

"아빠, 아저씨!"

동주도 몸부림을 칠 뿐 할 수 있는 일은 없었다. 화진은 그 열기 속에서도 덜덜덜 떨고 있었다. 두 사람이 서로를 바라보았다. 한위는 규철을 한 팔로 그러안은 채, 규철은 한위에게 몸을 맡긴 채. 규철은 순간 깨달았다. 한위도 자신만큼이나 정화를 사랑했다는 사실을 받아들였다. 어쩌면 정화는 자신이 아니라 한위만을 생각하며 살아왔던 것인지도 몰랐다. 그 사실을 받아들이자 몸에서 힘이 물처럼 빠져나갔다. 규철이 자신의 겨드랑이에 붙들고 있던 한위의 팔을 서서히 떼어 냈다.

"안 돼!"

"넌 살아. 나처럼 수십 년을 의심과 질투로 병들어 살지 말고. 그동안

무지했던 날 이해해 줘. 너나 나, 정화는 처음부터 만나지 말았어야 했는지도 몰라. 이제야 알겠어, 이제야. 용해로가 원하는 제물은 나인지도 몰라."

해원의 몸이 점점 난간 밖으로 삐져나왔다. 부러지지 않은 난간 지주에 발을 받치고 있었지만 둘을 구하는 건 불가능했다.

"나, 나는 그날 돌아가지 않았어."

그 이야기를 한다고 결국 정화를 죽음으로 내몬 인간 중의 하나였다는 죄책감에서 벗어날 수 있을까. 한위는 안간힘을 다해 규철의 겨드랑이를 부여잡았다. 하지만 이미 힘이 빠진 규철의 몸은 점점 더 무거워졌다.

"이제 알겠어. 그래, 내 머리를 후려친 놈은 한위 네가 아냐. 그놈에게선 너 같은 쇳내가 나질 않았어. 그랬어. 너였다면 내가 몰랐을 리가 없지. 이제야 기억이 나, 빌어먹게도 이제야 기억이 나. ……한위야, 놔줘. 정화를 용서할 수 있게 놔줘. 그리고 정화의 용서를 받아들일 수 있게."

규철이 말했다.

그때 해원이 발로 지지하고 있던 난간 지주마저 두둑 소리를 내며 끊어졌다. 순간 한위도 난간을 잡은 손에서 힘을 뺐다.

"정화의 용서를 받아야 하는 건 나야. 이게 너와 나의 운명인지도 몰라. 너와 나의 운명."

두 사람은 동시에 해원을 올려다보았다. 해원은 눈물을 흘리고 있었다.

"제발, 손 놓지 말아요. 엄마는 아빠랑 아저씨랑 다 용서했어요. 아빠도 아저씨도 엄마를 죽이지 않았단 말이야. 제발 내 말 믿어 줘."

"네 엄마, 내가 죽인 거나 다름없어. 아냐, 내가 죽인 거야……. 우리 딸, 10년 만에 봤는데……. 많이 예뻐졌네. 엄마를 그대로 빼닮았어. 사랑해."

규철은 한위를 한 번 쳐다본 후 처음이자 마지막으로 미소를 지어 보인 후 손을 떼어 냈다. 그러곤 낙엽처럼 용해로 속으로 떨어졌다.

"아빠!"

"해원아, 미안하다."

한위도 잠깐 동주에게 눈길을 준 후 해원의 손에서 벗어나 용해로 속으로 떨어졌다. 두 사람이 떨어지면서 쇳물이 튀어 올랐다. 쇳물 몇 방울이 동주의 다리 위로 튀어 올라 살점을 뜯어 갔다. 용해로 속으로 빠진 두 사람은 순식간에 끓어오르더니 흔적도 없이 사라졌다. 몇 가닥의 연기만 남긴 채. 화진은 기절했다. 난간에 위태롭게 서 있던 해원은 자리에 털썩 주저앉고 말았다. 살을 타들어가는 쇳물에 동주도 서서히 의식을 잃고 말았다.

어디선가 희미하게 앰뷸런스의 사이렌 소리가 들렸다. 뿌연 의식 속에서 동주는 부드럽게 달리는 앰뷸런스의 리듬을 느꼈다. 리듬은 꿈결 같았다. 의식은 리듬을 타고 일정한 간격을 두고 출렁거리며 춤을 추었다. 따뜻하고 부드러운 파도가 밀려왔다가 멀어졌다. 밀려올 때 호흡기를 입에 댄 화진의 얼굴이 보였고, 멀어질 땐 눈물 진 해원의 얼굴이 보였다. 두 인간은 어디에 있지? 좋은? 다리의 통증이 벼락처럼 찾아왔다가 멀어졌다. 비로소 규철과 한위가 용해로 속으로 사라졌다는 사실을 자각했다. 동주는 해원을 쳐다보며 뭐라 말을 하고 싶었지만 입이 벌어지지 않았다. 대신 마른 눈물이 눈가에 맺혔다. 목이 타들어가는 갈증이 온 뒤 눈도 마음도 타들어갔다.

에필로그

 규철이 쓴 메모가 발견되었다는 소식은 병원에서 황철주 교수로부터 들었다. 동주가 화진과 함께 앰뷸런스에 실려 갈 때 택배가 제대로 전달되지 않았다는 사실을 안 황철주 교수가 몇몇 후배들과 작업장을 찾아왔던 모양이었다.
 "……이 메모를 가장 먼저 보는 사람이 버튼을 눌러 달라고 되어 있더군. 쇳물이 펄펄 끓고 있는데 온도를 보니까 1300도가 넘어가고 있었어. 나도 종 작업에 대해서 이론은 빠삭하잖은가. 한때는 종을 만들기도 했고……. 그 이상 온도가 올라가면 나중에 쇠에 문제가 생길 수도 있잖아. 자네는 도무지 연락이 안 되고 폐차장에는 사람들도 없고 말이야. 난감했네. 자네가 자네 아버지랑 종을 만들고 있을 거라고 생각은 했지만 정말 거대한 종들이더군. 이런 종이 과연 울릴까 싶기도 했고. 2002년도엔가 강규철이 그 인간이 이만한 크기의 종을 만들었다가 실패했잖아. 솔직히 욕심이 나더군. 그래도 함부로 할 수 없을 거 같아 작업장 구경하며 자네를 기다렸지. 내가 택배로 보낸 복사본은 택배회사에 확인을 해보니까 틀림없이 배달이 되었다고 하던데, 그 복사본에 대해서도 이야기를 들어야 했지. 그런데 직원이라며 한 사람이 나왔어. 장수라는 사람이었어. 작업장 안까지 들어와 메모를 보았지만 그 친구도 한참을 망설이더군. 사람은 우락부락해 보였지만 좋은 사람 같았어. 종틀 앞에 서 있는데 어느 순간 보니까 눈물을 훔치고 있더군. 그 직원이 왜 눈물을 흘린 건지는 나도 모르겠어. 어쨌든 그 친구랑 꼬박 하루를 기다렸어. 그 친구도 택배에 대해서는 모르더군. 그런데 애들도 월요일에는 학교에 가야 하고 해서 우린 돌아가려고 했는데, 그 친구가 버튼을 누르더군. 자네 아버지가 실종되었다면서? 그래서 아마 작업을 해놓고 자네가 아버지를 찾으러 간 건지도 모르겠다고. 이대로 버튼을 누르지 않으면 이 작업이 모두 무용지물이 된다고 그러더군. 그야 나도 알지. 그 친구가 내게 동의를 구해서 나도 동의를 했지. 그 친구가 그러더군. 지난번 일은 정말 미안했다고 말이야. 나중에 자네 아버지 친구에게도 그 말을 전해 달라고 하면서 떠났지. 그날 저녁에 석겸이라는 사람도 오고, 다비드라는 파키스탄 직원도 오더군. 상황 설명하고 우린 서울로 올라왔는데. 그래 종은 이제 다 식었나? 종소리 한번 들어 보고 싶군."

　황철주 교수의 설명은 길었다. 그의 설명을 해원도 같이 들었다. 해원은 소리 없이 눈물만 흘렸다. 화진은 손목에 붕대를 감은 채 병원에서 사라졌다. 아마 남해로 내려갔을 것이라고 해원이 말했다.

　결국 종은 완성되었다. 월롱의 작업장 틀에 갇힌 채 동주가 나타나 틀을 걷어 내기만을 기다리고 있었다. 하지만 동주는 그 종을 만질 생각이 없었다. 그냥 영원히 월롱에서 잠들어 있기를 바랐다. 하지만 세상은 늘 한 개인의 뜻과는 무관하게 흘러갔다. 황철주 교수를 통해 월롱의 종은 세상에 알려지기 시작했다. 하지만 종 속에 두 인간의 목숨이 들어 있다는 사실은 누구도 알지 못했다.

병원에서 해원과 함께 돌아온 동주는 한 달이 지나도록 종의 틀을 벗겨 내지 않았다. 동주는 종아리를 잃어버린 다리를 끌며 하루 종일 폐차장 주변을 맴돌았다. 폐차장은 아무 일도 없었다는 듯 무심히 굴러갔다. 폐차가 들어오면 분해했고, 사고 차가 들어오면 직원들이 달라붙어 차 안을 뒤졌다. 아침이면 늪이 피워 낸 안개로 몸살을 앓았고, 저녁이면 바다로 도망가는 태양이 빚어 낸 노을 속에서 눈물을 훔치곤 했다. 그사이 해원은 정화의 제사를 지내고 책을 읽으며 보냈다. 하지만 동주는 도무지 한 자리에 가만 앉아 있을 수가 없었다. 몸이 너무 뜨거워서 걸어 다니지 않으면 식지를 않았다. 용해로의 쇳물이 틀에 부어진 지 한 달이 지났을 무렵 늦은 오후, 해원이 산책을 나가는 동주를 따라 나왔다.

"종은 울지 않으면 종이 아니야. 종이 울어야 아빠랑 아저씨도 서로를 용서하게 되었다는 걸 알지 않겠어?"

해원은 한위와 규철을 이해하고 용서했다. 그 미친 인간들을.

종의 외형 틀의 고리를 천장에서 내려온 크레인 쇠사슬에 걸었다. 크레인을 작동시켰다. 땅이 무너지는 듯한 굉음과 함께 사라져 버렸던 문명의 유적처럼 종의 틀이 지하에서 빠져 나왔다. 내형을 지하 바닥에 고정시켜 놓았던 것인지 내형은 쉽게 떨어져 나갔다. 동주는 크레인을 작동시켜 종을 평지로 옮겼다.

　먼지를 끌고 온 외곽의 틀을 벗겨 내자 천국과 지옥을 나누는 벽처럼 단단한 벽이 나타났다. 동주는 그 단단한 벽을 쓸어 보았다. 종은 한 달이 지났는데도 따스했다. 그는 윗도리를 벗은 채 해머를 어깨에 메고 종에 다가갔다. 한동안 검은 덩어리를 노려보았다. 더 이상 망설일 이유가 없었다. 해머로 종을 쳤다. 세상의 외면보다 더 단단하게 굳어 있던 벽이 갈라지고 떨어져 나갔다. 검은 먼지들이 작업장에 날렸다. 동주는 미친 듯 종을 쳤다. 힘겹게 달라붙어 있던 흙들마저 진저리치듯 종에서 떨어져 나갔다. 언제 들어왔는지 해원이 곁에 서 있었다. 그녀는 손에 그라인더를 들고 있었다. 그녀도 종에 달라붙었다. 종의 살처럼 달라붙어 있던 굳은 흙 찌꺼기들을 갈아 냈다. 흙과 섞여 종의 살도 조금씩 깎여 나갔다. 종 주변으로 검은 먼지가 맴돌았다. 동주의 몸도 그녀의 몸도 삽시간에 땀과 먼지로 범벅이 되었다.

　외형 틀이 깨끗하게 벗겨지자 거무튀튀한 종이 번득이며 그 음흉한 모습을 드러냈다. 종은 두 목숨을 제물로 받았다는 걸 알고 있다는 듯 푸르게 빛났다. 용뉴의 용은 능청스럽게 하늘로 올라가는 꿈만 꾸고 있었다. 종 표면의 흐르듯 정지한 문양들이 살아서 꿈틀거리기 시작했다. 하늘을 나는 모습의 비천상도 종의 마무리가 완성되고 나면 어디론가 휑하니 사라져 버릴 것만 같았다. 멀리 떨어져서 살펴보면 종은 연꽃으로 뒤덮여 있었다. 깊고 더러운 연못에 피어난 분홍의 꽃보다 더 생생하게 살아 있는 듯 신비한 모습이었다.

　어느새 밀려온 미명이 종에 달라붙어 종을 쓰다듬었다. 뽀얀 먼지 사이로 아침의 붉은 해들이 바글거리며 몰려들었다. 두 명의 생명을 삼켜 버린 종이 조용히 숨을 쉬기 시작했다. 종의 표면에 귀를 기울였다. 종은 여전히 따스했다. 한위와 규철의 숨소리가 들리고 그들이 퍼붓던 욕설도 들렸다. 먼지로 얼룩진 뺨을 종에 대고 천천히 비볐다. 흙먼지가 뽀얗게 앉은 동주의 볼 위로 소리 없는 눈물이 흘러내렸다. 해원은 말없이 돌아섰다.

*

구름이 흐르다 멈추었다. 구름은 수천 년을 흘러 이곳을 지났지만 매양 같은 모습으로 머물렀을 터였다. 수백 개의 바위 위에 양각된 지장보살들, 들어가는 입구에서부터 발에 걸릴 정도로 많은 수의 지장보살이 명주사 일주문 앞까지 버려진 듯 널브러져 있었다.

명주사는 신라 진흥왕 때 지어진 절이고 그때부터 종 주조를 실험했다는 걸 그곳 스님들도 알고 있었다. 하지만 누가 그런 실험을 주도했는지 그리고 진짜 사람이 용해로 속에 들어갔는지에 대해 아는 사람은 아무도 없었다. 아래 신분과의 사랑을 용인할 수 없었던 사람들이, 1300년이라는 시간 동안의 불편한 역사를 지우고 또 지웠던 것이리라. 명주사의 규모는 그다지 크지 않았다. 전각이라곤 대웅전과 칠성각, 산신각 그리고 빈 종각이 전부였고 허름한 요사채가 한 채 있을 뿐이었다. 종각은 텅 비어 있었다. 다만 한위와 규철을 삼킨 종을 기다리고 있기라도 하듯, 종각의 규모는 어마어마했고 천장 또한 높았다. 단청이나 지붕, 기둥 역시 1300년을 버틴 듯 빛이 바래고 낡았다. 그러나 사람의 손이 닿는 자리는 오래 만진 염주처럼 반들거렸다. 종각 중심의

움도 오래전에 만들어진 듯 틈마다 오래된 이끼가 자라고 있었다.

종각 부근에는 족히 20여 톤 정도의 종 다섯 개 정도는 제작할 수 있는 드넓은 터가 마련되어 있었다. 내형 틀을 만들었을 커다란 구덩이가 다섯 개가 있었으며, 각 구덩이로 연결된 쇳물 통로와 용해로의 흔적이 고스란히 남아 있었다.

솔잎은 바람에 제 몸을 흐느끼는데 구름은 여전히 움직이지 않았다. 지천에 깔린 지장보살의 숨소리가 들려왔다. 커다란 맥박 소리도 들렸다. 시조 박항이 몸 시주를 받아 그를 용해로에 넣을 때마다 바위를 쪼개고 쪼개 지장보살을 암각했을 모습이 눈에 그려졌다. 하지만 자신과 자신의 여인을 위한 지장보살은 만들지 못했을 터였다.

천근, 만근 무게의 돌을 짊어지고 명주사의 만산계곡에까지 이르러 탑과 지장을 세운 박항이나 그 밑의 석공들은 1300년 후에 만산계곡을 내려다보고 있을 동주에 대해 알고 있었을까. 1300년의 시간도 한 숨이라는 것을, 종으로 돌아간 그들은 알고 있었을까. 소나무 그늘에 걸려 있는 구름도, 바위의 숨소리도 그 자리 그대로 머물러 있는데. 그들의 모습은 이제라도 억울하게 죽은 영혼들을 달래 주지 않겠느냐는 무언의 메시지 같았다.

동주는 만산계곡을 내려다보았다. 석탑과 돌 지장을 안고 솔숲을 헤쳐 배가 떠나고 있는 풍경이었다. 마치 명주사를 등지고 어디론가 먼 항해를 떠나려는 모습이었다. 그 배 안엔 버려지고 잊힌 사람들이 가득했다.

코가 모두 사라진 지장, 어깨가 부서진 지장, 닫집에 갇혀 답답한 숨을 몰아쉬고 있는 지장, 곡예하듯 위태롭게 서 있는 석탑들, 1300년의 이끼를 둘러쓰고 앉아 있는 돌들. 그들이 앞으로 올 새로운 일상을 위해 닻을 올리고 있었다.
 종은 살아 있는 듯 시시각각으로 변했다. 아침엔 열정에서 분노로, 오후로 접어들면서 분노에서 슬픔으로, 해가 지기 시작하면 슬픔에서 너그러움으로 변했다. 어느 날은 종을 끌어안고 하루 종일 울었다. 그러면 종도 울었다. 차갑고 딱딱한 표면은 어느새 부드러워져 동주의 뺨을 어루만졌다.
 저녁 예불을 알리는 목어의 울음이 계곡을 타고 흘렀다. 목어 소리가 신호가 되기라도 한 듯 계곡 곳곳에 숨어 있던 불빛들이 피어올랐다. 반딧불이었다. 반딧불은 마치 하나의 영혼들을 보듬고 있는 듯했다.

 종이 명주사 종각에 걸리는 날은 화창했다. 계곡의 양편으로 피를 먹은 단풍들이 흐드러지게 펼쳐져 있었다. 사람들이 구름처럼 몰려왔고, 방송국과 신문 기자들은 물론 외국에서까지 와서 난리법석을 부렸다. 황철주 교수도 전시회 관계자들은 물론 외국 공예인들과 학교 후배들까지 몰고 내려와 타종을 기다렸다. 세상의 멸망을 앞두고 방주로 모여드는 사람들처럼, 배의 형상을 지닌 명주사로 사람들이 꾸역꾸역 모여들었다. 노인, 사내, 여자, 어린아이들, 개들, 고양이, 염소들…….
 명주사를 빠져나오기 전 황 교수는 화인이 박힌 왼손으로 동주의 손을 오랫동안 잡아 주었다. 그의 눈길이 오랫동안 해원에게 머물러 있었다. 해원은 황 교수의 얼굴을 피하느라 얼결에 그의 연꽃 모양의 흉터가 자리 잡은 손등에 눈길을 주었다. 그 흉터는 어디선가 본 듯했다. 잠깐 허공에서 황 교수와 해원의 눈길이 마주쳤다. 황 교수는 슬며시 미소를 지어 보인 후 서둘러 행사장으로 달려갔다.

해원은 문득 환영 속에서 보았던, 정화의 목을 내리누르던 손과 그 손등 위의 찢어진 흉터가 기억났다. 그게 과연 진실이 아니고 기억이 만들어 낸 환영이었을까? 그 손은 어쩌면 한위나 규철의 손이었을지도 모른다. 하지만 두 사람은 이제 세상에 존재하지 않았다.

"무슨 생각해?"

"아무것도 아냐."

동주와 해원은 타종을 하기 전에 명주사를 빠져 나왔다.

둘은 지장이 지천으로 널려 있는 계곡 깊은 곳으로 들어갔다. 계곡까지 사람들의 웅성거림이 들려왔다. 해원이 먼저 동주의 왼손을 잡았다. 성난 소처럼 뛰어다니던 동주의 마음이 조금씩 잦아들었다. 둘은 한마디도 나누지 않았다.

덩……

첫 번째 타종의 여운이 계곡으로 흘러 들어왔다. 종소리를 시작으로 사람들의 웅성거림은 사라졌다. 다시 종이 울렸다. 이번의 종소리는 계곡을 샅샅이 뒤질 듯 스며들었다. 동주는 제자리에 서서 종소리가 흘러오는 걸 느끼고 보았다. 다시 종이 울렸다. 규철과 정화 그리고 한위가 무슨 일인가로 웃던 모습이 생각났다. 하지만 세 사람 중 누구도 행복하게 웃지 않았다는 걸 동주는 오늘에서야 깨달았다.

다시 한 차례 종이 울었다. 동주에게 가문의 운명 운운하던 한위의 목소리가 뒤를 따라왔다. 종은 바닥에 깔린 고통을 뒤흔들어 놓을 듯 울렸다. 언젠가 화진이 술기운을 빌려 불렀던 육자배기 가락이 떠올랐다. 종소리는 갈라지지 않고 하나로 모여 계곡에 울려 퍼졌다. 사람들에게 한 그릇의 밥을 줄 수도 없는 소리에 평생을 바친 그들이 야속했다.

열 번째 종이 울렸을 때 계곡이 들썩이는 기분이었다. 지장보살상들이 움찔거렸다. 겨우 움을 트려고 꿈틀거리던 겨울 새싹들도 고개를 쑥 내밀고, 영혼을 담은 바람이 제자리를 돌며 회오리를 만들었다.

소리는 두꺼운 구리 뒤에 꽁꽁 숨겨져 있던 그리움이 깨어나게 만들었고 영원히 녹지 않을 것 같은 깊은 곳의 눈물을 끌어올렸다. 한순간에 미움을 삭혀 버렸고, 화를 부드러운 물처럼 녹여 지옥까지 흘러내려 보냈다. 계곡으로 흘러 들어오는 종의 여운을 따라 사람들의 흐느낌이 들려왔다.

종소리에 젖은 계곡은 금방이라도 출항할 배처럼 꿈틀거렸다. 명주사와 사람들을 담고 한위와 규철의 목숨을 먹은 종을 싣고 배는 어디로 가려는 것일까. 배는 푸른 숲을 가르며 물처럼 흘러갔다. 우리도 어디론가 떠나야 할 텐데……. 마지막 종이 울렸다. 어디서 나타난 건지 모를 한 무리의 새떼가 북쪽을 향해 날갯짓을 하며 날아올랐다. 희고 검은 수천 마리의 새였다.

작가 후기

　언젠가 한 글쟁이와 서울 문래동 철공소 골목을 걸었던 적이 있었습니다. 무슨 일인가로 기분이 상해 있었고, 상한 마음을 말로 잘 풀지 못하는 저는 그 글쟁이와 일찍부터 술을 마셨더랬습니다. 막회를 파는 선술집이었는데, 저와 만난 글쟁이가 가끔 들르는 집이라기에 갔었지요. 우리나라에서 나는 생선들의 회는 아니었지만 주머니 사정 박한 글쟁이들에겐 더없이 훌륭한 술집이었습니다. 술 취한 두 글쟁이가 술집에서 나와 쇳내 가득한 철공소 골목을 걸었습니다. 온갖 종류의 쇠가 진열되어 있던 모습과 그라인더와 용접기로 쇠를 뚝뚝 잘라 내는 모습을 구경하며 걸었죠. 그때도 아마 여름이었을 겁니다. 옷을 훌렁 벗어 버린 일꾼들의 상체는 쇳가루 때문에 시뻘겠습니다. 그 몸이 땀으로 번들거리는 모습이 보기에 좋았습니다. 한 철공소 남자에게서는 탱크의 골격도 주문만 하면 만들어 줄 수 있다는 말을 들었지요.
　《불의 기억》은 그 골목에서 시작되었습니다. 여러 제목으로 써봤고, 여러 번 다른 각도에서 그려 보기도 했습니다. 그러다 종을 만났고, 종이 달린 곳이라면 어디든 달려가 보고 들었습니다. 그러다 문득 왜 종을 만들까에 의문이 생겼고 공부도 하게 되었지요. 그리고 오늘에 이르렀지요. 하지만 너무나 흔해 빠져서 낡은 게 되어 버린 종소리에 관한 이야기를 누가 읽을까 싶었습니다. 그래도 잊어서는 안 되는 이야기라는 생각이 들었습니다. 그래서 남들은 외면하는 이야기를 적어 봤습니다.

넉넉한 글쟁이가 아니라면 따로 작업실이 있을 리 없습니다. 그저 집 골방이 작업실이죠. 저 역시 골방에서 작업을 하는데 올 여름에는 정말 쪄 죽겠더군요. 일주일에 사나흘 도서관에 가서 작업을 하는데, 아이들이 방학을 하면 도서관으로 몰려와 도무지 작업을 할 수가 없습니다. 자리도 없고 어수선하고. 그래서 방에서 작업을 하는데 숨이 턱턱 막힐 때가 한두 번이 아니었습니다. 가만히 앉아만 있어도 땀이 줄줄 흐르는데도 의자에서 벗어날 수가 없었습니다. 이건 오랫동안 제 가슴에 화인처럼 박힌 화두에 대한 저와의 약속이기도 했기 때문입니다.

그렇게 오늘 한 권의 소설을 마무리했습니다. 과연 모니터 앞에서 혹은 아이패드나 스마트 폰으로 들여다볼 만했는지, 눈을 피곤하게 만들지나 않았는지, 밥값은 할 만한지, 한 번쯤 잊고 살았던 걸 생각하게 만들어 주었는지 등 여러 가지를 염려하며 마무리까지 오게 되었습니다. 글을 쓸 때마다 매번 낡은 걸 새롭게 만들었는지 늘 제 자신을 의심하고는 했지요.

하지만 어떤 글도 독자가 읽을 수 있는 지면이 없다면 무용지물일 것입니다. 이런 글을 쓸 수 있는 지면이 마련될 수 있었던 건 행운인지도 모릅니다. 제 글을 검토하고 의견을 나눠 주고 열심히 교정까지 봐

주신 은행나무의 정종화 씨에게 고맙다는 말을 전합니다. 부디 제게 온 행운이 글을 읽는 모든 독자들에게도 전해지기를 바랍니다.

  이제 제 속에서 태어난 이 글은 자기에게 주어진 운명대로 살아가겠지요. 잘난 자식보다 못난 자식에게 더 마음이 깊어지는 심정으로 글을 세상에 내놓습니다. 부디 저의 자식이 부침 없이 세상을 잘 헤쳐 나가길 바랍니다.

  한 여름 제게 세 끼와 조언과 양육의 모든 걸 책임져 주었던 나의 아내이자 소설가인 민경과 글 감옥에 갇힌 저를 가끔 감옥 밖으로 꺼내 웃음을 주었던 아들 예준이에게도 고맙다는 말을 전하고 싶습니다.

불의 기억

1판 1쇄 인쇄 2013년 3월 13일
1판 1쇄 발행 2013년 3월 20일

지은이 · 전민식
펴낸이 · 주연선

책임편집 · 정종화
편집 · 이진희 박은경 오가진 박나리 최소라
디자인 · 홍세연 김서영
마케팅 · 장병수 김한밀 오서영
관리 · 김두만 구진아 유효정

도서출판 은행나무
121-839 서울특별시 마포구 서교동 384-12
전화 · 02)3143-0651~3 | 팩스 · 02)3143-0654
등록번호 · 제 10-1522호(1997. 12. 12)
www.ehbook.co.kr
ehbook@ehbook.co.kr

잘못된 책은 바꿔드립니다.

ISBN 978-89-5660-674-3 03810